猎鹞行动

宁志凡 著

群众出版社

图书在版编目（CIP）数据

猎鸮行动／宁志凡著．—北京：群众出版社，2020.1
ISBN 978-7-5014-6056-4

Ⅰ.①猎… Ⅱ.①宁… Ⅲ.①长篇小说—中国—当代 Ⅳ.①I247.5
中国版本图书馆 CIP 数据核字（2019）第 285177 号

猎鸮行动
宁志凡 著

出版发行：	群众出版社
地　　址：	北京市丰台区方庄芳星园三区 15 号楼
邮政编码：	100078
经　　销：	新华书店
印　　刷：	涿州市新华印刷有限公司
版　　次：	2020 年 1 月第 1 版
印　　次：	2022 年 1 月第 2 次
印　　张：	12.625
开　　本：	880 毫米×1230 毫米　1/32
字　　数：	317 千字
书　　号：	ISBN 978-7-5014-6056-4
定　　价：	42.00 元
网　　址：	www.qzcbs.com
电子邮箱：	qzcbs@sohu.com

营销中心电话：010-83903254
读者服务部电话（门市）：010-83903257
警官读者俱乐部电话（网购、邮购）：010-83903253
文艺分社电话：010-83901350

本社图书出现印装质量问题，由本社负责退换
版权所有　侵权必究

1

夏末秋初，闽西北山区苍翠的山峦隐现在云笼雾绕之中。山间蜿蜒的盘山公路，远瞅像山岭盘旋的腰带，近看会让人惊出一身冷汗。公路一侧山崖陡立，另一侧则是万丈深渊。

突然，响起了激烈的枪声，几辆鸣着警笛的警车正在追捕一辆白色的疯狂逃窜的奔驰轿车，双方人员不时从车窗探出头互相射击着。

就在一个小时前，闽西省公安厅禁毒总队接到技侦部门电话，说发现一辆挂着云N23×××号牌的白色奔驰车，车上坐有国际恐怖组织Ka和坎坤贩毒集团在中国区的总代理代号"鹗"的犯罪嫌疑人。禁毒总队长吕欣二话不说，叫上几名禁毒警察分乘三辆警车就追了上去。见到那辆白色奔驰车，吕欣总队长立刻命令鸣枪叫停。那辆白色奔驰车不但不停，反而加足马力跑得更疯，吕欣只好率禁毒警们开枪追击。

白色奔驰车上，算上司机总共有三个人。只见车后的大座上，坐着一位浓眉大眼、肤色黧黑、留长发的中年男人。他上身穿件红色T恤，下身穿条白色西裤，手中端支AK-47步枪。他有点儿紧张地对坐在副驾驶位子上的人说："还联系不上？"副驾驶位子上的人说："大哥，几个电话都打了，不是关机就是不在服务区。"后座的中年男子骂了一句："八嘎，快开，不是鱼死就是网破，打！"他将车窗玻璃放下去，伸出头用AK-47步枪朝追击的警车疯狂射击。副驾驶座的人也将车窗玻璃放下探出身子用一支冲锋枪射击着。

在一处拐弯处，白色的奔驰轿车因车速过快冲出弯道坠下山崖。三辆警车相继在弯道处将车刹住，禁毒警们迅速端着枪从车中冲出来向崖下望去。只见崖底那辆白色的奔驰车在烟火中爆炸燃烧，冲起高高的烟柱。

一名禁毒警见状说："吕总队，我们可以回去复命了。"吕欣总队长摇摇头说："不行，这个代号'鸮'的犯罪嫌疑人对我们很重要，刚才厅长来电话说公安部禁毒局要我们提供'鸮'所有的信息。"吕欣转身对禁毒警们说："放下绳索，到崖下进行实地勘查！"禁毒警们从路旁向崖下放下绳索，大家依次滑下。

山崖下，奔驰车残骸冒着烟，禁毒警们弯着腰搜查着，吕欣小心翼翼地用镊子从车后死者的尸身上剥离下一个隐约透着些血色的小物件，把它放进塑料袋中。忽然手机声响起，吕欣站起身子从衣袋里掏出手机大声说道："徐厅，嫌犯在我们追捕中坠崖，现已车毁人亡。车内共计三具尸体，相貌已无法辨认……位置？这里离龙山县最近，偏西北方向的山区。嗯，现场已经清理完毕……什么？噢！让龙山县公安局派车将嫌犯尸体拉去龙山县火化，做牙齿与DNA分析。徐厅，等龙山县的同志一到我们就撤了。"

在警笛的鸣叫声中，一辆警车和一辆带有"龙山医院"字样的救护车沿着蜿蜒的山路驶来。

在警笛的鸣叫声中,三辆警车急驰在返回的路上。

闽州市,繁华的街道,川流不息的人们,车水马龙般的各种各样的大小车辆,路旁伫立着高大的棕榈树和浓绿色的雪松与龙柏。

闽西省公安厅徐楷副厅长办公室,吕欣站在徐副厅长写字台前。徐副厅长戴上白色的手套从塑料袋里取出一件殷红色晶莹的玉坠说:"这就是你们从犯罪嫌疑人身上取下来的小物件,我们费了好大的劲儿,又请教了有关专家才搞明白,这是一只辽西省赤岭地区出产的巴林鸡血石玉挂坠。巴林石是我国四大彩石之一,与福建的寿山石和浙江的昌化石、青田石齐名,而玉挂坠的纹饰'C'形小玉龙也是辽西省赤岭地区流行的纹饰。我们将这一新的发现上报公安部,公安部禁毒局非常重视这个案子,马上决定在我们这里开现场会,参会的人除部里相关领导和技侦专家外,还电令云南省、辽西省公安厅和赤岭市公安局派员来闽州会商此案。"吕欣右手攥成拳头"啪"地砸在左手掌心中高兴地说:"徐厅,也许这回我们又抓住一条大鱼!"

徐副厅长瞅了瞅他说:"鱼是条大鱼,但这一网我们只捞到一条死鱼。'鸮'入境意图为何?又会找什么人联系?'鸮'死了线索也断了。"吕欣吃惊地瞪大眼睛,徐副厅长继续正色地说,"看公安部禁毒局的劲头,这次是要以'鸮'案为线索,把彻底铲除缅北坎坤贩毒集团在我国的制贩毒势力作为目标,达到长治久安的效果。好了,公安部禁毒局王副局长,云南省公安厅、辽西省公安厅禁毒总队长,还有赤岭市公安局的一位支队长乘坐的班机快要到了,我们去机场。"

徐副厅长从衣架上摘下帽子戴好,二人精神饱满地走出办公室。

在缅北山区密林深处大毒枭坎坤的秘密营地，来往的悍马军车满载着身着黑色军装荷枪实弹的武装人员。一所大大的木寮房，外面有十几名手持 AK-47 步枪的黑衣武装分子把守着。木台阶上方门口两侧还架着两个火箭筒，旁边各有一名把守的武装人员。木寮房内极其豪华，猩红的法国地毯，古色古香的中国红木家具，临近阳台的地方摆放着几张藤椅和藤编的小茶几。

矮胖的有一颗肥硕脑袋的坎坤，上身着黑色半袖 T 恤衫，下身穿白色西裤。他和中等身材穿着白色西服鼻梁上架着金丝眼镜的 Ka 负责人颂般，分坐在茶几两侧的藤椅上。

颂般阴沉着脸，用一种咄咄逼人的目光对坎坤说："让我不解的是，为什么我们的佐佐木在你的人陪同下刚刚进入中国境内就遭到中国警察的追杀？你说你们没有内鬼，你说得过去吗？佐佐木是 Ka 少有的干才，你的黑衣兵给我一个大队我都不换！"

坎坤斜睨一下又垂头丧气地摇着大脑袋："纯属偶然，纯属偶然，是我们轻视了中国警察的侦破能力。他们进入中国闽西省境内打了两个联系电话，一下子就被中国警方给锁定了，还有他们乘坐的白色奔驰车，立刻就让中国闽西的警察给跟上了。"

颂般又气呼呼地说了一句："你说的好，进入中国境内就有你的人接应，安全不是问题，你接应的人呢？"坎坤一边心虚地用手帕擦着额角上的汗珠，一边避重就轻地说："唉，我不是说了吗，是他们自己不小心，让中国警察给盯死啦。"

坎坤扫了一眼沉脸不放的颂般马上又涎着脸说："人死不能复生，为了鸦计划，你就再派一位干才，再说啦，去中国搞什么鸦计划也是你们提出来的呀，你不能让我把钱投进湄公河里吧！"

颂般点点头长出一口气道："我那里人倒是还有一位，这位可是个更厉害的角色。其人勇不在佐佐木之下，智则胜他一筹，是我 Ka 精英中的精英，我是真舍不得放出去。"坎坤探探身子道："舍不得孩子套不住狼，你要是不出这个人，咱们的协议就算废了，那先前的投入我得如数抽回来！"

颂般咂了一下舌头说："我没说不派，我是担心，行啦，这人我派，也不用你的人护送，其他事情还按咱们两家的协议办。"坎坤脸上露出一丝诡异的笑容，连忙说道："那是自然，我坎坤做事从来是怎么说就怎么办！"他站起身端起两只盛着金黄色酒液的高脚玻璃杯，递给颂般一只，"这就对了，我们两家强强联合才是我们两家的出路。"两只酒杯碰在一起，两个人几乎同时脱口而出："代号还是鸮！"

闽西省公安厅会议室里，会议桌前坐着公安部禁毒局的王副局长和徐副厅长，公安部随行的技侦人员、闽西省公安厅禁毒总队总队长、辽西省和云南省禁毒总队的总队长以及赤岭市公安局禁毒支队的支队长分坐在会议桌的两侧。

赤岭市禁毒支队长杨红鹰最后一个发言，他说赤岭地区过去没有贩毒人员和吸毒人员，但这不等于现在和今后没有吸毒和贩毒的，根据这次会议精神赤岭市要把巴林鸡血石玉龙挂坠作为一个线索，在赤岭地区搞一次百日禁毒大清查行动。他最后瞅了瞅在座的各位上级领导，平和而又严肃地说："鸮也叫猫头鹰，昼伏夜出，夜里它的叫声很瘆人，让人听了都起鸡皮疙瘩，所以我们那里的老百姓又称其为夜猫子，说'夜猫子进宅，无事不来'。我来时我们赤岭市副市长、公安局局长赵东明跟我说：'参加会时跟各位领导保证，赤岭地区决不允许鸮在这里整出事来！'"

公安部禁毒局王副局长讲话："同志们，现在我传达部领导的指示，部领导指示说，Ka 恐怖集团和坎坤贩毒集团的联合是国际贩毒的新动向,其重要成员鸮在闽西省车毁人亡,不等于鸮案的结束,可能是一场更大的禁毒斗争的开始。在搜捕毒犯时不要满足于简单的胜利,要彻底铲除对我国安全造成严重危害的制贩毒势力。"

王副局长扫了一眼参加会议的人接着说:"部里已经把鸮的案件立项为'1023'毒品专项大案,猎鸮行动开始了。这次会议也将以纪要的形式发到全国各省公安厅,针对鸮案禁毒局将在全国范围内开展清查工作。"王副局长顿了顿继续说道,"我很同意赤岭市杨红鹰支队长的发言,鸡血石玉龙挂坠只是一个线索。鸡血石虽然产在赤岭,但鸮是不是就一定是赤岭的人?另外,鸮入境到中国,他的下线又是谁,在什么地方?是闽西的龙山还是辽西的赤岭或是云南和其他省区?我们谁也无法假设。这只能靠我们禁毒警察坚定的信念、超人的智慧和勇敢顽强的斗争去侦破,我们禁毒警察的神圣职责就是决不让毒枭毒犯们的罪恶行径在我们的国土上得逞!"

2

辽西省北部高原的东南端有一座美丽而繁华的城市,它就是赤岭。"鸮"佩戴的鸡血石玉坠原料巴林鸡血石就出自赤岭地区一座叫作雅玛的山上。改革开放以后,这些原本被当地农牧民砌院墙垒猪圈都嫌不好用的巴林石一下子走俏,品相好的鸡血石价格比黄金还要贵,巴林石雕刻工艺也火了起来。于是赤岭就出现了许多腰缠百万千万的巴林石及巴林石艺术品经销商。

赤岭市公安局禁毒支队长杨红鹰的叔伯叔叔杨哈斯,在腾格里县既开着全县最大的乳业公司"腾格里奶业有限公司",又开着一家"腾格里巴林石雕刻厂"。他的儿子杨阿尔斯楞从公安大学毕业后则在赤岭市公安局干刑侦。在闽西省公安厅会议室开会时,杨红鹰看见公安部禁毒局王副局长手中举着的鸡血石挂坠便如芒在背,他的叔叔杨哈斯做生意是见钱就赚,整不好也和"鸮"有了联系,他心中七上八下的。

就在杨红鹰担心他叔叔杨哈斯与"鸮"有牵连时,他们杨家真的出大事了。杨家年龄最大、辈分最高、90多岁高龄的老祖母达兰花老太太病情恶化,从腾格里县的家中被紧急送到赤岭市医院。

在赤岭市医院一个带套间的病房,里间屋病床上躺着满头银发面色苍白的达兰花老人,医院的名医李副院长右手移动着听诊器在诊病,护士长和一名护士正在给老人输液。李副院长听了一会儿又用手轻轻地摁了摁老太太的腹部,才收起听诊器说道:"心力衰竭,先用强心药,马上输氧,安定一下做CT,腹腔有积液,也有肿块。杨总也真是的,人病到这个份儿上才送过来!"病床上的老太太声音微弱地说:"这事不怪杨哈斯,他出门了,是我不让孩子们送医院的。"

李副院长忙去开单子了,他走到外间屋,被一位穿绿军裤和米色夹克衫的老头儿拦住。老头儿小声问:"李院长,我婶子的病是什么情况?"李副院长瞅了瞅,摘下口罩小声说:"杨部长也来了,老太太的病很不乐观,我怀疑是肝癌晚期,杨总怎么还没到?"被称作杨部长的人忙说:"刚才来电话了,说这就到。"李副院长说:"那我开药去了。"杨部长听了李副院长说的话皱起了眉头。

杨部长名字叫杨石头,他的父亲是赤岭地区大名鼎鼎的八路军辽西骑兵师的师长,后来去省军区当了副司令。杨石头参加了解放军，在解放军的部队里升到了团长，年龄大了才去腾格里县武装部当了部长，一直到离休，在赤岭地区也算是位声名显赫的人物。他的儿子杨红鹰更有出息，四十多岁就当了赤岭市公安局禁毒支队的支队长。杨石头听说达兰花婶子病重，便专程从腾格里县赶来看望。

"大哥，我阿妈好点儿没？"杨石头闻声转过身："噢，哈斯回来了。"杨哈斯中等个子，胖胖的身材，一身灰色的西装，贴身是件白色的衬衣，黑色的皮鞋上落满了尘土。他小声说："我回来时拐了个弯，进山里淘来一块大烟，给我阿妈止疼用。"杨哈斯边说着话边从怀里掏出一个包裹得很严实的纸包。杨石头伸手按按嘴唇："小点儿声，老太太输上液好像刚睡着。"

里间屋里传来一阵剧烈的咳嗽声，外间屋杨哈斯的妻子娜仁高娃忙和一群老的小的、男的女的，叫"妈"叫"婶子"的，叫"奶奶"叫"姥姥"的，叫"姑姑"叫"姑奶奶"的人们涌到了里间屋。达兰花老太太微微睁开眼，又虚弱地摆了摆手说："我没事儿，你们都出去吧！石头跟哈斯你们哥儿俩留下，我只想和你们哥儿俩说说话。"杨石头拉过一把椅子挨着床边坐下，杨哈斯就坐在床沿上，用自己的手攥着阿妈的手，其他人赶忙退了出去。

达兰花老太太说："唉，我的病我自己知道，没活头儿了。早先我听老人说，包公那时候，人活过六十岁不死就得活埋，我这都活一个半人的年纪，知足了。"老太太说着话叹了口气把目光移向窗外，"我心中惦记的就是你们的妹子苏美娅，杨哈斯他后老（东北方言：继父）特木尔咽气前还让我把他丫头找回来。唉，这丫头自打上了大学就跟断了线的风筝似的，连个影儿也不见啦。这丫头心忒重，我知道她是恨我，可再咋说她也是我身上掉下来的肉啊！"

杨石头站起身去茶几上倒了一杯水，送到达兰花的嘴边说："婶子你喝点儿水润润嗓子。苏美娅妹子的事你不用着急，我们哥儿俩马上安排人去找。"杨哈斯眼里噙着泪说："阿妈你就安心养病，苏美娅妹子的事，我哥刚才也说了。咱们现在有钱有人，满世界去找，我就不信找不到她。头年我听说她大学毕业后去了日本，那咱们就到日本找找去。"

达兰花老太太呷了一口水，吸着氧，好像又缓过些劲儿来。她往上挪了挪身子说："嗐，日本那漂洋过海的咋去找？啥也甭说了，都怨我，那时我硌硬她跟那个日本女人养活的孩子一块儿玩，没少揍她，这丫头就记这个仇了。要说呢，那个叫美智子的日本女人也是我打小看着长大的，日本人退却时，大黑驴王长顺从西辽河沿抱回来时多俊多水灵个小丫头呀，大黑驴王长顺不是个人，先是当丫头养，后来就成了团圆媳妇，刚十几岁就让她圆了房。唉，那日本女人美智子也算是够命苦哇。"

达兰花费力地喘息一会儿接着说："石头侄子，哈斯，我跟你们说，我活不了几天了，我惦念的事就一件，刚才说了，得想法儿把苏美娅给我找回来。再就是我死了，就把我埋在沙边上的坟地里。那儿风揭不着，人多也热闹，挺好个地方。那儿离哈斯承包的沙地也近，我就是死了也帮你看着。"

杨哈斯说："承包沙地办牛场阿妈可没少帮我操心费力。"

杨石头瞅着杨哈斯问："你现在还有多少亩沙地？多少个牛场？"杨哈斯说："王爷府往东到石门山，西辽河北沿到柏树洼，总共三万多亩沙地。"杨石头憨厚地笑一笑说："啥时候你带我进沙地看看你的饲料地，看看你的牛场，也看看你的柏树洼。"达兰花老太太干瘦的脸上泛出少有的笑容，虚弱地说了一句："我要不死，我领你去柏树洼看看。"

达兰花老太太又问："杨红鹰和杨阿尔斯楞两个小兔崽子咋

没来呢?"两个人只好如实相禀,杨红鹰去了很远的闽西省参加公安部的会议,杨阿尔斯楞为侦破一宗杀人案去了辽宁沈阳。杨石头和杨哈斯对视了一下说:"等他们回来,马上就让他们上医院来看奶奶。"达兰花老太太喃喃地说了句:"那,那我、我就等、等他们回来。"她说着说着又睡着了。

达兰花老太太的病情愈加严重,已经处于昏迷状态,杨红鹰和杨阿尔斯楞还没回来。杨哈斯急得直跺脚,杨石头也气愤地说:"这杨红鹰你开会就开会,关手机干啥!"

病房中电子屏幕上心电图拉成了直线,滴液瓶导管停止了点滴,达兰花老太太终于没有等到杨红鹰、杨阿尔斯楞两个孙子回来就停止了呼吸。

杨家德高望重的达兰花老太太去世了。在赤岭市腾格里县,杨家虽不是大户却是名门,一时间亲戚朋友来杨家给达兰花老太太吊唁的人缕缕行行还真不少。

3

腾格里县地处赤岭市偏东北方向的小腾格里沙漠中,奔腾的西辽河从境内穿过道道沙山朝着东海的方向扬长而去。大漠中有高楼广厦和宽马路的镇子叫王爷府,是腾格里县政府的所在地。夏末秋初时节,大漠还被浓绿色覆盖着。几只大漠鹰在蔚蓝的天空中盘旋着,大概在寻觅那些神出鬼没的兔子、鼹鼠。

达兰花老人的葬礼就在王爷府镇北郊一片紧挨着沙丘的墓地西侧举行。来参加葬礼的有上百人,大小车辆还真不少。参加葬礼的人三教九流都有,工农兵学商样样俱全,其中较多的是杨哈斯生意上的哥们儿,还有就是杨家的亲亲故故和达兰花娘家的一些晚辈。杨哈斯在母亲的墓前长跪不起,哭得鼻涕大长,他一肚子的话都想倒给墓中这位不是亲娘却胜过生母的女人。杨石头和娜仁高娃拉了他几次也没拉起来,索性也就陪跪在一边让杨哈斯哭个够。

正在这时,腾格里县政府办公室主任景峰匆忙赶来弯下腰说:"杨部长、杨总,县政府王副县长和M国兴凯投资公司的苏总在赤岭机场刚下飞机,听说老太太仙逝就匆匆赶来吊唁,马上就到。"杨哈斯先是一个愣怔,然后哭丧着脸和杨石头不情愿地站起了身子。

说话间两辆三菱车一前一后来到了墓地。王富国副县长最先从车里钻出来,快步来到杨哈斯跟前,握住他的手急促地说:"刚刚知道老太太驾鹤西去,大家都很悲痛,都节哀吧!"王副县长四十几岁的年纪,中等身材,圆盘大脸,肚子微微隆起,一身藏青色西服,白色的衬衫没扎领带。他拉着杨哈斯的手没有松开又一转身说:"杨总、杨部长,你们看谁到了,我还说这老太太有福气呢,想不到的人都来参加她的葬礼来了。"

人们随着王副县长的目光看去。第二辆三菱车副驾驶的位子上先下来一位高个头儿身材魁伟、白头发蓝眼睛高鼻梁的外国男人。他快步走到车后,一手拉开车门,一手在车门顶部遮挡着。车内缓缓地走下一位身着黑色裙裤黑色上衣梳着披肩发戴着墨镜、皮肤白皙身材高挑儿的女人,她目不斜视,脚步似是很沉重,在王副县长车上下来的吴秘书引领下径直走到墓前。那个魁伟的外国男人,一堵墙似的紧跟在她的后边,一双机警的蓝眼睛向周围转动着。

这女人来到墓前并不搭话,只是双膝跪倒在地连磕了三个头后才站起身,一手将墨镜摘掉说:"两位哥哥,我是你们的妹子苏美娅呀，我本想先不告诉家里，想回到家给阿爸阿妈一个惊喜，哪想到阿爸阿妈都成了隔世之人。"说着话，苏美娅眼角泪珠滚落下来，她忙从手包里取出纸巾轻轻擦拭着。杨哈斯又惊又喜一拍大腿说："这咋说的，真没想到。老太太去世前还嘱咐我把你找回来，我还寻思着等把老太太发送了，和石头大哥出去找你呢。"

王副县长说："苏总是 M 国兴凯投资公司驻中国的全权代表，这次回国是专程来咱们腾格里县考察建厂投资的！我这次去北京专程请了过来。"人群里一阵惊讶，一片唏嘘声。

杨哈斯眼含着热泪向众人鞠了一躬说："我 90 多岁的老母亲今儿个出殡，各位亲朋好友都来了，俗话说老丧也是喜丧，我在云龙大酒店安排几桌薄酒素菜，算我们哥们儿对大家的答谢！"王富国副县长立即接过话说："不，你们的家事也是国事，老杨部长就不用说了，杨总经理是赤岭市的政协委员、全辽西省的优秀企业家，尤其是苏总为了繁荣咱腾格里县的经济不远万里从国外回来，老太太的丧事就算是咱们县政府操办的。景峰主任，这事你去办。"政府办公室主任景峰说了句："哎，我这就去云龙大酒店。"

"且慢。"苏美娅说话声音不高却极具震撼力，"王县长的心意我们领了，但老母亲的丧事怎么说也是个人家的事，在 M 国，就是总统吃饭也要自己掏腰包的。哈斯哥哥刚才说他安排，我说句话，阿爸阿妈生我养我，我长大求学去国外创业，没有尽孝，别说阿爸阿妈病床前端屎端尿，就是一盆洗脚水一碗饭也没端过，今天我回来了，正赶上我阿妈的葬礼，这是长生天还给苏美娅留一次尽孝的机会，各位领导各位乡亲，我感谢你们参加我阿妈的葬礼，今天中午哈斯哥哥安排的酒宴算我苏美娅对大家的答谢和我没能尽孝的一点儿补偿！我苏美娅向你们施礼了。"说着苏美娅向着人群深深鞠了一躬，人群中又是一阵骚动。一些人目瞪口呆，一些人踮起脚朝前观看，一些人窃窃私语。

苏美娅抬起身子回头对身后的外国男人以一种不容置疑的口吻说："杰克，所有的账单都由你去结，不必再请示我。"叫杰克的外国人低头说："好的，主人。"杨石头、杨哈斯似乎都没有什么话好说，王富国副县长朝着众人说："苏总说的有道理，走吧，大家都上云龙大酒店吧！"大小车辆车水马龙般向王爷府镇内开去。

达兰花老人的丧事一直办了七天，三天圆坟七天烧头七这些活动苏美娅都参加了。烧三天时，出外开会办案子的杨红鹰和杨阿尔斯楞终于赶回来了。两个人跪在奶奶的坟前，烧了些冥钱，说了些因公在外奶奶病重没赶回家让奶奶谅解的话。苏美娅站在他们身后说："你们哪，都忘了奶奶怎么疼你们了，再大的事还能比奶奶去世事大？"杨红鹰和苏美娅年龄相仿，小时候也只是见过几次，并没有太多的来往，所以不太在意苏美娅说什么。

苏美娅被县政府安排在云龙大酒店一楼唯一的极其豪华的总统套间中。王富国副县长说："这样安排方便和苏总谈判，咱这里没电梯，苏总哪是登楼梯的人？另外按级别论，苏美娅总代理相当于央企的总经理，应该享受副部级待遇。"

4

M国兴凯投资公司和腾格里县政府的谈判开始了。苏美娅提出M国兴凯投资公司要征1000亩沙地建化肥厂，公司投入1亿元人民币，一年建成投产，投产当年可给地方纳税3000万元人民币。投资规模在赤岭市排第一位，把王副县长美得做梦都笑出声来。

然而谈判却搁浅了，问题出在杨哈斯身上。苏美娅相中了西辽河拐弯的石门山到柏树洼一片沙地，而这片沙地正是杨哈斯承包沙地树木最多植被最好的地方，这里既有杨哈斯最大的养牛场，又有杨哈斯心目中的人间仙境世外桃源——柏树洼，割这一块沙地赶上剜他的心头肉了。杨哈斯明确表示："亲是亲财是财，捎带说这也不单是苏美娅的事，要是我自己妹子要，我就白给她又有啥，这可是他们公司的事。"

苏美娅只好私下跟杨哈斯说："哥，你傻呀你，你承包沙地一年收入有多少？"杨哈斯眼珠打了几个转儿，心里想：伊利奶业如今在调整经营策略，他腾格里奶业公司受冲击最大，别说那一片了，就是三个牛场加到一起一年的赢利也不足80万元。可是这丫头的公司有的是钱，这钱不赚白不赚！于是杨哈斯扬起头盘算一阵子说："我那一片一年至少得拿100万。"苏美娅冷笑了一下，说："哥，那1000亩地我们公司一年给你补100万。"

杨哈斯想了想说："妹子，那我的牛场怎么也得找个地方搁，你再跟王副县长说一下让他另外补给我1000亩沙地。"苏美娅轻松地喘了口气说："可以，他们不会不答应的。"杨哈斯的眼中放出了惊喜的光芒，但他收敛着内心的喜悦，只是平淡地说了句："行了，既然妹子都这么说了，我还有啥话可说的。可是说到让政府补给我1000亩的沙地，那我还得有个条件。"苏美娅有点儿不耐烦地说："哥你说吧。"杨哈斯摸了摸嘴巴说："我承包沙地的西边是县经济林场的林地，我只能挨着我的承包地往西扩展，多了我也不要，给我1000亩就行啦。"

苏美娅斜着眼瞅了瞅杨哈斯说："阿哥，你这是两头吃啊。"杨哈斯狡黠地咧咧嘴说："妹子，你知道，咱这是穷怕了，逮着发财的机会就得抓得死死的。我知道妹子是做大买卖的,瞧不起我们这些土老帽,你哥我就这个德行了。"

苏美娅所代表的 M 国兴凯投资公司和王富国副县长代表的腾格里县政府的谈判有了突破性的进展,王富国副县长做了大量工作,终于说服了那些思想僵化观念保守的同僚,接受了 M 国兴凯投资公司在腾格里县建化肥厂的计划。

作为第一次合作成功的奖赏,苏美娅送给王富国副县长的礼物是一部 IBM 笔记本电脑。她嘲笑王富国副县长说:"M 国人已经开着汽车跑了,你们还在坐牛车;我们在公司里打电话互相都能见到各自的形象了,你们却连发个电子邮件都困难;我们带着笔记本电脑随处都可以办事,你们却还要坐在屋里守着一台大电脑。你们太落后啦!"王富国副县长被说得面红耳赤,只好讪讪地打趣说道:"不用忙,用不了多久,我们牛奶会有的,面包也会有的。"

杨家人这边,她只送给杨阿尔斯楞一部 IBM 笔记本电脑。

苏美娅并没有和王富国副县长签署正式的合同文本,她说合同的正式文本要到北京去签,她还要去冀东、山东、贵州、闽西等地去考察,这是 M 国兴凯投资公司的一揽子计划。

谈判成功,双方都非常高兴,按惯例自然要欢庆一场。

云龙大酒店宴会大厅里,几只大大的吸顶灯将大厅照耀得如同白昼。宴会厅场面很大,四张餐桌靠近一个铺着红色地毯的小舞台,餐桌的旁边又是一个铺着紫红色地毯的舞场。场地的一边,县文工团的队员们已经在乐器前就位了。

宴会开始,王富国副县长先讲了些庆贺与 M 国兴凯投资公司达成意向性协议的话,然后又说明本次酒宴是苏总代表 M 国兴凯投资公司对家乡父老乡亲的答谢宴会。

苏美娅起身致答谢辞,她感谢众人在她母亲病重住院期间给予的关照和所做的努力,感谢腾格里县以王副县长为首的各位官员在 M 国投资化肥厂项目方面所给予的大力支持,现已达成意向性协议。她动情地说:"作为一名远离家乡 20 余年的游子,漂泊在外内心极其苦痛。如今我回到家乡,得到家乡人民尤其是父母官的热情接待,我的心中像一团火在燃烧。所以我才决定 M 国兴凯投资公司投资兴业要重点向我的家乡腾格里县倾斜,让我这颗荒凉的心得到安慰!我们 M 国兴凯投资公司拥有 1300 亿美元的固定资产,是一个以化工产品为主要投资方向的超大型跨国企业,我们将逐步加大向腾格里县的投资,争取在几年内把腾格里县财政收入增加到 6000 万元。"

王富国副县长带头起身鼓掌欢迎,参加酒宴的人们尽情鼓掌。

宴会在热烈地进行着,一些人已经自动邀上舞伴下场翩翩起舞了。苏美娅动情地唱起了台湾诗人席慕蓉的《父亲的草原母亲的河》,使宴会欢乐的气氛达到高潮。

杨红鹰和杨阿尔斯楞被特意叫了回来参加答谢宴会,杨阿尔斯楞已让人请下场跳舞去了,杨红鹰却心不在焉地坐在酒桌旁。他在想上午赤岭市公安局的会议。赤岭市公安局局长赵东明亲自主持会议,他先让杨红鹰汇报了公安部在闽西省闽州市召开的反恐禁毒现场会内容,讲了赤岭市百日禁毒排查行动安排。然后赵东明明确指出:"当前反恐禁毒形势非常严峻,全市公安干警必须消除和平麻痹思想,去掉吸毒贩毒只发生在经济发达地区的观念。"赵东明拿起"鸮"遗留的鸡血石挂坠的照片,非常严肃地说,"同志们,这只鸡血石玉挂坠就是一个证明,尽管有各种各样的可能,但它出自我们赤岭地区,这就加大了我们赤岭地区存在制毒贩毒的可能性。对于这场同境内外贩毒制毒势力的斗争我们不要有任何侥幸心理,而要警钟长鸣!"最后他要求各部门全力支持禁毒支队即将开展的百日禁毒清查行动。

此时的杨红鹰，人虽然坐在酒桌旁，心却早跑到缜密的禁毒清查计划中去了。

夜深了，人们都进入了梦乡。整个王爷府镇淹没在黑夜中，除稀疏的路灯外，几乎所有的建筑物都像一只只闭上眼睛的巨兽蹲踞在那里。夜幕中，偶尔听得见几声狗叫，还有学名叫作鸮、被当地人叫作夜猫子的鸟发出"咕咕咕"的叫声，在这暗夜里带给人们的是心中的恐惧。

昏黄的路灯下闪过两个人影。他们来到离下葬达兰花墓地不远的地方，其中一个人跪在一个小小的坟堆前连着磕了三个头，又伴着轻轻的啜泣声点燃了些纸币。星星点点的火光像是黑夜中闪动的鬼火。

5

赤岭市公安局百日禁毒大清查行动开始了。公安局局长赵东明亲自担任大清查组的组长，杨红鹰任常务副组长。命令立即下达到各县区公安局，各县区立即下达到城区和乡镇派出所。赤岭市公安局《关于在全市范围内开展禁毒百日清查行动的通知》张贴在大街小巷。赤岭市公安局召开电视电话会议，屏幕上闪现着各县区参加会议的电视画面。赵东明发出铿锵有力的声音："全市所有的公安干警是人民的卫士，为保卫人民生命财产，每个人都要长一双鹰一样的眼睛，让任何制毒贩毒的蛇鼠之辈都逃不过我们的法网！"

蓝天白云，大漠长河。秋天的小腾格里沙漠一片青黛的颜色,天空中几只大漠鹰在盘旋、在飞翔,它们在俯视着大漠中时隐时现的猎物。

杨红鹰坐镇在赤岭市公安局禁毒支队作战指挥中心里,不断接听着各地打来的电话,放下电话就拿起手机。他命令禁毒民警巴力吉:"把鸡血石挂坠图片再印100张连同禁毒清查通知一并给各县区发下去,图片的画面一定要清晰、容易辨认。"巴力吉接过图片:"是!"敬礼转身跑了出去。杨红鹰背着手走到指挥中心西侧墙跟前,墙上挂着一张高分辨率的赤岭地形图。地图上有详细的山川河流公路等标志,就连居民点、教学点都标识得很清楚。他炯炯的目光来回扫视着这张地图,仿佛要将这张地图看穿。

警用吉普车在公路上呼啸而过,车上坐着禁毒清查的公安干警。乡间公路上,崎岖的山路上,浩瀚的沙漠中,公安干警骑着摩托骑着马骑着骆驼在排查。

公安干警手里拿着鸡血石挂坠图片在古玩城的店铺、摊位前询问着;公安干警拿着鸡血石挂坠图片在酒店向吧台的服务员询问着;公安干警拿着鸡血石挂坠图片向一位开着拖拉机的司机询问着;公安干警拿着鸡血石挂坠图片站在羊群旁边向羊倌询问着……

大清查行动已经过去一个星期了,却没有关于与鸡血石挂坠有密切关系的信息。只是在距腾格里县王爷府镇八十里地的一个叫老虎碇子的小山村,公安干警们却意外地清查到一个小小的制毒与贩毒的窝点。

老虎碇子村只有十几户人家,属腾格里县西部山区大夫营子乡的一个自然村。全村的人们生病长灾都找一位名叫张东芝的"张神医"治疗。张神医是中医,用的都是自家的秘方。他有这个把握:不管什么恶性病,服上他一剂药总能见效果。前面说到达兰花老太太病重住院疼痛难忍，杨哈斯说他绕道进山弄了一块大烟给老母亲止疼，就是去的他那里。这位张神医治病出了名，也去河北、辽宁、山西看病卖药。

张神医家在村子后山又隔了一条山岗有一洼承包的桦树林，林子中央有半亩方圆的一块空地，除了让树荫遮挡的地方外也就有一二分的地方，张神医就和他老爹年年在这块小空地上偷偷摸摸种罂粟。禁毒大清查时，就有人把张家的情况报告给了大夫营子乡派出所。派出所觉得事关重大就报告给腾格里县公安局的于局长，于局长也赶忙告诉正等消息的杨红鹰支队长。杨红鹰听到报告，立刻觉得此案性质严重，属制毒贩毒一条龙的犯罪行为，必须坚决打掉。于是当即给于局长下令："立即拘留张家父子，铲除这个制贩毒的黑窝点，要特别注意和鸡血石挂坠案子的联系！"

没用两个小时，腾格里县公安局于局长就从大夫营子乡派出所打来电话。他说，老虎砬子村张神医家制毒贩毒案子只抓到个老头子，外号"张神医"的张东芝和他媳妇不知怎么得到消息，提前一个小时开着一辆212吉普车跑了，现在正在组织警力追捕。杨红鹰支队长立即命令道："通缉张东芝，对张东芝家实行监控！"于局长答应道："是，我马上布置落实！"于局长叫于洪军，原在解放军某守备师任副团长，头年转业后来到腾格里县当了公安局局长。

转眼间，达兰花老太太去世二十天了。早晨，杨红鹰打电话把杨阿尔斯楞叫过去说："阿尔斯楞，明天是达兰花奶奶烧三七的日子，咱俩本应该都回去，可我这里正是禁毒百日大清查的关键时刻，我无法离开，你自己回去吧，好好和你阿爸解释一下。另外，你回去到县公安局于洪军局长那里，把老虎砬子村制毒贩毒案侦破报告带回来。"杨阿尔斯楞答应一声就走了。

赤岭的人们对于人死后丧葬很讲究，下葬要先找阴阳仙看时辰，然后就是三天圆坟、烧头七、烧三七、烧百日，最后还一个烧三周年。杨阿尔斯楞当天赶回腾格里县的王爷府镇，把杨红鹰哥哥因禁毒百日大清查脱不开身的情况给杨哈斯他们说了，大家都知道杨红鹰做的不是一般的工作，也就没说什么。

第二天一清早，杨家的人还有些亲朋好友都到了墓地。大家在坟前围成半圆，动手给坟头填土压坟头纸烧冥币、献花圈。杨哈斯拿着根棍子挑着未燃尽的冥币说："阿妈，到那边可别像在这边似的整天舍不得吃舍不得穿的，你可劲儿花，咱家现在不缺钱，儿子供着你花！"人们下跪磕头。

大家都起身要走时，杨哈斯突然有了新的发现："啊哈，奇了怪了，大黑驴老王长顺的坟前谁还给烧纸了呢？"一些人也立时跟着惊奇起来："可不真是的。"也有人说："王长顺死后他那个日本女人领着孩子走了，王长顺跟前也没啥近便人哪？""王长顺倒是还有个重山兄弟。""噢，你是说吴小辫吗？""可不是他咋地，大黑驴他爹死了，他妈就走道嫁了吴小辫他爹吴大舌头，这又生了吴小辫。""噢，还有这一层，可没听吴小辫说过呀。"

杨哈斯哈哈一笑说："吴小辫穷得叮当响，哪顾得上给大黑驴王长顺来上坟？没准儿是哪个冤种上坟上错了地方。"人们跟着哈哈一笑，默认了杨哈斯的说法。

回到家中，杨阿尔斯楞说："我去一趟公安局，一会儿就回来。"杨阿尔斯楞从公安局回来说马上要回赤岭，杨哈斯问："你们又忙三迭四地整啥呢？"杨阿尔斯楞说："我们刑警大队正配合红鹰哥的禁毒支队搞禁毒大清查，红鹰哥哥说，禁毒支队那边人手不够，要调我去他支队呢。"他拍了拍公文包说，"这不，腾格里县公安局在老虎砬子村刚端掉一个制毒贩毒的黑窝点。"杨哈斯不以为然地说:"我寻思多大个事呢,给你奶奶止疼的大烟就托人在那儿整的。"杨阿尔斯楞说:"阿爸,你可要注意呢,大烟就是毒品,咱们国家可是严格禁止的,你别成天把啥事都不当个事。"杨哈斯笑眯眯地瞅着儿子:"呵呵,你还训教上老子来了。"

杨阿尔斯楞说:"阿爸,咱们说点儿正经的,你还开着巴林石雕刻厂,你对巴林鸡血石认得怎么样啊?"杨哈斯知道现在人们办事常拿巴林石送礼,便收回了笑脸一本正经地说:"儿子,有人给你送鸡血石?那你找阿爸可找对了,方圆百里阿爸可是看鸡血石第一人。"杨阿尔斯楞打开公文包抽出那张鸡血石玉龙挂坠的图片说:"阿爸,你看看图片上这个,知道是哪儿的不?"

杨哈斯接过图片凑到窗前仔细地端详了一阵子说道:"哎呀,这可是极品,儿子,谁给你的?放到商店里肯定能卖好价钱!"杨阿尔斯楞说:"阿爸,你就认钱,我让你看看这只鸡血石挂坠是哪个厂子雕的。"杨哈斯在窗前用手举着图片说:"啧啧,你看这血头,还啥时间出的,现在雅玛山哪还有这石头。"杨阿尔斯楞一本正经地说:"阿爸,你总是说不到正题上,我问你,这玉坠是哪个厂子出的。"杨哈斯把图片摔到茶几上大声地嚷道:"浑小子,还说我说不到正题上,现在根本就没这个石头了,你说哪还有厂子出它啦?"

杨阿尔斯楞看阿爸动了怒也就把口气缓了下来:"阿爸,你别生气,这个玉龙坠既然是巴林鸡血石的,怎么也应该有个时间吧?"杨哈斯见儿子口气缓和了,自己也觉得不好意思:"这种鸡血石我还是小时候见过,大黑驴王长顺上山放羊捡到过巴掌大的一块鸡血石,就是这样的血头,打那往后我就再也没见到过。"

杨阿尔斯楞焦急地问:"那雕这坠儿的手艺人该是谁呢?"杨哈斯说:"那我就不知道了,这鸡血石我也是就见那么一回,还是美智子让我跟她一起玩拿出来的,为这事王长顺把美智子好一顿踢，那往后就再也没见到过。"杨阿尔斯楞随口问道："美智子真的是日本人？"杨哈斯头也没抬地说："那还有假，日本人退却时，大黑驴王长顺在西辽河边上捡个日本小丫头，先是当闺女养，后来就成了他的团圆媳妇，等长大了还真给他养了个儿子。"

杨阿尔斯楞见问不出啥来，就把图片收起来放在公文包中说："阿爸，我刚才问你的事和你跟我说的情况千万别和别人说。"说完，他提起公文包，头也不回地走了出去。娜仁妈妈在后边追着说："这孩子咋说走就走了。"

杨哈斯嘿嘿一笑说："这小子，还假装挺鬼的呢。"

杨阿尔斯楞回到赤岭市公安局立刻去见杨红鹰。他对杨红鹰又敬又怕，敬的是他是自己的兄长，怕的是他是支队长，是一位非常严厉的上级。他来到杨红鹰办公室门口喊了一声"报告"，听到里面说"进来"才走了进去。杨红鹰正伏在写字台前看着什么文件，见杨阿尔斯楞回来了便微笑着问了句："回来啦？"杨阿尔斯楞郑重其事地敬了个礼，然后双手将腾格里县公安局的禁毒大清查报告递了过去。杨红鹰伸手接过去放在桌上说："烧三七去的人不少吧？"

杨阿尔斯楞看杨红鹰唠起了家事也就随便些了。他说："人挺多的，大家都知道你忙回不去。哥，你说坟茔地还真出乐子了，不知谁家上坟上错地方，烧纸烧到老王长顺的坟上了，我阿爸说这不知道是哪个傻帽干的。"杨红鹰静静地听着，眉头又皱在了一起。他好像自言自语地说了句："这不年不节的上的什么坟？是件怪事。"见杨阿尔斯楞说得挺高兴就问了一句，"还有什么？都说说。"杨阿尔斯楞说："我还向阿爸问了鸡血石玉龙挂坠的事。"

杨红鹰听到这儿，立刻抬起了身子，一双眼睛盯住杨阿尔斯楞问道："你阿爸怎么说？"杨阿尔斯楞就把他和杨哈斯的对话重复了一遍。杨红鹰站起身朝着杨阿尔斯楞点点头说:"你公安大学真没白念,这可是一个非常重要的线索。"然后他给技侦处打了电话,"李处长吗?对,我是杨红鹰,我想请宋技术员和我出去一趟。对,十分钟后出发。"他放下电话对杨阿尔斯楞说:"走,我们马上回腾格里县!"

杨红鹰让杨阿尔斯楞开着车去了腾格里县,他没有惊动县公安局于洪军局长,而是越过西辽河大桥穿过王爷府镇首先奔了墓地。在王长顺的坟前,宋技术员蹲下身子小心翼翼地将灰烬用镊子夹起些装进塑料袋中。杨红鹰又在坟前坟后查看了一下,再没发现有价值的线索,就让杨阿尔斯楞开车去了杨哈斯家。

杨哈斯家在王爷府镇的东侧,一幢三层别墅,一个独立的小院。院墙是一人多高铁栅栏的那种,栅栏上挂满了花草的藤蔓,院里有一棵很大的家杏树。院子的东南墙角是一个狗屋,一只黑色的大藏獒威风凛凛地在狗屋铁栅栏后面走来走去。院子的大门是电动的推拉式铁门。

杨哈斯、杨红鹰、杨阿尔斯楞坐在客厅的沙发上说话,娜仁高娃提着一只大铜壶出来进去地添奶茶。

在交谈中,杨哈斯也没有提供更多的信息,只是肯定地说:"后来雅玛山开出来的鸡血石不会有这样的血头,反正我活这么大岁数,就那回见过王长顺家有那么一块。"杨红鹰目光在杨哈斯身上扫来扫去,他觉得自己这位叔叔没有撒谎。于是杨红鹰又问了一句:"二叔,这雕工你怎么也应该认识吧?"杨哈斯把那张印着鸡血石挂坠的图片拿过来又仔细端详了半天后摇着头说:"我还真就不认识,咱们现在这几个厂子那些年轻的雕工用的都是电动的器具,这可是纯手工的活儿。不过我给你们打听打听吧,这没把握的话我是不能乱说的。"

杨红鹰只好起身告辞,杨哈斯和娜仁一直把他们送到院外,看见车走远了才转身回到院里。

  回赤岭的路上杨阿尔斯楞有点儿沮丧地说："折腾了一遭跟白跑一趟差不多。"杨红鹰却一本正经地说："警察一个重要的特质就是不放过任何一个不正常的现象，再从若干不正常的现象中找出符合逻辑的线索来，对你今天的表现我感到很高兴。"

6

  苏美娅和杰克那天离开腾格里县已是早晨 8 点多钟了。送行的人群中自然少不了杨石头、杨哈斯、娜仁高娃这些人。杨红鹰、杨阿尔斯楞兄弟俩天刚亮就走了，为的是早晨上班不迟到。王富国副县长和办公室景峰主任一直开车把苏美娅送到赤岭机场，苏美娅要乘中午的航班去北京，然后赴山东、闽西、贵州、冀东等地去考察。

  此时中国的大地上到处像一只只张着大口的饥饿的巨兽，对投资到处都是来者不拒，人们都在用力填补着从前的亏空。一些县市政府还专门建立招商局负责引进外资，对引进外资官员们的奖励也较优厚——从引进的外资中提成或将引资作为提升的政绩。官员们对于 M 国尤其情有独钟，觉得 M 国就是"芝麻芝麻开门"中的宝库。

  M 国兴凯投资公司中国总代理苏美娅匆匆忙忙，从一个机场又飞到另一个机场，每到一处都有政府官员陪伴着。苏美娅握着一只又一只热情的大手说："我们 M 国兴凯投资公司第一期打算在中国选择十个贫困县的山区投资化工产业，让贫穷的山区致富，而我们也获得丰硕的利益。"举止文雅办事干练的苏美娅到处都给官员们留下极好的印象。

每到一处，苏美娅都建立了办事处或代办处。精明的苏美娅采取借鸡下蛋的办法：在冀东省用了青山县既开酒店又开贸易公司的企业家吴宽做总代理；在闽西省收编了龙山县"余氏兄弟进出口贸易公司"，总经理余成军、副总经理余成民答应归苏总调遣；在贵州省用了松原县开酒店的苏德龙；在山东省让她大学时的同学一直以她为梦中情人的高晓荣当办事处主任，还找了一对不会讲日语的日本夫妇河野和枝子帮办业务，要他们负责设备制造和化工原料。这位高晓荣原是一个濒临破产的模具工厂的工程师，有了这样的出路自是喜出望外。

待一切事情安排妥当，苏美娅才到北京通知王富国副县长去参加协议签字会议。

杨红鹰带着宋技术员和杨阿尔斯楞去了一趟腾格里县收获不大，可第二天早晨宋技术员拿来的化验分析却让他吃惊。宋技术员说："经过对坟前留存灰烬所做的颗粒分析，坟前烧的是经过化学处理的百元人民币。"杨红鹰皱着眉说："这就更加奇怪了！"他立即将这个情况向赵东明做了汇报。赵东明听完汇报沉吟一下问道："你什么意见？"杨红鹰说："我打算再去腾格里县找于洪军局长对这件事进行秘密排查。"赵东明点点头说："控制一下范围，这种事哪一种可能都有，你亲自去一趟更好些。另外，我已和刑侦那边说了，杨阿尔斯楞就正式调给你们禁毒支队了。"杨红鹰说了句"谢谢赵局的支持"便戴上帽子走了出去。

杨红鹰让杨阿尔斯楞开车又回到腾格里县，到公安局和于洪军局长单独商量后决定，既然王长顺只有吴小辫这么一个亲人，那就先围绕着吴小辫展开调查。杨红鹰谢绝了于洪军局长留吃午饭的要求，又急忙让杨阿尔斯楞开车回赤岭。

刚走出公安局,就见王富国副县长把头从车窗里探出来说:"红鹰老同学,赤岭的福尔摩斯,你什么时候回来的?"杨红鹰说:"我就是上午过来的,你这是又办什么大事去?"王富国说:"去机场接你们亲戚去,苏总再有两个小时就下飞机了,她安排的两位余副总自己带车上午就到了。红鹰,前天我飞北京签的协议,有山东的、冀东的、闽西的、贵州的,哎呀,那阵势!参加仪式的还有位退休的副部级的。这不,苏总散了会就来咱腾格里县了。你站下呗,晚上好参加欢迎苏总的宴会。"杨红鹰说:"我可没你那福分,整天让这些案子追得连跟老婆孩子回家伺候伺候老爷子的工夫都没有。"王富国不屑一顾地说:"你们那是自找的。前些日子公安局的于洪军整个什么鸡血石玉龙挂坠的图片,说和贩毒分子有关,我就说,咱腾格里县这样的鸡血石挂坠没一万只也有八千只,要是都和贩毒有关,咱们腾格里县早富起来了。"

杨红鹰郑重其事地说:"富国,这可是公安部督办的案子,是从闽西那边追过来的。"王富国说:"你整啥我都支持,但愿别小题大做了。哎,我得快点儿去机场了,你真不站下?"杨红鹰说:"下午省厅禁毒总队有个紧急电话会议,我必须得赶回去参加。"王富国说了句"那就下次来再说吧",随后把脑袋缩回车里,三菱车"呜"地一下开走了。杨红鹰看着远去的汽车,对杨阿尔斯楞说:"我们也快点儿走吧。"

赤岭机场出口,王富国带着司机小杨气喘吁吁地赶到。苏美娅已出现在机场出口的人群中,杰克拖着个大箱子跟在后边。王富国立即迎上前去,连说:"苏总,一路辛苦,一路辛苦!"苏美娅笑呵呵地说:"王县长太客气啦,余总他们到了吗?"王富国说:"到了,他们上午就到了。"司机小杨打开车后备厢盖,帮杰克把拉杆箱子放进去，又把车门拉开。王副县长伸伸手说："苏总，入乡随俗吧，在腾格里县谁的职务最高谁坐前面。"苏美娅也笑着说："那就入乡随俗。"说着话，大家就都坐进车里。

　　三菱车在公路上飞快地奔驰着。深秋时节，公路两旁的野草大多已经枯黄。汽车前方的树木、电线杆以及沙梁都迅速闪过。苏美娅无意中说了一句："县里各位领导都好？"王富国向前探了一下身子说："都好，都好！"苏美娅说："唉，老太太去世对哈斯哥哥打击很大，不知现在从悲伤中走出来没有？"王富国马上说："没啥大事吧，我来接你们时在公安局前面碰见杨红鹰和杨阿尔斯楞了，也没听他们说什么。"

　　苏美娅不经意地问了句："杨红鹰他们回去是公事还是私事？"王富国说："嗯，我那老同学可是个大忙人，现在整禁毒大清查一百天呢。"见苏美娅没吱声，王富国好像故意卖弄一下说，"哼，杨支队他们现在正拿着图片排查鸡血石玉龙挂坠的案子，跟你们说了也没关系，还是公安部督办的，从闽西省那边追过来的。"苏美娅动动身子小声说了句："你们中国的警察真是没事干了！"接着又提高点儿声音说，"禁毒的事严着点儿是对的，世界各国都是这样，只是别捕风捉影，把人们搞得草木皆兵的，那会影响经济建设。"王富国马上说："就是，这话刚才我就跟红鹰说，我说鸡血石玉龙挂坠怎么啦，要是鸡血石挂坠都和毒品有关，腾格里县早就富起来啦。你看，咱们说着说着就到云龙大酒店了。"

　　三菱车刚刚停住，余成军、余成民兄弟俩就带着几个哥们儿从楼里迎了出来，簇拥着苏美娅去了一楼的总统套间。王富国说了一句"咱们晚上见"，就乘车回政府了。

　　晚上腾格里县人民政府举行了盛大的欢迎晚宴，山珍海味茅台酒，唱歌跳舞献哈达，场面极其热烈。宴会结束，余成民说：

"我可要带着弟兄们去洗浴了,这些天憋得都上火了。"王富国立刻吩咐景峰主任:"景主任去燕舞洗浴中心安排一下。"

王富国近来在政府中的话语权力度越来越大了。这次在北京签协议后,在王富国的要求下,M国兴凯投资公司预支给腾格里县政府1000万元资金。就连政府一把手宁琛县长都向王富国竖起大拇指:"王县长,干得好,我可以两个月不用跑出去借钱给职工干部开工资了。"

苏美娅在套房中面带忧容地对余成军说:"告诉二弟和弟兄们干啥都收敛着点儿,公安部禁毒网已经撒过来了,这里正搞禁毒百日大清查呢,领头的是我一个亲戚侄子杨红鹰。这个人我知道,别看平时不言不语的,可做起事来心中极有数,下手又快又狠。"余成军点点头说:"嗯,我跟他们说。"

燕舞洗浴中心,余成民披着浴巾在休息室中尽享欢愉之情。他半倚在沙发上,两名娇媚的女子在他左右揉搓着,嗲声嗲气地说着:"余爷,你好坏哟。"余成民用手拍着其中一位的手腕说:"来多久啦,钱还没挣够吗?"那女子就势亲了余成民一口说:"人家都来好几年了,先来的姐妹说这里'人傻钱来得快',可来了不是那么回事儿,这里的老爷们儿就知道坐着喝酒别的啥也不干,余爷要不来我们就得饿死了。"余成民哈哈一笑说:"这话我爱听,走,咱们再乐和乐和去。"

苏美娅一个人坐在靠里边的沙发上皱着眉头,手中是公安部发至全国排查鸡血石玉龙挂坠的图片,这是刚才王富国应她的要求打发景峰主任送来的。她对王富国说:"什么样的鸡血石挂坠值得这么大惊小怪的?也给我拿来看看。"

苏美娅拿着那张鸡血石挂坠图片站起身,低着头在屋里踱着步。

7

人们说的吴小辫家在王爷府镇西北角，城区扩建时因为县党政综合大楼盖在镇的东南面，城区的建设就向东南方向发展，丢下了老城区一片平房和平房里的人们。小区的前面是王爷府博物馆，小区也就叫王爷府小区。

吴小辫家三间老房子一个小院。房子古韵十足，据说是早年庙院的宿舍，灰砖灰瓦的。

早年赤岭地区的一些人生下孩子尤其是男孩儿，为保孩子长命，就在孩子的脑后留下一撮头发，有的还编上辫子。吴小辫的老爹吴大舌头一直让他把脑后的小辫子留到"文化大革命"，可辫子铰了，吴小辫的名却保留下来。吴小辫早年有个媳妇，因难产大人孩子都没保住，后来爹娘也相继过了世，就剩他老哥光棍一条。

人要是没有什么希望和愿景了，那肯定潦倒不堪活得没意思。如今吴小辫这院子里分不清是种的作物还是长的野草，只有几根木杆竖在那里。屋子的顶棚估计还是吴大舌头给吴小辫娶媳妇时用蜡花纸糊的，已经打过多处的补丁泛着深浅不一的土黄的颜色。炕头里的墙角卷着一个颜色较深已无法辨认图案的铺盖卷。屋里强于家徒四壁的是用两块砖头垫起的两只破箱子。

快70岁的他，眼神还不好，三步以外看人分不出男女，自然没人再用他干啥，他只能拿着低保打发时光。前两年街道办事处分配扶贫物资时，给了他一台19寸的电视机，他如获至宝，黑夜白天地趴在电视屏幕前面看。可尽管这样，吴小辫却没把雕刻厂那帮年轻人放在眼里，逢人就说："就雕刻厂那帮年轻人也算手艺人？好料给他们也整瞎了。"

那天杨哈斯对杨红鹰说"这没把握的话我是不能乱说的"，等到杨红鹰他们走后，杨哈斯去了他巴林石雕刻厂对人们说："你们都回家打听打听，早些年咱这里都有谁雕过石头。"就有一位叫卢玉珍的雕工说她奶奶说过，她就在公社雕刻厂雕过石头。杨哈斯赶紧说："卢玉珍，我给你半天假，你回家务必问你奶奶，那时雕刻厂活着的还都有谁？"

卢玉珍答应一声去了，下午来上班时，就笑呵呵地对杨哈斯说："我奶奶七十来岁也是一时明白一时糊涂的，她说她们的师父是王县长他爹王大明白，王大明白的亲徒弟现在就剩个吴小辫了。我说'那不还有你吗'，她说算上她还剩俩人。她又说，那时别管岁数大岁数小，就数吴小辫最有出息，师父净夸奖他，当时她还想跟他搞对象了呢，可现在吴小辫就是狗屎一堆。这老太太早先还有梦中情人呢！"卢玉珍说完笑着走了。杨哈斯听完卢玉珍的话，抄起电话就打给杨阿尔斯楞，那边杨阿尔斯楞说："我哥上省公安厅汇报去了，明天上午回来，我跟他说，有可能明天下午就去。"

这天夜里，北高加索的寒潮按照惯例穿过蒙古高原越过大兴安岭山脉冲向小腾格里沙漠。吴小辫趴在炕上盖着被子，脑袋探出炕沿外，歪着脖子看电视。电视里正演《黑冰》第三集，大案队队长进入荒岛的制毒工厂。这时就听到外屋门"吱扭"一声被推开了。吴小辫也没理会，多少年他习惯了，进他屋没什么要紧的人。

"叔你看电视哪，嚯，看的是《黑冰》，缉毒大片，王志文、蒋雯丽主演的。"吴小辫惊慌失措地爬起来，问了一句："谁呀，我咋没听出来呢？"电视机微弱的亮光下，他影影绰绰地看到地上站着三个人,站在前面说话的是个女人。女人又说了:"我是你侄女。"吴小辫说:"嗯,这是哪支的呢?想不起来啦。"女人说:"想不起来就不用想了,知道侄女来看你就行了。来,叔,我给你剥个橘子吃吧。"

那女人也没上炕就站在炕沿前,伸手接过旁边的人递过来的一个橘子,剥掉外边的皮递给吴小辫。吴小辫把手在被子上蹭了几下,哆嗦着接过橘子,口中却说着:"来就来呗,还买东西干啥,挺贵挺贵的。"然后把橘子囫囵着填到嘴里。女人说:"慢慢吃,别噎着。"吴小辫嘴里咀嚼着吞咽着说:"这玩艺儿真甜真好吃,活这么大岁数头一回吃到,侄女这叫啥来着,还有没?再给我一个。"女人说:"有,给你都剥好了,嗯,给你。"女人又递给吴小辫一个剥好的橘子。吴小辫又整个填在嘴里,囫囵半片地咽了下去,就这么着连吃了好几个。

突然吴小辫咯咯笑了起来,一双手搁在大腿上:"嘿嘿,媳妇你回来啦,上哪儿去了?一去这么些年,这些年我谁都不想,我就想你。媳妇、媳妇,你上炕里呀你,炕头热乎。回来就赶紧睡吧……咯咯……"吴小辫不停地笑着,眼睛里放出绿幽幽的光。

刚才来的女人扭身摆了摆手,三个人蹑手蹑脚地走了出去。他们身后传来吴小辫"媳妇媳妇你往里,咯咯咯……"的自言自语声和怪笑声。

黑夜中,女人叹了口气轻声说了一句:"这是他最好的归宿啦,没有任何痛苦,在欢愉的幻境中消失。""老大真是大慈大悲的活菩萨,要搁我上去一刀抹了算了!""老大,非得让他死吗?"男人的声音。女人说:"他必须得死!"

漆黑的夜与"呼呼"的风声很快淹没了他们罪恶的身影。

第二天快晌午的时候,街道管委会的王嫂去给吴小辫送低保费。这几年吴小辫每次低保费都是王嫂送。前天在街上王嫂碰见了吴小辫，王嫂说："吴叔，这两天在家吗？发低保费呢，在家我好给你送过去。"吴小辫把手从袄袖筒里抽出来凑到王嫂的跟前说："嗯，我都在家，这些年净麻烦你啦，嗯，那啥，去的时候我有件东西给你看。"王嫂早就听人说别看吴小辫穷得像个要饭的，可也藏着宝贝东西呢。

王嫂进院就喊："吴叔我来啦，在家吗？又睡着了咋的。"外间屋的门虚掩着，王嫂用手一推就开了，"吴叔，我来给你送低保费来啦。"说着话，王嫂一步迈进里间屋。

突然，王嫂惊叫着跟头流星地跑了出来："哎呀，妈呀，可不好啦，吴小辫光腚拉叉地死在炕上啦！哎呀，妈呀，快来人哪！"不一会儿，吴小辫的院子里和屋里就挤满了人。人们议论纷纷："吴小辫看着老实巴交的，还喜好这口。""你看那吴小辫乐呵的，准是把小姐找到家里来啦。""吴小辫这些年没捞着，这回是铆足劲了，身底下还一摊呢。"

王嫂仍有点儿惊魂未定的样子："前天吴小辫还说有件东西要给我看，也许那时候他就没安好心？"王爷府小区街道管委会主任刘海涛说："大家伙儿可甭乱说，还说不好咋回事呢，已经报到县公安局去了，公安局的人一会儿就来！"刘主任的话还没落地，公安局一辆213吉普车已经停在院门口。

是于洪军局长亲自带刑警大队长和警员来的。刑警大队长李春大声说："大家都闪开，你们这现场是怎么保护的！"

"那还怎么保护，要是凶杀案，我们连这院都不进，一个这案子还挡人们看？"有人立刻顶了回来。还有人说："你们快去查查小姐吧，看昨儿个黑夜谁出来过，哈哈哈……""哈哈哈……"于洪军皱着眉头，和李春进屋查看现场。

这时手机响了，于洪军把手机举到耳边："噢，杨支队，刚下飞机……什么？下午吃过饭要过来？不是，不是，你说啥？要问吴小辫。杨支队，那你可问不着了，咋问不着，死人一个。看样子是昨天夜里就死了。死因？现在还不清楚。什么？不吃饭马上赶过来。好吧，我们就在现场等你。"于洪军回过头对李春说："那就先别往地上抬了，保持原姿势，杨支队他们从市局赶过来了，他们要再看看现场。"

李春对刘海涛说："跟大家说说都回去吧，市公安局禁毒支队杨支队长他们要来。"刘主任点点头说："那好吧，你们看完了告诉我一声，他就一个孤老头子，我还得跟民政说说想法儿把他埋了。"说完，刘海涛就招呼大家走了。

于洪军招呼李春炕上地下屋里屋外地查看着。

李春是码踪的高手，是新中国成立初期腾格里县公安局最著名的侦查员码踪专家神马的封门弟子。如今神马已经过世，神马的弟子中这位李春是最出类拔萃的，行业中有小神马之称。然而，小神马李春却越来越感到力不从心了。关键就是表象与实际差别太大，一些高科技犯罪让他无踪可码，吴小辫死亡现场就让他找不见罪犯的踪迹。

大约又过了一个小时，赤岭市公安局的三菱车到了。杨红鹰手里掂着包，身后是杨阿尔斯楞和两位支队的干警，还有一名法医。大家急匆匆地穿过院子，和从屋里迎出来的于洪军、李春又一齐返回屋里，大家转悠着看着。"这肯定不是劫财害命的案子。"杨红鹰肯定地说。于洪军说："人们说吴小辫在家泡小姐泡死了，我就不信，能有小姐为他这么个糟老头子上这破地方来吗？"李春说："嗐，那些人为钱啥不干？"市局禁毒支队的两名干警和那名法医更是提不出什么新的意见。

杨红鹰抬头瞅了瞅杨阿尔斯楞说："阿尔斯楞你看呢？"杨阿尔斯楞这才从吴小辫的尸身上将目光移了过来。他说："从吴小辨尸身看无一处伤痕也没有任何打斗的迹象，就是说这屋中没发生过暴力行为。从死者面部形状看，不但没有任何痛苦的迹象，反而有一种欢悦的神情，但是这正是吴小辨死因的疑点。"

在场的人们都屏住呼吸，听杨阿尔斯楞一个人的分析。"恰好，公安部前天转来一份国际刑警组织的英文通报，公安部说翻译稿随后就到，我先看过了。国际刑警通报中说：'近日国际刑警组织在东南亚F国发现数例因服用国际恐怖组织Ka研发的Knmgh-2致幻剂案件，该致幻剂能使人在短时间内产生幻觉，在极度兴奋中造成心肌梗死从而快速致受害者死亡。'这种致幻剂有个特点，它不是靠皮肤接触，而是通过食物由胃部吸收，再导致脑垂体发生反应才能实现。"

杨红鹰眼睛亮了一下，随即插话说："你是说，我们必须得尸检做胃遗存物分析？"杨阿尔斯楞点点头说："是，我就是这个想法。"杨红鹰又问："谁的胃中都会有遗存物，怎么证明遗存物里有这种致幻剂呢？"杨阿尔斯楞说："通报中也说到了，国际刑警已分析出它的主要指标，一是这种致幻剂属碱性，二是含有的钾、镁离子超过普通食物的三倍以上。另外，国际刑警要求，任何国家发现这种毒品的使用都要立即向国际刑警通报。"

杨红鹰皱起了眉头，他那微黑的面庞显得格外沉重。他立即宣布："第一，参加今天现场勘检的市、县两级干警对现场勘查分析要做到一级保密，不允许任何人有半点儿泄密情况发生。第二，由市技侦处法医和腾格里县公安局法医连夜做尸检解剖分析。第三，这里的一切活动由于洪军局长负责指挥，我和杨阿尔斯楞要立即赶回赤岭向赵市长汇报。"

于洪军说："杨支队已经做出安排，大家抓紧行动吧！"

8

杨红鹰回到赤岭市公安局,连夜向赵东明做了汇报。赵东明马上做出决定,连夜赶去腾格里县。他说:"杨支队长,我同意你的安排,但在尸检没有明确意见前,我们先不要向厅里、部里汇报。此案非同小可,如果尸检分析如杨阿尔斯楞所说的那种情况,那这个案子也不仅仅是个人命案,可能是件我们赤岭市自己都无法办理的大案要案。"

两辆三菱车、一辆解放面包车,响着警笛、亮着警灯,如同三支利箭射向腾格里县。

腾格里县公安局一个房间里,一张床上用白色被单将死者通体盖住。几名法医和技侦人员在忙碌着,桌子上有显微镜、烧杯、试管和一些其他玻璃器皿,烧杯、试管中盛着红色的、蓝色的液体。昨天傍晚,杨红鹰支队长他们走了以后,于洪军就根据和杨红鹰商量的意见在严密的保卫措施下,将吴小辫的尸体移至县公安局。

等夜里赵东明、杨红鹰他们来到后,决定对公安局和吴小辫家都严加保卫。同时连夜安排在第二天的《腾格里报》发表一篇报道,将吴小辫的死因归咎为因不明原因死亡。

宋技术员等几位法医和技侦人员身着白大褂,伸了伸懒腰打着哈欠,在杨阿尔斯楞的陪伴下从屋里走出来。杨阿尔斯楞对宋技术员说:"先去洗洗脸冲冲头,吃点儿东西再汇报吧。"别人也附和着说:"可不是嘛,整整忙活了一宿,这脑子现在一盆浆子似的。"

杨阿尔斯楞又向宋技术员问道:"宋工,这个化验数据不会有错吧?"宋技术员晃了晃脑袋说:"化验的全部过程都有记录,我可是慎之又慎,怎么还会有错?"杨阿尔斯楞又说:"把他胃中的存留物还得保留些冷冻起来。"宋技术员说:"你小子还是不放心?"杨阿尔斯楞瞅一眼室外说:"不是我不放心,恐怕厅里部里都要复审。"

太阳从小腾格里沙漠起起伏伏的沙山边缘缓缓地升了起来,大漠一片沉寂。几只大漠鹰在蔚蓝色的天空中飞翔着。王爷府镇的大街上开始出现为数不多的大卡车和小汽车。王爷府小区吴小辫家的大门口站着两位着装的警察。

三辆小汽车和一辆满载施工人员的大卡车,从吴小辫家门口驰过。头一辆三菱车里拉的是王富国副县长与景峰主任,第二辆白色丰田轿车中拉的是杨哈斯和娜仁高娃。苏美娅这次来后,非得让她这位大字不识的嫂子当一名副经理。她和杨哈斯说:"阿哥,这叫肥水不流外人田。也没多少事,顶多是有事时帮个忙就得了。"另外,苏美娅这次来就把占杨哈斯1000亩沙地的赔偿金100万元划到他账上了,所以杨哈斯干啥也都痛痛快快的。后面的米色子弹头丰田面包车上坐着苏美娅和余氏兄弟,车过吴小辫家门口时,苏美娅把一张《腾格里报》甩给后面的余氏兄弟,只轻轻地说了一句:"你们可能也不看报纸。"

余成军觉得苏美娅话里有话,于是马上捧起报纸看,只见报纸头版的下半部分几乎用了四分之一的版面写了一篇报道,题目是《昨日王爷府小区出现一宗离奇命案》。余成军很认真地阅读起来,他甚至把最后一句都读出声来:"……据了解,死者吴某某孤身一人,现场无任何打斗痕迹,其赤裸着的身体亦无伤痕,且面呈欢悦之色。县公安局刑警队负责同志肯定地说:'吴某某不会是他杀,此案或与近期社会上出现的卖淫嫖娼活动有关。'

此案还在调查审理中。"

余成民一把将报纸抢了过去笑着说:"我看看这个死鬼嫖了谁了。"余成军呵呵一笑说:"此案还在调查审理中。"苏美娅头也没回地说:"那就是共产党的官话,明明是结了的案子,还放一句'还在调查审理中'。"余成民两只手一拍说:"妙,这事整得实在是妙!"苏美娅头也没回只小声说:"别看了,没啥意思,晚上回来再说吧。"

又是夜深人静的时候,夜色中两个黑衣人敏捷地越过吴小辫家的院墙,闪身来到吴小辫房子的窗户下边听了听,见无动静,便轻轻推开房门蹑手蹑脚地走了进去。他们打开聚光手电向屋子的四角照着,只见手电光中破烂的蜡花纸顶棚、掀起的破炕席、那台破旧的电视机、炕上遗留的破被絮……突然院里有一声惊恐的喊叫:"谁在屋里,谁呀?快来人呀!死鬼吴小辫家闹鬼啦!"

惊恐的喊叫声打破了夜的宁静,小区中很多人家的灯立刻亮了起来。两个黑衣人见状不妙,忙从敞着的窗子鱼跃而出,也不说话,一闪身从吴小辫家和邻居家的伙墙"嗖嗖"地腾越而过,刹那间消失得无影无踪。

原本李春队长安排了两名警察值班看守吴小辫家,这两名警察都是搞外勤的,一位叫郑果,一位叫国光。他俩觉得也就是死个人呗,没咋当回事儿,就把这事分派给街道,街道管委会便雇了个打更的人照看着。郑果和国光两人喜欢玩牌,就去附近人家打牌去了。

打更的人一喊叫,很多人都跑过来,但进来的人是什么模样,大家连人家脸都没看见。只有打更的人说:"是两个能蹿房越脊的飞贼,'嗖'地一下就没影了。"两名警察只好如实向李春汇报。李春听完汇报气得骂了一句:"你们他妈的还有点儿警察的样子没有!"他又满院满屋地寻觅着夜间来人的痕迹,只能判断来者来时从前院墙越墙而过,走时由东边邻居家伙墙越墙而出。他说了一句:"这世上真的有飞贼不成?"然而码踪码到街上,便无任何踪迹可寻了。李春只好在院内做了两个石膏的模印带回,以做进一步查找。

早晨,赵东明听杨红鹰说初步实验分析各项指标都符合Knmgh-2致幻剂的元素比例特征,夜间还有两个黑衣人去吴小辫屋里查看,便立刻感到问题的严重性。他立即决定,将吴小辫死亡案定为一级机密,各项实验分析数据要严格保密,吴小辫死亡原因对外宣传口径统一为卖淫嫖娼致死。参加案情实验分析人员立即分乘市局和县局小车到市公安局去参加案情分析会。

太阳已经向赤岭城西边群山的峰峦间缓缓地沉了下去,赤岭市公安局会议室打开雪亮的吸顶灯,会议桌两边的人们正在整理桌子上的电脑、记录用的纸笔。

赵东明做总结发言:"同志们,我们整整奋战了一天一夜,不,腾格里县公安局以于洪军局长为首的同志们已经奋战两天一夜了,噢,还有杨红鹰支队长、杨阿尔斯楞同志,这就是我们公安战士的可贵之处,招之即来,来之能战,战之必胜!同志们,我们并不希望有大案发生,就连小案也不希望有。然而树欲静而风不止,境内外只要有犯罪集团存在,我们公安战士就必须得枕戈待旦。经过我们初步分析,吴小辫死于Knmgh-2致幻剂的可能性比较大,我现在要问大家,是什么人有这个条件向吴小辫下此毒手?为什么下毒手?为什么昨天夜晚又有两名黑衣人光顾吴小辫的屋子?我认为,要把吴小辫死亡案与我们赤岭市禁毒百日大清查联系起来,要同'1023'毒品专项大案联系在一起。"

杨红鹰说:"下一步我们要根据赵副市长的指示把侦查的重点放在吴小辫的死因上。根据市政协委员杨哈斯反映的情况,50年前公社时吴小辫就雕刻过巴林石,他的死亡可不可以和猎鸮行动的鸡血石挂坠联系在一起？经请示赵副市长，从现在开始，全市百日禁毒清查行动的重点转入腾格里县。"

第二天早晨，杨红鹰带着杨阿尔斯楞和三名干警又早早地来到腾格里县，与于洪军和李春对吴小辫家又一次进行勘查。黑衣人对吴小辫家的光顾更加让杨红鹰确信犯罪嫌疑人也在寻找什么。

吴小辫家房子间量都不大，分东、西两间里屋和中间的外间屋。吴小辫住在东屋，所以东屋的锅灶还有，西屋有灶没锅露着个大黑窟窿。屋里的地就是黄土垫的，坑坑洼洼的。屋里有些地方墙上的泥片已经掉了，露出青灰色的砖。几只破箱子仄歪着，里面只有几件破旧的衣物。

杨红鹰他们边满屋撒晬着边琢磨着吴小辫究竟还有没有让人惦记的东西，如果有，他应该放在什么地方？杨红鹰说："吴小辫一定有一种他的思维，我们得站在他的角度去思考。"于洪军说："街道王嫂说，大前天吴小辫很感谢她给他送低保金，要有件东西给她看，吴小辫还能拿出什么像样的东西给别人看？"

蜡花纸糊的屋顶棚已经查了三遍了，除了房笆掉下来的泥片和笆条碎屑外什么也没有。东、西屋炕席也掀开，炕洞、锅灶里全都找遍了，什么也没有，倒是把干警们搞得身上的警服和满脸满手全是灰土。杨红鹰站在屋地上和于洪军一边打量着屋子一边合计着能够藏东西的地方。杨阿尔斯楞一句玩笑话引起了杨红鹰的注意，杨阿尔斯楞拍着身上的灰说："这到处乱掏，赶上小时候上砖堆墙缝里抠蛐蛐了。"

杨红鹰脑子里一个闪念，他立刻说："把屋子里露砖的地方敲一敲，看看有活动的砖没有。"干警们立刻满屋敲打露出来的青砖。杨红鹰的目光停留在炕沿旯旮一片掉了泥片的青砖上，那里因为常年干燥不受潮，所以青砖保存得还好。杨红鹰说："阿尔斯楞你上炕看看墙旮旯那片露着的砖。"杨阿尔斯楞"哎"了一声跳上炕去，蹲在墙旮旯用手指抠着砖。突然，杨阿尔斯楞叫了一声："有啦！"屋里的人们立刻停下手来，只见杨阿尔斯楞手上托着一个蓝布包着的只有拳头大的小布包。

他抠下的那块砖头大概只有砖的三分之一那么大。砖的断口处磨得很齐整也很光滑，里面有一块也是三分之一块砖的空间，看来吴小辫是精心制作了这么一个保险箱。杨阿尔斯楞像是个逮住蛐蛐的快乐的孩子，从炕上蹦到地下将小蓝布包送到杨红鹰面前。杨红鹰当着大家的面，用戴着白手套的手将蓝布一点点揭开。

"哇噻！"几位年轻的干警惊叫着，人们有点儿炫目。杨红鹰手掌上展现在大家眼前的是一尊大肚弥勒佛像。只见小小的佛像通体红润，笑态憨厚，双耳垂肩，袒胸露腹，席地而坐状，就连左手的布袋、右手的念珠都雕刻得惟妙惟肖。杨红鹰叹道："真是件旷世佳作，不用说这料就是杨哈斯叔叔说的巴林大红袍鸡血石了。"

杨红鹰明白了，这就是犯罪嫌疑人不惜投毒、夜探所要寻找的东西！他拿起手机拨通赵东明局长的电话兴奋地报告："找到了，一尊巴林大红袍鸡血石弥勒佛。是，我们的判断应该是正确的。是，应该考虑是同一块料……什么？公安部王副局长、公安厅铁峰总队长即将来赤，要我准备汇报马上回去？是，我立刻出发。"杨红鹰撂下电话极其严厉地说道："工作纪律我不再重复了，洪军局长，这里一切都恢复原状后，将它交给街道管委会吧。我估计咱们的朋友会来光顾的，还要安排好监控，其他方面等市局安排吧。"交代完，杨红鹰他们又匆匆赶回赤岭市公安局。

赤岭市公安局会议室。

公安部禁毒局王副局长、辽西省公安厅禁毒总队铁峰总队长、赤岭市公安局局长赵东明在听杨红鹰等人的汇报。杨红鹰说："……根据我们的化验分析,初步认定吴小辫死亡系Knmgh-2致幻剂所致。当然我们只是初步分析,还请厅里、部里进一步检验认定。我们在对吴小辫死亡案勘查的同时发现一尊弥勒佛雕件,原料是巴林大红袍鸡血石,我们怀疑雕件与闽西发现鸦的鸡血石挂坠出自同一块石料,也请公安部进一步认定。"

王副局长点了点头说："首先我说说这个案子。我来时把禁毒局的工作意见都向部领导汇报了,部领导完全同意我们的意见。'1023'大案现在看来极有可能是一件国际制毒贩毒的大案。部里决定将鸦案和吴小辫案并案,并成立'1023'毒品专项大案侦破组,由我任组长,闽西省公安厅徐楷副厅长、辽西省公安厅朝洛蒙副厅长为副组长,成员有辽西省禁毒总队铁峰总队长、闽西省禁毒总队吕欣总队长,大案侦破组全权督办此案。大案组下设专案组,既然案情的重心在赤岭地区,那么专案组的组长就由赤岭市公安局局长赵东明同志担任,禁毒支队长杨红鹰同志任副组长,专案组的其他成员可从你们赤岭市公安局和腾格里县公安局抽调。

"公安部禁毒局经过与高检有关部门协商并报请部领导批准,'1023'毒品专项大案组的总体工作思路是'全国禁毒联合经营,统一并案共同打击,证据共享整体起诉',行动的目标是实现全链条打击。一些臭鱼烂虾需要清理,但我们更要把彻底清除国际贩毒集团在中国的制贩毒势力作为首选目标。

"我想说的第二件事,大家要明白我们的对手可能是国际恐怖组织和制贩毒集团,你们的侦破技术、侦破手段还比较落后,因此部里将把目前我国最先进的电子侦破技术设备运抵赤岭。我跟武警部队首长也提出要求，必要时武警部队特战大队也会大力支持我们。

"第三件事，关于 Knmgh-2 的鉴定问题，随同我来的技侦专家们会后立即做鉴定分析，如果赤岭市公安局的实验分析准确无误，按要求要与国际刑警组织取得联系。这次我们把那只鸡血石挂坠也带来了，让专家给鉴定一下，如果与你们新找到的巴林鸡血石雕件出自同一块石料，那鸮案真的就与腾格里县有很大关系了。

"同志们，我刚才说了，我们面临的对手可能是最狡猾最疯狂的制贩毒集团，为了人民的幸福安康，为了社会的安定和平，我们要尽和平卫士的最大努力，甚至牺牲我们的生命去和他们做坚决的斗争！取得猎鸮行动的最后胜利！"

会议结束了，雪亮的灯光下是忙碌的身影。

公安部、公安厅的专家们身穿白色工作服在显微镜下观察，互相对话；专家们手拿着盛有各种颜色的试管、烧瓶、烧杯在对话；专家们在电脑前神情专注地操作着；杨红鹰、杨阿尔斯楞等几位围着电脑屏幕在开会争论……

一份公安部禁毒局与辽西省公安厅禁毒总队联合专家组《关于赤岭市公安局对吴小辫因 Knmgh-2 致幻剂死亡的复审报告》显示在电子屏幕上。

"经过公安部禁毒局与辽西省公安厅禁毒总队联合专家组的实验分析，确定赤岭市公安局对吴小辫因 Knmgh-2 致幻剂死亡的实验分析数据是准确可靠的……"报告均采用内线专网电传给公安部禁毒局王副局长和辽西省公安厅禁毒总队铁峰总队长。

视频中王副局长、铁峰总队长阅读报告时神色凝重。王副局长斩钉截铁地说："我们坚决消灭一切危害国家和人民利益的犯罪分子，但在具体犯罪嫌疑人没有明确之前，Knmgh-2 案情暂不向国际刑警报告，所有鉴定资料做严格档案管理以待日后查阅。"

9

　　入冬的第一场大雪将大漠盖得严严实实，大漠上的蒿草和低矮的灌木丛都被压在了雪下。雪后阳光初照，小腾格里沙漠像是一群奔跑着的蜡象，几只大漠鹰在空中盘旋着。

　　夜里一群饥饿凶狠的狼窜进杨哈斯新建的牛场，咬死了一头母牛和两只小牛。被狼群撕咬的牛的残肢丢弃在雪地里，殷红色的血迹与皑皑白雪形成一种令人恐怖的场景。杨哈斯暴跳如雷，带几个牧场的工人骑马追了一遭，追到柏树洼也没追上这群狼，然后骂骂咧咧地回来了。他把一切责任都归咎于苏美娅："这苏美娅好事不干，我那老场子牢固得老虎也进不去，这新场子用几根木头杆子绑的围栏拦得住牛还能拦得住狼吗？"

　　贤淑的娜仁高娃说："他爸，什么话别说那么难听不行吗？苏美娅怎么不干好事啦？人家还给县里建工厂呢，连王县长都一个劲儿地夸奖她。"

　　杨哈斯余怒未息："真是吃人家嘴短，花人家手短，给你个破副经理你就替她说话。王县长说她好，还不是她给他使上啥招了，我要给他送几十万，他也夸奖我说我好。不行不行，朝鲁你过来！"朝鲁是新从农牧学校毕业的，让杨哈斯聘来当他公司的办公室主任。朝鲁答应了一声，赶忙跑了过来。杨哈斯说："朝鲁，你去把让山牲口糟践的牛都照上相，这笔账我非跟苏美娅好好算算不可！"娜仁高娃仍然不服气地说："人家用你的场地不是也给钱了吗，捎带说县里又从林场给你拨了地。"杨哈斯依然吼道："你给我住嘴！那好地场再给我八百六十万，我也不换，你胳膊肘怎么往外拧？你再怎么说也不行，我这就给苏美娅打电话让她来安排！"说完他气呼呼地掏出手机就给苏美娅打电话，但电话中传来的是"您拨打的电话已关机"。

苏美娅不在腾格里县。

苏美娅和余氏兄弟以及余氏兄弟带过来的十几个弟兄，见小腾格里沙漠风沙漫卷冬天无法施工，只好歇工，于雪前就撤离腾格里县了。

余氏兄弟回了闽西，苏美娅带着杰克去冀东、山东察看冀东省吴宽的工厂建设情况和山东高晓荣设备制造与溴和硝酸的采购情况。

苏美娅在吴宽的陪同下，把厂址厂房及各项设施看得很仔细。她对吴宽说："你干得很好，我发现你是个人才，接着好好干吧，我会提拔你的。现在我们在东南亚和非洲都缺像你这样的管理型人才。"吴宽瞪大了受宠若惊的眼睛说："苏，苏总，老大，我还有机会去国外干一票？"苏美娅沉静地拍着吴宽的肩膀说："怎么不能，你是咱们公司的人，你在外国也是外国人。"吴宽惊喜地说："是是是，还是老大说的对，在外国人那儿，咱也是外国人，他外国人比咱多个鸡……"吴宽赶忙用手捂上自己的嘴，半天又冒了句，"不比咱多啥。"苏美娅微微一笑说："吴经理你就使劲干吧，亏不了你。"吴宽活像个哈巴狗似的跟在苏美娅的屁股后面。

在山东济南，苏美娅见了高晓荣和河野、枝子。一身西装革履的河野先生动辄就是"撒由那拉"，一身高贵裙服的枝子则一口一个"哎西"。

在他们几个人的叙述中苏美娅知道，所有的设备再有一个月就会全部到位，第一批硝酸铵等原料已完成订货，两个月后厂家直接发货到辽西省的腾格里县。苏美娅朝着高晓荣微笑着说：

"你们这儿的事我放心,凭你的办事风格再加上他们俩的相助一定是错不了的。河野先生你们俩先去休息吧,一会儿我们一起吃饭。"河野把右手往腰带前一按随口就是"撒由那拉",他媳妇也跟着一弯腰说了句"吆西"。苏美娅又是气又是笑,但不好说什么,只是皱了皱眉头。

等他们出了屋门,苏美娅问高晓荣:"晓荣,这两个人怎么样啊?"高晓荣先是一咧嘴,接着说:"低俗,低俗至极,三句话不过就土得掉渣,打肿脸充胖子。"苏美娅眨眨眼睛说:"唉,没办法的事,这是中国一位高官的近亲,找到我了,怎么办?只能这么办。"高晓荣说:"您这么说我就明白了,这种情况多了,我们厂长的小舅子高中都没念完,现在在厂子拿工程师待遇呢。"

苏美娅说:"有什么困难吗?"高晓荣说:"就是见到您,等您走后总是失眠,一闭眼就是咱们在大学时的情景。苏美娅,我真的好想您,这大概就是人们说的相思病吧。"高晓荣站起了身子往前凑了凑。苏美娅不自然地笑了一下说:"晓荣别这样,等春天你送设备和原料去腾格里县就留在那边吧,我们就能天天见面了。""真的?"高晓荣激动得眼泪都快掉下来了。苏美娅点点头轻轻地"嗯"了一声,她真的有些被高晓荣的执着追求感动了。待高晓荣走出门,她的目光跟着他的背影随口说了句:"没想到他还是个情痴。"

一切都在正常地进行着。

公安部禁毒局在联合专家组分析确定赤岭市公安局对吴小辫死因为 Knmgh-2 致幻剂准确无误后,中国最先进的电子侦控设备由专车运抵赤岭,随同设备来到的还有两名公安部顶级信息技术专家小朱和小李。小朱是美国哈佛大学毕业的博士生,小李是英国剑桥大学的博士生,二人都是专攻信息技术专业的。公安部禁毒局同时将"1023"毒品专项大案组及专案组成员手机和电脑联网，并且还把两架翼龙无人机交付赤岭市公安局。赤岭市武警支队接到上级命令，要随时配合赤岭市公安局的禁毒行动，三架武直-9直升机也从北京调到赤岭武警支队待命。

经专家鉴定，闽西省出现的鸦身上的巴林鸡血石挂坠与那尊弥勒佛雕像出自同一块鸡血石料。但专家同时提出，按巴林石老石雕艺人成双成对雕琢的理念，极有可能还有一只鸡血石玉凤！

赤岭市整个公安系统有如上弦的箭出鞘的刀行动起来。赤岭市召开了"百日禁毒大清查行动总结表彰大会"，会上对过去三个月禁毒行动中的先进集体和先进个人进行表彰。腾格里县公安局局长于洪军、刑警大队长李春参加了表彰大会，腾格里县公安局被赤岭市政府授予"禁毒先进集体"称号，于洪军、李春被授予"禁毒先进个人"称号。散会后，李春带着参会人员先回县里，于洪军被留下，赵东明、杨红鹰和他就腾格里县的禁毒工作闭门研究了整整一天。

再有五天就是春节，没想到杨阿尔斯楞却出事了。这天是星期日，正好杨阿尔斯楞值班，他遇到高中的同学就多喝了几杯。夜间值班室电器短路起火，只见火苗和浓烟从窗子里蹿了出来。在刺耳的警报声中，人们提着水桶端着水盆朝冒烟的窗口泼水，不一会儿竟然把消防车都惊动了。消防车响着刺耳的警笛声，消防队员抱着水枪向冒烟的窗子里喷水。终于把火熄灭了，人们进屋一看，虽没太大的损失，但把窗子都烧黑了，怪砢碜人的。

杨阿尔斯楞一副倒霉相，噘着嘴皱着眉，胡子也不刮，一个人坐在屋里写检查。刑警队长朱坤挺喜欢杨阿尔斯楞的，就跟杨红鹰说："杨支队，你面子大，你再去找赵副市长说说，我刚才找他说过了，这阿尔斯楞聪明能干，是个干警察的料，如果给个处分就把人给瞎了。"杨红鹰说:"赵副市长那脾气你们还不知道?越有人说情处理得越重。"说情的朱坤也摇摇头说:"可也是,那就再等等。"

赵东明对杨阿尔斯楞喝酒失职的事故不依不饶,春节后召开赤岭市公安局全体干警大会,让杨阿尔斯楞当众做了检查。赵东明亲自宣布对杨阿尔斯楞的处分决定:"……杨阿尔斯楞同志无视机关工作纪律,值班期间饮酒致使值班室失火造成严重的工作失误。但鉴于事件发生后,本人能认真检查错误,经赤岭市公安局党组研究决定,给予杨阿尔斯楞同志行政记过处分,并调离赤岭市公安局禁毒支队到腾格里县公安局另行分配工作……"会议室一片唏嘘声,大家议论纷纷。有说处分过分的;有说这小子太顺了有点儿挫折是好事;有说是得整治整治了,这些年轻人整天二马一虎的哪像个工作的样儿。但多数人都对杨阿尔斯楞受处分持惋惜的态度。杨阿尔斯楞的女朋友技侦处的周晓玲哭得像个泪人似的。她是杨阿尔斯楞在公安大学的同学,本来两个人都商量见双方的老人确定婚期了,却突然遇上这事,能不伤心落泪吗?

杨阿尔斯楞收拾了两包行李,拿上工作调离手续,走出市公安局大门。"杨阿尔斯楞!"是杨红鹰从车窗里探出头来叫他,"来上车,把东西放后备厢,我正好去腾格里县办事。"杨红鹰见杨阿尔斯楞把行李放好,坐在副驾驶的位子上拉上安全带,才一踩油门儿,三菱车奔向去腾格里县的公路。

汽车在有些破损的沥青路面上颠簸着。开始两人谁也不吱声,转过一座沙丘后,杨红鹰说:"是赵副市长让我亲自把你送到家。任务太艰巨了,连我也不知道究竟会出现什么问题。今天回去,我二叔那一关就不好过。"杨阿尔斯楞轻轻地点点头说:"我会有充分的思想准备的,现在关键是你们确定的这个目标对吗?千万别搞错了。"杨红鹰说:"先按赵副市长和我跟你说的去做吧。我们商量来商量去，觉得你是唯一合适的人选。"

杨阿尔斯楞说："反正我手机、电脑也都和你们联上了，孩子哭抱给他娘，大事小事报给你们拿主意就是了。"杨红鹰一只手把着方向盘另一只手攥成拳头打了杨阿尔斯楞一下："你小子别跟我贫嘴，都让我们拿主意，叫你去干啥？"杨阿尔斯楞哈哈地笑着说："哥，我就想惹你生生气。"杨红鹰也扑哧一下笑了："你天天净是些鬼主意。哎，我说还有一件事，就是公安部那套电子监控侦听设备你可得使用好。"

杨阿尔斯楞说："哥，我咋觉得社会上一些人总是瞧不起我们这一代大学生，个个都像封建大家长似的，担心我们啥都不能干，啥都干不了，再怎么说中国的明天也是我们的呀。你放心，不管是谁，他要是共和国的敌人、中华民族的敌人，就是我杨阿尔斯楞的敌人！"杨红鹰说："嚯，立场挺坚定的嘛！"

车进王爷府镇了，杨红鹰一直把车开到杨哈斯家的门口。

好事不出门，坏事传千里，杨阿尔斯楞在市公安局出事的消息一阵风似的传遍了腾格里县的王爷府镇。有人说"杨阿尔斯楞酒醉烧了市公安局"，有人说"杨阿尔斯楞不满意市公安局的工作，就给市公安局放了一把火"……各种传闻蝴蝶般地飘然而至。就连离王爷府镇几十里地远的二爷府村阿尔斯楞的几个舅舅也借着给杨哈斯拜年的机会问一问："外甥的事到底是怎么回事啊？外头可说啥的都有呢！"杨哈斯只好说："谁知道啊，给他打电话关机，给他哥杨红鹰打电话，杨红鹰支支吾吾的，我也不清楚，看来出事是肯定出事了。唉，真是福不双逢祸不单行，年前让山牲口糟践了好几头牛，年后这阿尔斯楞又出事了，流年不顺哪！"

杨红鹰站在大门口大声喊了句："二叔，阿尔斯楞回来啦！"大门没有开，那只凶猛的藏獒被一根长长的链子拴在老杏树上，它不认得杨红鹰就扑到门口将两只前爪搭在铁栏杆上"呼噜呼噜"地叫着。娜仁高娃先跑了出来,喊住藏獒把它牵到狗屋去拴好。杨哈斯怒气冲冲地走了出来,来到大门口把门打开,看见杨阿尔斯楞正从车上往下搬行李,就阴沉着脸说道:"杨阿尔斯楞你先别搬,给我说不清楚,你就别进这个家门。"

杨阿尔斯楞没理会他阿爸,口里说了句:"那有啥不清楚的,就是喝了点儿酒呗。"继续从车后备厢掏他的行李。杨红鹰来到杨哈斯面前说:"二叔,没啥事了,也就是给了个处分调到县公安局来工作了。""什么?给个处分还从市里调到县里,这叫没啥事!杨阿尔斯楞,清楚我是清楚了,这家你是不能进了。人往高处走,水往低处流,供你上回大学,你是罐养王八越养越抽抽了,要是你奶奶活着也得气死。"

杨红鹰说:"二叔,事情已经发生了,你还是让他把行李搬屋去再说吧,你看不少人来了,影响挺不好的。"娜仁高娃也小心翼翼地说:"他爸,孩子囫囫囵囵地回来了,他哥也来了,天挺冷的,让人笑话,你就让他们上屋再说吧。"

"不行!"杨哈斯瞪圆了牛蛋子眼大声呵斥道,"娜仁高娃你上你的屋去,这不关你的事!这孩子都是你惯的。还有你杨红鹰,杨阿尔斯楞放到你跟前我还以为没啥事了呢,你这又是英雄又是劳模的,你怎么带的他?你现在开车把他送回来了,你说得通吗?"杨红鹰一脸羞愧:"我这个哥哥没当好。"

"杨总,谁还不犯个错误,你说的话虽然在理,可大冷天,你让杨支队也在这陪着不合适嘛。"王富国副县长正好赶过来,忙让车停住上前解劝道。

"不行,今天就是皇上他二大爷来说也不行!王县长我还正找你找不到,我新搬的牛场让山牲口糟践了好几头牛,咱们得有个说道。"王富国看杨哈斯疯狗似的谁说朝谁来就说:"这事儿我知道,可那是苏总她们占地引起的,这事你得跟她说,得让她来解决。我这正要去机场接他们,他们来了就解决呗,我也跟苏总说说。"

王富国转过身对周围的人说:"大家都散了吧,这有啥好看的,谁家还没个吵嘴的事。"他又给杨红鹰使了个眼色低声说,"我这忙着接苏总他们去,要不站下来说和说和。我看都正赶到气头上,要不你带小杨先去公安局住两天,等都消消气再搬回来。"杨红鹰点点头说:"只好这样了。"王富国问:"还用我给公安局于洪军打个电话不?"杨红鹰笑笑说:"不用,反正人也是市局调给他们的。"王富国摇摇手说:"杨支队,杨总,那我去啦。"说完钻进汽车走了。

杨红鹰对杨阿尔斯楞说:"那你就别搬了,上县公安局先住几天去。"说完也钻进汽车尾随着王富国的汽车走了。娜仁高娃哭着说道:"他爸,自己家的孩子用得着这样吗?你这都整些什么事呀!"杨哈斯吼道:"你就进院吧,你以为我心里好受?这大过年的,你寻思我愿意生这个气?"

汽车里,杨红鹰说:"今天这个效果比预想的还好。"杨阿尔斯楞说:"看见把阿爸气得那样,我心里怪不好受的。"杨红鹰说:"二叔为人耿直,疾恶如仇,却正好赶上这个案子,往后再解释吧。哎,到县公安局了。"

于洪军局长和李春队长迎了出来,帮助把杨阿尔斯楞的行李搬进楼里。

10

过了春节人们觉得好像没几天小腾格里沙漠就见绿了,桦树、沙柳都露出了鹅黄色的叶芽。那弯弯曲曲穿越在大漠中的西辽河也就开河了，一块块浮冰在河水的冲击下拥拥挤挤地向下游奔去，到了石门山又都一头撞下山崖化为雪白的浪花。一群鸥鸟在浪花上空"喳喳"鸣叫着，上下翻飞着。几只大漠鹰蹲在石门山高高的山崖上向下俯瞰，有的腾空而起满大漠寻觅着猎物，有的俯冲下去用利爪抓起猎物又腾空而起。好一幅万类竞争的壮丽景色！

苏美娅的化工厂一切进展顺利。场址就在柏树洼的南面，在松柏树、桦树、山杨树的包围中，用推土机推出30亩方圆的一块平坦的沙地，然后用半米厚的钢筋水泥打在上面。厂房全是板式结构并分隔成几个厂区，厂房的西南角紧挨着生活区还有一个大大的空场，也是用钢筋混凝土打成平面，苏美娅对王富国副县长说是用于备料和扩大规模用。

那天苏美娅下了飞机坐上王富国的汽车，寒暄几句后她问："我们走以后你们县里又有什么新闻呀？"王富国把身子往前探了探说："其实也没啥新闻，吴小辫死的事你是知道的，咳，越老越不正经，都啥岁数了还整那事儿。"苏美娅呵呵一乐说："那岁数怎么了，啥岁数不能做那事儿？你们国家的人就是守旧，国外八九十岁的人也照样做呢。"王副县长忙说："那是，那是，我们家老爷子给我娶继母时说过，男人能背动二升黄豆就能做那事儿，吴小辫给他一斗黄豆他也能背了。"

苏美娅咯咯笑出声来说："王县长你知识真渊博。"王富国笑一笑说："这还渊博，我们这些人到一起时荤段子多了，'相当副处'、'四不用'、'四黑'、'四铁'、'四大没眼色'，可多了去了，苏总你要愿意听，我天天给你讲。"苏美娅笑眯眯地说："我愿意听，你往后有机会慢慢给我说。还有什么新闻，都给我说说。"

王富国正了正身子压低声音说："苏总你这次回来，八成有点儿麻烦,你那位杨哈斯哥哥正是不顺气的时候。"接着他把新转场的牛怎样遭狼群袭击,杨哈斯把怨气都撒在了苏总身上,尤其是杨阿尔斯楞在市公安局值班喝酒起火烧了办公室受了记过处分而被下放到腾格里县公安局等情况从头到尾说得细细致致。

他看苏美娅挺注意地听着,就说:"苏总,我刚才来接你们时,正赶上杨红鹰往回送杨阿尔斯楞,杨总堵着大门硬是不让他们进院。我看这也不是办法,得看你苏总的面子,我就让杨红鹰拉着杨阿尔斯楞去县公安局了。我知道苏总你挺喜欢这孩子的,半路上我又给公安局的于洪军局长打了个电话,让他把杨阿尔斯楞给好好安排一下。刚大学毕业一个不注意出点儿事就记过就下放忒过分了,于局长挺给面儿的就说:'你王县长说话我坚决执行就是了,那还有个杨支队,不看僧面看佛面。'"

苏美娅呵呵一笑说:"王县长你真会办事,我知道我那位哈斯哥哥的脾气秉性。"

果然,苏美娅回到腾格里县第一件事就是赔偿杨哈斯牛场遭狼群袭击的事。

杨哈斯家会客厅,杨哈斯兄妹俩坐在沙发上,娜仁高娃给每人奶茶碗倒上奶茶,又端上来一碟切成条的奶豆腐和一碟奶皮子。兄妹俩先说正事,说到最后,让狼咬死的牛不分大小每头赔一万元,新牛场加固费七万元,总共又补给杨哈斯十万元。杨哈斯又说还有牛让狼爪子抓伤了脖子抓伤了屁股也该赔点儿,苏美娅脸一沉说:"行了哥,有你这么讹钱的吗?虽说这点儿钱在我们公司当掉个饭粒,可也都是笔笔有宗的事,我这样给你补钱,公司是要说话的。"

杨哈斯得着便宜卖着乖说:"哼哼,我知道妹子就是老大,谁能管了你,阿妈那么厉害也管不了你。"苏美娅面色阴沉:"阿妈要是不管我,我还到不了今天呢。"杨哈斯说:"妹子现在不是挺好的,连县长都得给你溜须。"苏美娅说:"是好是坏自己知道吧。"杨哈斯说:"唉,阿妈去世前总后悔对你不好,你阿爸去世前让阿妈找你回来,阿妈去世前又让我无论如何找你回来,阿妈也是惦念你。"

苏美娅说:"说这些还有啥用,我小时候天天想,我是不是阿妈亲生的,后来问姥姥,姥姥说阿妈年龄大生我时差点儿死在家里。我那时想不通,为啥你要啥给啥,我偷着咬了一口奶豆腐就把我打得死去活来。"杨哈斯说:"唉,阿妈临去世前这些话都说了,她就是想见你一面。"

苏美娅说:"唉,等长大了我也知道阿妈不容易,但一切都晚了。我现在挺羡慕阿妈的,阿妈争强好胜的基因我有,可我却没阿妈的福分啦。"杨哈斯说:"嗯,阿妈也就到老时才享两天福。"

苏美娅脸色好转些了:"行啦,哥,我听说你把阿尔斯楞给赶出去了,你得让阿尔斯楞回来,我挺想他的,你要是不让他回来我就不认你这个哥。"杨哈斯忙说:"让他回来,让他回来,这兔崽子净给我丢人现眼,教训教训就让他回来。"苏美娅起身告辞,来到院子见杰克开着白色丰田轿车在门口等着,那只狮子般威武凶狠的藏獒又在狗屋子里狂叫着。苏美娅瞅了瞅说:"哥,把这只藏獒给我吧。"杨哈斯说:"哪有女人家养这猛兽的?"苏美娅说:"不嘛,我就喜欢又凶又猛的狗。"杨哈斯说:"妹子要是实在喜欢,赶明儿个我给你抱个小的去,你从小调教着,也许差一点儿凶狠。"苏美娅说:"记住我说的啦?"杨哈斯说:"记住啦,记住啦。"苏美娅说:"我说的是把阿尔斯楞马上找回来!"杨哈斯说:"是,我也记住啦。"娜仁高娃也在一边说:"妹子你说的话你哥能不办吗?"

腾格里县公安局召开会议，于洪军局长在会上宣读了市公安局党组对杨阿尔斯楞处分的决定。于洪军态度倒也温和，说了些年轻人都难免犯错误但要知错改错的话，接着便说："市局最近给各县区公安局配备了电讯设备，并且随着机器分来小朱和小李两位女同志。经局党组研究决定，新建信息技术股，咱们局原有的同志没人懂那玩艺儿，杨阿尔斯楞同志是公安大学信息技术自动控制专业毕业的，整这一套那是没说的，另外王富国副县长特意打电话指示我们要对杨阿尔斯楞的工作做好安排，所以党组决定任命杨阿尔斯楞同志为信息技术股代理股长，大家今后要支持他的工作。"杨阿尔斯楞站起身给大家敬礼。

腾格里县公安局办公用房较为紧张，于洪军便把他办公室旁边的小会议室改作信息技术股办公室，并在门上贴有"闲人免进"的字样。局里的公安干警们都知道杨阿尔斯楞是犯了错误发配到腾格里县公安局的，但也都知道他有杨红鹰支队长和王富国副县长做靠山是个有根子的人，便个个敬而远之，见了面点点头说句客气话就走人。

杨阿尔斯楞和小朱、小李立即将设备安装调试好。他们试着与赵东明副市长、杨红鹰支队长、铁峰总队长、公安部禁毒局王副局长接通信号，视频效果极佳。王副局长表情庄重："同志们，猎鸮行动的战斗已经开始了，祖国和人民在等我们的好消息！"

然而七天的时间过去了，电子侦查仍无任何有价值的信息。倒是周晓玲给杨阿尔斯楞一天四五个电话都让小朱、小李监听到了，什么"爱你爱到永远""追你追到天涯海角"之类的话，说出来让杨阿尔斯楞很不好意思。

正在这时，杨哈斯打来电话："杨阿尔斯楞，你给我滚回来，你苏美娅姑姑要见你！"杨阿尔斯楞说："阿爸，今天是星期四，我不好请假，明天晚上我回去。"杨哈斯说："就这么定了，我这就给你苏美娅姑姑打电话,叫她后天来家吃饭。"

星期五下午下了班,杨阿尔斯楞和小朱、小李交代一下值班的事就回家了。刚进家大门口,娜仁高娃就从楼里迎出来,满面笑容地说:"儿子,你可回来了,我还以为你生你阿爸的气了呢,你爸他就是那毛驴子脾气,顺着毛摩挲就好啦。你阿爸叫人把你的房间也都收拾好啦,有书柜有写字台有沙发茶几,床是花梨木的,还给你安了一部电话,哎呀呀,比我们那屋都阔气,你阿爸还是疼你的。"杨阿尔斯楞说:"我和阿爸有什么气好生的,阿爸骂的也对,谁让我惹事了呢。"

上了楼到了客厅,杨阿尔斯楞亲亲热热地说了声:"阿爸,我回来啦。"杨哈斯打量了儿子一眼,佯装还在生气的样子说道:"坐下吧,这次不是我让你回来的,是你苏美娅姑姑想你,非得让你回来。"杨阿尔斯楞撒着娇说:"阿爸,别说苏美娅姑姑,就是您老让我滚回来,我也立马往回滚,阿爸在咱们家说话那可是一句顶一万句呢。"

杨哈斯脸上的褶子舒展开了,手一拍沙发扶手说道:"你小子啥时候学着耍花舌头啦,说点儿正经事,你苏美娅姑姑明天来你可要好好接待,她现在是咱们家的财神,打她来就给咱们家110万哪!咱们家现在啥都不缺,还是缺钱。那房价是腾腾往上涨,就阿爸这两个公司挣的钱一年还给你买不了一套房子呢。"

杨阿尔斯楞说:"阿爸,给我买什么房子,我就回家来住。"杨哈斯一瞪眼说:"别给我胡扯淡,我跟你红鹰哥说啦,一年内他要不把你调回赤岭去我饶不了他,办事要钱跟我说!这不又一个钱窟窿在那儿等着?"杨阿尔斯楞说:"阿爸,你快歇一会儿,等明天姑姑来,我好好跟姑姑说话就是了。"

第二天艳阳高照,空气中有一股湿润清香的味道。那棵老杏树满枝头开着粉白的花,几只麻雀落在树枝头叽叽喳喳地叫着。

苏美娅坐着杰克开的白色丰田轿车来了。杨哈斯带着老婆、儿子迎到大门口。杨阿尔斯楞上前和苏美娅拥抱着,苏美娅说:"阿尔斯楞,姑姑想你。"杨阿尔斯楞说:"苏美娅姑姑,全家都盼你回来。"杨哈斯咧着嘴笑着:"到屋里说话,到屋里说话。"杨阿尔斯楞用英语和杰克打招呼:"嗨,杰克你好!"杰克却用笨拙的汉语说:"你好,杨!"

大家簇拥着苏美娅上楼,在客厅就座,喝着奶茶,品尝着奶豆腐、奶皮子,还有小点心。杨哈斯搭讪了两句便和娜仁出去了,杰克自己留在院子里看藏獒,客厅里只剩苏美娅和杨阿尔斯楞。

苏美娅先拿出个纸盒递给杨阿尔斯楞说:"姑姑这次回来给你件小小的礼物,这是中国当下最流行的摩托罗拉手机。"杨阿尔斯楞脸上露出惊喜的表情,忙上前接了过来说:"谢谢姑姑。"苏美娅说:"怎么,阿尔斯楞,我听说你出了点儿事?"杨阿尔斯楞难为情地说:"噢,姑姑,没什么,一点儿小事。"苏美娅说:"噢,小事?可在美国你要被起诉上法庭的,你的警察生涯也就完了。"杨阿尔斯楞不在乎地说:"阿爸说他要拿点儿钱让杨红鹰哥哥活动活动。"苏美娅说:"犯法违纪的事怎么还可以拿钱去活动?阿尔斯楞你不行就跟姑姑去干吧。"

杨阿尔斯楞说:"苏美娅姑姑,那可不行,我听说企业尤其是外资企业很累呢,当公务员其实很好的,工资又高又有保障,实打实说一天连一个小时的正经事也没有,工作起来轻快得很。"苏美娅一副不高兴的样子:"你这孩子怎么连点儿上进心也没有?王县长跟我说,还给你安排了一个代理股长,你们都干点儿啥工作啊?"

杨阿尔斯楞说:"没啥正经事,也就是把上级文件接收一下,然后把我们局的材料往上报一报,当个没腿的信使。"苏美娅说:

"哎哟,你们信息技术股就干这点儿事?"杨阿尔斯楞说:"咳,就这点儿事我们于局还不让干呢,于局是个老保守,他说重要的文件还是用纸质的直接给市局送。"苏美娅皱了皱眉头:"怎么能这样,现在可是信息时代了呀。"杨阿尔斯楞说:"更可笑的是,于局去我们办公室一趟啥也不认识,看着视频的小话筒问是啥,我们说是话筒,他说这个没手指肚子大,不行就把会议室的麦克换过来,你说他是老帽不。"

苏美娅微笑着说:"阿尔斯楞,有女朋友了没有?"杨阿尔斯楞说:"有了,苏美娅姑姑。"苏美娅说:"她叫什么名字?干什么工作的?"杨阿尔斯楞说:"我大学的同学,叫周晓玲,也在公安局做信息技术工作。"苏美娅显得漫不经心地说:"有时间领回来让姑姑看看,嗯,对女朋友可得舍得花钱呀。"杨阿尔斯楞说:"我就那点儿钱,她也知道。"苏美娅说:"不跟你阿爸要点儿?"杨阿尔斯楞说:"苏美娅姑姑你可能不知道吧,阿爸可是个葛朗台呢,我一有了工作,他立即就断了给我的钱,还说每月让我往家里交钱,要让我还念大学的钱,还要准备结婚买房子的钱。"

苏美娅笑得眼泪都出来了,她觉得眼前这个很萌的杨阿尔斯楞是一个未曾涉世的富家子弟,她边摇着手边说:"阿尔斯楞,阿尔斯楞,你把姑姑笑死了,姑姑怎么能不知道你阿爸呢?钱你不用愁,姑姑今后每月给你5000元总够你花的了吧?"杨阿尔斯楞欣喜地说:"谢谢姑姑。"停了一下他马上说,"那不行,我不能乱花姑姑的钱!"

苏美娅一本正经地说:"也不算花姑姑的钱,姑姑只要给你算公司员工就行了,不光你自己,县里有些人都这么办的。"杨阿尔斯楞说:"那倒也是,我同学他们单位,他说就有好几个只拿工资不上班的。"苏美娅从手包中取出一张银行卡来递给杨阿尔斯楞:"这是我们公司的员工卡,里面已经有这个月的5000元工资了,往后月月给你打进来。"杨阿尔斯楞激动地说:"谢谢姑姑,可我怎么能白拿姑姑公司的钱呢,那样吧,我在大学学习过电脑的维修与检测,今后星期六、星期日可以去你们工厂做些这方面的事。"

苏美娅脸上变得毫无表情地说:"那倒不用,以后需要你帮忙的时候我再找你。"杨阿尔斯楞说:"姑姑有事吱声,要不我心里会不安的。"苏美娅说:"好吧,阿尔斯楞你电话号码是多少告诉我。"杨阿尔斯楞一边掏出手机一边说:"姑姑,我给你打过去吧。"苏美娅迟疑一下说:"137××××9999。"杨阿尔斯楞把号码输入手机中,停了一会儿,苏美娅手包里传出彩铃的声音,是《父亲的草原母亲的河》那首歌。

"你们娘俩说得可真是热乎,又是说又是唱的。"杨哈斯一步跨进屋来笑着说:"妹子,今天咱们家人好不容易聚齐了,外面的杏花开得正好,咱们一起照个相吧,下一次不一定啥时候再聚齐呢。"苏美娅迟疑了一下,杨阿尔斯楞说:"阿爸这个提议好啊,我还没跟姑姑一起照过相呢,用我的索尼相机。"苏美娅终于站起身说:"我从来不照相,这次破例了。"

一家人下了楼就在那株盛开着杏花的老家杏树下,让杰克用杨阿尔斯楞的相机照了全家福,但苏美娅坚持围着围巾照,害怕在树下受了风。杨阿尔斯楞弯着腰双手搂着姑姑的脖子,苏美娅的头巾滑落到脖子上,杨阿尔斯楞让杰克给他和姑姑单独照一张,杰克迟疑着,苏美娅说:"杰克,照吧。"杰克的手指摁动了相机的快门,一瞬间苏美娅和杨阿尔斯楞定格在相机的小小画屏上。

苏美娅和杨阿尔斯楞开心地笑着,笑得像那身后盛开的杏花。娜仁高娃在一旁笑着说:"哎,这姑姑侄子感情真深啊!"

11

苏美娅说在杨哈斯家吃的这顿饭是她回到家乡腾格里县吃得最开心最可口的一顿饭。杨哈斯为了这顿饭可是下足了功夫,他花了1000元把云龙大酒店的王牌厨师齐师傅请来掌勺,手把肉、牛排、草原白蘑炖小笨鸡、驼掌……荤的素的,中餐西餐,满满一大桌子,把杰克吃得不停地伸出大拇指英语汉语掺着叫好。

娜仁高娃最拿手的是奶茶,她把炒米用黄油炒了,牛肉干切碎都倒进砖茶水里烧开后兑上鲜奶,再把奶豆腐、奶皮子和盐放进奶茶里熬,直到熬成粉红的颜色,的确别有一番滋味。她知道苏美娅早先爱吃嚼口米,就当着苏美娅的面舀了半碗炒米,放上白糖,倒上嚼口,加上新做成的奶豆腐,用筷子和了满满一碗,苏美娅食欲大开,竟然把这满满的一碗都吃了。

苏美娅临走时,杨哈斯又抱着一只金色的小藏獒送到车上,他咧嘴笑着说:"刚断奶,就让我抱来了,是用一头大乳牛换的呢。"苏美娅嘲笑着说:"这回又拽了阿哥的心系子了,我给你一头大乳牛的钱不就得了嘛。"杨哈斯笑着说:"别的呀,哪能让妹子再花钱,就是把你们公司的钱多给我拨点儿就是啦。"苏美娅撂下一句话:"那还不是一回事儿!"随手拉上车门,车开走了。杨哈斯、娜仁高娃喜笑颜开地朝开走的白色丰田轿车摆着手,杨阿尔斯楞微笑着,眼睛盯着车陷入深思。

等大家回到院里,杨阿尔斯楞说:"阿爸阿妈,我把换洗的衣服落在局里了,下星期上班要换穿,我去去就回来。"杨哈斯正在兴头上,一摆手说:"去吧去吧,这丢三落四的毛病还是没改。"娜仁高娃也说:"儿子,快去快回,拿回来阿妈给你洗。"

杨哈斯如愿以偿,大巴掌一挥:"上屋!"

杨阿尔斯楞骑上摩托车不一会儿就到了公安局,见于洪军也在办公室就简单说了一下情况。于洪军说:"对于这个人我们不是认定她,而是凭证据说话。她如果不是,那再好不过,因为可以为腾格里县的经济带来效益。"杨阿尔斯楞又对小朱、小李说:"你们俩帮我查一查这部手机,但恐怕提前得商量个方案,避免打草惊蛇。"几个人坐在一起将各种可能性都分析个遍,并且一项一项地制订了具体的对策。

几个人决定先不插卡将手机拆开,小朱用的就是一部摩托罗拉手机,知道手机的构造和里边电子板的布局。小朱和小李小心翼翼地将手机卸开,然后仔仔细细地查看着手机的各个部件。然而,查了一遍也未发现可疑之处。

小朱又小心翼翼地将手机装上,然后对小李说:"把监控器打开,杨阿尔斯楞你把你的卡插到这个手机上,大家谁也不要说话。"于洪军点了点头。杨阿尔斯楞从自己手机上抽出卡插在摩托罗拉手机上,又打开手机。只见监控的电子屏上立刻出现了手机的信号,小朱马上打开录放机放出音乐声,监控器里显示出手机也同步出现音乐声。

小朱摆了摆手,大家跟她去了会议室。小朱肯定地说:"这部手机有问题,肯定安装了特殊的发射装置,只是我们刚才没有检查到罢了。"杨阿尔斯楞说:"那就是说我带着这部手机无论走到哪里,只要有人说话那边都能听到。"小朱点点头说:"是这样,另外就是你所在的位置,她那里已经知道你在公安局了。"于洪军说:"这玩艺儿真厉害。"小朱说:"事情是这样的,有利也有弊,她能监控你,只要你的手机和她的手机一通话,我们锁定这个号码也能监控她。我们知道她给你的这部手机有这个功能就对你构不成危害了。"杨阿尔斯楞说:"她先前还给我一台IBM笔记本电脑呢,怎么办?"小朱说:"那也容易,星期一带过来一测就知道了,我一会儿根据你这部手机做个盒子,上局里来把手机装在盒子里就更保险了。"

杨阿尔斯楞点点头又对于洪军说:"于局,那我得两部手机了。"于洪军笑笑说:"你小子一点儿亏都不吃,那你再买一部,行啦,我安排吧,得用别人的身份证去办。"杨阿尔斯楞做个鬼脸说:"都是革命需要嘛。"正说着话,隐隐地传来电话铃声,杨阿尔斯楞瞅了大家一眼急忙跑了过去。

他忙拿起手机走到屋外接通电话,对方说:"是阿尔斯楞吗?""啊,姑姑。""还在家吗?""没有,我在公安局,阿妈要给我洗衣服,我昨天回去没带换洗的衣服就过来拿,姑姑有事吗?"对方迟疑了一下说:"没事啦。""姑姑,那我一会儿到家再给你打电话。"对方把手机挂了。

苏美娅坐在一台电脑旁自言自语道:"这小子没有骗我。"

杨阿尔斯楞对于洪军说:"我得赶快回去。"于洪军说:"快去吧。"杨阿尔斯楞急忙收拾些衣服包上,骑上摩托回家了。

到了家中,娜仁高娃走过来说:"好久没给儿子洗衣服了,我看你衣服脏成啥样。"然后把衣服抱走了。杨阿尔斯楞说:"阿妈,我都多大了,还给我洗衣服。"娜仁高娃说:"你个臭小子,多大也是阿妈的儿子不?"杨阿尔斯楞说:"我阿爸呢?"娜仁高娃说:"牛场来了电话说有事要你阿爸去处理,今年牛场老出事,唉,你阿爸也很不容易啊!"

杨阿尔斯楞忙掏出手机给苏美娅打电话:"苏美娅姑姑,我回来啦。"苏美娅说:"姑姑也没啥事,姑姑到工厂这边来看看,马上就要生产了,觉得厂子里还是缺少些东西。唉,姑姑是操心的命,是想让你有时间多陪陪姑姑。""好的,有时间我一定去陪姑姑，拜拜。"杨阿尔斯楞挂断电话。

那边苏美娅自语："这个臭小子！"她脸上露出了幸福的笑容。她觉得周围的人对她都有所图，王富国副县长把她当成向上攀爬的阶梯，杨哈斯把她当成摇钱树……只有杨阿尔斯楞萌萌的，是她的一颗开心果。她看到电子屏幕上显示的杨阿尔斯楞的位置和他说的一样，她信了。

杨阿尔斯楞立即用屋中的电话跟杨红鹰取得了联系，但他没有忘记把那部摩托罗拉手机先放到楼下去。杨阿尔斯楞上楼关上门拿起话筒给杨红鹰打电话小声说："哥，看来赵局你们分析得对，苏美娅姑姑可能真的有问题，她给我的摩托罗拉手机是受她监控的。"杨红鹰说："于洪军局长已经让小朱小李她们把大致情况发过来了。监控你的手机是为了获取情报，情报应该有两种，一种是窃取经济情报，另一种是犯罪分子在同我们作斗争时要窃取警方动向的反侦查情报。苏美娅既然来腾格里县投资，这两种情况都有可能。"杨阿尔斯楞说："哥，那下一步该怎么办呢？""等待，积极地等待，要注意多给对方留有行动的机会。另外你以后不要用家里的电话了，严防泄密！"

杨阿尔斯楞说："哥，我知道了。"然后将电话挂断。

杨红鹰立即将苏美娅监控摩托罗拉手机的事向赵东明做了汇报，并说据了解苏美娅的摩托罗拉手机也给了王富国副县长。赵东明思考一下说："暂时看，王富国不是主管公安的副县长，问题还不大，我抓紧找腾格里县的黄树森书记商量一下这件事。杨阿尔斯楞怎么样啊？"杨红鹰说："还算扛得住，压力是够大的了，但他应变能力挺强的。"赵东明说："是块干公安的料，我听说回家就让杨哈斯给赶出去了，往后市政协再开会我建议对杨哈斯委员要给予奖励，奖励他能积极主动地而且高水平地配合公安部门工作。"两个人都开心地笑了。

12

这几天腾格里县云龙大酒店热闹非凡。先是闽西省龙山县的余家大哥余成军到了,他仍然带着三辆丰田车拉着15位弟兄来了。这是苏美娅的意见,她要余家老二余成民守家不要再出来了。加上余成民上次来不小心染上了性病需要治疗,余成民不来腾格里县也就没得说了。余成军带来的15位弟兄立刻被安排到柏树洼前的化工厂轮班承担守护任务。

第二拨到的就是山东的高晓荣了,他带着一个车队,载重汽车上装的是化学反应发生器和几十吨原料,这些原料装在封闭的特殊容器中,还有十吨原料半路卸在青山县。这些都是工业原料或成品,一路畅通无阻地到了腾格里县云龙大酒店。

高晓荣来心似箭,坐在车上一闭眼就是苏美娅的倩影在面前晃动,已过不惑之年的他又燃起了青春的火焰。到了云龙大酒店把车辆交给余成军,他就跟着苏美娅进了她的总统套房。苏美娅亲自让酒店给他煮了蓝山咖啡。高晓荣称赞着咖啡的香味,也诉说着一路的辛苦与思念:"苏美娅老同学,我没法儿活啦,一闭眼就是你,你把我的魂儿勾来啦。"苏美娅微笑着睨视着他,柔声地说道:"你先回房吧,啊,先好好休息休息,一路够累的了。"高晓荣像喝醉酒一般,怀着兴奋激动稍有满足的心情走出套房的门。

高晓荣刚走,王富国副县长就来了。他是苏美娅打电话找来的。苏美娅跟他提了三件事:一是工厂就要生产了,得找位先生看看日子;二是工厂要在当地招收30名工人;三是兴凯投资公司要在腾格里县王爷府镇选一处独门独院做办事处。苏美娅说一条，王富国说一个"这没问题"。

到了办事处选址时，王富国突发奇想："你们要是不嫌弃，那有现成的院子，就是吴小辫家，吴小辫死了以后那院子没人敢要，现在还空着。"苏美娅沉吟一会儿，半天才说："我们倒不怕它是什么宅，只是吴小辫的案子没事了吗？别有什么不清楚的事，我可不想找麻烦。"王富国忙说："结案了，结案了，市公安局下的文，就是一桩卖淫嫖娼致死案，那还有什么麻烦？这三件事县政府都能帮你们办。"

苏美娅轻声说了句："王县长，公司总部的老总感谢你呢。"她伸出巴掌正面反面晃了一下。王富国忙说："不客气，不客气，这都是我们应该做的。"苏美娅从手包里拿出一张工商银行卡递给王富国说："王县长，这个给你，这里边已经有80万了，以后总公司将不断往里打钱。"王富国立刻摆手说："那可不行，我们是有纪律的。"

苏美娅轻轻笑了一下说："还纪律，我们给你这点儿钱就是劳务费，这是你用你的辛劳挣得的，我们公司薪酬就是这么高，这笔钱是从咱们确定意向性协议开始算的。"王富国虽不坚定拒绝但仍面有犹豫之色。

苏美娅站起身走上前将卡塞在王富国的衣兜里说："快收下吧，不要忘记你们国家的分配原则，多劳多得嘛。"王富国一脸无可奈何的样子小声说："谢谢。"然后说了声，"那三件事我这就去办。"说完匆匆走出苏美娅的房间。

黑夜徐徐降临了，月亮也从小腾格里沙漠中缓缓地爬上了夜幕。月明星稀，晴好的夜空最容易给人一些浪漫的遐想。喧嚣一天的王爷府镇也渐渐地静了下来，整个镇子，一个一个的窗户渐次拉黑。月色下，有几只蝙蝠和猫头鹰扇动着翅膀从屋檐下或树梢头闪了出来寻找着食物,或在完成又一次性交活动。

苏美娅终于拨通了高晓荣房间的电话:"没睡哪?你过来吧!门没锁。"她听得出对方不均匀的呼吸声,对方"嗯"了一声就把电话挂了。

高晓荣在楼道里轻轻地却是飞快地穿行着。到了苏美娅房门口,他停了停,让自己的情绪安定一下,才轻轻推开门。他怕还有一个男人尾随他挤进门来,进屋回手就把门反锁上了。苏美娅听到门响知道高晓荣来了,便款款移动着脚步从卧室里走出来。柔和的灯光下,她穿着一件浅粉色的睡袍,着一双浅绿的绣花拖鞋。刚洗过的头发像黑色的瀑布披散在肩上,泛着淡淡的清香。高晓荣惊呆了,宛如身临仙境一般。他张口说:"您,您……"他在苏美娅面前单腿跪了下来,牵过苏美娅的手放在唇边喃喃道,"您就是我的女神、我的上帝、我的主啊!"苏美娅弯下身将他拉起,携着他缓步走进卧室。

微弱的灯光也熄灭了,只有轻轻的话语声,伴随着"呼哧呼哧"急促的喘息声。"您是领导,您在上边。"……"呀,你还真是个处男哪!"……

"春宵一刻值千金,"高晓荣轻声说,"有了这一夜死也值了。"苏美娅嗔怒道:"胡说什么呀,今后跟着我有你好日子过。"

13

王富国副县长干工作雷厉风行,他连夜给办公室主任景峰、劳动人事局局长满都拉打了电话。他告诉景峰主任,明天上班就去找位有学问的先生给 M 国兴凯投资公司腾格里县化工厂看个开业庆典的日子。他告诉满都拉局长，十天之内为化工厂招聘30名工人，一定要注意招工质量。然后王富国就掂量着怎么和王爷府小区的街道办事处主任商量征收吴小辫院子的事。

第二天早晨一上班，景峰主任就去找先生了。

他找的这位先生叫胡国，原是一位中学教师，先后教过历史、地理、政治三个学科。他讲历史能讲出宋江如何利用李师师让宋徽宗戴上绿帽子；他讲地理能在地图上找出小腾格里沙漠和出巴林鸡血石的雅玛山；他教政治，能将哲学说成是一块小石头的学问。他教过的一名学生有一年高考竟然在全县考了第一，但是当年的职称评定，五十几岁的他仍然没有评上高级职称。他冲天一怒与校长闹翻，停职留薪当了一名风水先生。在求他看风水的人面前，他常说出一些令人似懂非懂高深莫测的话，让找他看风水的人都觉得胡先生是位极有学问的大儒。

眼下景峰主任就坐在胡国先生的面前，毕恭毕敬地陈述着看庆典日子的事。这还是他对一群来访的人说了句"我是县政府的，找胡先生有急事"才抢先进屋的。他边听边做着记录。

胡先生紧蹙眉头静静地听着，并不时地掐着几个手指摆弄着。听完景主任的介绍，胡先生眼神烁烁，张口说起"阴阳八卦"。

胡先生呷了一口茶继续说道："这建工厂无非两大要务，一乃地理位置，二乃开业之时辰。他这位置选得好，肯定有高人指点，南有西辽河财源滚滚，北有柏树洼如聚宝之盆，哎呀，此乃高人选址。只是这厂房尚无后门，尚须开一后门，让西南之财源源不断聚于盆中。至于这时辰我方才掐算过，应为公历6月18日8时58分。"

胡先生说罢点了点头又说："此时大吉大利。"

景峰瞪大眼睛张着嘴听完，极其满意。尽管他对胡先生前面说的那些高深莫测的中国话一句都不懂，但他知道正是这些他不懂的话推演出了开个后门和 6 月 18 日这个时辰。遂满意地问："先生你看这卦资多少为好？"

胡先生正色道："要说这一卦，百姓小家小业的也就是 200 元钱，盖政府大楼时图个顺字，要价 6666。这建工厂当图个发字，那就 8888，当然啦，我还像上次给你提 3800，我留 5088，就是我能发发，景主任你看如何？"景主任头上有点儿冒汗说："我那份儿就拉倒吧。"胡先生说："景主任你厚道没边了，现在给公家办事哪有不雁过拔毛的？"景峰主任说："那我给王县长打个电话吧。"说完给王富国拨了电话，王富国说问一问苏总。不一会儿王富国来电话："苏总说啦，只要时辰好，那点儿钱没什么，她让杰克一会儿给我送现金。"景峰主任长长地出了口气，抬手抹掉额上的汗珠。

王富国安排吴小辫院子的事也很顺利。他直接找了王爷府镇镇长周明，周明又把王爷府小区街道办事处主任刘海涛找上，两人一起去了王富国的办公室。

看着王富国一脸严肃，周明镇长说："刘主任你咋想咋说呗，反正镇政府那儿没钱。"刘海涛眨了眨眼睛说："王县长是这样，发送吴小辫花了好几万都是借的钱，民政局、土地局我都找了，哪儿哪儿都说没这份开支，这不，我就找了周镇长，周镇长也说没钱。这可咋整，我好心做善事，却拉下一屁股的饥荒，一根大蜡让我自己坐上了。"王富国和颜悦色地问："发送吴小辫花了多少钱？"刘海涛胸有成竹掰着手指头说道："装老衣裳、雇车、雇人、火化、整容，亲属招待，光雇人看房子就花了小三万，那还没人愿意干呢，都下来 49000 多块钱，我是让会计逐项核算的。"

王富国瞅了他一眼，说："行啦，我还不知道你们？花一元你们敢要一百元。我就是从街道主任干上来的，我还不知道那点儿事。说吧，你们想要多少钱？"刘海涛瞅瞅周明镇长说："那少说也得100万吧？"王富国正色道："刘主任，你不是来商量事的，是提着棍子来砸杠子的。"刘海涛说："那哪能呀，我现在是端着碗到处要饭。"周明开口了："王县长，光吴小辫的丧葬费是没那么多，那不都赶上个干部的丧葬费多了吗？这里头不是有院子占地的钱还有那三间房子的钱吗？他们街道没多少经费，可这招待费一年就得几十万，镇里就不用说了，光县里各部门的检查有时一天就好几拨。我是前年从王爷府小区办事处提起来的，我忒知道那儿的情况了。"

王县长一脸严肃地说："宁县长不在家，刚才我跟黄书记商量过了，树森书记说请你们体谅县里的难处，支持一下政府的工作。实话跟你们说吧，县里想把这个院子拿过来再租给投资公司，每年用租金解决一部分招待费。你们以为县里的招待费比你们少哇？你们那才几个子儿，行啦，县里就给你们20万，下午我让景主任到镇里办理这件事去。你们要还不同意，可以亲自找黄书记说去，我刚才说的也是树森书记的意见。"

周明镇长赶忙摆着手说："得得得，刘主任他找到你这里就算找到头儿了，我们哪里还敢再找黄书记，县里要是一分钱不给就硬征那块地，我们也干瞅着，更何况你王县长办的事，我们就更不能再说别的了。"王富国脸上有了笑模样，口中说："大家、小家一个样儿，就互相理解对付着过吧。"

周明和刘海涛走出办公室，周明小声对刘海涛说："把事处理得好点儿，方方面面的关系都要考虑到。"刘海涛说："周镇长，你就放心吧，保管没事。"

下午景峰主任带着支票去王爷府小区街道办事处办理了征用吴小辫院子的一切手续。

傍晚，西边的太阳就要落山的时候，苏美娅已经安排余成军派人接管了吴小辫院子。

苏美娅私下对余成军说:"派几个弟兄明天早晨就把吴小辫房子里边墙上抹的泥铲掉,把顶棚拆掉,拆时注意看有什么东西没有。"余成军说:"行,我告诉兄弟们连个鸟窝也别放过。"

第二天早晨,余成军把在工地值班的弟兄调回来几个最实靠的,收拾吴小辫的房子。他对他们说:"这个院子往后就是咱们公司,抓紧时间快点儿干。别看这房子这院子现在破,早先可是个有钱的人家,在哪块砖缝里、顶棚上、老鼠洞洞里备不住藏着金银珠宝,不管翻出啥来,都要报告我!金银珠宝谁翻出来就是谁的。"他这几个弟兄齐声道:"坚决听大哥吩咐,请大哥放心!"余成军又把一个叫张六子的叫到一边嘱咐一番。这张六子会轻功,蹿墙上房的活儿不在话下,与一个叫余阿昆的人并称"余门双侠",很得余成军器重。

一时间吴小辫的屋子门窗扒掉,顶棚扯掉,暴土狼烟,招来一些街坊邻居趴在墙头观看。

"啪啪啪"、"咔咔咔",一阵乱响,张六子带着几个哥们儿先是将东西屋的顶棚扯了下来。没见到什么有价值的东西,只有一本陈年的老黄历,或许是"文化大革命"时害怕被红卫兵烧掉藏在顶棚上,张六子也如获至宝般地放了起来。有这本老黄历做引子,这几个哥们儿翻得更来劲了,撸胳膊挽袖子瞪大眼睛搜寻着。折腾好一阵子,就在即将结束时,一个哥们儿大喊一声:"我找到一个小蓝布包!"这哥们儿也真够有心的,他看别人都在大面上搜寻,他专在犄角旮旯里去找。早年腾格里县的人们盖房子,门窗上面有口的地方都压两根过木。两根过木间恰好有拳头大的一个空儿,那小蓝布包就塞在东屋窗子上的那个空洞里。

几个哥们儿都"呼啦"一下挤上前来观看。张六子一把抢过来说:"按着行规,见一面分一半,你小子不能独吞了!"张六子在众目睽睽之下，把小小的蓝布包一层层地抖搂开，出现在人们眼前的竟是些他们不认识的红色石头的碎片与碎块，最大的也没有男人小拇指粗。这些哥们儿立时像泄了气的皮球，一个个灰头土脸地坐在炕上。那位翻到布包的哥们儿一见是这破玩艺儿，也就没有了占有的欲望，只是说了句："我寻思啥好玩艺儿呢，六哥，那你就一块儿给大哥交上去吧。"

张六子将两件战利品毕恭毕敬地交到余成军的手里。总算没有白忙乎，余成军出了一口粗气甩给张六子 200 元钱说："跟弟兄们喝酒去吧。"张六子屁颠屁颠地走了。

余成军赶忙去跟苏美娅汇报。苏美娅接过那两件东西，对那件陈年老黄历瞟了两眼就放在了一边。把那蓝布包一打开，眼中立刻放出异样的光彩。她抬起头激动地说："弟兄们一定很辛苦吧，没赏他们两个？"余成军说："赏了，我扔给他们 200 元钱喝酒去啦。"苏美娅拿过手包从中抽出一沓百元大钞说："拿去，200 元哪够？让弟兄们今儿个晚上好好吃好好喝好好玩。"余成军没想到苏美娅竟是这样慷慨，于是说："我先替弟兄们谢谢老大。"

待余成军走后，异常兴奋的苏美娅喜笑颜开，她随手端起酒杯呷了一口，竟在房间轻移脚步舒展双臂，哼起了日本民歌《樱花》："樱花啊！樱花啊！暮春三月天空里……快来呀！快来呀！同去看樱花……"

这天夜里腾格里县公安局，小朱和小李通过电子监控器收到一条由王爷府镇发向境外的信息。破解后为"万事俱备，只等东风，鸦计划即将开始"。小朱和小李立即将破解的信息报告给于洪军和杨阿尔斯楞，于洪军马上让杨阿尔斯楞报告给杨红鹰。杨红鹰说："这个信息非常重要，市局马上向省厅和部里汇报，告诉小朱、小李继续严密监视！"

14

这些天腾格里县街谈巷议的一个中心议题就是 M 国兴凯投资公司腾格里县化工厂招工的事。腾格里县历届大学毕业生中不乏被外企招聘的人员，上海、广州、深圳都有。他们传回的信息几乎异口同声："要挣钱去外企，外企工资高，外企只讲工作能力，不讲关系，不压制人才。"

劳动人事局局长满都拉成了大忙人，黑着脸跑上跑下安排招工的事情。腾格里县广播电视在早间新闻、晚间新闻中连续播发了劳动人事局的招工通知。

党政综合大楼 5 楼 6 号会议室，椭圆形泛着紫檀色光泽的会议桌两侧坐着劳动人事局的干部，人人都在聚精会神严肃认真地听着。满都拉局长信誓旦旦地对全局二十几名干部训话："多余的话我就不说了，录取资格验证，考场组织管理，评卷登分管理，人员录用培训，咱们都具体分工到各行政股了。任务具体，责任明确。谁在这当中玩猫儿腻起幺蛾子，党纪国法不容，咱们啥话也不用说，你立马卷铺盖回家！现在散会，各股马上抓紧办事。"人们起立离座，有几个胆大的伸了伸舌头小声说："有这黑脸包公，谁敢整事啊？"

满都拉局长信心满满，决心干一件让领导满意让人民交口称赞的漂亮工作。一个上午他就接了十来个电话，全是某局、某某局、某某某局……局长或副局长打来的，有两位还是他中学、大学的同学，他们的电话内容全是向他要招工指标，他都黑脸一抹一口回绝了。赤岭的一位富商愿出 10 万元买个招工指标，满都拉大声回绝道:"你把这招工当成做买卖啦!"

满都拉回到自己的办公室,屁股刚挨在座椅上,电话铃就响了起来,他犹豫着看了看电话的显示屏,马上坐直身子摁了一下接听键。电话中立刻响起斥责的声音:"嗯,怎么了,连电话都不接了。"满都拉立刻紧张地说:"宁县长,我刚才开会要求大家把手机都关了,我也就带头关了,所以没听到您打来的电话。"宁琛县长没在家,他在参加某校短期培训。

宁县长继续说着:"刚才是在安排招工的事吧,这件事做起来谨慎些是对的。咱们县地上地下资源少,工矿企业少,就业压力大,化工厂只招30人对咱们就业只是杯水车薪,这些我都清楚。满局长,你这30个指标是怎么安排的?"满都拉说:"没有分配指标,凭考试录取。你不在家,我就找黄树森书记做了汇报,树森书记同意了我们的招工方案,我们才去实行的。"

宁县长说:"嗯,我没说你找树森书记不对,可你总得跟我通通气呀,现在是信息时代啦,有手机有电脑,一联系不就得了吗?"满都拉赶忙解释说:"县长,我这事考虑不周,就像是你以前批评过的工作观念不行,县长我又犯了个错误。"宁县长说:"犯错误,谁都难免,关键是找到补救的办法,你们这些人哪,只凭热情工作,净给我捅娄子,最后还得我给你们擦屁股。"满都拉说:"县长,这事我觉得……"

宁琛县长严厉地说:"别说了,我知道你要说什么,不官官相护点儿行吗?按着木桶理论,哪一块板条短了都不行,你的工作积极性上去了,别人的工作积极性下去了,你说我这个当班长的怎么办?和谐社会嘛,怎么和谐?"满都拉说:"县长,我看这个……"宁琛县长有点儿不耐烦地说:"行啦,你不要说啦,从这30个指标中拿出五个来做机动,其中一个由你支配,这五个机动指标的具体分配方法我已和政府办的景峰主任说了,就由他安排去吧。这件事你也不用再找黄书记，给你打电话前我就已经和黄书记沟通过了。"

宁琛县长挂断了电话，满都拉局长一屁股坐到椅子上。

满都拉局长打了一会儿愣，脸上又舒缓些了。中午的时候他爱人图娅还在跟他怄气，因为他大舅子的孩子孟根大学毕业好几年了还在家蹲着，让他借这个机会给解决了。他忙皱着眉头摆了摆手说："那怎么行，我要求别人不走后门我自己去走后门，别说党纪国法，就这良心上也过不去！"他爱人图娅埋怨了一气说："行啦，行啦，我们家什么事也指不上你。"

现在满都拉长出了一口气，一身轻松地向家中走去，他仿佛看见了自己的老婆眉开眼笑的样子。满都拉自己掏钥匙开门进屋，见爱人还是一脸不高兴，于是他自己先坐在沙发上笑呵呵地说："媳妇儿，我告诉你个好消息，宁县长……"这时门铃"叮叮咚咚"响起来，紧跟着是："满都拉，满局长在家吗？"满都拉好像坐在弹簧上被弹了起来说了声："是索柱老师来了。"

早年满都拉家里生活困难，小学念完父母就准备让满都拉回家放羊了。是索柱老师翻山越梁去他家里拍着胸脯打着保票让他念的中学。后来满都拉上完初中上高中，高中读完一下考上中国人民大学。也是索柱老师跑前跑后帮助凑钱办贷款，满都拉才得以上了大学，最后功成名就衣锦还乡。

现在，索柱老师泪眼婆婆地坐在满都拉的旁边："唉！你说这些年不知咋的啦，我们家你大娘过世就过世了吧，巴图他阿爸阿妈也说没就没了，家里就剩我跟巴图啦。"他说的巴图就是他孙子乌恩巴图，前年从辽西省一所专科学校毕业回来一直找不到工作。他接着又说："我看电视知道外国人要在咱们腾格里县办厂子，也知道是你管这事，我原本不想给你添麻烦，看报名的人忒多了，光我们小区就好几十个，没办法就来找你。"

满都拉沉吟了一下抬起头来，眼神中闪现着正直无私与坚毅，他说："索柱老师，没有你，就没有我满都拉的今天，这回招工我一定想法儿把巴图侄子招上。"

索柱老师满脸的褶子立刻舒展开来，忙弯下腰解开自己提的一个蓝色的书包，拿出一只有一尺多高两拃多粗的白地彩绘物件。索柱老师说："满都拉，不是索老师给你送礼，这是件清乾隆粉彩帽筒，底下有款，画的是萧何月下追韩信，还是我爷爷当梅林（王府的武官）时打了胜仗，老达尔克王爷赏赐的，你就留下吧。放在家里乌恩巴图连瞅都不瞅一眼，现在就算老师放在这里一样东西，你给老师保管着，老师放心。"

满都拉真是哭笑不得，只好说："索老师，我给你保管着，等巴图侄子成了人，我再还给他。"索柱老师如释重负，长长地出了一口气，笑呵呵地告辞走了。

送走索柱老师，满都拉长长地叹了口气道："云山苍苍，江水泱泱，老师恩情，山高水长。"他爱人图娅说："那你咋还收了老师的礼？"满都拉苦笑了一下说："官场腐败，民风日下，今天我要是硬不要这件东西，索柱老师就会觉得我是在敷衍他，恐怕担心得会吃不下饭睡不着觉。就不如咱们暂时先收下，等以后再找机会还给他吧！"图娅冷冷地说："索柱老师带东西不带东西这事你都得办，否则天理难容。"

满都拉又点了点头，他媳妇这时又追问道："你不是要告诉我个好消息吗？怎么说到宁县长往下就打断了？"满都拉灵机一动说："宁县长说今年要涨工资。"图娅说："扯，这话你都说三遍了，你肯定还有啥事瞒着我。"满都拉说："我瞒你什么？我总是担心招工出事。"

15

　　接下来的事情竟是一切顺利。考试时安排了32个考场，最后一个考场30名考生竟只有5人参加考试，其中就有索柱老师的孙子乌恩巴图。第10考场有一名叫张飞龙的考生，他爸爸张平是巴林石雕刻厂的大老板。他买通了一位流动监考员给张飞龙送答案，让监考员发现了，当即给流动监考员个警告、张飞龙三年不得参加招工考试的处分。

　　终于等到6月18日M国兴凯投资公司腾格里县化工厂开业庆典的这一天。

　　云龙大酒店的院子里，正楼门楣上方高挂着"M国兴凯投资公司腾格里县化工厂开业典礼"的会标。这一天是星期日，王富国副县长特意通知教育局从腾格里县中学和腾格里县蒙古族中学各留一个年级的学生，两校合在一起得有500余人，都穿浅蓝色或浅灰色的校服。两校的鼓乐队比着赛地吹打着，场面甚是喜庆。

　　高晓荣穿一身浅蓝色的工作服，精神抖擞地带着一个着浅蓝色服装的新招工的工人方阵。站在他旁边的高个子是索柱老师的孙子乌恩巴图，举着印有五环的厂旗。

　　招工人员确定后，于洪军就找到满都拉说："满局长，我想在新招工的这群年轻人中选一个比较可靠的人为我们工作。"满都拉立刻明白了于洪军的意思，稍加思索后就说："索柱老师的孙子乌恩巴图就不错，倒不是因为索柱老师是我的老师对我有恩，这孩子我接触过两次，非常正直，遇事还挺机灵的。"于洪军点了点头说:"我相信你老满也就相信这孩子。"如今,乌恩巴图高高的个子站在队伍前面,和身后一群新招工的年轻小伙子一起响亮地喊着"厂兴我荣,厂衰我耻;服从领导,努力工作"的口号。

从闽西来的人留一半在工厂执勤,另一半也都是一个样式的浅蓝色工作服,由余成军带着,以一种另类的身份叉着腿站在队伍的后边。

一些好看热闹的居民也都赶来看热闹,其中看得见杨哈斯和娜仁高娃的身影。

李春一身警服带着四五名警察在四周维持着秩序。

头一天苏美娅就给杨阿尔斯楞打了电话:"阿尔斯楞,明天休息吗?"杨阿尔斯楞甜甜地说:"姑姑,我休息。"苏美娅说:"那你能找几个哥们儿穿着警服来给姑姑会场维持维持秩序壮壮威不?"杨阿尔斯楞说:"姑姑,找几个哥们儿没问题,但是穿警服不行。我听见于局已经让李春队长安排维持秩序的警察了,我们再穿警服去,让李春队长见着是要挨训的。"苏美娅说:"只要你去就行了,姑姑希望你去。"

云龙大酒店两侧带小车跑道的高高的台阶就是会场极好的主席台。政府办公室主任景峰主持典礼。王富国副县长抱歉地对苏美娅说:"很抱歉,宁琛县长在北京学习,黄书记原本定下来要参加会议的,只是昨天下午接到电话让他去市里参加会议,也参加不了了。人大的乌主任、政协的胡主席都来了。"苏美娅笑着说:"没关系,只要你王县长参加就行了。"苏美娅今天将乌黑的长发盘在头顶,着一身豆青色的西装,比起主席台上别的人,更显得光彩照人。

8点58分到了。会议先由王富国副县长致辞,他讲了腾格里县的大好形势,经济增长迅猛,讲到 M 国的投资将使腾格里县的

GDP 上升 20 个百分点，讲到美丽能干的苏美娅博士虽在国外发达了也不忘家乡父老的高贵品质。

苏美娅美美地听着，这对她是一种享受。

杰克完全用英语宣读了一篇据说是 M 国兴凯投资公司发来的贺信，给会议增加了许多洋人味和神奇感。腾格里县中学英语高级教师孙志华在现场担任翻译。

台下几百名学生张嘴瞪眼地听着，此时苏美娅就是他们心中的明星、他们的偶像。

围观的人群熙熙攘攘，显然他们的注意力不在台上的人说的什么，他们知道 M 国的化工厂在他们的腾格里县开业就够了。人们更关注的是这位女主角："啊哈，这就是达兰花和特木尔结的那个秋扭子？""可不是咋的，你看现在出息的。""生她时达兰花差点儿折腾死。""你咋知道？""我奶奶当时是接生婆，我奶奶接不了，送的医院。""听说她小时候可没少挨打。""可不是，小时候就因为跟那个日本娘们儿生的孩子一块玩儿，可没少挨达兰花打。""你看她细皮嫩肉的，四五十岁的人长得跟十八岁大姑娘似的。""听说她天天都喝一个乌鸡的鸡蛋清、吃一根西洋的老山参呢……"

腾格里县公安局不但杨阿尔斯楞来了，就连于洪军局长也来了，小朱、小李也来了。但他们都身着便装，在围观的人群中走动着，倾听着。杨阿尔斯楞还挤到台前拍照，跟苏美娅摆了摆手。小朱在小李的掩护下用一架便携式录像机记录着主席台上发生的一切。

苏美娅宣布兴凯投资公司对腾格里县化工厂的人事安排：苏美娅博士任董事长，余成军博士任总经理，高晓荣博士任总工程师，杰克任总会计师。各位副总和各车间主任待后安排。

然后苏美娅发表了一通热情洋溢的讲话，她讲到美丽的小腾格里沙漠、母亲般的西辽河,讲到了游子都像席慕蓉那样眷顾着家乡。如今她回来将 M 国兴凯投资公司的一亿元人民币投资在腾格里,将建成一座辽西省最大的化工厂。她说工厂正式投产后,生产规模会不断扩大,最终将为地方创造 200 余人的就业岗位,一年会给腾格里县创造 3000 万到 6000 万元的利润。

王富国带头拍起了巴掌,人大乌主任拍起巴掌,政协胡主席拍起巴掌,全场的人们拍着巴掌,"好哇!好哇!"的欢呼声响彻王爷府镇的上空,一些屋檐下树梢头的鸟雀都被吓得惊慌飞走了。

当天夜里,在腾格里县公安局,小朱、小李通过电子监控器又截获一条信息,破解后为"鹞计划开始实施,联系将改换新方式"。杨红鹰立即将信息内容报告省厅铁峰总队长和公安部王副局长。王副局长指示很明确:"锁定发信息人的身份,尽快查清鹞计划的内容。"

16

开业典礼刚一结束,苏美娅和余成军、高晓荣、杰克带领着化工厂的全部人马撤离云龙大酒店开赴新建的化工厂。苏美娅在王爷府镇只雇了两个县政府退休老头儿宋江和李贵住在吴小辫的房子中,要他们先给支应着,待厂子那边一切就绪再派人员过来。这房子重新装修后,大门也换成可以进出大、小车辆的铁大门,大门口挂上块"M 国兴凯投资公司驻腾格里县办事处"的牌子。

新建的厂房和生活区全都是板式建筑。厂房高大宽敞,六个车间都用板材隔开。生活区建在厂房的西北角离厂房有500米的地方，分厨房、餐室、卧室、盥洗室、卫生间等生活用房。这里原来也是一个长满杏树、桦树的大沙包，生活区是用推土机推平后在上面建的。苏美娅的卧室与办公室也在这里。卧室兼办公室里多是些藤木家具，比如藤椅、藤床、藤木桌、橱。

苏美娅坐在藤椅上，高晓荣站在地上，都有些不快的神色。还是高晓荣先熊了下来，他弯下腰低声说道："美娅您看您，我不就是提了点儿建议嘛。""提建议也不行！"苏美娅凶巴巴地说，"我跟你同样是学化学的，难道我就不知道生成物是什么？我们是商人，商人找的是市场，市场有这个需求有这个高额利润我凭什么不生产！"高晓荣声音更低了："您看您看，又来脾气不是，我是替您着想。"苏美娅口气也缓和了些，但语气依然坚定地说："我知道你是为我好，可今后这样的话你连想都不要想，往后我怎么说你怎么做就是了。"她慢慢地站起身抬手轻轻地抚摸着高晓荣的面颊，高晓荣伸手把苏美娅紧紧地抱在怀里，低声喏喏道："我知道了。"

工厂开业典礼时杨哈斯和娜仁高娃都去了。杨哈斯走在路上，不少人都在跟他打着招呼："哎，杨总，你那妹子整大发啦！""哎，杨总，你那妹子比你还有能耐！"杨哈斯听得晕晕乎乎的。他知道人们现在更有一种巴结他的味道。昨天傍晚苏美娅给他打来电话："阿哥，没事你也去沙地蹓跶蹓跶，嫂子怎么说也在我们这里挂个副总的名。这几天余总说经常有几个不三不四的人围着我们的护栏张望，不知在看什么。"

杨哈斯当即说："妹子，怎么我没事我是闲人一个？我可是奶牛场、石雕厂两个企业的老总呢！"娜仁高娃说："杨哈斯，妹子那儿咱们咋也得帮凑，阿妈临走的时候是咋嘱咐你啦？"杨哈斯摆摆手带着嘲讽的口气说："行啦，行啦！我已经说我要去了嘛！这家伙的，我看这挂名的副总经理都让你找不着北啦。"

空旷而荒凉的小腾格里沙漠突然建起这么一座青灰颜色厂房的工厂倒真是引来不少人看稀罕。杨哈斯骑着马围着厂子转了一圈，真的就呵斥跑了一些人。他骑马想进工厂的院里，那个闽西来的张六子拦在了大门口："杨总，我倒是认识你，可是没有我们老总的允许，谁也不能进院。"杨哈斯连马也没下："我是你们老总的娘家哥，是她让我来的！"

这时正好余成军从厂房中走了出来喊道："六子，你快放杨总进来，是我找杨总有事！"然后对杨哈斯说，"我正要去请你，你自己来了。六子，还不快把大门打开让杨总进来。"大门是那种电动的推拉门，张六子一摁电钮门就缓缓地打开了。余成军来到门前，杨哈斯也从马上下来，两个人向院里生活区走去。

余成军说："我刚从苏总那儿商量完，我们厂子里打算买16匹马，我们闽西来的这些人先前没见过马，更没骑过马，刚才跟苏总商量就不买越野车改买马了，哪个人休班想上街里让他骑自己的马去。我们想请你帮助买买，同时也训练训练我们怎么骑马。不白训练，我们给你培训费。"杨哈斯这人是个热心肠，最经不得人家跟他说好话，于是哈哈一笑说："啥费不费的，要我说你们就是闲的，钱多了让钱烧的。"

余成军领着杨哈斯径直走到苏美娅的房间。苏美娅笑着站起身说："阿哥，我觉着你快到了嘛。"杨哈斯坐在藤椅上说："妹子，人家现在都宝马、奔驰的了，你们怎么还想起骑马来啦？"苏美娅依然笑容可掬地说："余总这些哥们儿在这儿上班没有乐子觉着太枯燥，给他们一人买匹马算是福利了。我们公司老总给员工都配汽车，这配匹马是小事。"杨哈斯又问："都是全鞍马吗？"苏美娅说："是的，都是全套的。"她又瞅了瞅余成军说，"阿哥，这次买马的钱是人家个人的，你可得节省着点儿花，这事就你和余总经理去办吧。另外,哥你有时间常过来看看,最近常有些人过来趴在围栏上瞅,谁知道他们是环保的还是公安的,把我们的保安瞅得挺害怕。"

杨哈斯说:"没事儿,妹子,刚才我都训走几个了,可你们也得说说你们保安,他们不认我不让我进院呀。"余成军忙说:"杨总你放心,我一会儿就跟六子说,下次保你畅通无阻。"

杨哈斯是有经济头脑的人,余成军一说买马,他立刻就想到离王爷府镇几十里地远娜仁高娃的娘家就有马群,那价格还不是他说了算?让他犯愁的是那成套的马具。这件事让娜仁高娃回去办。杨哈斯心里想着,进了自己家的院子就喊:"老婆,我从妹子那里给你领任务来啦!"娜仁高娃笑吟吟地从楼里迎了出来道:"看把你乐的,苏美娅妹子给咱们什么好事了?"

杨哈斯进屋就说:"你回二爷府一趟。"娜仁高娃瞪大吃惊的眼睛问道:"不年不节又没啥事,我回二爷府干什么?"杨哈斯就把苏美娅要买16匹全鞍鞯马的事说了一遍,最后说:"这可是苏美娅妹子让办的事,你这个挂名的副总经理还不麻利点儿去办?"娜仁高娃笑着说:"我说呢,现在谁能指使得动你,也就是你那有钱的妹子。"杨哈斯嘿嘿一笑道:"我妹子?她可是你亲姑表妹呢,她现在动不动就不认我这个哥。"娜仁高娃也没再说什么,收拾个小包袱下楼自己骑摩托走了。

没过两天,娜仁高娃就高兴而归。她告诉杨哈斯5000元一匹全鞍鞯马,马具也都是齐全的。她对杨哈斯说,现在草原上买马比买牛买羊还容易,牧民们家家都买了摩托,有的都坐着小车去放牧,把马闲起来了,又舍不得杀,听说买的是骑马,就都愿意卖。

述说完,娜仁高娃诡谲地一笑说:"你见到苏美娅妹子就别乱报价了,我已经把马价告诉她了。""什么?你说什么!"杨哈斯把眼睛瞪得牛眼似的,"你跟她报了多少钱?"娜仁高娃依旧笑眯眯地慢声慢语道:"我给她报了,我给她报了6500元。"看着杨哈斯舒了一口气的样子,娜仁高娃又说,"我还不知道你那财迷脑袋?雁过拔毛,不给你拔点儿你连觉都睡不着,一匹马多要的1500,咱们留1000,给他舅留500,活儿都是人家干的。"杨哈斯仍愤愤地说:"哼,我原本是说8000的。"娜仁高娃说:"他爸,别总是回回都想一口吃成个胖子,你就不怕哪回吃肿了嘴?阿尔斯楞说了,你的钱他一分都不要,他嫌你的钱太臭。"杨哈斯说:"哼,臭小子,现在说钱臭,赶明儿个结婚说媳妇买房子时,钱一分也不少要!那马什么时候送到?"娜仁高娃说:"我和他舅商量就不走镇子了,顺着沙子边直接送到柏树洼前边去。"杨哈斯这才有了笑容说:"娜仁你就这件事办得对,不走镇子里省了我不少草料,这要是来了人吃马喂的没几百元下不来呢。那我得赶快去接他们。"

苏美娅给闽西余家来的人一人买了一匹马,余成军私下对他的弟兄们说:"这马是你们的腿你们的车,到时候能救你们的命。待会儿苏老大她哥杨总来教咱们骑马,你们想要命的就得给我好好学!"

杨哈斯牵着马站在一个长满红柳的小沙包上,沙包的下面是一个长着绿草和蓝色鸽子花的大沙坑。张六子他们一人牵着一匹马,张六子带头单腿一跪,其他人也跟着高喊一声:"师父!"杨哈斯慌忙扔了马缰绳跑下沙包扶起张六子说:"这哪行,快起来,我一定好好教你们就是了。"

杨哈斯不厌其烦地给张六子他们讲着怎样给马戴笼头和马嚼子,怎样备马鞍子紧马肚带,怎样揭马鞍子,怎样绊马,骑马时该用什么姿势,上梁下梁身体都应该什么样,上马下马怎样踩马镫。每说一个动作他都自己先示范,然后再手把手地教这些人。这帮人练习骑马,从沙梁上跑下来跑上去,摔下去又骑上去,浑身上下沾满了沙土,还在哈哈笑着。杨哈斯骑在马上也哈哈笑着说:"这帮南国蛮子更皮实,好像一帮土匪似的。"这帮人对杨哈斯格外敬重,有叫师父的,有叫杨爷的,杨哈斯心中别提多舒坦了。

这些人有了马学会了骑马别提多乐呵了。三班倒的他们只要休班,就仨一帮俩一伙地去镇里逛商店进洗浴中心下饭店泡妞。

天下的事多有一些奇缘。那个张六子泡妞还真泡上了。女的叫李翠兰,在王爷府镇王爷府大街开一家牙医诊所,她哥哥是县公安局刑警大队长李春。李翠兰从小父母双亡,和哥哥相依为命。好在哥哥跟神马学了码踪的技术,加入了公安有了份正经工作,家才渐渐地好起来。李翠兰去赤岭跟一位老牙医学了几年,回到腾格里县开了个牙医诊所,收入也算可以。她结过婚,但那男人属于身在福中不知福的人,常吃喝在外,后来竟活不见人死不见尸,没了音信也就按自然死亡注销了户口。

张六子听说李翠兰是个小寡妇,就有病没病常去搭讪,没想到竟搭讪出了感情。二人觉得脾气相投年龄相仿,都认为这是一份千里的姻缘。可这事让李春知道了,就狠狠地训斥了李翠兰一通,甚至说出你要跟这样乱七八糟的人在一起别说我不认你这个妹子!但感情这东西哪是说断就断的,李翠兰明里不敢忤逆哥哥的话,可暗地里两人仍有来往。张六子夜里没班时就骑上马直接去了李翠兰家。

17

化工厂的院里自从有了16匹马,余家来的弟兄们个个猴子似的在马身上蹿上蹿下,一下子热闹起来。这几天余成军干脆就将这 15 个人编成一个护卫队，让张六子当护卫队的队长，分成班次，日夜轮班护厂。余成军又找人在工厂西面沙梁上搭起一个瞭望塔，派人站岗放哨随时监视着周围的动向。他给他的弟兄们每人配备一个步话机，可以在五华里范围内互相通话，瞭望塔上的岗哨发现险情会立即通报余成军和门卫。

余成军看苏美娅出来了，带着几个弟兄就迎了过来，其中一位弟兄一弯腰说声："老大好！"余成军一摆手说："混蛋，我说什么啦，在这里别叫老大叫苏董。"几个人又齐声喊了句："苏董好！"苏美娅点点头对余成军说："我去车间看看。"然后就走了过去。余家的一个弟兄一耸鼻子一伸舌头说："哎呀妈呀，怎么这么香啊！"余成军立刻骂道："混蛋，不该闻的别闻，这是道上的规矩！"吓得那个弟兄一缩脑袋向后退了回去。

试生产以来，六车间的生成物一直达不到设计标准。苏美娅和高晓荣在相应的温度区间内上下按一摄氏度的差别进行实验，搞了十几次也没有成功，气得苏美娅一甩袖子走了。大约是第二天凌晨一点半，"咚咚咚"，苏美娅的房门传来急促的敲击声。苏美娅忙起身打开电灯，她穿着睡衣趿拉着拖鞋把门打开。高晓荣迫不及待地挤进屋里，连说："中了！这回中了。问题不是出在温度上，是出在反应容器的内壁上。"

苏美娅走后，高晓荣左思右想着，他突然想起陶瓷内胆出窑后，是用氢氧化钠清洗的。"肯定是这一层氢氧化钠也参加了化学反应！"于是他让几个工人和他穿上防护服把化合反应容器中的溶液清洗掉，里外用清水刷洗了三遍，这才注入新的溶液。"这回百分之百地合格啦！"他叙述完，身体竟像一摊泥似的瘫在苏美娅的身上。苏美娅轻轻地拍扶着他，把他放倒在自己的床上。

天刚放亮，高晓荣又精力充沛地跑回了车间，成功给他带来了亢奋和欢悦。等工人们上班，就可以正式投入生产了，他想提前做些准备工作。然而就在工人们各就各位准备生产时，大门口却吵嚷起来了。

原来是县环保局农村环保股的张横和李立与守门的张六子他们吵起来了。

事情是这样的：

王富国副县长在会上传达宁琛县长的指示，各部门不要干扰化工厂的生产。县环保局的李副局长在全体职工大会上强调："你们哪里都可以去开展工作，唯独化工厂那里不可以去，你们就把那里当作老虎屁股。"

环保局农村环保股的张横私下对李立说："现在他们当官的都捞足了，我听说开业那天发给领导的纪念品一个皮夹就1000多块呢。他们这是连个骨头渣儿也不给咱们呀。"李立说："咻，他越不让咱们管，咱们就越管管给他们看，让那个外国娘们儿整天狗眼看人低！"张横说："她也不是外国人，是杨哈斯的妹子。"李立说："她给外国人办事就是外国娘们儿，她还是汉奸卖国贼呢，就更得收拾收拾她。"张横说："也对，咱们上学念书时，历史课本说洋买办八成就是她这样的人。"张横顿了顿又说，"咱们去，要是让局长知道了，再收拾咱俩怎么办？"李立说："他敢，他要收拾咱俩，我就把他的事抖搂抖搂，现在当官的台上说的话像钢筋那么硬，下来比面条还软。因为啥？都怕给他揭了老底。咱俩这次去就让她给补个2000元手续费就行。"张横说："嗯，2000元对她不当崩个扣子。"二人主意已定，骑上个摩托就去了。

瞭望塔上的岗哨最先发现摩托车上的李立、张横，并立即通知护卫队长张六子。张六子便拉开架势早早地守在了大门口。

张横、李立来到化工厂的大门口不得不在关着的大门前下了车。李立用巴掌拍拍不锈钢大门说："开门，我们是县环保局的。"张六子在门里不冷不热地说道:"有事吗?"李立说:"你这跟谁说话呢,我们环保局只要来就有事。"张六子说:"你有县政府来工作的单子吗?我们是外企,没有王县长签发的单子我们不接待。"张横眼一横:"你说的都是屁话,你们外企有啥了不起的,不过都是些卖国贼罢了。"张六子一听火了,把手指一蜷伸在嘴里"吱吱"地吹了声口哨。立时护卫队的人除了有三位骑马上镇子里的,在家的都手提警棍跑了过来。

余成军趴在窗口望望,知道是没正经人正经事,连屋都没出。

正在剑拔弩张之时,杨哈斯骑着马到了。他这两天,心情挺好,百元的人民币大钞"嗖嗖"地往他怀里跑不说,还收了一帮骑马的徒弟。早晨吃饭一高兴还灌了二两二锅头,撂下饭碗骑上马径直去了化工厂。

杨哈斯下马一看是张横、李立就知道两个人的来意了。头年这里还是牛场时,他俩就来过。先是给杨哈斯念了个红头文件,接着就说牛场已经造成大气污染,多数指标都几倍十几倍超过国家规定标准。然后又说可你们是省优秀企业,就少罚点儿,只罚5万元就行了。杨哈斯不敢造次,只好偷偷封了两个500元的红包塞在他俩兜里,两个人转了一圈又改口道:"不愧是省优秀企业,致富不忘环保,这里的植被是小腾格里沙漠最好的,这里的空气能达到优质水平!"

李立、张横见杨哈斯来了,还以为来个帮手呢,就朝着张六子他们说:"你们别忒嚣张了,我们市政协的杨委员来了。"杨哈斯站在大门口说了一句:"咋回事啊?我咋瞅着这门里门外像是要干仗的架势。"张六子在门里,双拳一抱喊道:"师父,他俩要进来检查环保,我跟他俩要县政府的检查通知,他俩不给生要往里闯。"杨哈斯心里明镜似的,就讥笑道:"啊哈,张干部、李干部，你俩不是又要环境保护费来了吧?"

张横翻翻眼珠说:"杨总，这里不关你的事，你别来瞎掺和。"李立说:"杨总，我们知道这一条沙子已经从你的承包沙地中割出去了，我们作为国家公务人员正在依法对这里的环境进行检查，谁阻挡我们执行公务那可是违法的。"杨哈斯是个心里藏不住话的人，就说:"啥法不法的，违还是不违，还不都你们俩说了算。"张横眼一横立马就急了，气愤地说:"杨哈斯，你他妈还是市政协委员呢，我看你狗屁不是，哪有帮外国人说话的?"

杨哈斯抢上前揪住张横的衣领道:"你跟谁他妈他妈的，你俩小子一撅尾巴就知道你们拉几个粪蛋儿，你们这种玩艺儿就是揍得轻!"张横就势把脑袋往杨哈斯怀里一顶说:"给你打，给你打!"杨哈斯松开揪衣领的手，回手就是一巴掌。

李立大喊:"杨哈斯打人啦!杨哈斯打人啦!"他的手指摁在手机110上，对着手机大声呼喊:"110!110!我们是环保局张横、李立，我们现在化工厂门口做环保执法检查，遭到袭击，情况非常危急，请110马上支援!"

手机中传出110执勤人员的声音:"请你们坚持住，不要扩大事态，我们马上就到!"张六子他们看外边撕扯起来，索性打开大门，大家一哄而出用警棍朝着张横、李立打了起来，不一会儿就把二人打得鼻青脸肿。

此时腾格里县公安局与赤岭市公安局正通过视频召开会议。赵东明、杨红鹰、于洪军、李春、杨阿尔斯楞都坐在电脑前，每个人都紧张地盯着电脑屏幕。

赵东明说:"公安部和省厅都非常重视我们截获破解的两条信息，可问题是谁发的信息，鸮计划是什么内容，与闽西坠崖毙命的鸮是否有关系?这些我们都不清楚。"

于洪军说:"我们这里的意见，就是找个机会，把有疑点的人都抓了,抓早比抓晚好,抓起来一审啥事不就都清楚了嘛。"

杨红鹰说:"这样做恐怕不好,我认为目前案情仍处于目标不明朗阶段。吴小辫Knmgh-2致幻剂致死案的侦破只能证明我们的对手来头不小,但罪犯是谁?究竟为什么投毒?鸡血石弥勒佛的出现证明闽西坠崖毙命的鸦确实与赤岭地区有关联,但是什么关联?专家还预测鸡血石玉龙挂坠同时还应该有一只玉凤坠,究竟有没有?鸦计划又是什么计划?公安部禁毒局王副局长说的对,我们面对的是国际上既残暴凶狠又极其狡猾的恐怖分子、贩毒分子,这场斗争绝不是一抓一审那么简单。"杨红鹰一席话让大家有些冷场。

李春看了看手机,起身在于洪军耳边小声说了些话,于洪军点点头,李春便匆匆走了出去。

赵东明说:"刚才我和红鹰支队长讲了一些侦破的方向性问题,我们认为不管我们的对手是谁、来腾格里县的目的是什么,他们下一步肯定会有所动作。我们一要加强侦查,见招拆招;二要寻找战机,主动出击。我们在明处,敌人在暗处,我们就跟他们玩玩这个猫抓老鼠的游戏。"

视频会议结束了,于洪军对杨阿尔斯楞说:"你爸在化工厂那边又整出事了。"杨阿尔斯楞焦急地问:"我阿爸又怎么啦?"于洪军说:"等李春队长回来就知道了。"

苏美娅听到外面的吵嚷声走了出来,她先到车间嘱咐高晓荣一些话,然后和余成军来到大门前喝住了张六子他们。这时瞭望塔上的岗哨高声喊道:"警察来啦,警察来啦!两辆小车,一辆大车!"余成军立刻朝张六子一摆手,张六子马上带人撤进院里,然后一群人就绕到厂房后边骑上马全都奔向柏树洼。

大门口只剩下靠着马喘粗气的杨哈斯和倒在地上直"哎哟"

的张横、李立。苏美娅不高兴地说:"阿哥,咋搞得这样?"杨哈斯摆一下手说:"这跟你们没关系!"苏美娅又走到张横、李立跟前轻声说:"有什么事提前给我来个电话,都好说。我的这些工人比较粗鲁,你们犯不着跟他们计较,你俩放心,我会格外安排你们的。往后用你们的时候多着呢,我知道我这里环保达不达标就归你俩管,我只是一时没安排出时间来看望你们两位。我们公司不管谁帮助我们都是有酬谢的。"

这时,三辆警车鸣着警笛到了。县公安局刑警大队长李春亲自带着六名警察赶来,另一辆大车原来是消防队的,今天是防火大检查,来时正好和110的车赶在一起了。苏美娅笑着说:"哎呀,好大的阵仗。你们把这里发生的事情考虑得太严重了吧?"李春态度严肃地说:"环保局执法检查,你们谁阻挡谁袭击啦?"

杨哈斯手一拍胸脯说:"是我,这事跟我妹子他们厂子没关系。我看着这俩小子就来气。"李春一边安排照相、做笔录,一面又问地上的张横、李立:"你们到底怎么回事?"张横和李立对视了一下,李立说:"李队长,是这样,我们来检查化工厂环保工作,是最近有人举报说,这里有一种腥臭味,空气污染严重,可没等我们检查呢,杨总跑来挡横来了,说着说着,就跟我们撕巴在一起了。我就给110打了电话。"

李春说:"还有别人没有?"杨哈斯说:"没有,就我们三个,人家保安在门里,大门没开。"张横也说:"大致情况就像杨总说的那样。"李春拿起手机给于洪军局长打电话:"于局,是环保局的张横和李立,还有杨哈斯。他们怎么撕巴到一起了?谁知道呢,嗯,回去再说?那我可就都带回去了。"然后对同来的两名警察说:"小孙、小李,你俩把马和摩托骑回去,三个当事人要带回去进一步询问。"

苏美娅说话了:"李队长,你看能不能让他们几个在这儿私了了，费用我出。"李春义正辞严："他打110报了警，我们出了警，就得按办案程序去执行，你以为什么事都可以用钱私了？"苏美娅一脸不高兴，但她转身到张横、李立跟前用力握了握他们的手说："那你们过两天再来？我等你们，我们厂子的环保工作正好需要聘请你们来给指导指导。"她看张横、李立都点了点头，就又到杨哈斯跟前说，"哥，委屈你了，过两天我回家看你去。"

两辆警车还有骑摩托的骑马的都走了，苏美娅陪着消防队的人向厂房走去。

18

李春把三个人带回来，先把张横和李立又问了问。张横、李立本来就心虚，不想把事闹大，也为下一步去化工厂留下个台阶，死活就是化工厂门口那几句话，于是李春向环保局的李副局长打个招呼就放回去了。杨哈斯还是大包大揽，就是对这两个人看不惯，加上早晨喝了两盅酒就动了手。

这样，杨哈斯动手打环保局干部的事坐实了，他态度又不好，就只能在公安局里多留几天了。娜仁高娃哭哭啼啼地来公安局先找上杨阿尔斯楞，然后娘儿俩一起去看杨哈斯，倒让他一顿臭骂："你们他妈的还知道来看我，我这多有面子，自个儿儿子在公安局干事，侄子在市公安局当官儿，我这却让公安局给抓到号子里来了。我这光彩，你们他妈的也光荣！"

杨阿尔斯楞实在受不了了，就去找于洪军局长。杨阿尔斯楞说："于局，不行快把我阿爸放了吧，我让他骂得实在受不了啦。"于洪军说："不行，我刚才和杨支队通过话了。他说，正好，咱们给他来个就坡下驴。杨支队还要来呢，他说有重要意见要和我们谈。"

正说着，王富国副县长打来了电话："杨哈斯怎么还不放？他本人是省优秀企业家、市政协委员，又是外企苏总的哥哥，这影响多不好，苏总今天又给我来电话了，说这样的投资环境她打算要重新考虑扩大生产的事。你知道吗？今天早晨一上班，宁县长就从北京给环保局的大局长老闫打来电话要他严肃政纪，处分两个擅自行动的环保干部呢。"于洪军只好说："有王县长的话，我们马上商量放人。"

杨红鹰坐在腾格里县公安局于洪军局长的办公室中，旁边还有杨阿尔斯楞、小朱和小李。杨红鹰说："在座的都是专案组的人，咱们今天先重点说说对苏美娅的监控吧。"

小朱说："苏美娅在腾格里县以外联系最多的就是两名山东长住的日本人，一名叫河野的男人和一名叫枝子的女人，但都说的是流利的中国话。联系比较多的还有冀东省一名叫吴宽的老板、闽西省一个叫余成民的、贵州省一个叫苏德龙的。腾格里县这边主要是王富国副县长，最近也和在北京学习的宁琛县长通了几次电话。他们通话的内容全都有录音。但我们觉得这些通话的内容都属于一般的正常业务。"杨红鹰说："你把他们通话的录音给我拷贝一份来，我回赤岭仔细听一听。"小朱、小李同时回答了一声："是！"

杨红鹰说："难道她和国外就没有联系，比如和她的 M 国兴凯投资公司？"小朱说："那她肯定有联系。可是从上次截获的不能确定是谁发的信息说要改变联系方式后，就再也见不到有人和境外的联系了。小李我俩想，联系人有可能用电脑通过卫星频道在联系。"

杨红鹰说："那咱们的电子监控设备不能跟踪吗？"小朱说：

"跟踪倒是可以跟踪，但必须知道她的通话位置和频段才能跟踪。"杨红鹰说："怎样能够搞定她电脑的频段？"小李笑着说："说好办也好办，只要我们的人打开手机接近她电脑的一米区域内，如果她的电脑是打开的，只需要一分钟的时间，我这里就能把她锁定了。"

杨红鹰拿眼瞭瞭杨阿尔斯楞，见他有点儿紧张，心想阿尔斯楞真够敏感的。杨红鹰又问："开业典礼时你们注意苏美娅戴的项链没有？"小李说："我注意了，但她戴的是一串珍珠项链，不是鸡血石的。"杨红鹰说："难道我们重点怀疑的对象不对？"于洪军说："那可真不好说，开业那天的会开得挺好的，尽管也有人说到她和那个日本遗孤孩子的事，可下边的观众都很欢迎她。"

杨红鹰说："行啦，我再通知两件事，一是公安部王副局长非常支持我们为打破僵持局面主动出击的想法，要我们拿具体方案；二是省厅铁峰总队长为加强我们这里信息技术的力量将派总队一名清华大学信息技术专业毕业的博士项晖来我们这里。"小朱和小李拍着手笑道："这可好了！"杨红鹰说："还有，我这次来对内对外都要说是为放我二叔来的。"

杨红鹰和杨阿尔斯楞二人一前一后来到杨哈斯的拘留室，负责看守的警察把门打开。杨哈斯一看是他们哥儿俩来了，一扭身把脸背了过去。杨红鹰说："二叔，我们哥儿俩来接您回去。"杨哈斯故意眯着双眼说："你们是谁呀，我咋就不认识呢？"杨阿尔斯楞说："阿爸，别闹了，我是您儿子阿尔斯楞，他是我哥，您的侄子杨红鹰。"杨哈斯说："怎么，我他妈的还有儿子和侄子呢？你们他妈的要是我的儿子和侄子能让老子在这里蹲十来天号子！"

杨红鹰看一时跟他也解释不清楚，就对杨阿尔斯楞说："阿尔斯楞你去门口看一下。"杨阿尔斯楞到门口，看见看守的警察已经走了,就朝里边点点头。杨红鹰朝屋子上下左右都看了一遍才走到杨哈斯跟前小声说:"二叔,您受苦了,可这苦受的值得,这是我们特意安排的。"杨哈斯刚要张嘴骂,听到后半句没有骂出口却吃惊地瞪大了眼睛,张开的嘴也合不上了。

杨红鹰接着说:"二叔您坐下,我详细地跟您说。"杨哈斯将信将疑地坐下,嘴里却还说着硬气话:"我看你怎么跟我说。""二叔,苏美娅姑姑极有可能是个制毒贩毒的毒枭,吴小辫有可能就是她或她指使的人毒死的,她现在是我们重点怀疑对象。"杨哈斯惊愕着说:"那报纸上不都说吴小辫是卖淫嫖娼死的吗?""那是我们故意放的风,就连阿尔斯楞犯错误受处分下放腾格里县公安局都是我们特意安排的。""哎呀,自己家人咋还这么整。""二叔,这不是我们自己家的事,是国家的机密大事。"杨哈斯吃惊地瞪大了眼睛说:"大侄子,你可别唬你二叔,你二叔可是啥阵势都经过的人。"

杨红鹰说:"二叔,我真的不是跟您开玩笑。您记得我跟您说过的巴林鸡血石吧,您说的王长顺家那块美智子给你看的鸡血石找到了,被吴小辫雕成了一尊弥勒佛,和先前我们查找的毒枭身上的鸡血石玉龙挂坠出自同一块石头,吴小辫就是因为这块鸡血石被一种特殊的毒药毒死的。"

杨哈斯的眼睛瞪得老大,越发吃惊地瞅着杨红鹰说:"这事这么严重,我真有点儿后怕了。"杨红鹰说:"所以关你这么些天就是给苏美娅一个障眼法,把这个情况告诉你是经过公安部、省公安厅、市公安局的领导一起研究批准的,就怕你产生什么误会。"

杨哈斯一拍大腿说:"这咋说的,我还收了她不少钱呢。"杨红鹰说:"那都没关系,以后也照样收,赵市长还表扬您干得好呢。二叔,我想问一下苏美娅从小到大的情况,你给我说说。"

杨哈斯说:"唉,苏美娅小时候也挺苦的。咋说呢,特木尔阿爸和达兰花阿妈岁数挺大才有的她,阿妈差点儿死了。那些年家里生活又困难,阿妈就不待见她。虽然特木尔阿爸很疼爱她,可抗不过达兰花阿妈,在家里是很受气的。苏美娅小时候因为比我小十好几岁,跟我玩不到一起。可是她却能跟那个日本女人养的小孩儿王福贵玩到一起,成天打成帮炼成块的,因为这没少挨阿妈的打。那是八几年吧,中国和日本关系好了,老王长顺也死了,那个日本女人领着王福贵回了日本的娘家。苏美娅还哭鼻子抹泪的,又让达兰花阿妈骂了一通。可苏美娅毕竟长大了,考上大学以后就再也没回来。特木尔阿爸要去找,达兰花阿妈不让。你们都知道你们达兰花奶奶那脾气,对错都是得别人向她低头的,她从不向别人低头。这娘儿俩就这么别着劲儿,你们的达兰花奶奶一直到去世前才说了句她对苏美娅没有好好待承的话。"

杨哈斯述说着,杨红鹰虽然打开了录音笔,但仍是全神贯注地听着,生怕落下一句有信息价值的话。杨红鹰说:"二叔,这个案子一时半会儿结不了,我说一下上级领导对您说的话。赵市长要我转告您,我们面对的是最凶狠残暴的犯罪分子,要您一定保护好自己,您一定要保密,这件事对我二婶对谁都不要讲,一旦泄密犯罪分子或逃走或狗急跳墙,你都会有生命危险;第二,犯罪分子非常狡猾,需要和他们斗智斗勇;第三,前一阶段您帮助我们做了许多工作,希望弄清楚这件事后,更应该积极支持我们的禁毒工作。"

杨哈斯一拍胸脯说:"大侄子你放心,你二叔贪财不含糊,可从来不做对不起国家的那些事,共产党对咱不错,咱也要对得起共产党。"杨红鹰说:"二叔,这一点我们放心,否则刚才那些话我们就不跟您说了。二叔,往后我们有什么事就通过阿尔斯楞跟您说。"杨哈斯一抹嘴巴说:"他妈的,老子还让他管上了。

哎，大侄子，等把案子结了，阿尔斯楞还能回你们市公安局不？"杨红鹰笑着说："二叔，你怎么还没听明白，阿尔斯楞到腾格里县公安局来，是组织上安排的特殊工作。往后我阿尔斯楞弟弟要比我有前途。还有，二叔回家后，苏美娅姑姑肯定会去看您，如果说起释放您的事，一定要说我专程回来找了于洪军局长才把您放的，释放您时我就不去你们家了。"杨哈斯说："这我明白，这我明白，咱们这可都是保密的工作。"杨红鹰和杨阿尔斯楞都禁不住地笑了。

杨阿尔斯楞打电话给杨哈斯公司的办公室主任朝鲁，要他开车来公安局办理有关释放杨哈斯的手续并接他回家。听到公安局终于释放杨哈斯了，他那些生意上的哥们儿竟有十几个人都开车过来，直接就把他接到了云龙大酒店。朝鲁又开车去把娜仁高娃也接了过来。

人们围在一张能容20人的大餐桌旁笑着闹着。"哈斯大哥，那里边天天有酒喝没？""有酒，还有小姐呢，你也进去待两天？""哈斯大哥，小别胜新婚，跟娜仁嫂子亲一个吧！""哈斯大哥，听说赤岭的侄子来下令才把你放了，对那个于洪军局长，侄子把枪都掏出来了。""不过也还得小心点儿那个于黑子，咱们侄小子杨阿尔斯楞可还在他的手下呢。"

"哥，上酒店来也不告诉我一声，我让杰克开车上家去了，一看没人，问了好几个人，才知道都上了云龙大酒店了。"真是一鸟入林百鸟压音，苏美娅来了，只这一句话，人们的喧闹声立刻停住了。大家赶紧起身，有几个人喊："快给苏总让座。"杨哈斯哈哈一笑说道："苏美娅妹子来了，我也不想上这儿来，是这帮哥们儿硬拽来的。"杰克把苏美娅的外衣接过来，娜仁高娃忙安排座位。

苏美娅在杨哈斯旁落座，扫了一眼桌旁坐着的人们，这才端起酒杯说:"感谢各位来为我哥哥接风,这第一杯酒我先敬大家。"苏美娅把杯中酒一饮而尽,众人也都举起酒杯将酒倒入口中。苏美娅又端起第二杯酒说:"我哥哥这次被拘留纯属因为我,他面对污吏仗义执言,现在在多方的努力下终于得以释放,这杯酒小妹敬大哥!"苏美娅把酒杯举过头顶,身子向下一蹲。杨哈斯哈哈一笑说:"妹子还没忘这个。"他豪爽地接过酒杯将酒一饮而尽,然后也端起一杯酒说,"我这次的事,全仗各位帮忙,要按着李春队长的意思要关我15天呢,这最后还是咱自己人我那侄子杨红鹰,从赤岭专程跑来一趟,给公安局那个于局长逼上了,这才把我放了。我老杨这辈子吃亏就吃在不会说软和话上啦。"

"杨哥,真爷们儿,这腾格里县谁人不知谁人不晓!""杨哥才是真正的男子汉!"……饭桌上又是一阵议论。苏美娅又举起一杯酒说:"按说这话我不应该说,我现在是 M 国的国籍,不应该再说中国的事,但也算是咱们在商言商。你们精美的巴林石雕件,在这里最多也就是几千几万的,国外市场上可就是几十万、几百万、上千万的价呢。要成功还得靠自己!所以要是你们有谁想打开海外市场的销路,我苏美娅倒可以替你们尽些绵薄之力。"

"苏总真是女汉子!""苏总万岁!"……餐桌旁人们欢呼着,互相议论着。

这时有人提议:"杨大哥离家十来天了,快让人家回家跟嫂子亲热亲热去吧!"

曲终人散,人们纷纷离席,苏美娅走到杨哈斯和娜仁高娃跟前说:"今天我就不上你们家去了,明天正好是星期六,让阿尔斯楞也回来,明天我回家去,杰克会做西餐,我那儿还有一瓶洋酒,让你们也改一改口味。"杨哈斯想到杨红鹰跟他说的一番话,就对娜仁高娃说:"咱们就听妹子的安排。"

兄妹俩便各自上了自己的车。

19

苏美娅回到化工厂就给杨阿尔斯楞打了电话:"阿尔斯楞吗?""啊,苏美娅姑姑。""你在哪里?""我在公安局,刚打完篮球。""明天星期六不休息吗?""我还没问于局,应该是没啥事。""明天一定要回家,姑姑给你做西餐吃,姑姑的地窖里还有一瓶洋酒呢。""姑姑,我最爱吃西餐了,我还是念大学时吃的呢。就是,就是——""就是什么?""就是一瓶洋酒太少,我怕都让我阿爸喝了。""你个坏小子,有姑姑在,保证有你喝的。""那我无论如何也不能让于局占我的星期六。"

星期六这天,又是一个晴朗的好天气。进入夏天的小腾格里沙漠,沙丘由远及近层层叠叠斑斑驳驳,裸露着的沙梁与覆盖着的绿色植被交相辉映。近看以绿色灌木和杂草为主调的植被中又不乏五颜六色的鲜花,也便造就了一幅五彩斑斓的巨幅画卷。在这幅画卷中,石门山仍是点睛之笔。大漠、长河,大漠中突兀的两座石山将像一条碧绿玉带的西辽河架起来又从石崖上倒挂下去,让绚丽的景色多了几分壮观。有几只大漠鹰,在广袤的天空中巡游着。

天好,人的心情也好。苏美娅早饭后和余成军、高晓荣打个招呼就让杰克准备做西餐使用的东西,然后高高兴兴地去了杨哈斯家。这次环保局的张横、李立虽没把事闹大,但警察的突然出现,让苏美娅觉得在腾格里县对她威胁最大的不是发改委、工商局、环保局,仍是公安局的这些警察。虽然王富国副县长那部摩托罗拉手机经常给她传来一些信息甚至是腾格里县高层会议的信息,但这些信息基本都是些人员安排和一些经济工作调整的事,不是苏美娅关心的事情。警戒这块儿光靠瞭望塔也不行,等瞭望塔发现了公安干警,眨眼间警车就到院子了,所以尽可能掌握公安局的行动信息应该是她最关心的事情。

她除了让余成军想办法物色可以拉拢的警察外,还想到了一个新的主意,而且她今天务必把这件事办好。苏美娅得意就得意在她到腾格里县甚至其他什么地方都是要风得风要雨得雨,还没有她办不成的事情。另外,她从贵州苏德龙的电话中得知,一架贝尔直升机经过云南边境运抵贵州,又从贵州出发,就快要到达腾格里县了。

杨阿尔斯楞头天下午就将苏美娅要他回家的事情汇报给了于洪军局长,也通过视频和杨红鹰取得联系。三个人商量的结果是苏美娅这次组织家宴,背后定有所企图。杨红鹰沉稳地说了八个字:"顺其自然,随机应变。"考虑到苏美娅多疑的特点,于洪军说:"小杨你不必提前来局,不管有什么事都要星期一再处理,防止苏美娅利用摩托罗拉手机查看你的位置。"

苏美娅的车刚一到大门口,那条藏獒就挣着铁链子"噢呜——噢呜——"地吼了起来。杨哈斯和娜仁高娃、杨阿尔斯楞忙迎了出去。杨哈斯头一天听了杨红鹰说的关于苏美娅的话,心中对他这个妹子很是厌恶。然而事关重大,公安部、省公安厅、市公安局的领导都对他有所托付,他必须像先前一样,不能让苏美娅有任何察觉。还是杨阿尔斯楞先喊了一声:"苏美娅姑姑!"他跑上前去和苏美娅拥抱着。苏美娅用手轻轻地拍着杨阿尔斯楞的后背说:"哎呀呀,我的乖侄儿,天底下我最亲最亲的亲人哪。"然后大家一起上楼,杰克搬着一个大纸箱子,里边装着餐具和一些西餐用料。

在客厅里落座后,娜仁高娃端上奶茶和奶食品。大家说了一些闲话,苏美娅说:"哥,我知道那天你是代我们厂子护卫队那些坏小子受的过。"杨哈斯说:"妹子你快别这么说,我是气不过,我早就想揍环保局这俩小子一顿。"苏美娅从手包中拿出一个信封来,说:"哥,这是他们护卫队听说我要回家来,送你的一万元慰问金。他们本来还要派代表来,我说不用啦,我都代替了吧。"杨哈斯呵呵笑着说:"妹子,别,别呀,我又不是外人。"杨阿尔斯楞说:"阿爸,你要不收,那就我替你收起来吧。"刚一伸手,杨哈斯打了他一巴掌,随手抓过信封揣在自己怀里。娜仁高娃也笑着说:"你们爷俩一对四楞子脑袋,就知道往钱眼儿里钻。"一家人说笑着。杨哈斯还特意说了一句:"石头大哥身上有些不自在,要不今儿个他也来了。"

苏美娅说:"阿尔斯楞,你的房间呢?带姑姑去看看,以后如果做新房,还不得设计设计?姑姑走的地方多,见的新房也多,没准儿还能给你提些好的建议呢。"杨哈斯说:"阿尔斯楞你带你姑上去看看吧,我和你妈去看杰克咋鼓捣的。我让朝鲁去帮他,可朝鲁说他不但没吃过,连西餐啥样都没见过呢。"

杨阿尔斯楞带着苏美娅来到三楼他的卧室,这是一间50平方米大的屋子,有双人床、衣橱、小沙发、茶几等一些用具。墙上挂着一幅蒙娜丽莎的油画,床头前墙上挂的则是杨阿尔斯楞儿童时的一帧黑白照片。照片上的小阿尔斯楞显得顽皮可爱。苏美娅站在床的旁边久久注视着,好像自言自语又好像是说给杨阿尔斯楞:"唉,阿尔斯楞,那个时代再也回不去了。"

三楼除了洗手间,还有四个房间,苏美娅说:"阿尔斯楞,怎么说你也是个读书人,书房总得有吧,你女朋友喜不喜欢音乐呀?如果喜欢还应该有个琴房。另外,北方人活得太粗,又不是没房子,应单独搞个洗浴间。你阿爸、阿妈他们文化落后,不知道应该拥有与自己社会地位相适应的物质文明。阿尔斯楞,你俩受过高等教育，你应该想到。"杨阿尔斯楞拍着巴掌兴奋地说："还是姑姑想得周全，我女朋友周晓玲可喜欢钢琴啦，在大学生钢琴比赛中还获过奖呢。"苏美娅说："阿尔斯楞，这事都包在姑姑身上，钢琴不要国产的，要从意大利进口。"杨阿尔斯楞说："我先替周晓玲谢谢姑姑！"苏美娅说："你个臭小子，光知道交女朋友不行，你得想办法讨女孩子的欢心。"杨阿尔斯楞说："我听姑姑的话，以后注意就是了。"

苏美娅像是无意间说了句："阿尔斯楞，你们现在通讯设备还比较先进吧？"杨阿尔斯楞说："怎么说呢，电脑比起别的单位还好点儿，可有什么用，就是台打字机罢了。"苏美娅说："世界上信息技术的迅猛发展让原来经济文化落后的中国突然有些吃不消，等你们这代人起来就好啦。"杨阿尔斯楞说："姑姑，我现在是越没事干越好。"苏美娅说："那你们电脑的利用效率可太低了。"杨阿尔斯楞说："可不是咋的，这就好像把丰田发动机装到咱们的老牛车上，没什么大用。"苏美娅咯咯笑起来："阿尔斯楞我的乖侄子，你可真逗，你要把姑姑笑死了。"杨阿尔斯楞说："真的，姑姑，就是这么个理儿。"

苏美娅止住了笑声说："阿尔斯楞，那姑姑托你件事，你们电脑利用率太低，就让姑姑用点儿。你知道，姑姑的业务得经常和国外的总部联系，使的是卫星电话，打一次就得几百上千的，有时一天就得好几个电话。"杨阿尔斯楞一脸为难的样子："姑姑，你不是让我在公安局给你往国外打吧，那我可干不了，你那些业务我不懂，让人家碰见挺不好的。"苏美娅笑了："阿尔斯楞，姑姑怎么能让你干那样的事！"她边说着边从手包中拿出一只银白色的小金属盒，打开盒子取出一只U盘样的东西，"这是一只形状像U盘的发射器，只要把它插在你们局里工作电脑一个端口上，姑姑给国外打电话就只付本地区话费了。"

杨阿尔斯楞乐呵呵地说:"这还行,就是别人问起来,我只说我的U盘忘记拔了。"苏美娅说:"我的阿尔斯楞可真聪明。"她把这只特殊的U盘装进盒子里递给杨阿尔斯楞,"放好了,别丢了,虽然不值几个钱,可还得上国外去买。乖侄子,这可不能随便送人哟。"杨阿尔斯楞说:"苏美娅姑姑,我得下星期一上班时再去插了。"

苏美娅扫了他一眼放心地说:"好吧,走,咱们去餐厅吧,杰克把西餐也该做好了。"二人到了餐厅,杨哈斯和娜仁高娃等在那里。娜仁高娃说:"你们娘儿俩都说啥了,说得这么热乎。"杨哈斯说:"娜仁你就好打听事,人家娘儿俩愿意说啥就说啥呗。"杨阿尔斯楞说:"阿妈,苏美娅姑姑在给我设计新房呢。"苏美娅也笑呵呵地说:"你们家那么多的屋子,缺少设计。哥、嫂子,我跟阿尔斯楞说啦,三楼我给他设计和置备家具。"杨哈斯瞟了儿子一眼,见阿尔斯楞美滋滋的,心想这小子他妈的装得挺像呢。倒是娜仁高娃有点儿架不住劲儿:"他姑,可别管他,那几个屋子都下来得老鼻子钱了呢!"

这时,就听朝鲁喊了一声:"上西餐喽!"朝鲁和杰克先把碟子、刀叉、餐巾拿了上来,然后上的是蜜汁烤鸡翅、三文鱼肉蔬菜汤、培根芦笋卷、椰奶金丝南瓜冻。苏美娅拿起刀叉熟练地示范着。杰克把一瓶洋酒拿了上来,精美的玻璃瓶,透着诱人的金红色酒浆,苏美娅说:"人头马,690美元一瓶,我这次来就带了三瓶,和你们县领导喝了两瓶,这一瓶一直放在地窖里没敢拿出来,这次我们自己家人喝了吧。杰克,你给大家把酒斟上。"杨哈斯说:"我对这酒没啥兴趣,不一定比茅台、五粮液强啥。就是你们走时把刀子、叉子留这儿吧,赶明儿个吃手把肉的时候好用。啥西餐、东餐的,啥得劲儿就使啥呗。"惹得人们一阵哄笑。杰克又端上来一份煎牛排,杨哈斯又说:"给我拿酱油瓶来,这玩艺儿口太轻，得加点儿盐酱。"杨阿尔斯楞举着叉子做了一个鬼脸，苏美娅憋住笑，又不好笑出来。

这时，她的电话响了，她忙起身到一边去接电话。"噢，这么快。好的，我现在在外边，马上就回去。"接完电话她马上又给人打了电话，"啊，我是，余总，噢，运到啦，还有技师。我现在在哥哥家，我马上回去。"

苏美娅收起电话说："哥、嫂，阿尔斯楞，我得回去，总部知道我在沙漠地区交通不方便，就给了一架小型直升机，现在运到了，我得回去安排一下。"杨阿尔斯楞说："姑姑，空中管制挺严的呢。"苏美娅说："没关系，我已让宁县长都给我办利索了。阿尔斯楞，你小子就是有福，哪天姑姑带你坐飞机去，姑姑的飞机开得可好了。"杨阿尔斯楞说："可姑姑我坐不了飞机，我有恐高症，坐在飞机上就觉得往下掉。"苏美娅笑着说："没个男子汉样儿，连飞机都坐不了。"

说完，苏美娅就叫上杰克匆匆地走了。

这两天苏美娅有意地看了几次杨阿尔斯楞的位置，见他只是楼上楼下地变变位置，知道杨阿尔斯楞的确没有去公安局，她现在对她这个侄子是越来越放心了。

星期一，杨阿尔斯楞正点去上班了，苏美娅没有给他打电话而是把电话打给了娜仁高娃："那个臭小子没睡懒觉吧？"娜仁高娃说："阿尔斯楞他刚走，唉，起得晚，天天夜里跟他对象唠嗑，一唠唠到半夜多。哎，我就盼着他们早点儿结婚，我好抱孙子。"苏美娅咯咯笑着说："生两个孙子，给我一个。"

杨阿尔斯楞到了公安局，知道辽西省公安厅禁毒总队的卫星通讯专家项晖星期日下午就到达腾格里县公安局了。辽西省公安厅下达的文件是项晖到县级公安局挂职锻炼，赤岭市公安局便派项晖到腾格里县公安局任副局长，协助于洪军做好刑侦工作。

于洪军将项晖、杨阿尔斯楞、小朱、小李叫到他的办公室，针对苏美娅的 U 盘，共同商量对策。项晖将 U 盘拿到手端详了半天说："我还真看不透这是件什么玩艺儿，小朱和小李你们见多识广，你们看一看，我觉得苏美娅既然说和卫星联通，那它肯定不是普通的 U 盘。"小朱和小李拿着 U 盘翻过来调过去地仔细琢磨着，都说电子器材中没见过这样一种产品，即使现在世界上常见的间谍用品中也没有见过。

杨阿尔斯楞闪动着智慧的眼睛说："我有这样一个想法，既然苏美娅让插在我们电脑上又没有说立即取回去，那这只 U 盘肯定具有窃取情报与发射的功能，能否将它插在我们一台电脑上，然后用我们的电子监控设备进行跟踪，看它会将信息传到什么地方去。"项晖说："阿尔斯楞，我们在厅里都管你叫神童，你真够神的了。我看这个思路可以。"于洪军说："就按你们说的咱们试一试。"

杨阿尔斯楞先回到自己办公室，打开摩托罗拉手机，见有五个未接电话全是苏美娅的。他连忙走到室外给苏美娅拨通电话："苏美娅姑姑，我们上班就开会，开会时不让接电话，所以没接到你的电话。姑姑有事吗？"

苏美娅说："说话方便吗？"杨阿尔斯楞说："姑姑没事，你说吧，我来到楼房外面了。"苏美娅说："我刚才往国外一打电话才发现你那边还没连上。方便吗？如果不方便就不用插了。"杨阿尔斯楞说："姑姑，是这样的，今天早晨一上班就开会，省公安厅下来一位挂职锻炼的副局长。副局长的办公室自然要大一点儿的屋子，没办法，把微机室让给他，微机室去挤小屋子了。别的啥事也没有，等他们拾掇完，我再去把 U 盘插上。"苏美娅说："噢，是这么回事，那我就放心啦。"

杨阿尔斯楞关上手机又匆匆向楼上跑去，他在电话中一番巧妙的周旋，为重新设计专用微机室赢得了时间。大家又一阵紧忙乎，可以万无一失了。杨阿尔斯楞这时才把 U 盘插在电脑的一个端口上。项晖、小朱、小李也赶忙回到监控室。

杨阿尔斯楞忙去楼外给苏美娅打电话，他压低声音说："苏美娅姑姑，刚收拾完我就去把 U 盘插上了，你看看能用不？"苏美娅那边好像很激动，但仍然压低声音说："效果很好，我刚刚给国外接通电话说了两句，就看见你来电话了，很好，很好，效果非常不错。"杨阿尔斯楞说："苏美娅姑姑，那我就放心了，那你快给国外打电话吧。"苏美娅说："好的，有什么事咱娘儿俩以后再说。"

杨阿尔斯楞把摩托罗拉手机放在一只特制的盒子中又忙着去了电子监控室。于洪军、项晖都在，见电子屏幕上显示一束电子信息流源源不断地发射给空中 M 国一颗通讯卫星，又从通讯卫星上反射下一束电子信息流到腾格里县王爷府镇东 20 公里的地方。杨阿尔斯楞指着那个地方对于洪军、项晖说："从经纬度看，那里就是 M 国兴凯投资公司腾格里县化工厂。"

20

赵东明与杨红鹰判断得没错，颂般向坎坤说的那位勇不在佐佐木之下智则胜他一筹的人物就是苏美娅。苏美娅就是 Ka 恐怖组织和坎坤贩毒集团派来中国执行鸦计划的总代理。

现在她坐在电脑旁翻看着卫星传过来的信息……苏美娅只浏览一遍便觉得眼花缭乱了。

她索性也不再看了，她原本意图并不在资料而是为了随时掌握警方的动态，不至于打她措手不及。现在苏美娅很自信，有两部摩托罗拉手机和一只电脑信息发射器，她足不出户就可以及时了解到腾格里县政府和公安局的各种信息了。

苏美娅兴奋的时候就喜欢哼唱那首日本民歌《樱花》。她用右手端起一只高脚玻璃杯，杯中有小半杯金红色酒浆，她轻轻呷了一口，一边低声哼唱着一边移动着脚步。她喜欢中岛美雪那种略带忧伤的情调，好像句句都在敲击着她的心扉。

她的眼前仿佛又出现了日本的富士山和那粉白色的如云似雾的樱花，她和佐佐木在花树间说笑着、徜徉着。又是一年的春天，樱花丛中，她用婴儿车推着襁褓中的道子，佐佐木搀扶着端庄慈祥的美智子，笑容挂在一家人的脸上。

她非常留恋那段温馨的时光。

有人敲门，是余成军来向她报告在警察中安排耳目的事。余成军说："老大，你跟我说过后，我就把我的堂弟余阿根派到咱们在镇里的办事处去了。阿根这人在外面会结交能看人，没几天就跟两个警察搭上关系了。阿根现在就在这里，还是让他亲口说给老大吧。"苏美娅心里越发高兴，但面部却没有什么喜悦的迹象，只说了句："噢，就是打麻将最能出老千的那位，你让他来说给我听。"余成军斜视一眼小声说："连这老大都知道？"

余阿根兴致勃勃地敲了敲门走进屋给苏美娅施个礼叫了一声："老大！"苏美娅抬脸温和地问道："阿根，你把联系警察的事给我说说。"

余阿根说："咱们原先不是雇了两个叫宋江和李贵的退休老头儿嘛，老宋头儿的儿媳妇是农村户口，办了多少年转城镇户口也没办成。李贵的孙子没工作想找个协警干干。我去了以后，他俩就找我诉苦，说送礼都找不着大门。我就问他们，那谁能办这个事你们怎么也该知道吧？"

苏美娅专注地听着，说了句："阿根你坐下，旁边有水润润嗓子再说。"余阿根说了声"谢谢老大"，拿起一瓶矿泉水仰脖喝了几口接着说下去："他们说，王爷府镇派出所管户籍的两个警察叫郑果和国光，就是年前吴小辫事上从县公安局打下来的，当了户籍警察。我就跟老宋头儿、老李头儿说人是怕见的，咱们请一请他们，安排安排他们，有什么难事吗？老宋头儿说咱们这地方空口说白话不好使。老李头儿说，就我俩现在这身份请不动人家，咱这地方人一退了休就不是个人了。我说，你们拿我的片子去，就说M国投资公司驻腾格里县办事处余主任星期六中午宴请他俩。还别说，老宋头儿、老李头儿找到他俩一说，他俩竟有些吃惊地说能让余主任想着我们两个小警察太荣幸了，我们一定去。我这赶忙回来跟老大当面报告，看怎么安排他们。"

苏美娅一直聚精会神地听余阿根把话说完，微笑着点点头说："很好，不管用啥法儿都要把这两个人给我抓住。"然后拿起笔开了一张两万元的支票递给余阿根说，"去杰克那里支两万元，不够再来找我。"余阿根双手接过支票说了声"谢谢老大"，就屁颠屁颠地走了。

星期六中午，云龙大酒店的一个雅间里，宋江、李贵早早地来到房间等候客人。11点半郑果和国光两人一身便装来到酒店。宋江和李贵忙将二人迎到里边。郑果一边说着"两位前辈上里边，晚辈坐外边"，身子却到了酒桌的后边坐下。国光说了一句："余主任还没到呢？"随后身子也落在和郑果隔一把椅子的座位上。李贵忙说："余主任这就到，临时处理点儿事，这就到。"

说话间余阿根就到了，进屋先是一抱拳说道："郑警官好，国警官好，鄙人来迟，鄙人来迟，抱歉，实在是抱歉！"几个人都站起身满脸堆笑地迎接着。余阿根径直走到中间的座位坐下，伸出双手向下摆了摆说:"大家都坐下吧。"他左右瞅了瞅说,"两位警官好好年轻哟。"郑果说:"余办,在您面前我们算什么警官,就是跑腿打杂的小警察,叫我们小郑、小国就行了。"余阿根说:"那怎么行,我们国家公务就是公事,公事就是大家的事,管大家的事就是管大家的人,所以你们就是真正的官啦。"说得郑果和国光都哈哈地笑了起来。

余阿根见酒菜都上来了,就向两侧歪歪头接着说:"我到任后就跟宋副主任、李副主任说啦,我呢,就是好交朋友,看看谁中交啦,我这两位副主任异口同声地说,社会上传你俩最重哥们儿最讲义气。那我就说啦,这俩朋友我交定啦。你俩果然爽快,立刻就给了我面子,让我好好开心啦。来吧,咱们干一杯。"他手端酒杯向两边示意一下,将杯中酒一饮而尽,然后咂了咂嘴说,"这茅台还是真酒嘛,喝酒就喝茅台的啦。"郑果向国光使了个眼色,两个人端起酒杯说:"承蒙余办抬爱,小辈受宠若惊,借花献佛,我们俩敬余办两杯酒。"敬完余阿根,两人又敬宋江和李贵,称二位老前辈老当益壮,枯木逢春,感谢给他们引荐了余主任这样的好朋友。这桌酒菜是余阿根写了单子,宋江、李贵提前拿来备好的,菜以海鲜为主,鲍鱼、海参一些名贵的菜肴都有,真让郑果、国光两人吃得高兴。

酒足饭饱后,余阿根又提议去办事处推几圈麻将,李贵不会麻将就负责侍候局。麻将牌是余阿根早就有的,走到哪里带到哪里。但今天他的手气似乎并不太好,不是给郑果点炮就是给国光点炮,让他俩赢得都有点儿不好意思了。李贵虽然不会麻将,但旁观者清,慢慢就明白了,四个人中一个高手就是这位余主任。他想让谁赢谁就赢。李贵在一旁微微地笑着,用一种感谢佩服的神情注视着余阿根。

到了收局的时候,郑果赢了三千元,国光赢了两千元。二人齐声说他们晚上请客，余阿根也没推辞，就由他俩找了一家有地方特色的"玉龙对夹铺"。饭馆是郑果一位亲戚开的，是腾格里县最出名的面点师傅，酒是六十二度的烧刀子酒。余阿根边吃边说："这个对夹外边的皮吃着酥脆，里边的夹肉香而不腻，真是好吃啊。等把这边的事做完，我回我们闽西也要开一个对夹铺的啦。"

郑果、国光自以为交上了大款朋友，频频敬酒频频举杯，说起话来都亲热得不行，也就没个约束，全是"大哥""小弟"称呼了。眼瞅着两瓶烧刀子酒凉水似的下去了，这说话就愈加没了遮拦。郑果端着酒杯说："大哥，不是我喝酒才说这话，这社会还有处讲、讲理去吗？杨阿尔斯楞和同学喝酒烧了个办公室，反倒调到县公安局给个代理股长当，不就是他叔伯哥杨红鹰在市局当禁毒支队长吗？杨哈斯把环保局俩干部在化工厂门口打个鼻青脸肿，关了几天，杨红鹰一来说放就放了。他妈的，赶明儿个我去把党政综合大楼放把火烧了，看给我个什么官当。"

宋江在一边说："小郑，喝酒就喝酒，别胡扯八扯的。"国光说："老宋头儿你名字叫宋江，可你忒不宋江了，你谨小慎微一辈子该咋着，人家宁琛县长原先是你手下的秘书，现在他当县长了，你到退休才整个正科当。"李贵给宋江使了个眼色说："老宋，你就让他说两句吧，说两句痛快痛快，这桌上又没有外人。"郑果说："老李头儿这还说句人话。我们哥儿俩憋屈呀，国光他二姨夫景峰在政府办当主任呢，去找于洪军就是没管用。"国光说："还不是那个刑警大队长李春整天牛逼搭势地死盯着不放。"

余阿根说："这很不朋友啦，不能落井下石呀。"郑果端起一杯酒往嘴里一灌说："李春他、他甭牛逼，我就不信他吃饭不掉个饭粒，等我抓住他把柄我整不死他！"国光说："郑哥，算我一份！"

余阿根说:"两位兄弟啦,我这两位副主任有点儿个人的事还要托你们啦,他俩的事就是我的事啦。"

郑果拿眼扫了一下宋江和李贵说:"啥事儿,有大哥的话,我们能办的肯定去办。"宋江有点儿发怯地说:"就是,就是我儿媳妇的户口想从乡下入到镇里来。"李贵说:"我孙子没工作,想去你们那儿当个协警。"郑果瞅了瞅国光说:"老宋头儿,冲你刚才那话就不给你办,可我大哥发话了,这事我们办。"李贵说:"现在办事都得花钱,看得多少了,我们知道这钱不是你们收,这上上下下还有外人,总得吃几顿饭打点打点。"

国光又瞅了瞅郑果说:"是呢,光我俩倒好说,所里有老大,这事儿不是我俩就能办得了的。"郑果说:"这事跟你们明说了吧,两个事正出正入地都排不上,都得找人商量着去办。"余阿根说:"两位兄弟,那就这样子啦,他俩一人出两个,我知道这样你俩就没油水了,你俩的,我办事处给你们补上。"郑果鼻子"哼"了一声:"要他俩去办,一人十个数怕也下不来呢!"郑果、国光两人顿了半天才出了口粗气说:"大哥头一回让我俩办事,就这样吧,多少我俩担着就是了。"余阿根抬眼瞅了瞅他俩又说:"你俩人不错,干了这些年有好强的工作能力,过些天我去见我们苏老大让她跟宁县长说说,提拔提拔你俩,就你们这么干要是没有个人提携,猴年马月也升不上去的啦。"郑果和国光立时抱拳道:"兄弟一切仰仗大哥!"

余阿根看酒也喝得差不多了,眼下要说的事也都说了,就对郑国二人说:"喝了这么些酒,又吃了这对夹,肚子早就受不了的啦。咱们去燕舞洗浴中心泡澡去,总得消化消化呀。那里的服务可是最好的哟。我这里有卡,消费都是打三折的啦。"郑果说:"听大哥的,大哥指哪儿,我们打哪儿。"宋江和李贵自知那里不是他们该去的地方,也就先告辞回家了。

燕舞洗浴中心就在云龙大酒店西侧一幢独立的楼房内。夏天天气炎热，吃饭喝酒猜拳行令加上跳舞都是用力气的，所以客人们一帮又一帮地从云龙大酒店的酒席桌上撤下来，又汗涔涔地被转移到燕舞洗浴中心。

余阿根带着郑果和国光进了洗浴中心的门，就见女招待喜滋滋地走过来说了声："余哥来啦。"余阿根跷着大拇指往后一指说："我的两个好哥们儿啦，给安排几个好房间哟。"女招待笑着说："知道了，余哥。"并亲自去吧台要了三个房间的房牌，取上三套浴衣，领着他们去了三楼，分别把三人送入各自的房间。女招待顺便对余阿根说："二爷没来？他可还答应我件事呢。"余阿根说："我二哥这次没来，有什么事你跟我说就行啦，二哥答应的事我们照办呀。"女招待很满意，一脸媚笑扭着屁股走了。不一会儿，房间里传出嗲声嗲气的笑闹声。

来洗浴的人们大多都撤离了，余阿根也从房间里走了出来。看看那两位还在房中，他咧着嘴笑了笑，然后故意咳嗽两声。没多久，郑果和国光也从房间中精神抖擞地走了出来。酒劲儿也过了，肚皮也不发胀了，三个人换好衣服来到洗浴中心的楼外。

酒店外传来"咕咕咕"的鸟叫声，叫得让人发瘆。余阿根说："是猫头鹰在叫，在我们闽西那边也叫鸮，这可是益鸟啦，它夜里出来抓老鼠。"郑果说："在我们这边叫夜猫子，我们这边可都讨厌它，都说'夜猫子进宅无事不来'，可我觉着还是大哥说的有科学道理。"余阿根呵呵笑着说："这就是南方和北方的区别啦，你们北方人穷讲究，我们南方人要的是实际啦。"

21

第二天,余阿根就去了化工厂,把郑果和国光的表现一五一十地报告给苏美娅。

苏美娅又给余阿根开出一张十万元的支票:"阿根,你干得不错!你呀,多物色几个这样的人,对咱们有好处。"余阿根猫腰谢过,双手恭恭敬敬地接过支票说:"老大放心,小的们在闽西对付警察时,就是这么干的。还有,老大……"苏美娅有点儿不耐烦地说:"还有什么事,怎么不一起说?"

余阿根仰了一下脸,手指捏在一起举到鼻子下晃一下说:"就是那个姓景的办公室主任,我想给他用一点儿这个。"苏美娅说:"我刚才不是都说了吗?这都是你分内的事,往后这样的事你只要和余总说就行了。"余阿根点着头说:"是,是。"然后扭转身子乐颠颠地走了出去。

苏美娅目送着余阿根走出房门,她现在不得不佩服闽西帮的办事能力,尤其是总经理余成军,胆子大敢下狠手不说,办起事来又极有智谋,前些天余成军就给她出了一个制造假化肥的主意。

就在化工厂南面,石门山的西面,西辽河北岸有一片很大的沼泽地,沼泽地的西面则是传说中几十里方圆的老柳树筒林子。如今老柳树早就不见了踪影,那块沙地是连同沙漠一起承包给杨哈斯的,这些年杨哈斯把这片沙地开垦成饲料地。

杨哈斯雇了两名附近的农民给他经营这片饲料地。前年挖水渠时才发现,一锹深的沙土下面竟有几米深的灰黑色的草炭。两位农民倒不觉得这草炭和这沙土有什么区别,他们只晓得这地里庄稼长得好,就是因为这地下的土壤肥沃。当他们捡起玉米秸秆燃火取暖的时候,那挖水渠挖出来的草炭竟也和玉米秸秆一起燃烧起来。

这个故事还是杨哈斯说给余成军的,可谁都没和商机联系在一起。

只有余成军马上把它和化肥串连到一起。余成军根据他在闽西经营的经验,将晒干了的草炭研成粉末按七比三的比例与硝酸铵混合在一起,创造发明了新的品牌化肥,取名"腾格里高效高氮复合肥"。

苏美娅立即觉得这个主意不错,可以把她"明修栈道暗度陈仓"的计划演绎到极致。于是她亲自出马将样品作为科研成果呈送给王富国副县长,王富国亲自坐车带上样品,同余成军一起去北京见还在学习的宁琛县长。宁琛通过关系,立刻组织七位专家进行科学鉴定。

在北京某酒店会议室,会议桌两侧一面坐着科研成果的申报者。宁琛县长皮肤白皙细腻而富有光泽,一张娃娃脸上,双目炯炯有神,悬胆鼻薄嘴唇,鼻梁上架着副黑框眼镜。他上身穿件白色半袖衫,下身着深蓝色的西裤,腰板很直,给人一种既精明能干又文质彬彬的形象。他的两边,一边是王富国副县长,一边是M国兴凯投资公司腾格里县化工厂总经理余成军博士。余成军一本正经地宣读由高晓荣用一天一夜的时间赶制出来的研发报告。

会议桌的对面,是七位颇有学者风度的专家,每一位鼻梁上都架着度数不明的眼镜,有三位头顶秃秃的,显示着知识的磨痕,其中一位据说还在南亚某国自然科学大会上获得论文金奖。学者中还有一位是腾格里县的人,20年前在腾格里县当过几年小学代课教师。他见腾格里县的校长过分压制人才,就鲤鱼跃龙门,上了北京某大学,后来当了一位访问学者。今年年初又有幸结识了赏识宁琛县长的那位首长,于是便频繁地出入于讲学和科学鉴定的场所。前天他刚参加完西北某大学一项林业科研课题的鉴定工作,便又匆匆赶来组织对"腾格里高效高氮复合肥研究成果"的鉴定。他先把科研报告要过去,极仔细极认真地看了一遍,并加上一段高氮促进"根系分蘖"的成果。

七位专家学者都在聚精会神地听着,抑或用笔在书面报告上勾画着,私下交换着意见,并不时流露出欣喜的神色。

余成军总经理尽量放缓自己发言的速度,努力把自己闽西的口语改为普通话:"……在腾格里县人民政府宁琛县长、王富国常务副县长的大力支持和具体指导下,我们将玉米秸秆、野生蒲草通过窖藏和酵母菌诱导发酵的办法改变了秸秆、蒲草原有的分子结构,然后在氨分子氨基原子团的作用下形成独特的高效高氮复合肥。经农民杨哈斯应用实践证明,'腾格里高效高氮复合肥'具有三大优势:一、满足农作物对氮元素的大量需求,这对于沙漠地区的农业发展具有极其重要的意义;二、改变土壤结构,让由于过分使用化肥而导致农田土壤板结的现状消失,这对于中国东北地区日益严重的农田土壤板结改良极具深远的意义;三、使用腾格里牌高效高氮复合肥刺激了玉米、高粱等农作物根部分蘖,使农作物成活率高达112%……"

余成军最后宣布此科研项目的主持人是日本东京大学化学博士苏美娅。

余成军将报告宣读完,专家学者们便开始科学论证。

"我觉得此项科研成果非同小可,这可是中外科学家合作研究的丰硕成果,这既有科学效益,又有社会效益。"那位腾格里县籍的专家率先发言,"我的老家在东北,我见过那里土壤的板结状况,啧,这项研究成果真是太有意义了。"一位秃顶的科学家扶了扶眼镜极其乐观地说道:"这应该是一项应用科学领域里研究的重大突破……"

有一位头发雪白的老专家一直缄口不言,时不时摇一摇脑袋。老专家最后还是问了一句:"玉米和高粱的出苗率怎么能是112%呢?这可能吗?"腾格里县籍的那位专家马上站起来说:"教授,您可能没直接从事过农业生产,我的童年就是在农村度过的。土壤如果特别肥沃,长出的庄稼是要分叉的,就是一棵秧苗会变成两棵甚至三棵。余总,您说的是这个意思吧?"余成军马上弯腰点头说:"是的啦,是的啦,就是这个意思的啦!"

这时景峰主任端着一个盘子上来了,盘中放着七个纸袋,每位专家的评审费是一万元。一番热烈的论证之后,成果鉴定意见出来了:"M国兴凯投资公司腾格里县化工厂研发的腾格里高效高氮复合肥,在国内同类科研成果中处领先地位,该成果将对我国北方农业生产的发展产生重大的意义,国家有关部门应予大力推广。"

宁琛县长最后讲话,他祝贺M国兴凯投资公司以苏美娅为首的科学家取得了丰硕的科研成果,感谢七位专家学者以科学务实的态度对项目研究成果所进行的鉴定评审。他表示下一步腾格里县将大面积使用"高效高氮复合肥"来提高全县农作物的产量,推动本县经济建设再上一个新台阶。

科研成果"腾格里高效高氮复合肥"鉴定评审会议在一片欢呼声中结束了。电视台和大报、小报的记者们忙着采访专家和余成军总经理。

在腾格里县化工厂,苏美娅和高晓荣正坐在电脑旁看视频。苏美娅激动地站起身点着高晓荣的脑袋说:"高晓荣,你不是说鉴定肯定通不过吗?刚才你看到了什么?哼,天下没有我苏美娅办不成的事!"高晓荣讪笑着说:"你厉害,你厉害,就你厉害不行嘛。"

在腾格里县公安局电子监控室里，小朱、小李正给于洪军、项晖、杨阿尔斯楞、李春几个人放苏美娅与王富国的通话录音："富国县长，我们的科研项目鉴定得怎么样？一切顺利吗？""苏总，一切顺利，比我们预想的都顺利。""富国县长辛苦啦，我一定向总部报告，让总部好好奖励你。""哪里，这次多亏有宁琛县长的坐镇指挥，再就是咱们的评审费也算可以了。""知识是值钱的，再多点儿也没关系。""另外，宁琛县长已经通知办公室下文，腾格里县各乡镇人民政府要动员农民使用腾格里高效高氮化肥。今天下午，还要由余总召开一个新闻发布会，将专家组的鉴定意见宣传出去。苏总，这一下你苏博士可要英名远扬啦！""不是我，是我们！"

小朱关上录音将视频打开说："这次就监听到这些，市里省里部里也都传过去了。"

于洪军气愤地说："这帮人坑蒙拐骗什么事都干！"李春气呼呼地说："要我说干脆就把他们一窝抓起来得了，你说你们，整天像小孩儿似的跟他们玩电子游戏，这得多咱玩出个结果来？"杨阿尔斯楞说："李队长，我们现在可还没掌握他们重要的证据呢。"李春说："证据还不好办？就凭他们厂子那股气味，我明天黑夜拿个瓶子到那儿就给你们装来。"

"'1023'毒品专项大案不是一桩诈骗案，我们一定要牢记'联合经营、共同打击、整体起诉、证据共享'的工作策略和实施全链条打击的工作目标，办大案要善于经营，这不是说说就得了。"是杨红鹰的声音。于洪军不好意思地说："原来和杨支队的视频开着。"

小朱上前调整了一下，杨红鹰的影像立刻出现在视频上。他沉稳刚毅的面容，炯炯有神的目光，正在注视着大家。杨红鹰说:"我刚才和赵副市长交换了意见,认为我们的对手依然在使用障眼法,是在修栈道,目的是掩盖他们暗度制毒贩毒这个陈仓。现在到了寻找破案证据的关键时刻,专案组有了一个主动出击的初步方案,我准备先和洪军局长商量一下。"

22

公安部禁毒局王副局长、辽西省公安厅禁毒总队铁峰总队长、赤岭市公安局赵东明局长、杨红鹰支队长正在开着视频会议。

王副局长说:"我同意你们主动出击的方案,我很欣赏你们把这次主动出击取名为'鹰爪行动',看看是鹰厉害还是鸮厉害。关键是我们人员的素质究竟可靠不可靠,鹰爪可是既迅猛又锐利的。"铁峰总队长说:"人员得培训,每次行动得多设想几套方案。"赵东明和杨红鹰不断地点着头。王副局长说:"这样吧,我马上派禁毒局的心理专家过去,干我们这行,是细节决定成败,容不得丝毫的疏漏,有人说百密可以一疏,这绝对是错误的,这一疏的代价,可能就是我们的鲜血和性命,我们禁毒战线有过这方面的教训。"铁峰总队长说:"一定要记住王局长方才的指示,这一步棋是非常关键的,培训时间定下来后告诉我,我亲自去一趟。"

在赤岭市公安局局长办公室,赵东明坐在办公桌的后面,神色庄重。办公桌前面的椅子上坐着女民警周晓玲,她神情有些紧张。赵东明说:"小周,最近和杨阿尔斯楞有没有联系啊?"周晓玲说:"我们就打了两次电话。"说完便低下了头。赵东明说:

"恐怕不止两次吧！"周晓玲眼里噙着泪水："局长，我们打电话不算违纪吧？如果连打电话都不行，那你干脆也给我个处分吧，把我也下放到腾格里县公安局，我们就不用打电话了。"赵东明微微一笑："嚯！没想到表面挺文静的小周倒有一张刀子似的嘴。"周晓玲说："谁急了也会有话说。"

赵东明神态严肃地说："周晓玲同志，组织上打算派你去腾格里县执行一项特殊的任务，你去不去？"周晓玲抬起头惊愕地瞅着赵东明，然后站起身立正，响亮地回答道："保证完成任务！"赵东明摆摆手说："小周你坐下，我具体说给你。"

赵东明这才把杨阿尔斯楞值班喝酒办公室起火挨处分下放腾格里县公安局的原委全都说给了周晓玲。周晓玲紧蹙的眉头舒展开来，脸上露出了欣喜的笑容，随口说了一句："杨阿尔斯楞把我瞒得好苦，看赶明儿个——"赵东明态度极为严肃地说："周晓玲同志，杨阿尔斯楞是在执行任务，这是国家一级机密，父母、亲人谁都不能讲。不但是他，就是你也不准讲。"看见赵东明严肃的面孔，周晓玲也认真地坐直了身子收敛了脸上的笑容。

赵东明说："下面我说一下你这次要执行的具体任务。我们这次行动的代号叫'鹰爪行动'，我们的嫌疑人是杨阿尔斯楞的姑姑苏美娅及其同伙。我们基本确定这是一个国际的制贩毒集团，但是至今我们拿不到苏美娅和国际贩毒集团联系以及制贩毒操作的有力证据。根据省公安厅卫星通讯专家项晖同志的意见，我们必须派人进入苏美娅的房间，协助我们搞电子监控的同志进入她的电脑。谁能充当这只'鹰爪'？我们经过反复商量，准备由杨阿尔斯楞和你来完成。当然啦，我们面对的犯罪嫌疑人是极其狡猾极其凶残的，完成这项任务有性命危险，你也可以做出无法完成此项任务的决定。"

周晓玲立刻站起身子干脆利落地敬礼说："局长，我是一名警察，我甘愿做这只'鹰爪'，我坚决执行上级的命令，保证完成任务！"

赵东明说："那好吧，明天杨阿尔斯楞要来，还得对你俩进行培训。"周晓玲有点儿失态，一拍手："真的？"但马上收敛住，面对局长她脸上泛起了红晕。赵东明没太理会周晓玲情绪上的变化，只说了句："年轻人别光顾高兴，这可是项有可能用性命做代价的工作任务。"

此时在腾格里县公安局，于洪军局长办公室的电话突然响起。于洪军局长拿起电话听筒："噢，是杨支队，嗯，他在。让他接电话，注意保密。好，我这就安排。那他得去两天吧，嗯，关键是那位，决不能让她起疑心。嗯，我这就去叫他。"然后他拨通了杨阿尔斯楞的内线电话。

杨阿尔斯楞把苏美娅给他的摩托罗拉手机撂在办公室特制的盒子里，这已经是他的习惯了，每逢有重要会议或重要电话，他第一件事就是先把这部手机安顿好。他快步来到于洪军的办公室，抄起桌上的电话听筒："大哥，我是阿尔斯楞。"杨红鹰的声音："阿尔斯楞，于洪军局长会把任务讲给你，这次的任务由你和周晓玲来完成，你得来市局两天。但你得想一个办法，解决苏美娅多疑的问题。"

杨阿尔斯楞说："我就跟她说周晓玲的父母家人想见我，到赤岭以后根据情况再找她联系。"杨红鹰说："我看可以，总之不要让她起疑心。"杨阿尔斯楞说："嗯，目前看，问题不大。"杨红鹰说："你不要大意，要多想一些她阴险狡猾的一面。"

杨阿尔斯楞撂下电话回到自己的办公室，坐下来想怎么跟苏美娅说。这时他那部摩托罗拉手机响了，是苏美娅打来的："阿尔斯楞，你在哪儿呢？""苏美娅姑姑，我在局里。""你可有几天没给我打电话了。""是的姑姑，我正要给你打电话呢，你就来电话了。""阿尔斯楞,你有事吗?""嗯,要说也没啥大事,就是……""就是什么,有什么事你跟姑姑说,是缺钱还是缺物。""苏美娅姑姑,是这样,我不是处了一个叫周晓玲的女朋友嘛,我女朋友的父母前段时间听说我受了处分就不同意了。最近不知道他们听谁说的,说我是你的侄子,他们就又同意了。现在提出想要见见我,就是这事。"

苏美娅咯咯乐着说:"阿尔斯楞这是好事呀,你怎么还为难了呢?这个周晓玲的爸爸是干什么的?""姑姑,晓玲她爸是赤岭银行的行长,我害怕见他。"手机里传出苏美娅咯咯的笑声:"阿尔斯楞你真还是个孩子,他有什么好怕的?也就是在你们中国,银行的行长也成了政府的官员,在外国银行家都是靠我们这样的企业家养活着,周晓玲爸爸并不比我和你阿爸的社会地位高。我可爱的侄子,凭着你高挑儿的个子,白白净净满脸秀气,怕他什么,哼,这一表人才,他们上哪儿找去?你就大胆地去吧,到赤岭遇到什么困难给姑姑来电话,姑姑给你摆平。""苏美娅姑姑,你这么一说我心里才有点儿底了。我不敢跟阿爸说,什么事跟他一说,他不是吼我就是骂我。"

苏美娅转了一下眼珠说:"行啦,往后这些事只要跟姑姑说就行了,要不你坐姑姑的直升机去?姑姑亲自驾着飞机把你送去,看他周家怎么说。"杨阿尔斯楞打个愣马上说:"苏美娅姑姑,那天我不是和你说了嘛,我有恐高症,在飞机上老觉着要掉下来。"苏美娅说:"那我只能祝贺你了。"杨阿尔斯楞响亮地说:"谢谢姑姑!"然后撂下电话长长地出了一口粗气。

杨阿尔斯楞在家中只悄悄地和杨哈斯说了一声:"阿爸,这件事和任务有关,你要做好配合。"杨哈斯立刻就明白了,他大声地嚷道:"啊哈,娜仁高娃,咱们的儿子要娶媳妇啦,这次上赤岭可是人家要相亲呢,说不上哪天,儿子就会把媳妇领进家来，你可得老早把红包预备出来！"娜仁高娃一边用围裙擦着手一边喜滋滋地说，"儿子，要是什么时间把对象领家里来，得提前给家里来个电话，家里也好有个准备。"然后又扭身说，"杨哈斯你也别总说我，都快要支使儿媳妇了，你那臭脾气也得改改啦，要是传到亲家那儿，我都跟着你丢人。"

杨哈斯先呵呵一笑，然后破例地告诉朝鲁："我儿子要去看女朋友，我们这几天先将就着点儿，你把公司的车给他开几天吧，不要让人家觉得我杨哈斯开得了公司，却给儿子买不起车。"

第二天吃过早饭，杨阿尔斯楞开着一辆黑色奥迪上了去赤岭的路。这条路对他该是轻车熟路了，但他车开得并不快。这次去赤岭到周晓玲家并不是件难事，最重要的是上级把这样一个任务给他，他和她能扛得起来吗？他的眉头时而皱紧时而疏松，这对于刚过 26 岁的他，心情并不轻松。

赤岭市公安局小会议室，简朴大方。公安部禁毒局特聘心理专家王伟教授，辽西省公安厅禁毒总队长铁峰，赤岭市公安局局长赵东明、禁毒支队长杨红鹰，卫星通讯专家项晖，还有杨阿尔斯楞、周晓玲正在开会。

铁峰说："现在'1023'毒品专项大案侦破工作'鹰爪行动'开始实行。古人说知己知彼百战不殆，这永远是一条铁律。小杨和小周你俩这次只有一个任务，就是使我们的电子监控设备能够监控到犯罪嫌疑人的电脑。"项晖说："是这样，你俩有一个人打开的手机如果能贴近犯罪嫌疑人的电脑，我们的电子监控设备就能捕捉到犯罪嫌疑人的电脑信号，并能进入他们的电脑获取到他们的信息资料。"

杨阿尔斯楞说："那我们可不可以顺手牵羊地弄一点儿他们的溴代苯丙酮产品？"杨红鹰说："绝对不可以，你们甚至连瞅都不要瞅一眼，这是纪律。"赵东明说："杨支队说的很重要，你们给人的印象就是一对热恋的情侣在游山玩水。"

王伟教授说："铁峰总队长刚才说到的知己知彼你们究竟有多大的把握，对他们个人的性格特征了解有多少？小杨、小周，你们说一说我听听。"杨阿尔斯楞说："我的感觉，他们的核心人物是苏美娅，她多疑、争强好胜，还很残忍，但有时也流露出一些儿女情长，再就是有一点儿赌博的心理。"王伟教授点点头问："小周呢？"周晓玲说："我不了解那里的情况，但我觉得应该把范围再扩大一些，防止突然有什么人插进来。"王伟教授满意地点了点头。铁峰总队长对赵东明说："我看这样吧，让王教授和小杨、小周还有项晖他们商量具体的行动方案，我还有事和你俩商量。"

会议室中，王伟教授、项晖、杨阿尔斯楞、周晓玲比画着、述说着、争论着、记录着，他们的情绪时而激动，时而平和，时而欣喜，最后是自信淡定的笑容。

盛夏的太阳炙烤着辽西大地，赤岭市公安局楼后面院子几株法国梧桐仍然不动声色地舒展着枝叶，深绿色肥大的叶子让人有一种镇定和安宁的感觉。

杨阿尔斯楞和周晓玲两人坐在树下的石凳上。杨阿尔斯楞说："晓玲，你接到任务后，心里紧张了没有？"周晓玲说："局长刚一说任务时心里有点儿紧张，后来听说是跟你一块儿执行任务，而且你受处分也是故意安排的，我光顾着高兴了，就一点儿也不紧张了。"杨阿尔斯楞说："王教授不愧是全国顶级的刑侦专家，那三十种假设和三套方案，真让我心中有底了。"周晓玲说："哎，阿尔斯楞，王教授说对苏美娅别抱任何幻想，你这位苏美娅姑姑真的就那么坏吗？"

杨阿尔斯楞说："唉，我倒赞成《三字经》里那句话'人之初,性本善。性相近,习相远',人不是生下来就好就坏的,都是环境使然。小的时候我不知道大人们的故事,随着年龄一点点长大,从达兰花奶奶的口里,从阿爸阿妈和舅舅们的口里我逐渐了解了一个完整的故事。

"达兰花奶奶一生只爱过一个人,就是我的亲爷爷杨成虎,我亲爷爷与杨支队的亲爷爷杨成龙是双胞胎兄弟。杨成龙一开始就跟着共产党抗日参加解放战争,最后成为解放军省军区副司令。我的亲爷爷先给腾格里旗王爷当卫队长,也是位赫赫有名的抗日英雄。但是后来他却跟国民党军统站长王爷府的小格格走了,他当了国民党骑兵旅的少将旅长。小格格就是我的亲奶奶,生下我阿爸后就自杀了。我的亲爷爷也被人民政府镇压了。一直深爱着我爷爷并实际做了我爷爷二房的达兰花奶奶和我那位小格格奶奶又是叔伯姐妹,就担起了抚养我阿爸的责任。

"后来运动一个接一个无法活下去了,达兰花奶奶被迫嫁给杨支队他爸的警卫员特木尔爷爷,后来也便有了苏美娅姑姑。可达兰花奶奶不但不爱这个女儿,还虐待她,尤其是对苏美娅与一个和她同龄的日本遗孤的小男孩儿要好,更是气得不行。苏美娅的幼年和少年就是在一种穷困、冷漠、饥苦的环境中长大的。她恨这个家庭,考上大学后就音讯皆无了,再后来也一直没有回来。现在回来了,却有这样一种身份……人走错了路并不一定是按自己的意愿去走的,是若干种外部力量挤压的结果。然而法律是无情的,它就像一把利刃将长在歪门邪道上的毒瘤削去,我们公安干警就是这操刀的人。"

周晓玲说:"阿尔斯楞,你都把我说掉泪了,那苏美娅真的就回不来了吗?"杨阿尔斯楞说:"我看她是回不来了,她如果裹挟在制毒贩毒集团中陷入一种罪恶势力里,那便无法脱身了。"周晓玲竟叹了口气说:"人哪,就怕走错了道。"然后拽了一把杨阿尔斯楞说,"走吧,按着给咱俩定的方案,那我们现在先走第一步吧。你跟苏美娅说的,先过你未来的岳父岳母相亲这一关,可别让苏美娅来个反侦查,让你露了馅儿。"杨阿尔斯楞说:"好的,上车,上老丈人家去喽!"周晓玲攥着右拳砸了杨阿尔斯楞后背一下说:"八字还没一撇呢,美的你。"

奥迪车驶离了赤岭市公安局。

23

真是凡事预则立不预则废。

就在杨阿尔斯楞去周晓玲家的晚上,周晓玲的爸爸周树存接到王富国的一个电话:"周行长吗?我是腾格里县的王富国。""啊,王县长您好,有什么吩咐?""我哪敢吩咐您哪,我们动嘴就是求人的事,我们县不是有个外企嘛,现在他们的资金周转有点儿困难,想请您给协调一下贷款的事。""大概得需要多少?""得8000万吧。""噢,这个数我可得问一问再说,咱们这个地区经济欠发达,贷款千儿八百万就是大数字了。""咱们俩是老伙计啦,不瞒你说,他们说你帮这个忙会酬谢你的。""这话先放后边,我先问问看能不能办。"

"明天您去行里吗?""我明天不去,家里有点儿私事安排一下。""什么私事?不是你那位千金的喜事吧?""是这样,晓玲的男朋友来啦,就是你们县公安局的杨阿尔斯楞,晓玲她爷爷、奶奶、叔叔、婶子、姑姑、姑父明天都来家里,你说我能不在家吗?""哎呀呀,杨阿尔斯楞那可是有着贵族血统一表人才的小伙子呀,选做你的乘龙快婿,你女儿真是好眼力!那行,周行长,你记着这事就中，抽时间我过去喝喜酒去。哎，我还告诉你，托我办事的人正是杨阿尔斯楞的姑姑苏总，你们往后可是珠联璧合啊。"

坐在一边的杨阿尔斯楞朝周晓玲做了一个鬼脸，周晓玲也点了点头咧了咧嘴巴。

另一边王富国立刻给苏美娅打通电话："苏总，我刚才和赤岭银行的周行长联系一下，他明天没时间。您那位宝贝侄子在他们家呢，明天要为他未来的乘龙快婿举行家宴，他说过两天过了这个事可以找有关人员商量一下。"苏美娅说："啊，谢谢你王县长，如果时间长就不用了，我估计我们总公司的款也快打过来了。"

第二天中午，在赤岭大酒店一个豪华的包间，举办周树存行长家宴。一个直径三米的大酒桌，桌上菜肴琳琅满目，玻璃杯里有白酒、红酒，也有果汁，人人都喜笑颜开。杨阿尔斯楞上身穿白色短袖衫，下身着蓝色制服裤，脚着银灰色凉鞋，青春年少格外亮眼。周晓玲穿一件浅粉色的连衣裙，也是光彩照人。周行长端起酒杯来说话了："下午，晓玲要和阿尔斯楞去腾格里县了，希望你们玩得高兴。刚才爷爷、奶奶，叔叔、姑姑嘱咐的话你们要记住。我也要说，你们一定要珍重你们的友谊和真挚的情感，不要把情感当儿戏！晓玲你去腾格里县一定要有礼貌，在家随便惯了，那边有阿尔斯楞的爸爸、妈妈、舅舅一大帮长辈亲人，我听说他还有一位非常厉害的姑姑，晓玲你一定处处表现得敬重老人，说话随和，做事勤快，不要让人家说我周树存的女儿没有教养。"周晓玲一边嘻嘻哈哈笑着，一边双手合十说："各位老人，你们的最高指示我都记住啦，都放心吧！"她的妈妈是一位市妇联的干部，她笑着说："这丫头，越大越没正形啦！"一桌子的人都欢笑着。

下午，杨阿尔斯楞和周晓玲告别了晓玲的父母，开着奥迪车驶向通往腾格里县的公路。大热的天，公路的两边似乎都在昏昏欲睡，绿油油的庄稼地、野草滩都迅速地向后边倒去。路上没有多少往来的车辆，天上的鸟雀，地上大大小小的动物们，这个时候大概都躲进树荫或草丛、地下的洞穴中避暑去了。转过一个沙包，杨阿尔斯楞就看见不远处的路边停着一辆蓝灰色的三菱车，他知道那是杨红鹰的车，按计划专案组将在这里对他们进行最后一次工作交代。杨阿尔斯楞把自己的奥迪车紧挨着三菱车停下，然后和周晓玲一起钻进三菱车中。

项晖将两只金灿灿的耳环交给周晓玲说："小周，你戴上这对耳环我们就会追踪到你。你俩去后打开的手机只要在苏美娅电脑旁停留一分钟以上的时间，小朱和小李就OK了。"杨红鹰说："你们的任务就是找到苏美娅的电脑，我们做的前两个方案是在她的卧室或直升机里，第三个方案是未知地点，一定要牢记铁峰总队长和赵东明局长的话，要把你们的性命放在第一位，我们可以第一次、第二次完不成任务，但决不允许你们暴露自己的行动，不能打草惊蛇，这是命令！好吧，你们也快走吧，二叔刚才还来电话问我，我说你们就是刚来时见过一面，后来就再也没见到。"项晖说："没问题的，你们的后面还有我们，向着目标勇敢地出发吧！"

杨阿尔斯楞和周晓玲开着车向腾格里县的王爷府镇驶去。任务都明确了，该想的好像都想了，现在他们的心中却好像一片空白。

云龙大酒店最大的一个包间让杨哈斯包下了。杨哈斯的叔伯哥杨石头，还有二爷府那边娜仁自家的哥哥、弟弟、妹妹们都来了。苏美娅也很早就来到了酒店和大家说着话，许多人都是达兰花的侄子侄女，和苏美娅是姑表兄妹或姑表姐妹，人们都为能和她这么一位大人物说上一句话感到荣幸。

楊阿尔斯楞和周晓玲把车先开到家里，娜仁高娃等在家中，周晓玲给这位未来婆婆的礼物是一副在老凤祥银楼打造的银手镯，把娜仁高娃高兴得满脸笑得像倭瓜花似的。周晓玲一米七的个子，白白净净的皮肤，上身一件浅红色的半袖，下身配一条白色的裙子，脚上穿一双浅白色运动鞋。她头上梳着披肩发，长瓜脸丹凤眼高鼻梁薄嘴唇，戴着一副金灿灿的耳环。她浑身上下非常搭称，散发着青春的朝气，既有北方女子的健壮又有南方女孩的秀气，活脱脱的一位大美人。

到了云龙大酒店，娜仁高娃走在前面，几个人一进包间，包间里似乎满屋生辉。屋里的人们立刻站起来，女人们拥上前去打着招呼。杨哈斯知道自己是个粗人靠不得前，就吆喝着大家入座。苏美娅自然不会主动地去接迎周晓玲，只是笑眯眯地打量着周围发生的一切。一阵寒暄之后总算安定了下来，娜仁高娃领着杨阿尔斯楞、周晓玲到杨哈斯、杨石头、苏美娅等亲人跟前一边满酒一边逐个介绍认识。

到了苏美娅跟前，周晓玲耳中仿佛响起王伟教授的叮嘱："苏美娅是个比较强势的女人，她肯定不喜欢别人比她强硬，但她肯定也不喜欢非常柔弱的人，你要把握好这个分寸。你的形象应该是家庭条件比较优越、有教养有个性的女孩儿，你要好好把持住这个形象。"

周晓玲大大方方说了一句："苏美娅姑姑好。"苏美娅这才站起身子拉住周晓玲的手说："我倒要好好看看是什么样的大美人让我阿尔斯楞侄子整天失魂落魄的，啧啧，可真是非同一般的美人哪，姑姑这一关过啦！"周晓玲说："看姑姑说的，姑姑才貌双全，阿尔斯楞说他最佩服的人就是姑姑，今天我一进屋不用别人介绍就知道哪位是姑姑啦。"

苏美娅瞅着娜仁高娃说:"哎呀呀,你瞧这姑娘的嘴,说的跟真的似的,阿尔斯楞你可得小心着点儿。"周晓玲说:"姑姑,我是说真心话,姑姑就是电视中说的女汉子,全赤岭也只有姑姑一人,你可是我们赤岭女人的骄傲,往后阿尔斯楞要是欺负我,我就找姑姑。"苏美娅说:"那没错儿,这一说话咱娘儿俩还真对心情,往后谁敢欺负玲儿,姑姑替你做主。"

娜仁高娃带着杨阿尔斯楞、周晓玲转了一圈,大家说着笑着,满包间中充满着欢乐的气氛。结束时,苏美娅笑着对杨哈斯和娜仁高娃说:"这孩子还真不错,我喜欢,走,我也和你们回家去。"

在杨哈斯家二楼客厅,苏美娅坐在沙发上从手包中取出一个红包对周晓玲说:"晓玲,姑姑给你的见面礼,初次相见,就算是姑姑的一点儿心意吧!"周晓玲忙双手接过说:"谢谢姑姑,苏美娅姑姑我也送您件小礼物。"她随手从杨阿尔斯楞手中接过一只锦盒,双手恭恭敬敬地递过去。苏美娅只好接在手中,打开锦盒眼睛一亮,脱口说了一句:"'天使之泪',怎么买这么贵重的礼品?"周晓玲笑着说:"苏美娅姑姑的大名可是名扬赤岭,像姑姑这样有气质的人才可以佩戴这样的项链。姑姑戴上这条项链会更加风度翩翩神采动人的。"苏美娅犹豫一下说:"怎么,没有你妈妈的礼物吗?"娜仁高娃笑吟吟地拿过来一只锦盒说:"有,有我的。"苏美娅瞟了一眼说:"老凤祥银楼的镯子,也不错,这丫头,行啦,你这礼物姑姑收下啦。"

苏美娅又抬起头问杨阿尔斯楞:"那你们这两天是怎么安排的?"杨阿尔斯楞说:"晓玲说想进大漠里玩一天,领略一下大漠风光。"周晓玲说:"别看赤岭离大漠近在咫尺,可我还第一次来这里。"苏美娅说:"那你们就去我那里,那里的柏树洼是你们阿爸的人间乐园世外桃源,看看也好,没准儿姑姑一高兴,还会让你们大开眼界。"

"柏树洼那可是个大花园，泡子里的小水鸭子也孵出来了，大水鸭子领着挺好看的。"杨哈斯直到这时候才捞着机会冒出这么一句。周晓玲拍着手乐道："真的？那我真得好好去看看。"苏美娅站起身说："行啦，晓玲，就这么说定了，我得回去了。"一家人一直把苏美娅送出大门外，待她的车开出很远才都转身回到楼上。

回到屋里，周晓玲悄声对杨阿尔斯楞说："王伟教授太厉害了，买礼物这件事他的判断是正确的。"杨阿尔斯楞说："可不是，他开始说时我还有点儿不信，我当时是支持给她送鸡血石项链对她心理进行强刺激的，想让她睹物思情，从鸡血石项链联想鸡血石挂坠，打乱她的思维。现在看来，如果真那样做了，会不利于我们切入她电脑行动的。还有他坚持不让在珍珠项链上安放电子侦听装置肯定也是对的。"周晓玲点了点头说："要不王教授怎么是全国公认的侦探专家呢。"

苏美娅回到化工厂自己的房间，立刻将珍珠项链从锦盒中取出，放在电脑旁一个方形的容器中。电脑的屏幕上立刻出现珍珠项链清晰的图像。她死死地盯住图像上的每一个具体部位，一颗一颗地查，每一处都放大了细细地看，看过三遍她终于相信这串项链没有任何危险。她愉快地把项链放在茶几上，项链为48厘米的中等长度，正适合她适中的脖颈。项链上的每一粒珍珠都放射着浅淡的柔和的象牙白光泽，她知道"天使之泪"珍珠是中国珍珠十大品牌之一，应该说价格不菲。"这丫头有点儿巴结我，究竟是什么用心呢？是听多了杨阿尔斯楞对我说的好话，还是公安局又一次对我的侦查？那只有明天再试她一试。"苏美娅心中嘀咕着。

她换上一件浅褐色的旗袍，戴上项链，把头发用梳子拢了拢，给高晓荣打了电话。不一会儿，高晓荣便敲门走了进来。高晓荣站在地上呆呆地打量着她，半天才说："您，您这真是越发高贵典雅了！"苏美娅仍是微笑着说："你没看见我身上有什么变化？"高晓荣说："没、没有，不知怎么回事，我好像觉得您更加有一种端庄的美。"苏美娅笑着说："傻瓜，我脖子上多了一条项链，这你都看不到？"高晓荣说："我也就马马虎虎，哪敢把您看得那么细。"

苏美娅扑哧一下笑了，然后才坐下来问："你那儿生产怎么样了？"高晓荣说："一直不敢放开生产，也就是几十公斤的样子。"苏美娅说："等余总回来，他的腾格里高效高氮复合肥将成倍地扩大生产，这会将人们的注意力都吸引过去。没人顾及你那两个车间的生产，你可要抓紧，争取一个月给我生产出十吨溴代苯丙酮来。另外，明天我有两位客人要来，就是我那位侄子杨阿尔斯楞和他的女朋友周晓玲，中间我要和周晓玲出去一会儿，你给我陪一陪杨阿尔斯楞，注意别让他动屋里的设备。"高晓荣点着头说："嗯，我知道了。"便走了出去。

待高晓荣走后，苏美娅打开保险柜，拿出一只首饰盒，从盒中取出一条挂坠。那是一只鸡血石玉凤挂坠，玉坠红润血色欲滴，温柔晶莹十分高雅，是仿着妇好墓出土的那只玉凤的样子雕琢的。

她的耳边仿佛传来美智子婆婆的声音："这是老鬼留下的，一块鸡血石劈成两半，一半让他的重山兄弟吴小辫雕成这两件玉坠，另一半留做了工钱……"

忽然留着长发上身红色 T 恤下身白色西裤的佐佐木跃入她的眼帘，佐佐木一边将鸡血石玉坠戴在脖颈上一边说："苏美娅，我去中国最想做的一件事就是给我爸爸上坟。"又突然变作漆黑的夜,她跪在王长顺小小的坟堆前啜泣着说:"佐佐木,我替你来还这个愿了……"

恍惚间,佐佐木又变成了滴着血的鸡血石玉龙挂坠,变成撕成碎片的公安部禁毒局发出的鸡血石玉龙挂坠的图片飘落下去。

苏美娅用手轻轻拂去眼角的泪水,牙齿紧咬着嘴唇,眼睛怒视着远方。

夜里,小腾格里沙漠下了一场雨。阳光下,雨后的大漠像是刚刚沐浴出来的少女,苍翠间还有几分娇嫩。几只大漠鹰在蔚蓝色的天空中巡弋着。

杨阿尔斯楞和周晓玲两人都换上了李宁牌浅灰色的运动装,头戴遮阳帽。为防沙漠反光刺眼,每人还都戴了副深色的防护眼镜。杨哈斯从牛场的马厩中给他俩骑回来两匹白马,是他和娜仁高娃平素骑的。

杨阿尔斯楞临出发前把杨哈斯叫到自己房间好一阵子嘱咐,杨哈斯翻弄着眼珠不住地点着头。娜仁高娃总是担心周晓玲会从马上摔下来,于是眼巴巴地瞅着周晓玲骑上那匹备着雕花马鞍的白马她才放下心来,因为那匹白马是她骑的马,也是最温顺的一匹骒马。

老两口儿眼看着两个年轻人骑上马优哉游哉地走了,杨哈斯悻悻地骂了一句:"他妈的,这福都让这小子享了。"

24

杨阿尔斯楞和周晓玲骑着马小跑在大漠间的土路上,马蹄声发出有节奏的"嚓嚓"声。

沙石路的两边是高高矮矮的沙丘，高沙丘上长着些高高的白杆柳和黄柳，矮一点儿的沙丘上长着些带刺的雪里洼和一墩一墩的灰柳。

周晓玲说："这大漠也挺美丽的。"杨阿尔斯楞说："你还没看见真正美丽的地方呢。"周晓玲说："真正美丽的地方难道像花园那样千姿百媚吗？"杨阿尔斯楞说："你如果去了柏树洼，看到泡子边上盛开的各色各样的鲜花，泡子里游动着的野鸭子、大天鹅，沙地上地毯似的浓绿的各色各样的野草，沙梁上满山坡的柏树、桦树，你就会觉得比花园还好。你要是去了石门山到崖头上看一看悬崖峭壁的凶险，体会一下飞流直下的壮观，你就觉得大漠并不是你头脑中几句诗那样简单。"

杨阿尔斯楞扭回头笑着说："晓玲，你猜猜苏美娅姑姑该给你预备一顿什么样的午餐？"周晓玲眼盯着前方："应该是我料想不到的午餐，她确实厉害，昨天她说的话都是话中有话，多亏王教授都提前给我们打了预防针。哎，你说她还会给咱们使啥招？"杨阿尔斯楞说："如果我们能猜到，那就不是招了，但有一点是错不了的，就是王伟教授说的对她凡事往最坏处想，向最好的方向努力。"

望见化工厂的瞭望塔了，杨阿尔斯楞说："给苏美娅打个电话吧，即使我们不打，他们的瞭望哨也会报告的。"他掏出那部摩托罗拉手机拨通了苏美娅的电话，"苏美娅姑姑，我们快到啦！"苏美娅的声音："啊，知道啦。刚才瞭望哨报告说有两个骑马的人过来了，我知道就是你们俩。好，我出去接你们。"说话间两人就到了化工厂的院门口，首先映入他们眼帘的就是那架直升机，它就像一只巨大的蜻蜓落在那里。

空气中有一股难闻的味道，杨阿尔斯楞和周晓玲都不由得耸了耸鼻子。

"嗨,哈喽!"只见苏美娅扬了一下手,从院中款款地走了过来。二人赶忙下马,喊了一声:"苏美娅姑姑!"苏美娅今天穿了一身浅灰色的丝绸料的衣裤,戴着周晓玲昨日送她的"天使之泪"珍珠项链,显示着她对这份礼物的看重。她张开双手说道:"哎呀呀,这不就是现代版的神雕侠侣嘛!杨过侄儿,姑姑来也。"周晓玲忙走几步上前拉住苏美娅的手说:"苏美娅姑姑,你这里真是人间仙境呀!"苏美娅说:"还仙境呢,整天臭气熏天的。走吧,去我屋里吧,我屋里安着空气净化器还会好些。"

杨阿尔斯楞把两匹马交给门卫就随同苏美娅和周晓玲走进了苏美娅的房间。待苏美娅和周晓玲坐在藤椅上,他掏出摩托罗拉手机给杨哈斯打了电话:"阿爸,我们到姑姑这里啦,她也挺好的,告诉我阿妈不用担心,嗯,晓玲骑马还行,什么事都没有,我挂了。"杨阿尔斯楞打电话一是试试手机停没停机,二是按约定由杨哈斯将他们到达的消息传给公安局局长于洪军。

在腾格里县公安局,于洪军、项晖、小朱、小李都紧张地坐在显示器旁,公安部禁毒局王副局长、辽西省禁毒总队铁峰总队长、赤岭市公安局赵东明局长、杨红鹰支队长都密切注视着面前的电脑屏幕。显示器上有一个小亮点,项晖对于洪军说:"这个小亮点,就是周晓玲耳环发出的信号。信号没再移动,表明他们在一个地方正停留。杨哈斯大叔电话中说他们到了,那这里最有可能是苏美娅的房间。"项晖又对小朱、小李说,"小朱你俩抓紧搜索她的电脑信号!"这时只见屏幕上的小亮点移动了,项晖说,"先停止搜索,情况有变化。"

只见屏幕上的小亮点继续在移动。原来,杨阿尔斯楞打完电话后,苏美娅就问:"阿尔斯楞,你打算陪晓玲去哪里玩?"杨阿尔斯楞说:"就是满山遍野地跑跑呗,想看石门山瀑布,这里离石门山又远一些,路也不好走。不行就到柏树洼看看得了。"

苏美娅说:"要那样的话,我倒有个主意,不知晓玲意见如何?"周晓玲说:"姑姑您说。"苏美娅说:"反正阿尔斯楞这些地方都去过了,去哪里他都无所谓,关键是让晓玲看看大漠风光。晓玲,姑姑带你坐直升机去兜风怎么样?这样咱们先去石门山后去柏树洼,两个地方就都去了。如果你乐意,午餐都可以让杰克他们送到柏树洼去。"周晓玲立刻拍手喊道:"哇噻,苏美娅姑姑万岁!坐直升机看大漠美呆了,就咱们三个吗?"苏美娅笑呵呵地说:"就咱们两个,阿尔斯楞他没这个福分,他有恐高症。"周晓玲说:"苏美娅姑姑你太伟大了,还能开飞机。"苏美娅瞅了一眼在旁边打楞的杨阿尔斯楞说:"阿尔斯楞,姑姑要带晓玲走了,你不介意吧?"

杨阿尔斯楞说: "有姑姑我介意什么,晓玲你一切听姑姑的。"

苏美娅拿起手机:"高工吗?我出去一会儿,你过来陪一陪阿尔斯楞。"她又转身对杨阿尔斯楞说,"高工是我在山东念大学时的同学,他爱说些没用的话,你别理会他就是了。"高晓荣进了屋,和杨阿尔斯楞握手自我介绍道:"我是M国兴凯投资公司腾格里县化工厂总工程师高晓荣,高山峻岭的高,您一定是苏总的侄子杨阿尔斯楞先生喽。"苏美娅瞅了他一眼对周晓玲说:"咱们走!"

屋里剩下杨阿尔斯楞和高晓荣,两个人南朝北国地聊了起来。"听说阁下是公安大学毕业的?""是的,高工。""您搞破案,一定很刺激很有兴趣吧?""学公安,也不一定都去破案,比如我学习电脑技术,就不去参与破案工作。""我听您姑姑讲,您很聪明,怎么就考了公安大学了呢?您可以考清华,考北京理工,考上海复旦啊!""唉,我就是念中学的时候看了那部美国007的大片,一下子就喜欢上这一行了,就想着当个007那样的人物。结果007没当成,倒成了001了。""哈哈,您可真逗,001是什么意思?""咳,挨了个处分被砸了一杠子呗。""嘿嘿,您可真幽默。"

这时杨阿尔斯楞的手机响了,杨阿尔斯楞说:"阿爸,什么事?"杨哈斯的声音:"儿子,你阿妈让我问你们,中午回来吃饭不?""不回去了,阿爸,晓玲跟着苏美娅姑姑去坐直升机了。""那好,那就不做你们的中午饭了。"杨阿尔斯楞心中"咯噔"一下,杨哈斯这次电话的内容是他俩约定好的暗语。后一句话的意思是腾格里县公安局于洪军、项晖他们没有收到这边电脑的信号或者收到了也不是需要的信号。

杨阿尔斯楞心里着急起来,但当着高晓荣的面又不好表现。他只好一边满屋撒眸着一边跟着高晓荣有一句没一句地瞎扯淡。高晓荣刚说了个"您"字,他的手机也响了,是车间主任乌恩巴图有事找他。他只好对杨阿尔斯楞说道:"您坐着,我去去就来。"说完忙不迭地走了出去。

乌恩巴图就是劳动人事局局长满都拉向于洪军局长推荐的他的老师索柱的孙子。这小伙子办事勤快又认真负责,还人高马大,很快被高晓荣选中做了车间主任。昨天下午他接到县公安局于洪军局长的手机短信:"明日两位我方人员去你处,必要时弄点儿事故。"他看后马上删掉了。当他看到苏美娅带周晓玲上了直升机飞走而高晓荣一去不回时,觉得这就是于局长短信中的"必要时"了,于是马上升高了生产温度,然后给高晓荣打了电话,说机器出了故障,温度超过规定的数据,生产很不正常。这一个电话调走了高晓荣,为杨阿尔斯楞倒出了侦查的空间。

杨阿尔斯楞也赶忙起身,方才在与高晓荣说话中他已经把满屋瞅了个遍。他心中一个又一个可能在闪现着,要么她另有一台电脑,要么她这台电脑另加了什么设置。

杨阿尔斯楞急得像只热锅上的蚂蚁。他走到苏美娅的电脑桌前仔细查看着，怎么看也查不出有什么异样或可疑之处。又看了看自己的手机，手机也处于工作状态。他在电脑前的棕色牛皮小圈转椅上坐下，身子朝后仰了仰，突然他的右手触动了一个开关，他连人带小圈椅在没有任何防备的情况下倏地一下就沉了下去，顿时杨阿尔斯楞的脑子一片空白。

在腾格里县公安局，小朱的手指在操作盘上滑动着，人们的目光跟随着那个小亮点移动着。项晖说："怎么还往天上去了？"这时于洪军的电话响了，他接电话，是杨哈斯的声音："于局长，周晓玲跟着苏美娅坐直升机去了，阿尔斯楞还在她屋里呢。"于洪军说一声知道了，马上对着视频说："周晓玲让苏美娅拉去坐直升机了，杨阿尔斯楞还在她的屋里。"

视频上传来杨红鹰果断的命令声："小朱，立刻将监控切回杨阿尔斯楞的摩托罗拉手机，继续搜索苏美娅的电脑信号！先不要管周晓玲的信号。"小朱答应了一声："是！"监控器里闪现出新的电子信号。

苏美娅牵着周晓玲的手来到直升机前，这是一架贝尔429最新型的轻型直升机，有着开放式机舱和平面地板。直升机中装有HUMS监控系统，能对旋翼、运动轨迹和平衡信息以及传动系统和发动机系统各项数据进行及时监控。苏美娅坐在驾驶座上，她嘱咐周晓玲系好安全带，顺便问了一句："晓玲你怕不怕？"周晓玲说："苏美娅姑姑，有您开飞机，我不怕。"苏美娅莞尔一笑，用手推动了直升机的拉杆。

天空中万里无云，炽热的阳光将天空烤得发白。直升机飞起来了，螺旋桨飞快地旋转着，渐渐地像是个升腾的若隐若现的大圆盘，巨大的空气涡流将下面这个大肚子的家伙悬吊在空中。周晓玲俯身向下看着欣喜地喊道："哇噻，真壮美呀！"只见数百米下的小腾格里沙漠海海漫漫白绿夹杂交相映衬，白的是裸露的大漠，绿的是覆盖在沙漠上的草木。绿色又有浓绿色、浅绿色、淡绿色。白绿相间的大漠像是一块没有边际的织锦铺在直升机的下边。

"那就是王爷府镇，只是大漠的一个角落。苏美娅姑姑，我看见你们的化工厂啦！哎呀，西辽河原来这么美呀！蜿蜿蜒蜒的，晶亮晶亮的，河岸两旁又是碧绿碧绿的颜色，真是太漂亮啦！"周晓玲忘情地欢呼着，"苏美娅姑姑，那下边有石头山的地方就是阿尔斯楞说的石门山吧，那里有悬崖峭壁有西辽河瀑布？"周晓玲似乎已经被直升机下面的景色陶醉了。

突然传来苏美娅惊恐的喊声："晓玲不好啦，直升机发动机停转啦！"周晓玲像是一下子从梦中惊醒似的也惊慌地喊道："姑姑那可怎么办哪！"心里想，这一刻终于来到了。眼前出现王伟教授沉着冷静的面容和坚强有力的声音："她可能会对你用最残酷的手段进行识别，这时你要大声地喊叫，在她不注意的时候将这粒小药丸吞下，你会产生半个小时的窒息，但对身体无碍，过半个小时你会自动清醒过来。"苏美娅依旧惊恐地喊着："晓玲是姑姑害了你，你这回要和姑姑一起葬身在下面的瀑布中了。是姑姑害了你呀！"

都看得见下面瀑布泛起的白色浪花了，苏美娅沮丧地哭泣着说："旁边有个黑匣子，有什么话就说说吧。"然后她低下头哭泣着说，"女儿，我的好女儿，找你杰克叔叔办理遗产继承……"周晓玲这边却是歇斯底里般地哭喊着："阿尔斯楞救我！阿尔斯楞救我……"然后头一仰休克过去。

苏美娅边哭泣边述说着遗言，当听到后边没有哭喊声时，一回头见周晓玲休克了，于是她微笑一下，将直升机又一推拉杆，直升机在惊叫着的鸥鸟群上方斜飞过去。

杨阿尔斯楞坐着小牛皮圈椅坠下去后,第一反应是他掉进陷阱里了。然而刹那间小牛皮圈椅就稳稳地落地了,而且落地的同时里面的电灯也亮了。原来是间宽大的地下室,里边的家具与陈设比地上还要齐全。酒柜、电冰箱、空调都有,一只大排气扇发出"嗡嗡"的声响。地下室除了这部直上直下的小电梯外还有一条向外的通道,苏美娅说杰克从地下室拿酒可能走的是那条通道。杨阿尔斯楞来不及多看也来不及多想,他把摩托罗拉手机干脆放在地下室的电脑旁,心里默念着可贵的一分钟,想着高晓荣会很快返回来。

在腾格里县公安局,小朱轻轻地欢快地叫了一声:"哇噻,进入她的又一部电脑了!"项晖说:"尽快破解她的密码,下载她的文件!"项晖、小朱、小李这三位顶级的信息专家只一会儿的工夫就攻破电脑设置的防火墙,将电脑中储存的文件像流水般地下载下来。项晖看了一下时间,只用了五分钟。

高晓荣到车间里,是产品又达不到标准了,分析了一遭是温控的问题,他和乌恩巴图好一番地调整,产品生产才又恢复正常。他马上想到陪杨阿尔斯楞的事,所以便匆匆忙忙地往苏美娅的屋里赶。路上碰见了张六子,张六子问:"高工你干啥走得这么急?"高晓荣说:"苏总的侄子在苏总屋里呢,要我陪,车间里又出点儿事。"张六子诡异地一笑说:"那你可得上点儿心,苏总的事还不跟你的事一样。"高晓荣四外瞅了瞅小声说:"六子您可别乱讲,让苏总听着对谁都不好!"然后又急匆匆地走了。

杨阿尔斯楞在地下室里一看过了三分钟了,便立即坐回小牛皮圈椅,右手一摸按钮小牛皮圈椅又沿着滑道升了上去,一切又恢复了正常。这时他听见外面高晓荣和张六子的说话声。他看了看小牛皮圈椅没有遗留下什么痕迹,便回到他原来坐过的藤椅上。高晓荣进屋见藤椅上打着瞌睡的杨阿尔斯楞,放心地喘了口粗气，笑着说："喂，小杨，醒一醒，光顾着恋爱，耽误睡觉了吧？"杨阿尔斯楞伸伸胳膊打了个哈欠，一副难为情的样子："天热，就是困哪。"这时他的手机又响了，还是杨哈斯的声音："小子，别玩晕了头，小周头一次上咱们家来，你们早点儿回来吧！"杨阿尔斯楞心中像推开两扇窗顿时豁亮了，任务已经完成，他们可以撤退了。高晓荣叹息道："做父母的都是这样。"他又瞅了瞅窗外说，"苏总她们也该回来了吧！"

直升机停在了一座馒头状的沙丘上，这回该轮到苏美娅着急了。她俯在周晓玲的身旁，一只手摸着周晓玲的脉搏，一边大声地喊着："晓玲！晓玲！你快醒醒啊！"周晓玲的脉搏由若有若无到缓慢地跳动起来，苏美娅的表情也由焦急到平缓。周晓玲慢慢睁开双眼，口中喃喃地说道："姑姑，我们还活着吗？"苏美娅大声地说道："活着，晓玲，我的好晓玲，我们都还活着！"周晓玲起身怔怔地看着苏美娅，突然她抱住苏美娅大哭起来。苏美娅用手轻轻拍着她的后背，像一位慈祥的母亲似的说："别哭啦，别哭啦，咱们福大命大，发动机又工作了，一切都过去啦。我们回去吧，柏树洼那边也不去了，我让杰克给做西餐呢，杰克做的烧牛排很好吃的，你刚才可把姑姑吓坏了。"

贝尔直升机的螺旋桨又转动起来，很快直升机又腾空而起，直升机上的两位女人再没有来时的欢笑声。

于洪军、项晖、小朱、小李在看视频，王副局长、铁峰、赵东明、杨红鹰脸上都洋溢着胜利的喜悦。王副局长说："同志们，'1023'毒品专项大案专案组'鹰爪行动'首战告捷，公安部禁毒局将逐一破译其中文件。我刚才粗略地看了看那些文件，《鸦计划报告书》等资料都在里边。鹰爪行动，主动出击，小杨、小周功不可没，专案组在前线指挥若定，我先为你们记上一功！"

25

苏美娅开着贝尔直升机平平安安地降落在化工厂前的水泥坪上。

高晓荣在屋里看见直升机正在降落就喊了一声:"她们回来了!"他和杨阿尔斯楞一同迎了出去。周晓玲显得疲惫不堪,见到杨阿尔斯楞马上把头伏在他的肩膀上抽泣起来。杨阿尔斯楞心里立刻明白是怎么回事,一定是苏美娅对她使用了王伟教授说的那种最严酷的审查手段,但表面上却装作若无其事的样子说:"苏美娅姑姑辛苦了!"苏美娅淡淡地说了一句:"今天好险,差一点儿就见不着你们了。"杨阿尔斯楞用手轻轻地拍着周晓玲说:"怎么还这样啊,平安回来就好!平安回来就好!"周晓玲哽咽着说:"我头晕,恶心,想回去。"

苏美娅瞅了瞅眼前这对年轻人对高晓荣说:"高工,你安排两位员工把他俩的马送回去吧,我让杰克开车把晓玲和阿尔斯楞送回去。"然后对杨阿尔斯楞说,"我原本让杰克做的西餐,中午好好招待你们,可没想到晓玲心理素质这么差,受惊吓后一直没缓过劲儿来,你们回去好好休息休息吧。"杨阿尔斯楞也不多问,只是说:"好的,姑姑。"

杰克开着车过来了。这时苏美娅的手机响了,是余成军的电话,他说他已经登上飞机,让苏美娅派车去赤岭机场接他。苏美娅就对杰克说:"杰克你把他俩送回去后,直接去赤岭机场接余总吧。"杰克说了声:"好的,主人。"然后开车走了。

高晓荣向前走了一步问道:"怎么啦,出了什么事?"苏美娅眼睛还在盯着远去的汽车，像是自言自语又像是在回答高晓荣的问话："没事儿，她没事儿，这两个年轻人都没事儿。"她转过头满脸堆笑地对高晓荣说，"走，回屋我跟你说。"

杰克把杨阿尔斯楞和周晓玲送到杨家院门口没进院就直接开车去赤岭机场接余成军了。周晓玲拍一下杨阿尔斯楞的肩膀刚要笑出声来，杨阿尔斯楞把一根手指竖在嘴唇上，又指了指兜里的手机，示意她要小心苏美娅窃听。周晓玲会意地点了点头，二人向院里走去。杨哈斯和娜仁高娃从楼里快步迎了出来："孩子，你们回来啦，没累着吧？""回来就好，平安回来就好！"两个老的簇拥着两个小的进了楼。

余成军在北京参加完鉴定会和新闻发布会后，打电话给苏美娅说他很担心余成民那个混世魔王得回家看看，便先回了闽西的龙山县。这次他回来先跟苏美娅说了闽西那边的情况，称余成民比早先收敛多了，那边一切也还正常。然后他兴致勃勃地跟苏美娅讲了在北京成果鉴定时的情况："苏总，一个专家鉴定会，一个新闻发布会，咱们腾格里高效高氮复合肥签约的单子一下子就翻了三番，还有好几十个单位要咱们的宣传单。"

苏美娅也笑着说："腾格里高效高氮复合肥做得越大，咱们的事就越保险。那下一步你打算怎么办？"余成军说："下一步我打算多雇几辆载重车往回拉草炭，你再和王县长说说给招些工人。"苏美娅说："好，你去办吧。另外，你抽时间和阿根谈谈，他有些想法，办事处那边是咱们的窗口，用好了对咱们这边会有很大作用。"余成军起身说道："好的，老大。"然后就走了出去。

M国兴凯投资公司腾格里县化工厂一时车水马龙，往外拉复合肥的载重卡车和往里拉硝酸铵拉草炭的卡车缕缕行行。从卡车的车牌号蒙、冀、辽、鲁、晋等字样看，北方各省区的用户较多。腾格里县政府也得到了实惠，协议中的3000万元人民币全部到账。

26

　　M 国兴凯投资公司腾格里县化工厂一下子红火起来，立刻触动了一条社会神经。

　　环保局的张横和李立心中一直窝着一股火，上次偷鸡不成蚀把米。打他俩的人关几天又逍遥法外了，被打的他俩回单位反倒挨了警告，这股子气呀上哪儿出去？张横气呼呼地说："这么些天过去了，化工厂整得这么火，把咱哥儿俩又给忘了吧？"李立说："那老娘们儿是糊弄婊子上炕，纯粹在逗咱俩玩呢。"张横说："他妈的，这股气要是不出，我非憋出病来不可。"李立说："那还行啦，走，咱哥儿俩上前边对夹铺整两盅去。"

　　也真是无巧不成书，二人来到对夹铺正巧遇上上次招工考试欲谋舞弊受处罚的巴林石雕刻厂老板张平。三个人说起话来才都知道各人心中的怨愤不管是从哪个阴沟里钻出来的反正都跟那个化工厂有关联。于是一拍即合，都说"非得整治整治化工厂不可"。张平老板一只手把杯中的酒都倒进口中，另一只手大巴掌一挥说："你俩说吧，咋整治，我出几万没事儿。"

　　三个人呛呛一阵子，张横把头向前一伸，手一摆划说："我看咱们这样，串联一些牧民老百姓，街里再找上一些人，就说化工厂的难闻的气味会造成人畜慢性中毒，会长一种恶性肿瘤，反正现在农村牧区老百姓得癌症的也不少。张老板，你花两个钱印些肿瘤的片子撒放出去，我就不信那帮牧民能饶得了那个化工厂？老百姓一闹起来，我们有气的出气有怨的报怨，不把那老娘们儿整个猴子拉稀才怪呢。"张平说："那什么肿瘤的片子，我出钱印行，可上哪儿整那现成的片子呀？"张横说："这个你甭管，老李我俩那有现成的，掐头去尾改头换面就行啦。"李立也说："咱们就盯她违反中国环境保护法！"张平巴掌一拍饭桌说："好，咱们就这么整！"

一时间，王爷府镇大街小巷的居民手中，大漠中的一些牧民家中，多了一份《强烈抗议化工厂污染环境致使肿瘤患者日益增多》的上访信，上访信有写给中共腾格里县委员会黄书记的，有写给腾格里县人民政府宁琛县长的，还有写给县人大、县政协的，虽然写给谁的各不相同，但内容都是相同的：

尊敬的领导同志：

我们是腾格里县王爷府镇的居民和周边大漠中的牧民。今年你们县委、县政府为了追求政绩引进了洋鬼子的什么狗屁化工厂。这是个坑人的工厂、害人的工厂，工厂每天排出的气体腥臭难闻。现已有多名人员得了肿瘤病，成了癌症频发的根源。许多牲畜也中毒不吃草不喝水，日渐瘦弱。政府应为人民的生命财产负责。我们听说，前段时间环保局的干部还因为去化工厂检查污染挨了打，化工厂招工时也有许多猫儿腻。我们强烈要求取缔这个坑人害人的化工厂！强烈要求落实环境保护法！县里如果不马上给我们解决问题，我们将派代表去北京向党中央、国务院上访上告！

上访信末尾有署王爷府镇王爷府小区居民的，有署小腾格里沙漠牧民群众的。

过些天还真就有些牧民骑着马来到县委、县政府的党政综合大楼前强烈要求解决环境污染问题。王爷府镇也有许多没什么正经事闲得发慌的人凑过来伸着脖子看热闹。这些闲人哪有替政府说话的？多数都抱着幸灾乐祸的态度，许多人还跟着喊："说的一点儿也不错，出了屋就能闻到臭味！""再不把化工厂撤掉，王爷府镇就得搬家啦！"熙熙攘攘的人群中说啥的都有。一时间告状的、挑事的、看热闹的人凑在党政综合大楼前还真不少。张平、张横、李立一人戴顶大檐儿的帽子，将帽檐儿向下一拉遮住半拉脸，混在人群后面蹭蹭跶跶观察着动静。

人大、政协将上访信转送县委、县政府，均签有"人民健康高过天，要依法执政"或"要依法执政，人民生命是最重要的"字样。县委黄书记批示："应认真对待人民群众的来信来访。"王富国副县长立刻将县里发生的情况打电话报告给在北京学习的宁琛县长。宁琛县长电话中愤怒地说："哧，不当家不知柴米贵！这一个县吃国家饭的有多少人？党群口、行政口、人大、政协、事业口，全县光科局、准科局单位就120多个，人头费、办公费、取暖费，哪儿不要钱？他们那些人都是站着说话不腰疼，不办工厂不抓钱，我这些钱上哪儿出去？别听他们的，你该咋干还咋干！你跟苏总他们也说说，有些事他们也应该想办法协调协调，真把事整大发了我也捂不住。"王富国忙又摁了苏美娅的电话。电话里传来苏美娅的冷笑声："这是你们的事，你们堂堂的县政府能让几条泥鳅翻起浪来？"

黄书记自打上次赵东明副市长找他谈过话后，明白化工厂绝非一点儿污染的事。赵副市长最近又找他谈了一次话："经请示公安部禁毒局王副局长，同意和你说一说这个案子，这是一件全国的大案，公安部要求彻底清除坎坤贩毒集团在我国的制贩毒势力。跟你黄书记说，就是要把握住局势不要干扰破案的大方向。"

大案组也立刻召开视频会议。公安部禁毒局王副局长说："现在公安部禁毒局已经全部破译苏美娅电脑中的文件。我们基本搞清楚了鸦计划的内容,就是国际制贩毒集团要在中国数省区采取分散生产集中合成的生产方式,用化学反应的方法生产一种名叫溴代苯丙酮的化合物。这种产品只要运到缅北再稍稍加工一下,就是冰毒5号。公安部已经正式将鸦计划和Knmgh-2致幻剂投毒案有关情况提交给国际刑警组织,并希望国际刑警组织在铲除坎坤贩毒集团方面给予更大的支持。在这种情况下,我希望辽西省以及案情所涉及的各省在处理突发事件时都要以大局为重,不要因为某些干扰因素影响'1023'毒品专项大案的侦破工作。"

铁峰总队长说:"请王局长放心,我马上飞赤岭和赵副市长商量解决当前腾格里县出现的问题,确保大案侦破工作正常进行!"赵东明副市长说:"请王局长放心,等铁峰总队长一到,我们马上拿出一个解决腾格里县针对化工厂上访闹事的方案来,迅速将局面控制住!"

铁峰总队长乘飞机飞往赤岭。

赤岭市公安局小会议室,阳光变成雪亮的灯光,铁峰、赵东明、杨红鹰、于洪军在紧张地研究着。民警送来盒饭,大家边吃饭边商量。于洪军乘车连夜赶回腾格里县,赵东明给各县区公安局打电话,给腾格里县黄树森书记打电话。黄树森书记连夜找有关人员谈话……

第二天,火红的太阳刚刚从小腾格里沙漠最东端的沙梁顶上升起来,赤岭市全市各县区公安局参加的反恐大演习在腾格里县王爷府镇拉开帷幕。赵东明亲临演习现场指挥,腾格里县县委书记黄树森,副县长王富国和县人大、县政府、县政协、县武装部有关领导现场观摩。县武装部退休的老部长杨石头穿着一身旧军装作为特邀代表也站在领导群中。

一辆辆挂着警徽的大巴车鸣着警笛满载着公安干警开到腾格

里县的王爷府镇。县委、县政府综合大楼前的广场上，几队手持盾牌的公安干警在演练防暴驱散队形。腾格里县公安局刑警大队长李春精神抖擞威风凛凛地带领着县刑警大队和治安大队行进在全市公安干警的第一排。接着又进行徒手擒拿演练，干警们"嘿！嗨！"的搏斗声震撼着广场震撼着王爷府镇。

与此同时，张平接到工商局和地税局的通知，要对他巴林石经销公司的账目进行检查。

苏美娅也接到县政府办公室主任景峰的电话："苏总，有件事我得提前说一下，县人大代表、县政协委员联合视察组后天将赴化工厂就环境保护工作进行视察，你们可得做好准备。"苏美娅沉脸不放地说了句："知道了，谢谢你景主任。"

苏美娅阴沉着脸坐在藤椅上，旁边坐着余成军和高晓荣。苏美娅说："余阿根那边的事办得怎么样啦？"余成军向前探探身子说："阿根找了郑果和国光那两个小警察，暗地里调查了一下。还真如老大说的，上访告状的背后就是在咱们工厂大门口挨打的张横和李立，还有一个是想让自己儿子进咱们厂子的巴林石雕刻厂老板张平。"苏美娅冷笑了一下说："我就知道，他们上访呀告状呀，多咱是为了维护什么法什么人民，都是为了自己的一点儿私利。你顺着这个思路去刨他的根，肯定就能找得到。那阿根现在办到什么程度啦？"

余成军说："阿根先跟张横接触了一次，答应一人给两千，他不干，先那么撂着呢。那个张平也见着了，答应把他儿子收到厂子里来，他提出不上车间。"苏美娅说："都满足他们，给他们录音录像，然后再慢慢收拾他们！"

说完，她回过头来对高晓荣说："你那里生产是什么情况？纯溴代苯丙酮生产出有多少？"高晓荣说："溴代苯丙酮合成条件非常严格，先前不是容器中原料配比有差错就是温度控制不好。

这两天还好，生产出来的溴代苯丙酮也就是 100 公斤吧，都装在一个桶里封起来了。"苏美娅说："如果消除工厂里现在的腥臭味，用什么办法？"高晓荣说："这您应该知道，用来苏水呗。"苏美娅微微笑了一下说："早就防着他这一招，都准备着哪。"

接着苏美娅冷冷地说道："后天县人大代表和县政协委员联合视察组要来视察环境污染情况，高工你那里第五、第六车间马上停止生产，要在明天中午前把先前的生产痕迹全部清理干净，喷洒上来苏水。第五、第六车间工人调到高效高氮复合肥车间，就说化肥生产供不应求了。余总，让你的人把那一桶溴代苯丙酮埋起来。你再让阿根来支点儿钱把办事处那边的事好好安排安排，阿根最近干得不错，我还有事要跟他说。好啦，你们抓紧办去吧。"

余成军和高晓荣两个人出了屋子。屋里只剩下一只手抱在胸前另一只手托住腮的苏美娅，她阴沉着脸两只眼睛瞅着天棚出神。

苏美娅思考了片刻拿起手机给王富国副县长打了电话："王县长吗？我是苏美娅。现在是什么情况？"王富国说："现在可以说，把局势控制住了。我看这回连书记带县长可都急了。宁琛县长连市里带县里打了好几个电话，把有些局长在电话上好个训斥。"苏美娅眨着眼睛听着，不冷不热地说："王县长，咱们关系不错，我跟你说，如果再这样下去，我们也就撤了。当初咱们说得好，要保证投资的环境，可你们就是这样保证的吗？"

王富国说："苏总，别价，这回虽然有几个家伙整点儿事，可我最佩服你这句话，几条泥鳅还能翻起大浪来？"苏美娅说："你们下一步打算怎么办？"

王富国压低声音说："我这是违反工作纪律跟你说，该收尾啦！后天人大代表和政协委员联合视察组去你们厂子视察，中国这些事你还不知道嘛,也就是走走过场。视察组领头的是跟我联系的那位人大吴副主任,你不用担心,吴副主任我俩是小学、中学的同学,关系不错。我已经跟他说过了:'化工厂哪能没点儿气味?要净是香味,那是花园不是化工厂。就是稍微有点儿污染也是在所难免的,人家一年几乎给咱们县扛三分之一人头费,这是大局,要不宁琛县长在北京咋都急了呢!'我这一说,他们就都没啥说的了。"

苏美娅说:"王县长这么一说我就放心了,那人大代表和政协委员视察完,我在云龙大酒店安排,王县长你可要光临哟。"王富国说:"我就不参加啦,说到底人家监督视察的是人民政府,我出面人家要是说政府和人大、政协的穿一条裤子,效果反倒不好。"苏美娅咯咯笑了一声说:"你说的也对,那往后我找时间单独安排你们。"

"物以类聚,人以群分",还是在那家对夹铺的一个单间里,围着圆桌坐着余阿根、张横、李立,还有郑果和国光。郑果和国光看来和余阿根已经铁得不能再铁了,一口一个"大哥"叫得格外亲热。郑果向前探了探身子说:"张哥、李哥,事情都过去了,大哥今儿个找我们哥几个来也没别的意思,就是都到一起认识认识。"

余阿根说:"就是啦,我呐,早就想和张兄弟、李兄弟在一起坐坐,就是没法子寻到啦。我们老大先前就跟我说过啦,欠着张兄弟、李兄弟的人情一定要补上,是我给拖下来了。这跟郑兄弟、国兄弟一说,才知道你们原来都是好哥们儿,那就没的说啦。我就说快请两位兄弟来一起坐坐。先前虽然见过一次面,但是不知道还有郑兄弟、国兄弟这层关系。这次呢,我们哥几个坐一起喝酒唠嗑挺好的啦,这算正式哥们儿相聚,我这有一点点心意,算是我孝敬两位兄弟的老人啦。"余阿根说着话从包里取出两只信封来，分别放在张横和李立面前的饭桌上。

张横和李立都拿眼扫了一下信封，看厚度显然不是两千元的数量了。但两人却都没动手收起，只是说："都是哥们儿了，还用得着吗？"国光说："就是因为是哥们儿了，大哥说是孝敬你们老人的，在座的也都没外人，你们就收起来吧！"李立瞅了瞅张横伸手把信封拿在手里捏了捏放进衣兜里，张横随后也把信封收了起来。

郑果抓起个对夹咬了一口边吃边说："我听说，那个倒腾巴林石的张平这回栽了。"国光说："可不是，工商局罚了10万，地税局连收带罚20万，再有钱吧，也架不住这么折腾。"张横这时才开口说话了："唉，政府要是想整谁，谁还跑得了？先发起来的那些大款们，哪个没有违纪违规的事？要是想整谁你先把他抓起来，现去找证据都赶趟。腾格里县要说偷税漏税，比张平严重的人多了，抓谁啦找谁啦？不是我替张平打抱不平，我就是说这个事儿。"李立说："哼，张平够冤大头的了，招工时偷鸡不成蚀把米，整进去十好几万，这回又是30万，我听说可不止这些，那去查他账的人不得安排安排？不安排说不定这回就把他公司挑了也说不定呢。"

国光说："两位哥们儿就消消气吧，要不咱们怎么就是哥们儿呢，那杨阿尔斯楞在市公安局把办公室都点着了，处分一遭由市公安局放到县公安局还给个股长当，他不就有个叔伯哥杨红鹰在市局当支队长吗？那郑哥我俩呢？哼，这上哪儿说理去？"

余阿根说："哎，郑兄弟和国兄弟，你俩升职的事我可向苏老大说过啦，苏老大也是非常重视，要找宁琛县长说这个事情。"李立见余阿根这么说也立即说："余大哥你要再有机会给张哥我俩也说说呗。"余阿根说："那是一定的啦，现在这个世道谁能说谁比谁干得好啦，干好的就是运气好。你们哥几个干的年头儿都不短了,也该提拔提拔啦,局长我不敢说,提拔个股长、所长的该是容易的啦。"

张横见状也立即说:"那我们就信大哥的了,往后李兄弟我俩也全凭大哥成全。"

余阿根说:"所以我就说几位兄弟,还找什么理啦,天下的理就是那么一回事。莫不如多给自己找找乐子啦,来喝酒,喝完酒我请四位兄弟去燕舞洗浴中心啦。"郑果马上举杯响应道:"大哥说的对,现在找什么理,自个儿给自个儿找点儿乐子啥都有了。"

27

两辆日产三菱车一前一后在王爷府镇到 M 国兴凯投资公司腾格里县化工厂的沙石路上颠簸着,前面车上副驾驶位子坐着县人大吴副主任,后一辆车大座上坐着杨哈斯。他本来说,工厂是自己妹子管的,他应该避嫌。但大家说,他是市政协委员又是唯一的一名民企委员必须得参加,他就只好参加了。

化工厂头天下午就做好迎接人大代表、政协委员视察的准备。高大的板式厂房从房檐到地面拉着三条红底白字的条幅。第一条写着"热烈欢迎县人大、政协领导视察指导工作",第二条写着"认真贯彻落实环境保护法",第三条写着"环境保护刻不容缓人人有责"。余成军起早让人从厂房后面柏树洼的沙梁上挖来十株柏树坐在半截铁桶里填上沙土浇上水,放在厂房前的两侧。

设在沙包上的瞭望哨早早地就发现了视察组的车辆,立刻用报话机通知了余成军。

苏美娅穿一身浅蓝色工作服，带着同样着装的余成军、高晓荣、杰克迎接到工厂院外的水泥坪上。

两辆车停住，两位机灵而又年轻的小车司机待车停稳后都抢先下车从车前转过去拉开车门，请领导和代表、委员们下车。吴副主任稍稍停了一会儿，待代表和委员们都来到他的身边才带领大家神态庄严地向工厂走去。

苏美娅满面笑容地领着余成军几个人迎上前去，伸出双手说："吴主任和各位代表、委员大驾光临，有失远迎！"吴副主任态度温和地拉着苏美娅的手说："苏总不必客气，生产第一线的朋友们辛苦啦！"大家都互相握手，苏美娅说："欢迎各位代表、各位委员光临指导工作！"吴副主任说："主要是看望大家，了解一下大家的工作环境。"苏美娅握手握到杨哈斯时，杨哈斯说："妹子，这环境可比早先强多了，也没早先那难闻的气味了。"苏美娅抓住他的手压低声音说："哥，你怎么不会说话呢？早先就这样，就这气味！"

吴副主任带领人大代表和政协委员在苏美娅一行的陪同下满厂房转悠了一圈，从车间到生活区都认真细致地查看着。有的代表指着那十株柏树说道："他们还是很注重环境建设的嘛！"有的委员耸耸鼻子说道："这气味是有点儿刺鼻，但并不难闻。"吴副主任满院扫了一眼说："唉，他们也不容易，在这荒山野岭里建起工厂生产化肥，实际是到咱们腾格里县帮助咱们发展经济来了。一个化肥厂又不是花园更不是香水厂，上哪里去找好闻的味道？我们一些人哪，总是不能辩证地去思考问题。"一些代表和委员马上附和道："就是，一些人就是唯恐天下不乱！""我听说这厂子一年纯给县里拿3000万呢！可开工没到半年3000万就已经到了县财政啦。""早先咱们县那些国营的油脂厂、皮革厂、农机厂，十来个厂子加在一起给县财政也拿不了30万，甚至有的县财政还得倒搭钱。"

代表和委员们转了一圈都集中到大门外那架贝尔直升机旁。苏美娅先让余成军和杰克去云龙大酒店安排酒宴，然后笑眯眯地走上前介绍道："这架贝尔德事隆机是最新型的直升机，有着最先进的 HUMS 监控系统和传动系统，保险性能非常好，是总公司老总听说我在沙漠地区工作，交通不方便，专门为我配备的。各位领导如果有兴趣，我可以带你们体验一下，一次可以上三个人，没事的，十几分钟一次，用不了一个小时就都看完了。"

大家推让了一番，还是吴副主任带两位人大代表先坐上了直升机。大家闪在一边看着直升机螺旋桨转速越来越快然后腾空飞起，连声"啧啧"，兴奋得拍起巴掌来。吴副主任也笑容满面地向大家挥手致意。直升机在蔚蓝色的天空里一点点变小，最后变成阳光下一个灰色的亮点。

杨哈斯跟着人们仰着头看着，依他的性格他很想坐坐这架直升机体验一下是啥感觉，但杨阿尔斯楞立刻出现在他的脑海里："阿爸，你要是去化工厂，苏美娅姑姑要是让你们坐直升机，你千万不要坐，你就说你恐高，这样就和我上一次说的话相一致了。"杨哈斯咽了口唾沫心里骂道："这兔崽子，害得老子少坐了一次免费的直升机！"

直升机的小亮点又渐渐变大，渐渐地清晰了，然后平安落地。吴副主任和两位人大代表笑吟吟地走下直升机说道："头一回从空中看大漠，王爷府镇跟一包散了的火柴盒似的，你甭说在空中看柏树洼看石门山真都挺美的。"第二拨上直升机的大家一致推市政协委员杨哈斯先上。杨哈斯摆着手大声地笑着说："我他妈的没那个福分，从小就怕登高，我要是上了飞机，回去时你们就得抬着我走了。"

苏美娅坐在驾驶舱中听见杨哈斯说的话心里想：这就对了，

看来杨阿尔斯楞上一次说的也是真话,他们这是遗传。苏美娅又飞了两次,让视察的代表、委员除杨哈斯外都坐了一次直升机。

大家下了直升机都兴奋地说:"在天上看和在地上看,感觉就是不一样!""头一回看见大漠原来是这样!""这次真没白来……"

苏美娅见大家兴致很高,就对吴副主任说:"吴主任,我看大家也都累了,我让余总他们去酒店安排了,咱们就去酒店边吃饭边给我们提指导意见行吗?"吴副主任满脸堆笑地说:"苏总,我也是这个想法,我们倒还行,主要是你,太辛苦啦。"

云龙大酒店,一间宽敞而豪华的包间中,一张大圆桌,苏美娅和吴副主任坐里边,余成军、高晓荣、杰克分散坐在代表和委员们的中间。酒宴上大家相互敬酒彼此说些客套话,自然先是苏美娅讲几句感谢人大代表、政协委员光临指导的话。吴副主任则说了今天视察的感受,他说外国的大公司来塞北荒漠办工厂实属不易,又是一位女企业家来具体操盘则更加不易。化工厂总体来说环境不错,更难能可贵的是在建厂的同时还充分考虑到环境建设问题,厂房前那十棵柏树就体现出厂领导美化绿化环境的一种建厂思想。当然环保问题需要警钟长鸣,在车间也闻到一点点不正常的气味,这是需要在生产技术不断完善中逐步加以改进的。他最后动情地说:"我这个人就爱说真话说实话,决不说假话说套话,如果我们腾格里县原来那些国有工厂的厂长们都像苏总、余总这样敬业,我们腾格里县的经济绝不会到这个地步!"大家立时喊"好"并拍起了巴掌。

杨哈斯斜眼瞅了一下苏美娅,见苏美娅一边矜持地微笑着一边抽出纸巾在眼角上沾了沾,心想这个苏美娅妹子可不是早先拖着大鼻涕跟在他屁股后喊"阿哥"的那个小丫头啦,明明是腥臭难闻,明明都是光秃秃的水泥地,她几乎一夜间就让味道变了,树也长出来了。这人大代表、政协委员视察化工厂的事说是不让通知当事方,他反正没打这个电话,又是谁通知她的呢?这丫头心眼忒多了,也忒能耐了,苏美娅呀苏美娅,达兰花妈妈身上那股要强豪横甚至一种邪劲都让你继承了,可达兰花妈妈骨子里那种正直善良的品质你给扔到哪儿去啦?杨哈斯心里又想起杨红鹰、杨阿尔斯楞跟他说过的话,顿时打了个冷战。

苏美娅端着酒杯款款站起身,这身浅蓝色的工作服穿在她的身上,不但不显得臃肿,反而给人一种更加精明强干的感觉。她声音略微有点儿沙哑,可能是这一天过于劳累的缘故,却有一种震撼的力量。她说:"我是唱着一首歌回到西辽河岸边回到大漠回到腾格里县的。今天我还将这首歌献给大家,这是我在这样的场合第二次唱这首歌,第一次是初到时县政府安排的宴会上,这一次就是吴主任带大家到工厂现场指导工作。听了吴主任即席讲话,我可以说是百感交集,觉得用什么话语都无法表达县人大、政协对化工厂和我本人的厚爱,那我就再唱一次这首歌吧。这首歌就是席慕蓉女士的《父亲的草原母亲的河》。"大家立刻鼓起掌来,并随着她的歌声击掌打着节奏。

苏美娅一只手端着酒杯,另一只手还优美地做着轻微的动作。她的嗓音介于中音和低音之间,很适合唱这种抒情的歌曲。她唱得如泣如诉,尤其是唱到那句"我也是高原的孩子啊",真有一种呼喊的感染力。如果说她初到腾格里县面对王富国副县长和众多局长唱起这首歌时,会让那些官员找到她来投资兴建化工厂的原因,减少干扰因素,那么这次唱这首歌便是要博得这些人大代表和政协委员们的同情与支持。

果然,几位人大代表、政协委员一边击着节拍一边唏嘘着:"她太不容易了!""咱们这地方风气不好,看谁好就整谁。""还不是仇富心理在作怪?都他妈的成了穷光蛋,就啥污染也没了!"……有一位色登政协委员是腾格里寺的活佛,见状伸出手掌举在胸前念着:"南无阿弥陀佛,善哉善哉!"待苏美娅歌声一停,立刻爆出热烈的掌声。

当天,腾格里县晚间新闻节目中,电视屏幕上那位美丽又文雅的播音员朱娜用甜甜的语调字正腔圆地播送道:"县人大吴庆副主任带领部分市、县两级人大代表和政协委员组成的环境保护视察组,对 M 国兴凯投资公司腾格里县化工厂进行视察。视察组除认真听取苏美娅董事长的汇报外,还对化工厂整体环境和生产车间的环境进行了认真细致的视察。视察组认为,M 国兴凯投资公司腾格里县化工厂环保状况总体是良好的,达到国家要求的环保标准。视察组同时要求 M 国兴凯投资公司腾格里县化工厂在完善生产技术的同时进一步提高环境保护水平。"

在杨哈斯家,娜仁高娃看着电视先是喊了一声:"杨哈斯你上电视啦,你走在最后边!"然后又高兴地拍着手说,"他爸,化工厂这回环保没事儿啦!"杨哈斯虎着脸说:"哼,那些人知道个啥,让人家咋糊弄咋是呗!"娜仁高娃说:"唉,再咋说也是自己家的妹子不?她丢了掉了你也捡不着。"

M 国兴凯投资公司驻腾格里县办事处,雪亮的灯光下,余阿根、郑果、国光、张横正围着桌子一边看着电视一边搓着麻将,李立在一边扒眼儿做着点评。看见电视中朱娜的电视报道,李立在一边愤愤地说:"现在还有处说理去吗?环保专业干部他们不用,整一帮糟老头子能视察出什么来!"余阿根说:"不要那样讲啦,化工厂没什么事,我们吃喝玩乐就都不犯愁啦,现在就是让你俩去检查,你俩也不会说坏话的啦。"张横几圈都输了,正没好气,就说:"不会说话别乱噜噜,大哥说的对,现在就是你我去不也得全说好?"

在化工厂苏美娅屋中,苏美娅、余成军、高晓荣也坐在电视前紧盯着电视,苏美娅只淡淡地说了一句:"我们又赢了!"余成军笑着说:"老大是谁,他们咋能斗过老大?"苏美娅依然不动声色地说:"别总唱喜歌,细节决定成败,干我们这行一个不注意就要翻船!"余成军紧接着说:"真是的,老大说的对!"高晓荣也说了句:"深谋远虑,深谋远虑。"

余成军的手机响了,他拿起手机看了看,站起身向外边走边说:"六子什么事?噢,铁桶里栽的那几棵柏树打蔫了?你找几个人把它们薅了往沙坑一扔不就得了嘛!"

28

夜深了,苏美娅下到地下室打开电脑视频,坎坤的头像也立刻出现在屏幕上。说心里话,她非常讨厌这颗肥硕的大脑袋,坎坤满面笑容张口问道:"现在出多少货啦?"苏美娅说:"坎坤首领,也就是100公斤吧。"坎坤立刻没了笑容:"怎么生产这么慢?"苏美娅说:"最近遇到点儿麻烦,耽误了生产进度。"坎坤说:"你那里人力也够强的了,遇上绊脚的就灭了他!那个地方实在不行,咱们就换个地方。"苏美娅说:"坎坤首领,这里的情况有点儿特殊,我已经处理完了。"坎坤说:"行啦,我不听你解释了,现在南美和南亚催货催得厉害,今天是8月10号,8月底你怎么也得给我发出十吨溴代苯丙酮来!下个月再给我发过十吨来。否则咱们就都没好日子过了!"苏美娅说:"好吧,首领。"

视频结束,苏美娅用双手拢了拢头发,又一摁电钮,小皮座椅很快回到了地面。她马上打电话给余成军和高晓荣要他们过来。待两人过来后,苏美娅一脸不高兴地说:"咱们商量一下吧,总部下了死命令要我们月底必须出十吨溴代苯丙酮,下个月再出十吨。"余成军眨了眨眼睛说："那就得看高工的了。"高晓荣说："我也没啥好办法，除非三班倒。可是第五、第六车间人手不够，得增人。"苏美娅把脸转向余成军说："余总，化肥那边放慢一点儿吧，先保证溴代苯丙酮这边的生产。"余成军说："好的，老大说怎么办就怎么办。"

这时苏美娅的手机响了，苏美娅一听脸色都变了，她恼怒地喊着："你别说啦，你俩没一个好东西！"见状，余成军和高晓荣都急忙问："怎么了，老大？"

过了片刻，苏美娅才虚弱地说了一句："山东那个假洋鬼子出事了，整不好咱们都得玩完。"她睁开眼对余成军说，"我和杰克得马上去山东一趟，家里的事就余总和高工一起商量着办吧，但余总你要负全责，出了什么事我要唯你是问！"余成军立刻站起身子说："请老大放心，我保证把事情办好！"高晓荣也立起身子："什么事这么急，您可得注意点儿身体呀！"余成军说："老大怎么走？"苏美娅说："我带杰克坐直升机到赤岭，去赶凌晨飞济南的早班飞机。"

说完话，苏美娅便简单收拾一下行装，叫上杰克登上直升机向赤岭飞去。化工厂门前余成军抱着膀仰头看着，直升机与夜空中闪烁着的繁星混在一起了。他突然耸了耸鼻子，雪亮的门灯下，他的脸上现出一丝诡异的微笑，接着他又摇了摇头，转回了身子大步向着厂房走去。

与此同时，在腾格里县公安局，项晖、杨阿尔斯楞、小朱和小李正密切监视着电子监控器，苏美娅与坎坤的视频、苏美娅与山东的电话全都录了下来。于洪军说："原来张东芝两人跑到山东去了，马上将信息资料发给赵副市长、杨支队长，发给省厅铁峰总队长、公安部王局长。"

杨红鹰立刻对赵东明说："原来山东那俩日本人就是我们毒

品百日大清查的通缉犯张东芝夫妇，如果山东在不了解案子的情况下，对抓获的假洋鬼子张东芝审出结果恐怕让'1023'毒品专项大案暴露，应该立即和王局长联系，请山东的同志暂停对张东芝案的审理。"赵东明点了点头说："对的，不能打草惊蛇。"

赵东明立刻打通王副局长电话："王局长，我是赤岭市公安局赵东明。先前发过去的苏美娅和坎坤的视频，还有苏美娅和山东通话的视频录像和录音您都收到了吧？"王副局长说："收到了，但是我刚才参加部里一个非常重要的会议，还没来得及细看。"赵东明说："王局长有这样一个情况，山东省抓了一个日本人河野，我们根据通话内容判定那对日本夫妇就是赤岭禁毒百日大清查行动中通缉的毒犯张东芝夫妇，他也是苏美娅制毒集团的重要成员。我们担心，如果山东的同志深究此案恐怕要牵出'1023'毒品专项大案，那我们的侦破工作就有可能暴露。"

王副局长说："我这就给山东的柴副厅长打电话，让他马上干预一下。还有一件事，就是溴代苯丙酮要尽快取证！"赵东明说："是，局长，我们要尽快完成溴代苯丙酮的取证任务！"

苏美娅带着杰克风风火火地赶到济南，马不停蹄地坐车赶到M国兴凯投资公司驻山东办事处。假枝子还趴在桌子上哭泣，见苏美娅和杰克到了，她忙揉着红肿的眼睛说："大恩人哪，你老人家可终于到啦。"苏美娅凶狠地说："你别扯没用的，到底怎么回事儿？"假枝子这才闭上要号啕大哭的嘴巴，又稍稍抬抬头怯懦地说："人家警察说他非法行医就把他带走了，即使没这事我寻思也得让你们来一趟，老张他人可变了，整天跟一帮不三不四的女人在一堆儿乱搞乱扯，我跟街道说，人家说管不了他。"苏美娅简直要暴跳如雷了："你这个啥事儿也不懂的龌龊女人，我看事儿都坏在你身上！"

说完，她伸手拨通山东省招商局的电话："刘局长忙着哪？我是 M 国兴凯投资公司的，我姓苏……啊，对对，您记性可真好。"刘局长说："苏董事长，说感谢话的应该是我们，您一下子救活了我们一个濒临倒闭的企业，又把山东选作原料基地，我们太感谢您了，什么事情您说吧。"苏美娅说："是这样，我们 M 国兴凯投资公司驻山东办事处的河野主任虽是日本国籍，但他是日本遗孤在中国生的孩子，长大后在村子里当过赤脚医生，来济南后除办事处的事务外可能也帮人看看病，现在让你们公安按非法行医给带走了。我想请您给通融一下。是的，啊，对对，当然，我们自己的员工自己也一定会加强教育的。"刘局长说："这件事我们还不知道，极有可能是街道派出所办的，我马上找公安厅联系。"苏美娅说："那好，我静候佳音。"

公安部禁毒局王副局长拿起手机拨号："柴厅长吗？我是，哎，对。是的，我们还是上次在北京开会时见的面，嗯，有半年了吧……我倒是想休息一会儿，可那些大大小小的贩毒集团不让休息啊。有事，你们下面单位抓了一位 M 国兴凯投资公司办事处的人，名字叫河野，这个人先不要动，他牵扯着部里一个大案，我们不久要开会，会上我再讲具体情况，这个情况你知道就行了。你通知下边的同志，对于河野的审讯笔录一律封存，把他放了。他们公司的人可能也到了，对，你们给他来个借坡下驴。是的，什么时间动他我再通知你。好，就这样，再见。"

假河野的案子很快结了。一个某某区的公安局对他无照行医的行为给予 5000 元人民币的罚款，是山东省招商局派了一名处长带着罚款去拘留所里把他接了出来。张东芝灰头土脸地除了含混不清地说两句"撒由那拉"，别的也说不出什么。来接他的处长说，苏美娅董事长为他的事亲自赶过来，省招商局刘局长正在富春酒店为苏董接风为河野主任压惊摆了酒宴，等他去呢。张东芝死活不肯去，不停地说头疼，身体不适，那位处长也只好把他送回办事处，自己回富春酒店复命去了。

原来这张东芝夫妇是在冀东省青山县吴宽那里被苏美娅收罗的，然后以日本人河野、枝子的化名在济南的 M 国兴凯投资公司办事处隐藏下来。开始时，二人一切还算收敛。

有一天，一位跑腾格里县的载重卡车司机肚子疼痛，就要出车还来不及找替换的人。张东芝一时手痒，便跑回屋中翻出旧时的行囊，取出行医的匣子，先抽出几根银针给那司机扎在头上，又取出几粒黑色药丸灌入他口中。没一个时辰，那司机竟然精神如初，开起大卡车去了腾格里县。于是"河野主任能治病，简直是神医"的话就一传俩、俩传仨地传了开来。

现在不管是大医院还是小医院，抓住个病人不是透视核磁共振就是照相抽血化验，突然出现个日本人还会中医的手法，附近的人们得了病尤其是得忧郁症的还有什么疑难杂症的，就寻着传言找他来看。一些女人得了妇科病，害怕医院那一通没完没了的照相和透视，便纷纷来缠着张东芝给瞧病看病。M 国兴凯投资公司在济南的驻山东办事处一时车水马龙的，让附近的社区公立医院门前冷落，于是人家公立医院恼羞成怒就告了他非法行医。

区公安局派民警去办事处见情况属实，不由分说便将他逮了去。他那傻老娘们儿开始还跟来的警察"吆西"，后来看警察给张东芝戴上手铐将他推进警车里，警灯闪着警笛响着，方知大事不好，这才给苏美娅打了电话。

张东芝被带到区公安局审讯室，开始还死扛着自己是日本人河野，是堂堂的 M 国兴凯投资公司驻山东办事处的主任，承认自己在工作之余非法给人看病。但公安民警丰富的办案经验使他们觉得这个河野绝不是什么日本人，背后肯定还有不可告人的勾当。于是车轮战心理战全给他用上了。熬过了两天一夜，张东芝便万念俱灰,心想不如一死算了,说出实情也许会有个宽大处理。于是他勉强睁开疲倦的眼睛,刚说了一句:"我交代,我其实不是什么……"

这时一名民警匆匆走进审讯室说:"局长通知停止审讯。"然后又附在审问的警察耳边低声说了句什么。正在审问的两名民警听说省公安厅领导让停止审问,还要将审讯记录封存,便不知这位阶下囚河野是什么来头,只好怔怔地瞅了瞅张东芝,也没让他签字画押,便把记录交给来下通知的警察,然后说了声:"把河野先生带回去吧,不要慢待了日本客人。"

苏美娅和杰克参加完刘局长的欢迎酒会,住宿也被安排在富春酒店里。刘局长还安排局办公室主任带一部车也留在酒店供苏美娅使用。晚上,济南市华灯初上,苏美娅也没用刘局长留下的司机,只和办公室主任打了一声招呼,就让杰克开车奔向办事处。

杰克把车一直开到办事处的楼门口,几乎堵住了屋门。杰克在前,苏美娅在后,二人进楼直奔二楼张东芝住宿的房间。推门进屋,见张东芝夫妇还在床上躺着说话。张东芝见是苏美娅到了吓得骨碌一下从床上滚了下来,颤抖着给苏美娅跪下,张东芝老婆也忙着从床上爬下来贴着他身边跪倒在地。苏美娅真是气不打一处来,一只手上前揪住张东芝的衣领将他拎起来,另一只手左右开弓就是两个耳光,血水立刻从张东芝的嘴角淌出。她接着又一搡将张东芝推倒在地。

苏美娅铁青着脸坐在杰克端过来的一把椅子上,开口就问:"张东芝你俩可知罪?"张东芝忙跪下鸡啄米似的磕着头连连说道:"知罪,知罪,我知罪!"苏美娅又问:"我在冀东就说给你的'十禁'你背下来没有?"张东芝哆嗦着说:"当、当时是背下来了,后、后来就背不全了。"苏美娅说:"那你们违犯了哪条哪款?该如何处置?"张东芝筛糠一样地颤抖着说:"我不听老大的话算是欺师灭祖违背禁令第一条,我现在的做法扰乱禁令犯了第五条,我在山东还以卑为尊犯了第六条,我这够重的了。禁令说轻者训斥重者家法处置,最严重者三刀六洞杀全家,我只求老大留我们一条狗命就行了。"

苏美娅长叹了一口气:"我在冀东青山县对你俩是千叮咛万嘱咐,你俩也是百般应允,都答应好好的,没过一年就做出这些事儿来,我若不惩罚你们,禁令还有何用,我又如何服众?杰克动家法!"杰克搬过一把椅子掏出一把瑞士军刀,把那张东芝的右手摁在椅子面上。张东芝夫妇俩脸都吓成死灰色,浑身筛糠连连央求饶命。杰克手中的瑞士军刀却没停下来,像是切胡萝卜似的切了下去。疼得张东芝把下嘴唇都咬破了,硬挺着没再叫出声来。杰克扔给他一团药棉和纱布,让他自己缠好。苏美娅压低声音说:"就你那两下子还禁得住警察的审问?我要不来把你捞出来,丢了你们两条命不说,还得搭上团体人的命。你俩也别寻思跑,没那个日本身份罩着,你们就是通缉犯,在老虎碇子种罂粟就够你们死两回的了!"

张东芝老婆一只手捏住另一只手还在筛糠。

苏美娅说:"你就不用了,一个女人用手的地方多,可我让你们记下,下次若再犯,我一人剁你们一只手!"这一句话又吓得张东芝夫妇连连磕头哭泣着说:"谢老大不杀之恩,我们再不敢冒犯组织的禁令了。"

苏美娅这才站起身说:"去楼下看看你们的账簿。"到了一楼,张东芝把账簿一一摊开,苏美娅认真翻阅了一遍,觉得倒也清楚。她又让杰克将新调整的进货单拿来递给张东芝吩咐道:"你们下一步要严格按新调整的单子进货,不得误了那边的生产。

有什么事不可自作主张，随时打电话问我！"然后又从手包中抽出一沓百元钞来递给张东芝老婆，"你找医生给他好好包包，别感染了。找医生的话会说不？"张东芝夫妇又是一顿点头作揖说："谢谢老大，会说，会说，就说切肉时不小心把手指切了。"

苏美娅说："明天早晨我们在那边就直接走了，不再过来。另外顺便告诉你们一件事，你老父亲我已托人办了保外就医，我打发人去看过，身体和生活都没啥问题。"

说完话，苏美娅扭身走了，上了车还咬牙切齿地说了一句："也就是用人之际，否则非切下他脑袋不可！"张东芝夫妇俩追出门外，看见汽车消失在来往的车辆中。张东芝抱着手说道："明主啊，连口饭连口水也没吃我们的喝我们的呀！"

第二天早晨，苏美娅和杰克便乘机返回赤岭。

29

苏美娅风风火火赶去济南快刀砍掉假洋鬼子半只手指，将山东的乱子安顿后便又急急忙忙飞回赤岭再乘自己的贝尔直升机赶回腾格里县化工厂。余成军、高晓荣都赶忙过来问询。苏美娅余怒未息，还在不停地骂着："人渣，纯粹是一对人渣！等事成之后我非把他们剁了喂狗不可！"余成军小心翼翼地说："老大，你那条金毛藏獒如今长得像小牛一般地高大，可威武了。"苏美娅这才定下神来对余成军说："待会儿我去看看，我大概又有五六天没亲自喂它了。"

苏美娅从杨哈斯家抱回金毛藏獒后，喜欢得不得了。她让余成军挨着住房盖了间狗屋子，每天都由厨房选干净的牛羊肉装在盆里给狗送过去，苏美娅常常亲自动手端着肉盆叫着"金毛吃饭啦"将吃的送到狗舍门口。这条金毛藏獒对苏美娅似乎也有了情感，苏美娅每次从工厂外回来走到厂大门口最先听到的就是金毛藏獒"呜噢呜噢"的叫声。

苏美娅又扭过头问高晓荣道："生产怎么样啦？"高晓荣忙说："一切都按您上次吩咐的那样，人员三班倒，生产速度这回快多了。"苏美娅说："我不管是快还是慢，反正总部月底向我要十吨，我就得跟你们要十吨！"她特意把"你们"二字说得很重。高晓荣唯唯诺诺地说："那是，我尽量，尽量！"余成军白了他一眼说："那还有什么尽量的？就得说保证完成老大交给的任务！"高晓荣只好说："保证！保证！我说保证不就得了嘛。"苏美娅抬眼瞅了瞅两人说道："行啦，都忙去吧。"

待两人走后，她拿出手机翻了几下，然后给杨阿尔斯楞打了电话。杨阿尔斯楞拉着周晓玲的手快步冲进办公室，掏出手机接通电话。"阿尔斯楞，你在哪里呀？""姑姑，我在市公安局晓玲这里。""你什么时间去的呀？""姑姑，我刚来不一会儿，晓玲说让我赶紧来一趟我就来了。""什么事这么急呀？""她说她的一位闺蜜从深圳回来明天就要走，非得要见见我。"杨阿尔斯楞一边回答着苏美娅的问话一边给周晓玲使着眼色打着手势要她来接电话。周晓玲想了想走到跟前，杨阿尔斯楞说了声："姑姑，晓玲要跟你说话。"

周晓玲接过电话："苏美娅姑姑，我好想你呀！""来了客人要好好招待，要不要来大漠玩两天哪？"苏美娅关切地说。周晓玲嘿嘿一笑说："不用了，姑姑，她明天就走了。"苏美娅说："阿尔斯楞对你怎么样啊？他要是待你不好，跟姑姑说，姑姑训他！"周晓玲说："还说呢，苏美娅姑姑，他来了就知道欺负我，跟我同事说，我坐姑姑的直升机差点儿吓死，闹得我多没面子呀!"苏美娅说:"这孩子怎么那样说话,等他回来,姑姑教训他。行啦,晓玲,下次来咱娘儿俩再说话,有人来说工作了。"苏美娅在那边挂了电话,杨阿尔斯楞和周晓玲二人在这边相视一笑。

杨阿尔斯楞是和于洪军局长一起来市公安局参加会议专门商量取证溴代苯丙酮的。于洪军说:"不能再让小杨和小周去了,如果再去,引起苏美娅的疑心,就更不好办了。我们在化工厂安排了一个线人叫乌恩巴图,小伙子素质不错,我打算在下一步行动中起用。但就是有一点,他带不出来,他们进出厂有严格的检查。"

赵东明在笔记本一页上写了几个字撕下来递给杨红鹰,杨红鹰读后微微一笑点了点头。那页纸上写着:"可能还得劳驾你二叔,我们那位可爱可敬的杨委员。"杨红鹰说:"如果带不出来,那就再找一位能带出来的人。"他把目光落在杨阿尔斯楞的身上。只一瞬间,杨阿尔斯楞就明白是怎么回事了。他也笑了一下说:"你们的意思是让我阿爸去接取溴代苯丙酮的样品?"于洪军双手轻轻一拍说:"这个主意不错!"杨红鹰说:"但就那么去不中,我们得好好设计个方案才行。"赵东明说:"嗯,我们应该找个机会和杨委员细细致致地谈一谈,这次他可是直接去做我们的事了。"

于洪军和杨阿尔斯楞相继回到腾格里县,很快传出一条消息:杨阿尔斯楞和周晓玲关系发展很快,马上要举行订婚仪式了。

杨哈斯也接到了亲家周行长的正式电话,名义上说是和他商量,说起订婚的事来,酒店和时间都定准了。杨哈斯脾气又来了,和娜仁高娃嚷道:"这是他妈我儿子订婚,还是他儿子订婚,自己生不出儿子还要说了算。我杨哈斯咋的,我就订不起那个饭店，要讲挣钱，他老周要没人送礼还不一定有我多呢。要说官，他就大啦？那我大小也是市政协委员呢。哼，电话里还说让你和苏美娅都去。行啦，我不去，你跟苏美娅俩去就行啦！"娜仁高娃说："他爸，你这是说的什么话，你是一家之主，儿子的终身大事，咋能没有你呢？"杨哈斯说："不去，让他周家一家办得了！"

娜仁高娃叹了口气，去了一楼给苏美娅打电话："妹子，阿尔斯楞好好的婚事你哥八成要整砸，他说没提前跟他商量他不参加。"苏美娅一听也有些急了，但口中却说："嫂子你别着急，我这就去劝我哥，事情怎么能这么办？挺好一个姑娘，我哥怎么不成全事呢？"娜仁高娃满脸不高兴，坐在一楼等苏美娅。

刚过半个小时，苏美娅的车就到了。苏美娅太知道杨哈斯的脾气秉性了，什么事戗着毛不行非得顺着毛摩挲。苏美娅跟娜仁高娃上了二楼就说："这事他周家办得不对，按传统说，是杨家说媳妇。按家庭说，他周家也就是顶个行长家的虚名，有我哥的家业大吗？我哥不去就不去，凭阿尔斯楞那孩子还说不上个媳妇，就是周晓玲那样的说不上，比她差的怎么也说上了。实在不行，我在M国给他说个金发碧眼的洋媳妇去！"杨哈斯气呼呼地说："苏美娅你说啥话呢？我说让阿尔斯楞不要周晓玲了吗？晓玲那孩子还是不错的。你看你把事给整到哪儿去啦！"苏美娅说："噢，是这么回事，那就是周亲家不太会办事，要是咱家，这事绝对办不出来。"娜仁高娃说："他爸，他姑也来了，晓玲那孩子是不错，我看还是跟他姑你俩商量着把事往圆全着办吧。"

杨哈斯说："我也不是说不办，就觉着肚子里憋着一股气。"苏美娅说："哥，要是那样的话，咱们把酒店的钱省下来，给晓玲三万五万的岂不更好，还让人家说公公婆婆手头大方呢。这次去，我给晓玲五万，上次一万只算见面礼，这次是订婚钱，等结婚时，我说过了，你们家三楼的豪华装修都我管了。"杨哈斯翻弄翻弄眼珠，原来是这么一笔账，也就不再说什么。他和苏美娅定下来，各开各的车一起去赤岭。

赤岭大酒店婚宴厅，人头攒动。杨哈斯方知自己先前是有些夜郎自大了。大厅中进进出出的人，瞧衣着穿戴听说话谈吐，至少都是王富国副县长那样身份的人。王富国副县长也去了，但被排到后面一溜桌子上。各酒桌上山珍海味的菜肴就不用说了，光五粮液每桌就是两瓶。杨哈斯一看这场面，倒吸了一口凉气。干脆认熊吧，一分钱不拿，全凭着亲家周行长去安排了。

苏美娅暗自得意，她虽然没有与杨哈斯、娜仁高娃一起被安排在周行长一家的亲家桌上，但她所在的桌是赤岭市副市长，各大国有银行的行长、副行长。她第一次见到赤岭市副市长、公安局局长赵东明。她觉得她还是美国大片看多了，她原来印象中赵东明应该是浓眉大目，鹰隼一般的眼睛咄咄逼人，唇上方有一撮修剪得很整齐的小胡子，宽厚的身板，一双厚实有力的大手。但握过手见过面后，她觉得赵东明只是位温文尔雅的书生。赵东明对她说："你是小杨、小周的姑姑，我是他们的局长，从某种意义说我们都是他们的家长。"苏美娅觉得这是赵东明在主动和她套近乎，也就把心中绷紧的弦放松了许多。

酒宴结束后，周行长说一定要留亲家杨哈斯和亲家母娜仁高娃多住一天，有些事还要一起商量。这是无可厚非的，苏美娅很知趣，推说工厂事多离不开，就回腾格里县了。王富国副县长来时乘的车去机场接人，因飞机晚点两个小时，所以接受苏美娅的建议搭她的车一起回腾格里县。

当晚有一位自称市政协副秘书长的人带车来到周行长家把杨哈斯接走了。来接杨哈斯的人其实是赤岭市公安局的办公室主任,奉赵东明之命将杨哈斯接到公安局小会议室。赵东明、杨红鹰、杨阿尔斯楞都在这里等着他。

杨阿尔斯楞抢前一步说:"阿爸,这位是赵副市长,也是我们局长。"赵东明上前一步握住杨哈斯厚实的双手说:"杨委员,我代表赤岭市全体公安干警感谢你,向你致以最崇高的敬意!"杨哈斯搓了搓手瞅了瞅杨红鹰和杨阿尔斯楞,心里也就明白了几分。赵东明微笑着说:"杨委员,小杨和小周定亲的事你感到有些突然是吧?"杨哈斯咧嘴笑了笑说:"是呢,先前连个信儿也没有,突然亲家就打电话说定亲。"

赵东明说:"是这样,杨委员,我们有件事急需要你帮忙。但我们考虑到苏美娅对周围的事情极度敏感,就去找你亲家周行长。他说本来要找你商量下半年给孩子订婚的事,那就现在订。现在办也简单,打电话一通知,来多少人算多少人,找个主持人主持一下仪式,到赤岭大酒店就办了。"

杨哈斯哈哈地笑着说:"是感到有点儿突然,经你这么一说,就知道咋回事了。说吧,你们找我肯定有事。"赵东明待大家都坐好就说:"杨委员,红鹰同志先前已经跟你说过了,他跟你讲的都是赤岭市公安局的意见。目前破案工作已经到了非常关键的取证阶段。但是工厂检查非常严格,里边的同志把样品送不出来。"杨哈斯说:"那好办,我进去拿,他们不检查我。"赵东明说:"那也不行,那样做容易暴露,他们会立即消灭罪证。"杨哈斯说:"噢,是这么回事儿,那你们说怎么办吧!"杨红鹰说:"最好和他们闹出点儿矛盾找个由头进他们车间,咱们的人会给你一个封好的小塑料瓶,你把它带出来就行了。"杨哈斯说:"这事好办,现成的矛盾就有。"

看大家目光注视着他,杨哈斯接着说:"那现成的矛盾就是他们挖草炭挖过界了,我给他们停了,这仗不就打起来了吗?"

杨红鹰说:"那要是你要钱就给你钱,矛盾不就起不来了吗?"杨哈斯嘿嘿一笑说:"你二叔我早先可是打仗出了名的,我不会来个狮子大开口?"赵东明他们几个都相视着笑了。

杨红鹰说:"二叔,还有就是保密的事。"杨哈斯说:"这你不用提,我知道。要不你问问阿尔斯楞,在家我跟你二婶子可是挂口不提。"杨红鹰瞅了瞅赵东明,赵东明点点头说:"杨委员,你是我们缉毒战线同一个战壕里的战友,我代表赤岭市公安局、代表赤岭市人民政府祝你顺利完成任务!"

30

杨哈斯接受了取证溴代苯丙酮的任务后,杨红鹰又把一些注意事项和一些斗争的技巧与策略说给杨哈斯听,杨哈斯叹了口气说:"唉,你二叔我也是嘱咐了皮嘱咐不了瓤啦,事儿都明白了,就凭着老经验闯吧。"

灯光下,望着杨哈斯离去的背影,杨红鹰对赵东明说:"我二叔背有点儿驼了,这一年他见老了许多,他本是位重情重义的人,苏美娅的事对他打击很大。"赵东明瞅着满天的星斗说:"人哪,只要大方向别出事就什么都好说,一旦大方向错了,即使有天大的能力也只能是个众叛亲离自毁其身的后果。"杨红鹰说:"不是有那样一句古语吗,'天作孽犹可谅,人作孽不可活',制毒贩毒可是件天理难容的事。"赵东明说:"告诉于洪军局长,让他加强对杨哈斯、杨阿尔斯楞父子俩的保护,必要时可让武装警察强行进入。"杨红鹰说:"就目前情况看,如果处理得好,我看还到不了这一步。今天是星期六,他们明天上午回去,于洪军安排的那位叫乌恩巴图的小伙子明天也要休班,于洪军打算明天要暗地里和他进行接触。后天星期一就是行动的时间,我跟杨阿斯楞说了,让他一定要在保密的情况下做好各项保护工作。"

星期日的早晨,周行长一家送杨哈斯一家上车。按年龄,杨哈斯长周行长一岁,所以周行长说:"大哥、嫂子,你们往后可常来呀,这互相常走动才是亲戚。"杨哈斯很激动地拉着周行长的手说:"有工夫上大漠蹓跶两天,上柏树洼上石门山去看看,我们那里的绵羊都是吃山花椒喝矿泉水长成的,到时候我给你做全羊宴,让娜仁高娃给你们烧奶茶,她烧的奶茶可香呢。"周行长对这位性情率直的蒙古汉子亲家很有好感,连声说道:"我一定去,一定去。"娜仁高娃与周晓玲的奶奶和妈妈的告别话也说个没完没了,还是周晓玲催促了两遍,这才都上了车。

周行长望着远去的汽车扭头说:"我闺女的眼力不错,本人和家庭都不错。我都想,还订什么婚,就这个劲儿把闺女打发了算了。"周晓玲撒娇地搂住她爸爸的脖子说:"爸,你说啥呢,人家还想把阿尔斯楞娶到咱们家来呢。"周行长说:"哼,不给我说真话,女大不能留,留来留去成冤仇,我听你那位苏美娅姑姑说他们那边都准备装修三楼做新房了。"周晓玲没了笑容,只是说:"都快上屋吧,奶奶都站累啦。"

腾格里县王爷府镇索柱老师家里,乌恩巴图洗完碗筷说了声:"爷爷,同学找我,我这就去了。"索柱老师说:"你怎么去?"乌恩巴图说:"我骑车子去。"索柱老师说:"你骑车子注意点儿安全,撞着别人撞着你都不好,现在街里人和车挺乱的,尤其是你们厂子那些外地人,骑着马横冲直撞的。"乌恩巴图说:"没事的,爷爷,他们要是敢撞我,我揍他们,他们打不过我。"说完话,乌恩巴图就下楼了,索柱老师美滋滋地笑着说:"这小子,没准儿是谈上女朋友啦。"

乌恩巴图骑着车子一溜风似的沿着马路向镇北的方向奔去,他心里充满着激动和好奇。昨天夜晚,他接到于洪军局长给他发来的短信:"明天上午9点,咱们在公墓北边的沙坑中见面。红红。"这是于洪军和他约定的暗号。公墓的四周和中间从柏树洼移栽过来许多松柏树,给人一种肃穆的感觉。乌恩巴图爸爸、妈妈还有镇里好些死去人的墓都在这里。这里的人们有一种很好的传统,就是敬重亡者,牛、马、羊不管是成群的还是散放的,从不踏足墓地半步,因此公墓一带的生态环境保护得非常好。盛夏时节,这里无论是沙包还是沙坑都是一片浓绿色。

乌恩巴图把自行车放在墓地西侧的一株小松树下,自己徒步翻过沙梁到了沙梁下边。于洪军局长从一墩灰柳丛后站起身,乌恩巴图紧走两步走到跟前,两人就坐在灰柳丛下说起话来。于洪军说:"小乌同志,你上一次在配合杨阿尔斯楞和周晓玲同志完成任务中表现出色,我代表县公安局表扬你。现在组织上准备再交给你一个极其重要又极其危险的任务,因为你现在还不属于正式公安民警,所以这个任务你可以接受也可以不接受,我们听你的意见。"乌恩巴图激动地站起身子:"于局长,不管什么任务,不管多么危险,我都接受!"于洪军拉了他衣襟一下说:"小乌,你坐下说。"

乌恩巴图又坐下。于洪军说:"现在破案工作已经到了关键的取证阶段。"于洪军从上衣口袋里取出一只普通塑料滴眼液小瓶对乌恩巴图说:"这只小瓶里的滴眼液已经清洗掉了,现在里边装的是纯净水。到时候你只要把眼药水瓶里的水挤掉,把你们最后的产品吸进瓶里一点儿就行了。"乌恩巴图接过眼药水瓶看了看说:"噢,熊胆滴眼液,我们楼下药店就有。"然后放进自己的衣兜中问,"那我带不出厂子,出厂时检查是很严格的。"

于洪军说:"明天上午杨哈斯老头儿要去你们工厂,你设法交给他就行了,你和他接头的暗号是你说'杨总,你有事说事,什么事让你发这么大的火'。"乌恩巴图信心满满地说:"于局长放心,我保证完成任务!"于洪军一双大手握住乌恩巴图的手说:"我预祝你顺利完成任务!"

星期一这天是个漫阴天,大漠中一阵小风吹来还真有点儿秋风凉的感觉。杨哈斯吃完早饭便披挂起来,头上戴了一顶大宽边的棕色遮阳帽,身着一件浅灰色的蒙古袍,腰上还扎了一条绿色的腰带,脚上穿一双李宁牌的运动鞋。昨天夜里,他见娜仁高娃睡熟了,还鬼鬼祟祟地溜进三楼杨阿尔斯楞的屋里讨教一番,爷儿俩你问我答我问你答地演练了一个多小时,他才又回自己的房里睡了。

早晨起来一切如常,杨阿尔斯楞吃完早饭骑上摩托去上班,杨哈斯打电话叫上他的办公室主任朝鲁,两个人从马厩中牵出两匹马来备上鞍子。杨哈斯回到楼里从墙上摘下马鞭子和一只草绿色的军用背壶,还有一只绿帆布的军挎。背壶沉甸甸的,灌满了当地酒厂烧的烈性烧刀子酒,军挎中是一小袋自己制作的牛肉干。他长年都做着这样的准备,每次上承包的沙地去都是这样的装备。酒喝少了再续,肉干吃少了再添,总之这两样东西一直处于备战状态。他拧开背壶喝了口酒,嘴还吧唧两下,然后又往手心里倒些酒抹在袍子的前胸上。

娜仁高娃一看他这身装备就知道他要去沙地,就说:"他爸,碰见砍柴的乱放牲口的人,好着点儿跟人说话,非得横鼻子瞪眼的?唉!可绵软着点儿吧。"杨哈斯嘿嘿一笑说:"我怎么在你心中整天像个恶霸似的?你等着吧,我可要——"他马上止住话头,心想着差点儿说漏了嘴,接着说,"我可要变好了呢,你说的对,再说话横眉瞪眼的,往后会吓着孙子的。还有,娜仁高娃你如果看晌午我回来晚了，千万要给我打电话催我回来，我怕遇上化工厂那帮土匪，紧慢不让我回来。"娜仁高娃说："那我说啥好呢？"杨哈斯说："随便说句什么，要不就说他二舅来找我有急事。"说完话，他和朝鲁一块儿翻身上马向院外跑去。娜仁高娃瞅着他们幸福地笑了。

　　沙漠里又长出许多新柳条，同时也有老死的柳条竖在柳条丛中。这些年杨哈斯像呵护自己的儿女一般看护着这片沙地，当然他也从中得到收益。三个牛场，近千头奶牛使他成为腾格里县牧业的第一大户。在和苏美娅讨价还价争价钱的时候，他的心思也不全在钱上，他总有一种不愿割舍的念头绕来绕去。尤其是听到苏美娅用从他手里夺去的沙地建的工厂在制毒，他的心中更有一种养个孩子让狼叼去的感觉，他有些后悔把那片沙地卖出去了。

　　如今，他杨哈斯领着赵副市长当面交给他的国家机密任务，他觉得自己就像京剧中智取威虎山的杨子荣，要深入到这些正在做制毒坏事的人们中拿到他们的罪证。他忽然觉得自己好像威武了许多，浑身上下增添了不少的力气。

　　杨哈斯和朝鲁打着马在沙漠间的路上奔跑着，他已经听到铲车发出的"隆隆"响声了。他眼前是一片绿油油的玉米地，玉米穗已经吐缨了，看来今年又是个好收成。给他种地的人不在，杨哈斯和朝鲁骑着马沿着玉米地北边的小路一直跑了过去。出现在他们眼前的是破败的景象，玉米地像是被开膛破肚的巨兽展现在眼前。一辆大铲车发着"哗哗"的巨响扬着大铲将沙地表面的沙土和地上的玉米秧铲出端到西辽河里，地下露出黑油油的草炭，几台小型的铲车在挖着草炭往链轨拖拉机带动的翻斗里装着。

31

　　杨哈斯和朝鲁从马上跳下来。他让朝鲁从公文包中抽出当时他与苏美娅签字也有王富国副县长签字的协议书。对照着协议书,他们指画着标识物,然后杨哈斯告诉朝鲁:"都给我照下来,他们越界这么一大块,头些日子种地的老王给我报信时说才越过界线,这么几天他们就越过来三四亩地了,你看这庄稼糟践的,他们还真他妈的没了王法了!"然后他气势汹汹地走到铲车前大喝一声,"停下,停下,你们都给我停下!"听见杨哈斯的喊声,铲车司机们只好停止铲挖。

　　领头的于四说:"我们都是穷打工的,包给咱们活儿时可没有替他们平事的钱,现在孩子哭报他娘,这停工停产跟咱们没啥关系。"

　　于四就给余成军打电话:"余总,来人挡咱们挖草炭啦,你说怎么办吧!"电话中传来余成军的声音:"谁他妈那么大胆?敢挡化工厂的事!"于四说:"是、是杨总,说是挖了人家的地了。""那你们倒是挖没挖呀?""八成是挖过界了。""你说你们,净给老子找麻烦,你们往哪儿挖不好,怎么偏往他那边挖?他是你们能惹的?""那可咋整,余总,现在几辆车都停了。"余成军口气也软了下来:"要是碰上他的事,我也是不好办,他是我们老大的娘家哥,哎,要不我给你加两个钱,你给我把事整平了。"

　　那领头的于四是个不知天高地厚的人,在村里外号叫"于四唠嗦",就是胡吹乱哨之人,听说把事平了能给加钱,就说:"余总,有你这话就中,那你就擎好吧。"于四心想,这化肥厂是外国人开的厂子，钱挺厚的，要是这边把杨哈斯忽悠住了，闹个三五万元没问题，给杨哈斯万儿八千的，他至少也能剩两三万元。

于是于四往杨哈斯跟前凑了凑，掏出一盒红塔山烟抽出一支给杨哈斯递过去说："杨总请吸烟，早就知道杨总的大名，有失远迎，我们是 M 国腾格里县化工厂的，你看这挖草炭的事，八成是过点儿界了，你就大人不计小人过，你家大业大也不在乎这一点儿，往后我们再不挖了就是，余总刚才全权委托我，让我跟你好好谈谈。"

杨哈斯眼都不抬一下，手也没去接烟，只是用手捋着马鞭子说："我靠，你是 M 国化工厂的，你就是他妈联合国化工厂的关我啥屁事，你跑到我的玉米地挖个破头烂齿的，草炭咋算？庄稼咋算？地咋算？"于四原想把杨哈斯唬住，一看不中就说："那你再不就合俩钱，你就跟我说吧！"杨哈斯嘿嘿一声冷笑说："你当这个家了吗？"于四觍着脸说："我当了，你说吧。"杨哈斯说："咋，我要 1000 万，你给吧！"

于四瞪大了眼睛张着大嘴合不上，半天才说："你这不是想解决事，你这不是讹人吗！"杨哈斯横眉瞪眼地说："你就说你解决了不？"于四一看没唬哧出去，就说："你要是这个态度，我解决不了。"杨哈斯回头对朝鲁说："朝主任你给我看好，他说他解决不了啦，我去找他们 M 国腾格里县化工厂去！另外，你马上给三个牛场打电话，一个牛场打发三个人骑马快点儿来，我看他们跟我牛逼到哪儿去！"说完杨哈斯翻身上马一溜烟地奔化工厂跑去。

余成军原想让于四挡挡把事过去，实在不行再向苏美娅报告。哪想到杨哈斯别有用心，骑着马一口气跑到化工厂门口。张六子几个一看不是外人，有管杨哈斯叫"杨爷"的，有叫"杨师父"的，杨哈斯也不搭理，气呼呼地把马缰绳往他们身上一扔就直奔了车间。余成军大老远地看见杨哈斯气势汹汹地进院,知道不妙,就赶紧跑去找苏美娅。

杨哈斯进了车间手中的马鞭子敲着机器"啪啪"地响,大声地喊着:"都给我停下,都给我停下!"一些忙着生产的工人闹愣了,有的真就停住了机器。最先跑过来的是高晓荣,他一边说"杨总你这是干啥?"一边用手去拦杨哈斯的马鞭子。杨哈斯知道他不是接头的人,挥起的马鞭子就落在高晓荣的身上。正在这时乌恩巴图蹿了上去一只手抓住马鞭子,一只手握住杨哈斯另一只手说:"杨总,你有事说事,什么事让你发这么大的火?"杨哈斯听到暗语又感觉手心里有个东西就知道这小伙子就是内线,就假装和他撕扯着,手中的塑料眼药水瓶也就揣进怀里。乌恩巴图朝旁边看热闹的工人喊了一句:"杨总喝酒喝多了耍酒疯,你们怎么还不帮高总我俩把他抱住!"就有几个小伙子上来抓住杨哈斯的马鞭子,还有抱腰的抱胳膊的。

正在这时,余成军领着苏美娅赶来了。苏美娅横眉怒目,抢前几步伸出双手将围在旁边的几个青年工人推得向两旁一侧棱,大声喊道:"都快住手吧,真不像话!"人们都立刻松开手闪在了一边。后边的余成军心中惊叹道:"这女人的功夫还真是了得!"苏美娅一脸恼怒:"哥你太不像话啦,有什么事你可以直接找余总找我都行,跑车间来闹扯什么!"杨哈斯强词夺理地说道:"我闹扯自有我闹扯的原因。"苏美娅说:"啥原因,你说!"杨哈斯说:"你们用草炭掺和点儿硝酸铵就糊弄人卖钱,我不说也就算了。可不能上我地里把吐缨的玉米秧给铲了一片,挖了我好几亩地,你们赚钱我遭损失,难道我找找都不行?"苏美娅沉着脸说:"你说多大的损失?我赔你。人家的兄弟姐妹都有个帮衬,你可好,今天这么一出,明天那么一出,领着头给我找麻烦!"

杨哈斯听苏美娅说这话开始有些心生怜悯,他的眼前浮现出医院病床上达兰花妈妈临终前的嘱托："杨哈斯，你不管找到哪儿也要把苏美娅给我找回来！"还浮现出绿色的草地上一身蒙古族服装青年的他领着拖着鼻涕的女孩子苏美娅在嬉闹，他心中有一个声音："拉倒吧，看在达兰花妈妈的分儿上！"然而又一种铿锵有力的声音在耳边响起："她制毒贩毒，她的毒品流向全国流向世界各地，就会有千百万人受到伤害家破人亡！"说话的是一身警装的赵东明副市长、侄子杨红鹰、儿子杨阿尔斯楞。"我杨哈斯不管她是谁，只要她祸害人，我就要帮助你们将他们消灭掉！"依然铿锵有力的声音，是他杨哈斯的话。

　　只一瞬间，他的头脑又恢复到正常状态，他吹胡子瞪眼睛地说："苏美娅别说没良心的话，我在工厂大门口为谁打了环保干部？为谁蹲了十来天的小号？是你们工厂的车间用了我的草炭，我不找他们找你干什么？你是我妹子，我大小事总找你会让人家说闲话的。那行了，你愿意管就管，我就找到这了！"杨哈斯一把从乌恩巴图手中抢回马鞭子扭头就朝大门口气呼呼地走去。到大门口从张六子手中接过马缰绳纫镫上马走了。余成军和高晓荣在后面挥着手喊着："杨总，你回来，咱们有事好商量！"杨哈斯头也没回放马跑了出去。

　　杨哈斯跑到半路，他在马上回头瞅了瞅见没人跟上来便一勒马嚼子让马上了另一条岔路，这条路也是一条乡间土路，但要比去化工厂的路还宽一些。他又跑了一会儿，见路边停着一辆挂着普通车牌号的213吉普车，他知道这是于洪军局长来接迎他的车。他翻身下马，于洪军也开车门走出来，杨哈斯把带着自己体温的塑料眼药水瓶交到于洪军手中，说了一句："我得马上去承包地。"说完又纫镫上马向着西辽河岸边玉米地的方向跑去。

　　于洪军的车没有进王爷府镇而是直接向赤岭开去。公路两边形状各异的绿色沙丘一座一座一掠而过。

于洪军匆匆走进赤岭市公安局,将塑料眼药水瓶交给杨红鹰。

赤岭市公安局一间实验室中,宋技术员和几位身着白色实验室衣帽的人正在用装着黄色、橙色、绿色液体的试管做着实验分析。

铁峰总队长在电脑前观看化验分析报告,公安部禁毒局王副局长在电脑前看化验分析报告,拉近了的《关于 M 国兴凯投资公司腾格里县化工厂提取物化学分析报告》结论:"经过对 M 国兴凯投资公司腾格里县化工厂提取物所做的化学分析,结论为:该提取物化学分子式为 C_9H_9BrO,中文名称溴代苯丙酮。"

公安部禁毒局王副局长对着视频说:"辽西省公安厅禁毒总队、赤岭市禁毒支队要密切注意制毒分子的动向,必要时可对制毒分子实行抓捕!"

32

杨哈斯骑上马,将马嚼子一勒朝着西辽河北岸的承包地跑去。等他骑马跑到玉米地,见三个牛场的人也都到了。三个牛场来的人都站在自己马前,个个都撸胳膊挽袖子的,似乎只要有人说一声"开打",他们就会饿虎扑食般地猛扑上去。那些挖草炭的人见这般阵势只好将铲车和拖拉机熄了火,一个个像泄了气的皮球似的蹲在地上抽烟说话。领头的于四只好一遍又一遍地给余成军打电话告急。

余成军与高晓荣追了几步看看没拦住杨哈斯只好回去找苏美娅商量解决的办法。在房子外边,高晓荣龇牙咧嘴地褪下衬衫的一只袖筒对苏美娅诉苦："他是真下手打。"这一阵子他和在山东不一样，身上的肉也多了，皮肤也白了，胸前有明显的两道马鞭子抽打后的血印。余成军幸灾乐祸地说："哼，你非得上前充英雄，你以为你是谁呀？"高晓荣知他话里有话就说："余总，杨哈斯进院您该知道的呀，该您挡您不挡，现在倒说风凉话，亏您能说得出。"余成军脸色发灰双眼一瞪大声说道："你他妈的整天像个娘们儿似的，不会说话不会办事，把事整砸了倒怨到我头上！"那架势，如果高晓荣再说一句不在行的，他就要用拳头说话了。这时就听苏美娅压低嗓音吼了一句："你们俩都住嘴吧！"二人像两只要斗架把羽毛翅膀都夯起来的公鸡，突然间又把翅膀和羽毛收了起来。

苏美娅说："余总，还是你去一趟吧，咱们雇的那个于四靠不住，没准儿他在里头还想整点儿啥事呢。这地方的人我知道，凡是出头做事的没个老实忠厚的。我哥的脾气是不好，也忒把钱看重了，可他还是个讲理的人。你去看看，真如他说的是咱们挖过了界，该赔他多少赔多少呗。"高晓荣一脸委屈，刚张嘴想要说点儿什么，苏美娅又脸一沉说，"行啦，都少说两句吧！"余成军答应了一声："嗯，我去办。"说完扭身走了。

见余成军走了，苏美娅说："晓荣你跟我来。"她扭身向自己的房间走去，高晓荣便把衣服穿上跟了过去。回到房间，苏美娅柔和地说："来，让我看看打得啥样。"一边伸出双手帮高晓荣解开半袖衫的扣子，轻轻地抚摸着高晓荣的上身，"我哥他下手这么重，也不看是谁，就下手打。"高晓荣全身连骨头带肉都有一种酥痒的感觉，喃喃地说："哥他肯定不是想打我，他是敲两下机器出气，即使是打两下又不是外人打的。"说着话，嘴巴都已拱到苏美娅的腮边。

苏美娅又找了不知什么药水用棉签往鞭伤上擦拭着说："好

点儿吗？还疼吗？"高晓荣说："好多了，你这一抹药挺舒服的。"苏美娅动情地说："咱们的力量孤啊，唉，这有时候你就得受点儿委屈啦。"高晓荣急忙说："不委屈！不委屈！余总他想干啥我知道。"

苏美娅说："上午总公司又在催了，月底务必交上十吨，否则要撤我的职呢。"高晓荣说："你放心，我就是天天二十四小时在机器旁盯着也要把这十吨溴代苯丙酮盯出来。"

苏美娅动手帮高晓荣穿上半袖衫扣上扣子深情地望着他的眼睛说："我也是怕你没白天带黑夜的吃不消呀！"高晓荣弯下腰在苏美娅的额头上吻了一下说："为了你，我什么都吃得消。"随后意气风发地回车间去了。苏美娅抽出一张纸巾来擦了擦脸，然后团成团投进纸篓中。

余成军带着两名工厂护卫队的人骑着马赶到西辽河北岸的草炭地从马上跳下来。他没搭理臊眉耷眼凑上前来的于四嗙嗦，而是径直走到杨哈斯的跟前说："杨总你跟我们那位木头人置什么气！我在后边紧追也没追上你。我当时忙别的事没在车间，让他把事就整大发了。"

当杨哈斯从怀中把盛溴代苯丙酮的眼药水瓶掏给于洪军局长时，心中虽然觉得像一块石头落了地，但还是觉得不忒靠实。"那个叫乌恩巴图的小伙子装在小塑料眼药水瓶中的东西装没装错？即使装对了，那点儿玩艺儿够用吗？可别二番脚再跑一趟，就这由头没法子再找。"他心里正嘀咕着，见余成军来到跟前，他心里立刻迸出一句话："和他说话得留点儿心眼。"他就说："没啥，没啥，我刚才生气是原本你们挖草炭挖过界了，可你们上上下下没一个说好听的，你整个顶风臭四十里的于四嗙嗦跟我说话我能受得了？"

余成军见杨哈斯这话是冲他来的就说:"杨总,杨师父,这事你也就别怪于四先生啦,他办的事也就等于我办的啦。"于四在一边龇着牙满脸谄笑说:"看余爷说的,咱们虽然一笔写不出俩余来,但总归还是小的办事不力惹得杨爷生了气,杨爷、余爷你二老在上,我给你们磕头,你们消消气。"说完话真就"扑通"一下跪倒在地,"嗵嗵嗵"鸡啄米似的连磕三个响头。余成军脸一沉说:"于四你站一边去吧,事情办得这样,扎你三刀六洞都不为过。"于四忙爬起来回到铲车那边跟铲车师傅说话去了。

余成军瞅着杨哈斯的脸说:"杨总,我也很长一段时间没来了,方才一到地儿我就见是过界了。这没说的,是打是罚你杨总说了算。"杨哈斯沉着脸用马鞭子抽了一下掉了穗的玉米秧子"唉"了一声说:"余总,这话你让我咋说呢,掏心窝子说,我妹子回到腾格里县于公于私都没少照看了我,可她是我妹子也是你们董事长呀,我说多说少都不好。余总你这样,你说句话,你余总就是说老杨我一分钱不给你,咱搭个哥们儿交情,我二话不说,咱还是好哥们儿。"

余成军原以为杨哈斯要闹个地动山摇的,可一听这话大喜过望,就用右手一拍大腿:"既然杨爷这么抬举我,我就替我家老大做这个主了,过界的地面按十亩算,一亩地给你赔偿金两万,总共20万。杨爷要是嫌多就跟我家老大去说,要是嫌少就记在兄弟我的账上。"杨哈斯一副不在乎的样子,只是把转到背后的绿色军用水壶转到胸前用手拧开壶盖儿仰脖喝了一口,从身上摘下来递给余成军说:"我说过了,这事就你做主你说了算。来,兄弟你也来一口。"

余成军二话不说双手接过军用水壶,也学着杨哈斯的样子一仰脖就是一大口,他哪里知道这壶里装的是烈性酒,这一口酒下肚鼻涕眼泪都呛出来了。他边举着酒壶送回给杨哈斯边囔囔道:

"哥,你、你这是啥,啥酒呀,烧、烧刀子似的捅、捅到心、心里去啦!"杨哈斯哈哈一笑说:"这就是我们这地方的 62 度的烧刀子酒嘛!"

余成军伸出大拇指说:"你这哥们儿我交定啦!走吧,咱们去云龙大酒店。"杨哈斯也没推辞,叫上朝鲁跟他一起去。余成军又分别给苏美娅和余阿根打了电话,向苏美娅报告顺利解决挖草炭过界的事,让余阿根在云龙大酒店订一间包房。然后他和两个随从又叫上于四唠唠一块儿跟在杨哈斯他们马后向王爷府镇跑去。

余阿根在云龙大酒店要了一个包间,除从草炭地回来的六个人外,他还请了腾格里县政府办公室主任景峰。景峰主任最近一段时间也成了余阿根的座上客,他喜欢喝酒也喜欢吸烟,每次喝完酒吃完饭,余阿根都要给他带上一条云烟,让他感激不尽。

酒桌上,余成军坚持让杨哈斯坐在上座,他挨着杨哈斯坐右侧。他用闽西话对余阿根说:"杨总为人义气,是我的大哥,自然也就是你们的大哥啦。往后不管遇上什么人,谁也不准伤害大哥啦。"余阿根说:"有大哥的话,我们照做就是啦。"景峰主任坐在杨哈斯左侧的一边,他先前并不知道为什么来喝酒,听了一会儿,才知道这桌酒宴是为杨哈斯请的。于是他便说些恭维杨哈斯的话,说杨哈斯作为优秀企业家在腾格里县的社会威望,说杨哈斯父辈抗日战争时诸多的抗日故事,把全桌的人都说得大眼瞪小眼的。他最后把双手两个大拇指一并说:"你们真是应了那句话,'不打不成交'啊!"

余成军端起酒杯给杨哈斯敬酒,又接着景峰主任的话说:"杨大哥可是赤岭市的政协委员,他们的县长、书记也得高看一眼的。就这个位子,我在闽西花 100 万都没拿下来的啦。"余成军说一句,他手下的几个人点一下头,然后用一种敬畏的目光瞅一瞅杨哈斯，让杨哈斯觉得很不自在。

杨哈斯也端起酒杯说了几句应和的话，说咱们是不打不相识，现在大家既然是哥们儿，自己是本地人，今后厂子里的弟兄们有个大事小情的，自己定会竭尽全力去帮忙。余成军又跷起大拇指道："这才是真哥们儿真爷们儿的话！"他手下的人也跟着一一抱拳。

一桌的人最尴尬的人就是于四嗙哧，他自知自己在这群人中没有说话的位置，所以只好去做给大家满酒的活儿，到了杨哈斯那儿又是打躬又是作揖的，口口声声地说自己狗眼不识金镶玉，冲撞了杨总的贵体与尊严，自罚三杯，万望杨总将自己饶过。

余阿根见满酒应酬这个节目过了，就拿来一红一绿两个骰子盒说："我们摇骰子喝酒吧。"腾格里县虽地处大漠位置偏僻经济落后，可酒文化却比较发达。前些年酒场上时兴吆五喝六猜拳行令，这几年喝酒摇骰子又悄然兴起，聪明的腾格里人把早先朝碗里碟子里掷骰子的方式改作由一只塑料盘和一只放大了的塑料盅组成的骰子盒放上三粒骰子去摇。不管党政官员，还是商人百姓，坐在酒桌旁都可以摇。摇骰子又分诈金花和押点两种，诈金花就是查骰子点，以点大为赢。散子、对子、顺子、豹子依次定输赢，亦以点大小分高下，或者直接查点。押点则是自己根据自己的骰子估摸对方的骰子情况，叫几个点的骰子数，叫对的为赢。摇的次数两人自己定，有三局两胜的，也有七局四胜的。

余成军双手捧着红色的骰子盒送到杨哈斯面前说："请大哥先开局，怎么摇大哥说。"杨哈斯也不推辞，将身子向右一扭对余成军说道："那我就不客气了，咱们诈金花看点大点小，那就从余总这儿开始吧！"杨哈斯大巴掌把骰子盒一抓摇了几下往桌上一拍，余成军也呵呵一笑，手举着骰子盒晃了几晃拍在桌子上，二人几乎同时喊了一声"开！"待二人将骰子盒上面的盖盅揭开，满桌的人一声惊呼："哇噻！"只见杨哈斯骰子盘中是三个六点的豹子，余成军的骰子盘中是三个一点的豹子，虽都是大点，但还是杨哈斯的点大。余成军说了一句："输得痛快，来腾格里县头一回遇上这么个局。"端起一杯酒就倒入口中，酒桌上的气氛顿时热烈起来。第二局杨哈斯摇了三四五顺子，余成军摇了五五二对子，余成军又输了。第三局杨哈斯摇了个四五六大顺子，余成军摇了个一二三小顺子。

杨哈斯左侧的景峰主任说话了："杨总，我替余总挡一个。"余阿根便马上给他递过一个骰子盒。杨哈斯笑着说："你挡行，可是得一挡二喝。"杨哈斯转过身子，手中的骰子盒晃了两晃向下一拍，一揭摇了三个一点的豹子。景峰主任双手抱着骰子盒摇了三四下揭开看却摇了个二五六的散子。余成军喊了一声："大哥的手气神了！"杨哈斯爽朗地哈哈一笑说："玩这玩艺儿也就是玩个手气。"说完端起酒杯分别和余成军、景峰碰了一下也一扬脖将杯中酒喝下。余成军和景峰也将杯中酒喝下，余成军摇晃着脑袋用手抹了一把头上的汗珠说："不行，再摇一次，我就不信我赢不了。"

杨哈斯拿起骰子盒刚要摇，手机的铃声响了，他知道是娜仁高娃打来的就没有接，而是晃了几下骰子盒，揭开一看，他摇了一个二二一的小对子，余成军摇了一个二二二豹子。余成军大笑着说："我说能赢嘛！"这时杨哈斯手机的铃声又响了，他显得有些不耐烦地打开手机。手机中传出娜仁高娃焦急的声音："他爸你在哪儿呢？他二舅来咱们家半天了。"杨哈斯镇静地问："他二舅来有什么事？"娜仁高娃的声音："他没跟我说，只是说有急事找你。"景峰主任早就有点儿坐不住了，又一连打了两个喷嚏，便说："二爷府那边正修路，也许是征地的事儿。"杨哈斯瞅着余成军说："要是这样，我还真得回去看看。"余成军不太情愿地说:"那有正经事,去就去吧,往后找时间接着会。"杨哈斯站起身叫上朝鲁,两人出了酒店。

剩下这些人又端了几杯实在是无趣,也就散了酒席。余阿根早在燕舞洗浴中心那边打过招呼,余成军几个人洗浴去了。最近由余阿根牵线搭桥,燕舞洗浴中心头牌按摩小姐小凤仙和余成军关系搞得火热,余成军每次来王爷府镇必定要光顾小凤仙那里。

余阿根给景峰主任手提兜中装上了一条云烟,景峰主任便急匆匆地走了。

33

说话间就快到月底了,夜晚下弦月像是一只斜仰着的金钩,吸附着满天的繁星。

在缅北密林坎坤的营地里,坎坤在大声地打着电话:"你是说,十吨的溴代苯丙酮快出来啦?哼,你可给我盯住了。还有整个一套生产的资料你务必都给我整过来,我不能让 Ka 总卡着我的脖子。嗨,那还有错吗?将来溴代苯丙酮的老总肯定由你来当,放心就是了。"

夜幕下的小腾格里沙漠充满着神秘与恐怖。沙坑中一只鼹鼠满以为黑夜是它的天下,刚从自己辛辛苦苦刨出的沙土堆中钻出来,就被等候多时的狐狸蹿上去一口咬住,成了狐狸一顿丰盛的晚餐。鼹鼠只知道在地下挖洞却不知道还有等在地上的狐狸,它费尽力气营造的长长的沙土堆,却成了自己最终的刑场与坟墓。夜幕的北方有几片云彩缓缓地遮了过来,把那一弯钩月也掩藏起来,大漠更加黑暗诡异了。

大漠中的化工厂仍是灯火通明，高晓荣和一些穿工作服的人出出进进忙忙碌碌。半夜时分，苏美娅关住房门，坐着小皮圈椅下到地下室。她首先通过卫星网络要通了颂般的视频。

苏美娅说："颂般首领，现在已生产出十吨溴代苯丙酮，你看是给坎坤首领还是我们自己使用？"颂般半身图像出现在电脑屏幕上，颂般笑呵呵地说："你们生产得还是蛮快的，我原以为你们到年底投入生产就不错啦。"他眯起眼睛想了想说，"这十吨你给坎坤吧，我们两家虽是一种联合的关系，可坎坤那里占三分之二的股份，我们只有三分之一，第一批货你要不给他，他会急眼的。"苏美娅说："那好吧颂般首领，我就按给坎坤送货安排路线。"

苏美娅又要通了坎坤视频。苏美娅说："坎坤首领，按您的吩咐，现在十吨溴代苯丙酮已基本生产完毕，您看送货接货有什么安排？"坎坤摇晃着肥硕的脑袋："好哇！好哇！现在南亚和南美天天堵着我屋门要货，把我都快逼疯啦！走货的路线，贵州的苏德龙不是还靠得住吗？然后由贵州转畹町直接送过江，我在缅界接货。送货代号就叫鹓吧。"苏美娅说："那好吧，确定了具体送货时间我再告诉您。"

坎坤说："我得问你，你那边安全吗？这些年我们总是低估中国警察的能力，才吃了大亏。"苏美娅轻松地说："坎坤首领，请您放心，中国警察的电子通讯还得十年才能赶上我们现在的水平，这里的一切都在我的掌控中。"坎坤说："那就好，我们过去的损失可是太惨重啦。"苏美娅说："坎坤首领，那我就开始安排了。"

在腾格里县公安局，小朱见电子监控器红灯闪亮，知道苏美娅又在和境外联系了，便叫醒小李，让她叫项晖过来。项晖一看内容重要就马上打电话给于洪军局长。腾格里县公安局的家属楼就在公安局的后院,所以没过五分钟于洪军就到了。项晖问:"要不要通知杨阿尔斯楞?"于洪军想了想说:"先不用,小杨一动,苏美娅就知道,惊动了她反倒不好。倒是杨支队那里需要立即报告。"

于洪军马上要通杨红鹰的手机:"杨支队,刚才苏美娅和境外的颂般与坎坤联系了,说是已经生产了十吨溴代苯丙酮,联系要向缅北运送,看来蛇就要出洞了。"杨红鹰说:"这可是件大事,我看这样:第一,视频录像明天早晨上班就向'1023'毒品专项大案组汇报;第二,你们抓紧时间研究一个收网的方案,先给我和赵副市长,我们拿出意见再向公安部禁毒局王局长和省厅禁毒总队铁峰队长报告;第三,严密监视苏美娅,及时将情况向我报告。"

第三天,由于夜间后半夜下了一场小雨,所以早晨天气格外晴朗,大漠清新得像刚刚洗浴过一样。

第四天,苏美娅吃过早点就把余成军和高晓荣叫到自己的房间。她先问高晓荣:"高总,现在十吨溴代苯丙酮应该没啥问题了吧?"高晓荣点点头说:"今天再生产一天,十吨就满够了。"苏美娅把脸转向余成军说:"余总把车准备得怎么样啦?"余成军说:"准备好了。"苏美娅说:"余总,咱们多做几手准备。一样的车型一样的大罐车准备三辆,你看现在平安无事的,说不定就有八只眼睛盯着咱们呢。到时候给他三辆车奔三个方向,防止警察给咱们一辆车盯上。"余成军佩服地点了点头。

苏美娅又问:"公安局的危险品运输通行证呢?"余成军说:"政府办的景峰主任在给办。"苏美娅说:"这个人还靠得住吗?"余成军嘿嘿一笑说:"如今他是靠不住也得靠得住了。"苏美娅说:"可怜之人必有可气之处,这些官员都是给他好处就乐,办事也痛快,不给他好处就恼,办起事来该办也不办,且给你拖呢。"

余成军说:"也有软硬不吃的,公安局那个李春队长,阿根说啥法都使了,还是水火不进。"苏美娅说:"那就先别管他,总让他有进的时候。余总,这回八成得辛苦你一趟了,这事别人去我不放心。"余成军说:"老大信得过我,我就去,只是得带两个得力的人。"苏美娅说:"那是自然。"

政府办公室景峰主任从党政综合大楼出来,上了一辆三菱车开向腾格里县公安局。他刚踏上公安局大楼的台阶,就见刑警大队长李春从楼中走了出来。他抢先点了点头,李春也只打了个招呼便擦身而过。

景峰顺着长长的走廊来到了于洪军局长办公室,于洪军忙站起身迎接。景峰从公文包里取出政府办的介绍信递给于洪军:"于局,县政府招商局要运一批危险品苯酚,得开张准运证。"于洪军打量了一下景峰说:"这么件小事还劳景大主任,你打个电话派个小秘书来不就行了吗?"景峰说:"富国县长怕那些小秘书不正经做事把工作耽误了,非逼着我来办。"于洪军笑着说:"富国县长是害怕一般干部来了,我这里的人紧慢不给办吧?唉!现在的办事效率谁也别说谁,都是这个样。"于是拿起电话,"你到我办公室来一趟。"一位女民警敲门进屋,于洪军将县政府办介绍信递给她,"给县政府办一张危险品运输通行证。"不一会儿那位女民警便拿着准运证过来交给于洪军。景峰站起身从于局长手中接过准运证放在公文包里,说了句:"那我就走了,改天请你喝酒。"

于洪军将景峰送出公安局大楼。景峰摆摆手上车走了,车直接开到 M 国兴凯投资公司腾格里县办事处。碰巧的是在大门口又碰见李春,景峰心中骂了一句,真他妈冤家路窄,越硌硬越碰见他。但这回他笑笑说："有缘分。"李春的目光从景峰的脸上掠过，这回是他点了点头走了过去。

景峰没再多想而是三步并两步地走进屋，对写字台后面的余阿根说："办出来了，现在这样的准运证受限制，一般的人根本办不出来，我亲自去办的。"余阿根满脸堆笑，一边双手接过准运证一边说："知道，知道啦，办这样重要的事非景大主任莫属啦。"

景峰问了一句："李春干啥来啦？"余阿根说："景大主任，这事情我也正想和你说呢，你们这里呀，今天有个纵火案李队长上我们这里来排查，明天有个入室抢劫案他也上我这里来排查，我这里成了什么地方啦？"景峰说："这事你怎么早不跟我说，我刚才去公安局办准运证还跟他们于局长说半天话呢，这事我一定找于洪军局长说说。"

余阿根瞅了瞅，见宋江、李贵没在跟前，便拉开写字台下的箱子拿出一条云烟装进一个纸袋里小声说："这个感觉更好啦，余总他们都用这个啦。"景峰的眼中迸发出异样的光彩，忙用双手接过连声说道："谢谢，太谢谢你了！余主任，那我就不耽误你时间了。"说完便匆匆忙忙地走了。

余阿根诡异地笑了一下拿起手机："啊，老大，我是阿根，准运证办出来了。是的，我这就给您送过去。"

在苏美娅房间，只有苏美娅和余成军二人。余成军说："老大，我查了黄历，后天9月1日就是黄道吉日，宜办任何事情。"苏美娅说："什么事情都是不怕一万就怕万一，我们还是小心点儿警察为好。"她朝余成军招了招手，余成军往前凑了凑。苏美娅说："你一会儿通知，全厂从明天开始，放假三天。明天夜间你安排人装车，过了夜间12点就是后天，你们就出发，同时发出一辆小车三辆大车。去的人都选谁啦？"余成军说："老大神机妙算，一切听从老大安排。这去的人，我想让阿根、张六子去。"

苏美娅说："张六子去可以，阿根就别去了，你这一走，我家里还得留个能办事的。让杰克去，再让车间那个叫乌恩巴图的去。这个孩子不错，能不能给咱们做事又是一回事儿了，这回我想试试他。总部把咱们这次送货行动的代号定为鹗，具体的事情怎么办，走时我再跟你说。明天我们几个去庙上抽签许愿去，我打算这次给庙上捐50万，其中以我名义20万，你们三人每人10万，去庙里上香捐款的事我都跟王县长说了，咱们把动静整得大一点儿。"余成军吃惊地瞪大双眼说："老大还有这样的安排，那再好不过啦，在闽西我们凡事必去上香啦。"

苏美娅说："那你安排去吧，我给王县长打个电话。"

在腾格里县公安局，项晖、杨阿尔斯楞、小朱、小李都在紧张地注视着电子监控器。于洪军局长走进屋问："还没有对外联系的信息？"杨阿尔斯楞扭过头说："没有，刚才只监控到两个电话。一个是余阿根打给苏美娅的，汇报办好准运证的事。另一个是苏美娅打给王富国副县长的，说化工厂的几个头头明天要去腾格里寺烧香抽签。"

于洪军想了想又回到自己的办公室，他给杨红鹰打了电话："杨支队，苏美娅拿到了准运证，但再没发现她同境外和省外有联系。还有两个怪事，一个是他们几个头头明天要去寺里上香，是找王富国副县长联系的。第二件事是小鹰刚才发来短信，化工厂从明天开始放假三天。给人的感觉他们好像什么事都没发生或都不会发生似的，但小鹰说唯独通知他照常上班。"

"你说的这些情况，我看有两种可能，一种是我们哪个环节不慎引起她的警觉；第二种情况是她有一种本能的警惕。我仔细想了想，觉得我们还没有什么工作上的破绽，所以我倾向于第二种情况，就是她是一种发自本能的自我保护。要我看，恰恰就是这几天该是他们发货的时间。一会儿我跟赵副市长商量一下马上向公安部禁毒局王局长和省厅铁峰总队长汇报。昨天夜间苏美娅与颂般、坎坤的视频发给王局长和铁峰总队长了，现在王局长、铁峰总队长还都没有回话，我估计他们都在等进一步的消息。小鹰那边你要提醒他，不可轻举妄动，从现在开始不允许他主动和我们联系，我估计这是苏美娅或余成军对他的试探，稍有不慎不但会暴露我们的工作意图还容易把他的命搭上。另外，你现在把他们每个人的手机号都搞准了，抓捕时人员定位恐怕主要靠手机了。"

"杨支队，他们现在使用的手机号我们已经都掌握了，冀东、山东、闽西、贵州的几个在苏美娅和他们电话联系时也掌握了。你说的抓捕方案，我也大致有个考虑，我想让李春队长带一部车和两名民警跟踪溴代苯丙酮的运输车，待公安部下令收网时，由他们连人带车进行抓捕，腾格里县这边我统一指挥实施抓捕。"

"于局，你先有这个思想准备吧，王局长不是都和武警打了招呼了吗？到时候赤岭的武警支队都有可能参加呢。另外，这件案子是公安部大案，你不要只想到腾格里县，我也不能只想到赤岭市。'1023'毒品专项大案是涉及全国五个省的大案，收网时必定得全国五省统一行动。"

"那好，那我这边先做初步准备。"

"我还得强调一下保密工作，现在就要看到天亮了，黎明前敌我双方都在费尽心机地做着最后出击前的准备工作。谁都有可能因一招不慎而功亏一篑。"

于洪军有点儿羞愧地擦了一把脸上的汗水。

34

　　化工厂要放三天假的消息在工厂内一传开，小青年们欢呼雀跃，直呼万岁。工厂护卫队那帮人也是兴高采烈，放假可以减少每班值班的人数，他们就可以腾出更多的时间去王爷府镇胡作乱闹。一些人说张六子："六哥，该喝你和那个小寡妇的喜酒了吧?"张六子嘿嘿地笑着说："早着呢，八字刚有一撇。"人们说的小寡妇就是刑警大队长李春的妹妹李翠兰，张六子自从有了马，可没少往她那儿跑。

　　苏美娅头一天下午就告诉余成军、高晓荣、杰克，晚饭和第二天早餐只吃素食不许吃肉，夜间也不许有任何亵渎神灵的举动。

　　苏美娅四人要去庙里上香捐款的事立刻被王富国副县长炒作起来。他迅速通知旅游局局长萨茹拉、广播电视局局长曲国岭到他办公室开会。王富国笑呵呵地对两位局长说："这可是件大好事呀，这一次就捐 50 万，有他们捐就会有别的大款捐，萨局长你不是跟我要钱加大旅游投入吗？现在可要到你的鸡下蛋的时候了。明天咱俩就都把手头上别的事放一放，去庙里陪陪他们。"

　　萨茹拉有些为难地说："明天我叔伯妹子的孩子过生日，我都答应她了。"王富国苦笑了一下说："我老岳母明天过八十大寿，我们家老张操持半个月了，我不也得跟老婆大人请假？个人的事就作出点儿牺牲吧！"萨茹拉笑着说："县长大人都牺牲个人的事了，我们就跟着牺牲呗。不过王县长你说陪客人的事我得诉两句苦，这几年来咱们这儿旅游的多了，哪位县长、书记、人大主任、政协主席的客人我们能不陪呀？我这旅游局长陪吃陪游陪玩，就差陪睡了。"

王富国敛起脸上的笑容一本正经地说："咱们哪说哪了，萨局长你的玩笑话在我这里说说也就得了，一些公开场合可不能随便乱讲，你得讲点儿政治。曲局长，你那边就是派记者采访电视上报道的事了。"

曲国岭苦笑了一下说："行，你富国县长的话我怎么也得掂对人掂对机器去。我那儿我不说你也知道，今天这位领导的孩子安排不了送我那儿一个，明天那位领导的亲戚安排不了送我那儿一个，一个小小的广播电视局就八九十人，可真能干活儿的却没几个人。领导们的客人来了，这个也要上镜头那位也得上镜头，热闹是热闹，红火也红火，可我那一帮自收自支的人得怎么开支啊！干活儿的还真就是几个自收自支的。"王富国皱了一下眉头说："知道，你那儿的事书记县长都知道，我能不知道吗？老大也难哪，几次说开会商量也没开起来，你以为这种情况就你们局有？县长、书记也是一脑门的官司没法儿的事，行啦，你明天就先把这个事安排了吧！"

两位局长满腹牢骚地走了，王富国又拿起了电话："苏总吗？好！好！我都安排了。啊，不用，不用，明天晚新闻就能见电视。"

吃完早饭，苏美娅戴着一副墨镜，头发盘在头顶，穿一身浅灰色的衣裤，脖子上挂一条白色的纱巾，拿着手包上了杰克开的奔驰车，她让高晓荣上了余成军开的丰田轿车。

大漠的西北角起了块云彩，渐渐地这片云彩便铺了个满天。路两边的树木花草颜色显得有些暗淡，大漠也便不那么光鲜了，一只狐狸在前面从沙石路上小跑过去，还歪着头瞅了瞅疾驰而去的小汽车，然后一甩美丽的大尾巴钻进路旁的柳丛中。

苏美娅坐在车里，墨镜片后面的一双眼睛微微地眯着。

腾格里寺是她幼时难以忘怀的地方。眼前浮现出一幕幕场景：小苏美娅和小王福贵跑到庙里藏猫猫，先前还有个喇嘛爷爷看庙院，庙里还有些东倒西歪的泥像。一根粗粗的柱子，小王福贵的手和她的手拉在一起也围不过来。她藏在一个歪倒的泥像后边，会让小王福贵找半天，聪明的小王福贵就骑在一座倒在地上的好大好大的佛像上。来找他们的达兰花妈妈看见了，惊恐地喊道："你们怎么跑到佛爷身上去啦，你们不要命啦，那要遭报应的！"

后来庙里就堆了一堆的盐。达兰花妈妈吓唬他们："那庙里房顶上有条套缸粗的大长虫，一口就能吞掉一个小孩儿，你们要是不怕让长虫吃了你们就去！"小王福贵瞪着一双大眼攥着两个小拳头说："你别怕，那是你妈吓唬咱们呢，就是有长虫你也别害怕，我把它抓住掐死！"

庙院里那时还有棵老文冠果树，达兰花妈妈说："树上结的果子是不能吃的，庙里的喇嘛要用文冠果的果仁榨油给佛爷点灯用。"可她和小王福贵饿急眼了，就把那文冠果拿回家在美智子妈妈的灶屋里烧着吃，她觉得那是她吃过的最香甜的果子。美智子妈妈并没有嗔怪他们，只是说："吃吧，吃吧，只要不是有毒的东西就吃吧，总比饿的滋味强。"

苏美娅嘴中有一种涩涩的感觉，眼角也觉得黏黏的。杰克欢快地说了一声："主人，到寺院的前边了。"

腾格里寺门前是一个用青砖铺就的广场，给每年腊月和正月的庙会用。广场周围及寺院周围长满了从柏树洼移栽过来的松树、柏树、沙榆树，树木虽然不老无参天之高却也蓊郁苍翠。寺门前站着一群人，有王富国副县长、萨茹拉局长、寺里的住持色登活佛，还有扛着摄像机的记者。

苏美娅款款走下车来与迎上前来的王富国、萨茹拉握手。王富国向大家介绍说:"苏美娅董事长,从我们小腾格里沙漠飞出去的金凤凰。"

王富国又侧转身说:"这位美女局长是我们旅游局的萨茹拉局长,这位是色登活佛。"萨茹拉上前一步双手握住苏美娅的右手说:"苏董,我们俩可不是生人,三十年前我俩是小学同学,我是萨茹拉呀!"苏美娅也将左手伸出轻轻放在萨茹拉的手上说:"萨茹拉,我想起来了,在我的后一座。"萨茹拉哈哈地笑着说:"那时候咱俩学习差不多,你数学比我好,我语文比你好,可你现在是跨国公司的大董事长,我却在给王县长当马前卒,这天底下上哪儿说理去呀!"苏美娅拍了拍萨茹拉的肩膀说:"你的嘴还是那么不让人。"

苏美娅到色登活佛前双手合十道:"活佛吉祥。"色登活佛一手持念珠,一手举掌道:"阿弥陀佛,董事长吉祥。"色登活佛面色红润,着一件棕色僧衣,面带笑容,一看就是位有道的高僧。萨茹拉忙在一旁介绍道:"色登活佛在佛学界很有名气,也是咱们腾格里县出去的,先前在深圳,有了名望后便回来重修腾格里寺。"

色登活佛前边引路迈入寺门。腾格里寺为三进院落,一进院落为门殿,二进院落为中心大殿大雄宝殿,三进院落是弥勒殿。门殿面阔五楹,进深一间,中辟券门,两侧设有腰门。门殿内原本有泥塑金刚神哼哈二将,如今改为关老爷和关平、周仓。

色登活佛遵从苏美娅的意愿在门殿没有停留,直接去了大雄宝殿。大雄宝殿是座绿色剪边黄琉璃瓦单檐歇山屋顶的二层楼式建筑,面阔五楹,进深三间,前后檐装有板壁,中为明间,明间檐下悬蒙汉两种文字"大雄宝殿"陛匾。明间中为高大的佛像,佛像周围是各种各样的饰品与供品。佛像端庄,双目低垂,似是居高临下洞察人间万事万物。

苏美娅心中不觉"咯噔"一下,小时候的她与小王福贵藏猫猫就在这尊被人推倒的大佛下,小王福贵就站在躺倒大佛的肩膀上,她心中隐隐有一丝不快和忐忑。

苏美娅不由自主地跪在蒲团上,虔诚地磕了三个头,然后站起身围着佛像走了一圈,佛殿中东、西山墙绘着十八罗汉的壁画,北墙绘有八大菩萨,每幅画像前她都双手合十鞠了一躬。自然,余成军、高晓荣也都跟在她的后面磕头鞠躬,杰克则咧着嘴跟在后边笑。

苏美娅来到色登活佛前,恭恭敬敬地将一张 50 万元的银行支票交给了色登活佛并在功德簿上写上自己的名字,然后回过头让余成军他们三人也签上自己的名字。

苏美娅又抬头对色登活佛说:"活佛大师,我们求支签吧。"色登活佛点了点头,双手擎起盛签的筒子摇了摇送到苏美娅面前。苏美娅从签子的中心抽了一支,拿到眼前一看,只见签的上面写道:"观音灵签第 44 签戌宫中签:姜艾斗阵。"签的背面写有四句诗:"棋逢对手着相宜,黑白盘中未决时;皆因一着决胜败,须教自有好推移。"

苏美娅将签前后看了几遍,露出迷惑不解的神色,只好双手合十说道:"敢求活佛大师指点迷津。"色登活佛依然是左手持念珠,举右手掌道:"阿弥陀佛,此签乃戌宫中签,姜艾斗阵,姜乃蜀之大将姜维,艾乃魏司马手下大将邓艾,姜维出兵伐魏与邓艾对阵于祁山之前。此卦以棋为喻,输赢皆在黑白之间。若棋逢对手,当用机关。凡事皆不可小视,所谓智高者胜一筹就是这个道理。董事长身在商场,然商场亦如战场,姜艾之争比比皆是,均应谨慎行事,往下我不多说董事长也自明了。"苏美娅忙双手合十道:"谢谢大师指点。"站在一边的王富国对萨茹拉说:"这支签抽的，还真挺碰号的。"

苏美娅转过身对大家说："时间不够了，后边的弥勒殿我们就不去了。我们还是去拜关圣人关老爷吧，关老爷那儿你们几位可都要上香求签。"色登活佛依然在前面引路沿大雄宝殿的右侧把大家领回到门殿中。

门殿的中间设木制暖阁，内塑武圣人关羽像。只见关公头绾幞头，手捋长髯，面如重枣丰满端庄，身穿蓝色龙袍，足蹬云头靴，大义凛然目视前方，呈温和刚毅之态。关公塑像后面两侧则是右边手托方形汉寿亭侯印盒的白脸关平和左边手持青龙偃月刀的蓝脸周仓。

苏美娅对余成军、高晓荣说："我心里最尊重的就是关公关圣人，他义字当先，是万世做人的楷模。"余成军说："董事长说的是，桃园三结义那哥儿仨，讲求的是生死相依，现在的人有那时的一半也就行了。"几个人又是一通烧香跪拜。苏美娅说："在关老爷这里我们三人每人抽支签，杰克就不用了，他是洋人抽了也不灵，这回是你俩先抽先看，我抽的签最后看。"

于是三人从色登活佛摇过的签筒中各抽出一支签。余成军说："那就先看我的。"余成军抽的是关帝灵签第92签，后面的签文是："今年禾谷不如前，物价喧腾倍百年；灾数流行多疠疫，一阳复后始安全。"色登活佛低头沉思一下说："余总经理的运数从签上看似是不佳，然若静止不动，以守观望世态之变，方可有成有为。然运也命也，总经理非平凡之人，动静之间自有拿捏，可好自为之。"余成军虽面部未表现出不快，但心中想，我哪里是个不动的人，不动能有我的今天吗？也对，是我在动静之间拿捏得好。

高晓荣抽的是关帝灵签第49签，后面的签文是："彼此家居只一山，如何似隔鬼门关；日月如梭人易老，许多劳碌不如闲。"

色登活佛抬眼打量一下高晓荣说道："总工程师的运数从签上看在于交人，交对人则运旺，交错人则万劫不复，与人为善于己为善吧。总工程师尤其不可远行。"高晓荣立刻面露喜色，他斜眼瞅了瞅苏美娅，心想，自从跟了苏美娅自己已是天地之别了，于是脱口说了句："这签够准的。"

大家都像猜谜语似的等待着苏美娅的签，苏美娅把自己抽到的签双手递给色登活佛，她这次抽的是关帝灵签第42签，后面的签文是："我曾许汝事和谐，谁料修为果自乖；但改新图莫依旧，营谋应得称心怀。"色登活佛这次双手合十道："董事长乃跨国公司之大操盘手，乃有机缘之人，当适时弃旧图新方能生机无限，善心当有善报，心存佛法方可否极泰来。阿弥陀佛，善哉善哉！"苏美娅又一次双手合十道："多谢活佛大师，我们都是凡夫俗子，今天得到活佛大师指点非常荣幸。我们就此别过了。"

色登活佛双手合十道："阿弥陀佛，善哉善哉，恕不远送。"

苏美娅一行出了门殿，萨茹拉小声对苏美娅说："哎，不去拜娘娘啦，人家说现在这寺中最灵验的就是送子观音，过两天我还打算专程来一次拜娘娘，想要个秋扭子呢。"苏美娅失神地瞅着远方说："唉！我哪还有闲心要孩子呀！"

腾格里县晚间电视新闻头条就是有关苏美娅等人参观腾格里寺的报道。电视画面上，腾格里县广播电视局美丽而又文雅的电视台播音员朱娜字正腔圆地播送道："本台消息，8月31日上午M国兴凯投资公司腾格里县化工厂苏美娅董事长及余成军总经理、高晓荣总工程师、杰克总会计师到腾格里寺参观。县政府常务副县长王富国和县旅游局局长萨茹拉等领导同志、腾格里寺现任住持色登活佛陪同参观。苏美娅等贵宾盛赞腾格里寺悠久的佛教文化并当场以个人名义捐款人民币50万元。"随着朱娜甜美的播报声，是苏美娅一行在腾格里寺活动的清晰的画面。

苏美娅正坐在电视机旁看着电视,余成军敲门进来。余成军说:"老大看见电视台的报道啦?"苏美娅说:"嗯,画面剪接得还不错。"余成军说:"那个叫朱娜的播音员播得也不错。"苏美娅说:"都准备好了吗?"余成军说:"都准备好了,就是、就是……"苏美娅说:"还有什么事?有什么事就说。"余成军说:"我是说,上午抽的签让我宜静不宜动。"

苏美娅笑着说:"那你闽西出了名的余家老大动得还少吗?你不还是过得好好的。我们这个道上的人谁是善男谁是信女?坎坤首领家中供奉着一米多高的玉观世音菩萨,他就真信佛了吗?对佛,我们不能不信也不能全信,该信的信不该信的不信。"

余成军说:"老大,我也是这么想的,不行我想个法子破解破解。"苏美娅说:"你想啥法儿破绽我不管,我要的是你必须把货给我安全送到!"余成军说:"那是!我一切都按老大的安排去办,保证安全送到。"

苏美娅说:"过了夜间12点就出发,你们出发后我再电话联系吴宽和苏德龙,另外手机号都换成新的,他们原先的手机和手机号你要眼盯着看他们销掉。"余成军说:"是!老大,我这就一个个去落实到位。"苏美娅拿起一沓纸说:"这是每辆车的行车路线图,告诉他们严格按图上的规定行车。"余成军双手接过揣进衣兜中。

深夜,小腾格里沙漠死一般地寂静,天空繁星闪烁,地下黑咕隆咚。偶尔附近的沙包上有幽蓝色的亮光闪过,随之而来的是"噢噢——"的嚎叫声,那是母狼召唤孩子的叫声。夜间12点刚过,余成军抱拳向苏美娅告别钻进那辆白色丰田轿车里出发了。轿车的后面是三辆挂着鲁B牌子的东风大卡车,每辆车上都装着相同形状的大罐,但三个大罐中只有一罐是溴代苯丙酮,另两罐装的都是水。

苏美娅见车尾灯微弱的亮光最后消失在沙丘中，才扭头回到自己的房间。她想，是到给坎坤、吴宽、苏德龙发出信息的时候了。但是当她坐在小皮圈椅上手指都接触到电钮时却停住了。她又起身回到藤椅上，她给高晓荣打了电话："晓荣你在哪里？""啊，我在寝室。""那你过来。""您，您现在有时间吗？""你废什么话，快点儿过来！"

35

一辆白色的丰田轿车和三辆拉着大罐的卡车在黑暗中驶出了小腾格里沙漠，沿着用沥青铺成的公路奔向赤岭。但车队并没有进入赤岭，而是从赤岭的西侧向南朝着冀东方向驶去。余成军对杰克说："打开GPS定位系统，把车拐到205国道上去。"杰克说："好的，余总。"遂一打方向盘，汽车又插入另一条道路。后面三辆大罐车也跟着开了过去。乌恩巴图坐在最后一辆大罐车的驾驶室中，司机是位山东大汉，从开车离开化工厂到驶过赤岭城的西侧都没跟乌恩巴图说过一句话，只管跟着前边的车开着自己的车。

乌恩巴图坐在副驾驶的位子上回想着发生的一切。他先是接到总工程师高晓荣放假三天的通知，他跟车间的小伙子们都乐得蹦起高来。然而高兴没一会儿他又接到余总经理的个别通知，要他在8月31日晚6点前必须向余总经理本人报到，而且要求他严格保密，不许他和工友说，甚至不许他和家里的爷爷说。

乌恩巴图到家没多久就收到于洪军局长的手机短信，要他立即赶到上一次接头的地方有事情要和他说。他蹬着自行车一阵风似的赶到墓地的西侧放好车子,又一路小跑翻过沙梁,见于洪军已经等在沙坑中了。

于洪军见他来了便拉他坐下开口说:"你们放了三天假,明天晚上6点前还要你回厂里找余成军报到?"乌恩巴图点头说:"是这样的,于局长。"于洪军说:"那你想过没有,他们为什么要放假?为什么要单独让你回去报到?"乌恩巴图说:"我只是纳闷儿,不知道他们要干啥。"

于洪军说:"我收到你的短信,感到事关重要,就马上向市公安局杨红鹰支队长做了汇报。我们商量的结果是,你们放假有可能与向外运送溴代苯丙酮有关,而由于你的表现尤其是上次杨哈斯打闹时的表现让他们产生了好感。他们想用你,但还不放心,所以就想找个机会试探你。我们商量出个意见并作为组织对你的命令通知你,组织要求你一切顺其自然,不允许贸然行动,如有新的任务我们会派人联系你。"乌恩巴图说:"那我连短信也不可以发吗?"于洪军说:"不允许,不允许你主动和我们联系。"乌恩巴图说:"如果他们有什么特殊情况呢?"于洪军态度极其严肃地说:"任何情况下你都不能主动与我们联系,这是对你的命令。"乌恩巴图说:"我知道了,我坚决服从命令!"

随着大罐车的晃动,乌恩巴图眯上了眼睛。

就在余成军的车队从腾格里县的王爷府镇驶出后,一辆警用三菱车也出发了,车里坐着刑警大队长李春和两名民警。

自从传出化工厂放假的消息后,于洪军就让李春派民警化装成牧民、农民不分日夜地在大漠通向王爷府镇的路口放着潜伏哨。而李春则摩拳擦掌地说:"于局你放心,这帮兔崽子就是跑到天涯海角,只要他们交货我立刻抓他们个现行。"于洪军说:"李队,凡事定要细心思考,万不可粗心大意,我们的敌人不是偷牛偷马贼,而是国际贩毒集团,我先前考虑的就粗糙些,已经让杨支队批评了。"

李春说:"于局你就把心搁到肚子里,他们只要有走过的踪迹就一定跑不掉,除非是从天上飞过去。"终于传来潜伏哨的报告,一辆白色丰田轿车和三辆大罐车驶出大漠,接着又有潜伏哨报告,一小三大四辆车驶出王爷府镇向着赤岭方向开去。于洪军说:"鸮开始行动了。"李春一挥手,说了声:"出发!"三菱车立即驶离公安局驶出王爷府镇向着赤岭方向追去。

快到赤岭了,李春叫车停下,他看了看路上的车胎痕迹说:"他们走的是306国道,快追上了。"开车的民警一踩油门,三菱车飞快地向前冲去。然而,天已大亮,眼瞅着太阳升起来了,李春的车开过承德,跑在弯弯曲曲的京承高速上,仍然不见余成军的车队影儿。李春知道把车跟丢了,忙叫开车的民警把车停住,然后给于洪军打电话。

公安部禁毒局王副局长在会议室接待国际刑警组织的两名工作人员。他们用流利的中国话做着自我介绍:"我叫科比。""我叫凯恩。"王副局长微笑着说:"欢迎你们,科比少校、凯恩上尉,国际刑警传来的文件连同你们的个人资料我们前天就收到了,说是你们今天上午要到。我很佩服你们这种雷厉风行又准确无误的工作作风。"科比说:"哪里,贵国的工作作风才是值得我们钦佩的。你们在很短的时间里就发现认定Knmgh-2致幻剂投毒案和溴代苯丙酮制毒案并迅速锁定犯罪嫌疑人,我和我的同事们非常高兴非常佩服。贵国同时发去的主要犯罪嫌疑人苏美娅的几张照片,我们经过辨认,认定她就是国际刑警组织近几年在东南亚跟踪追捕的代号'黑白双煞'之中的白煞。我们带来了黑白双煞的录像资料,凯恩,我们给局长放一下录像看。"

"OK!"凯恩从文件包中取出一个U盘插在随身携带的笔记

本电脑上。王副局长说:"凯恩上尉,你们这录像保密吗?如果不保密就把你的笔记本电脑连在我们的电脑上,放映在大屏幕上。我已经老眼昏花啦,你那个小笔记本我看不清楚。"凯恩看了看科比,科比点了点头说:"OK,和你们合作我们应该是放心的。"旁边的工作人员立刻起身帮凯恩将笔记本电脑与禁毒局电脑连上。

宽大的屏幕上出现了一幕幕的场景图像,并配有英文说明。一处写有日文的武馆,十几名穿着白色练武服的日本男女青年站在场外,中间有两人戴着面罩正在凶狠地打斗着劈刺着。

工作人员给王副局长翻译着英文说明:"黑白双煞中,黑煞生于中国,原名不详,母亲为'二战'结束时的日本遗孤。随母到日本后取名佐佐木,成年后加入日本黑龙会组织的一个分支,善于格斗。黑白双煞中的白煞,生于中国辽西省赤岭市腾格里县,现名苏美娅,曾用名苏娅。在中国毕业于山东省H大学化学系,后留学日本,即与佐佐木成为夫妻,并生有一女,随夫加入黑龙会组织。苏美娅办事缜密,为人阴毒,善于组织,做事绵里藏针。二人均对社会有一种仇视心理,后佐佐木、苏美娅夫妇双双加入国际恐怖组织Ka。"

打斗场上,二人腾跃着劈刺着,其中一人一闪身卖了一个破绽,另一个人扑空滑倒在地。卖破绽的人一手拄木剑一手将另一人拽起,二人摘下头上的防护罩,滑倒者竟是佐佐木,获胜者竟是苏美娅。场外,青年们拍着巴掌大声地喊着:"吆西!"

屏幕上又换上一组新的画面。东南亚某国一个海岛,惊涛拍岸。岛上,满是椰林和棕榈树,一片楼式建筑,一队着特战服装的雇佣兵走过,这里是国际恐怖组织Ka的总部。一幢楼内,身穿白色防护服的佐佐木与苏美娅在一个高级的浅灰色与浅蓝色基调有着现代化设备的化学实验室中做着实验。实验室各种设备齐全,实验台上放着酒精灯、电磁炉、试管架、烧杯等,实验器材一应俱全,旁边还有各种器材架和电子分析显示设备。苏美娅手中拿着一支盛着黄色液体的试管,佐佐木手中拿着一个盛着蓝色液体的球形瓶,他们正在商量着什么。

工作人员翻译英文解说词:"佐佐木和苏美娅加入了国际恐怖组织 Ka,这是一个以中青年无政府主义者为主体以年轻知识分子为骨干的新兴国际恐怖组织。佐佐木和苏美娅很快便崭露头角,成为 Ka 组织的首席化学专家,在短短的三年中相继完成了毒药 Knmgh-2 致幻剂和通过化学手法合成冰毒的化学反应过程,开始通过溴代苯丙酮置换反应生产高纯度的冰毒甲基苯丙胺,并在南亚的土著居民中进行活体实验研究。佐佐木和苏美娅在 Ka 组织中被称为'黑白双煞'。"

一群身着白色或蓝色工作服的人正在欢呼雀跃着,他们狂热地呼喊着:"Ka 万岁!"他们抬起两个人高高地举起来,呼喊着:"佐佐木苏美娅!""苏美娅佐佐木!"

屏幕上出现热带雨林、土著居民简陋的房舍,佐佐木和苏美娅坐着敞篷吉普车跑在路上越过居民区。一些衣着褴褛肤色黧黑的男人仰身倒在地上露着猥亵的笑容死去,一些蝇虫在脸上身上爬来爬去。在一些繁华闹市区喧闹的酒吧,吸食毒品后的青年男女在疯狂地歌舞,还有人黑着眼圈瘦骨嶙峋吸完最后一支烟倒地而亡。

工作人员继续翻译英文解说词:"国际刑警组织从 2004 年开始就对佐佐木和苏美娅的反人类罪行进行取证,但是 2007 年春天,黑白双煞突然从国际刑警的视线中消失。经过国际刑警的深入调查方知,他们所在的国际恐怖组织 Ka 已与坎坤贩毒集团联合,佐佐木和苏美娅均作为 Ka 的派出人员到坎坤集团任职。"

凯恩将笔记本电脑关闭后说:"王局长,要给你们看的录像资料就这些。"王副局长义愤填膺地说："这些人类的败类，不尽早将他们消灭掉，世界上就会有更多的人遭受荼毒，我们共产党领导的中华人民共和国决不允许我们的人民受到任何毒品的伤害，也不允许制贩毒分子逍遥法外！如果我估计不错的话，你们提到的黑煞已于去年9月在我国闽西省被我禁毒警察追捕时，坠崖身亡。"

科比从公文夹中取出一份文件递给王副局长说："王局长，这是国际刑警组织要我们带来的工作协议函，国际刑警组织认为目前国际上制贩毒最严重的地区依然是金三角的缅北地区。由于Ka组织与坎坤集团的联合，坎坤制贩毒集团已经成为对我们威胁最大的团伙，我们的意见是创造有利时机一举歼灭坎坤集团。"王副局长说："这个建议，我本人非常赞成，但这么大一件事我得先向部领导汇报，由部领导下达工作指令。这件事我马上就办，给你们的答复不会超过明天。"科比说："那我们告辞。"

这时一位工作人员匆匆赶来附在王副局长耳边说了几句话，王副局长说："科比少校、凯恩上尉恕我不送，现在一个和你们这次来的办案目标相关的视频会议已经开始，我必须立即去参加。"王副局长送科比他们到会议室门口，便折返回会议室对工作人员说道："立即将视频接过来。"

工作人员立即将视频接过来，屏幕上相继出现铁峰、赵东明、杨红鹰、于洪军。王副局长说："说吧，什么情况？于洪军局长你说。"

于洪军说："是这样，昨晚夜间过12点化工厂驶出一辆小车三辆大罐车，我们早有准备，派刑警大队长李春带一辆警车跟踪。但是对他们的行踪我们一直没有监控上，跟踪的警车也丢失了目标。我们原以为他们把车发出去苏美娅就会对外联系，但至今她也没有对外联络。我们马上排查和余成军等人有联系的电话,发现我们这里一家洗浴中心的一位小姐小凤仙昨天早晨走了。我们跟踪了她的电话,发现她在冀东省的青山县。"王副局长说:"那你们跟踪的警车在什么位置?"于洪军说:"他们跟到古北口发现跟丢了目标,马上停下来等待指令。"

王副局长回过头对工作人员说:"接冀东省杨彬副厅长。"很快,冀东省公安厅杨彬副厅长的图像出现在屏幕上。王副局长说:"杨厅长,你马上让咱们青山县的同志看一下上次在赤岭开会时提到的那位重点控制对象吴宽,看他在做什么,另外有没有外地车辆去?"杨彬说:"好的,马上就会查到。"王副局长说:"赵副市长、杨支队长,你们有什么想法?"

赵东明说:"我刚才和杨红鹰支队长商量了一下,这次我们的对手反侦查措施做得非常好。一是换了手机让我们失去跟踪目标;二是苏美娅可能把行动方案在余成军出发时交代给他,所以至今也没和他们联系;三是他们三辆大车一辆小车怎么就逃脱了码踪高手李春的跟踪呢?我们不得而知。"

这时,冀东省杨彬副厅长的图像跃出:"王局长,青山县公安局来电话了。"王副局长说:"马上接过来。"电话声音:"接到杨厅指示后,我们立刻派人到吴宽家附近侦查,发现吴宽正在酒店里招待客人。八位客人中有一位外国人,还有一位女人。吴宽家停着一辆白色丰田轿车和三辆大罐车,报告完毕。"杨副厅长说:"王局长还有什么指示没有?我正在参加一个会议。"王副局长说:"那你就再通知青山县公安局给那四辆车都用上侦查手段。"杨副厅长说:"好的,我马上安排落实。"

王副局长说:"于洪军局长,马上通知你们跟踪的民警赶到冀东省青山县公安局。"于洪军说:"是,我立即通知。"王副局长说:"我再说几点意见:第一点意见,辽西省公安厅铁峰总队长马上去赤岭与赵东明副市长、杨红鹰支队长指挥协调工作;第二点意见,我们至今并没有掌握这十吨溴代苯丙酮运送的路线和准确的送货地点,一定要做好跟踪和随时准备抓捕的工作;第三,一定要全国统一行动,务必不使一个罪犯漏网。现在国际刑警组织向我们提出新的禁毒协作意见,我马上要去向部领导汇报,也许'1023'毒品专项大案这场战斗要打大!"

36

苏美娅在房间里一手托着腮一手拿着手机焦急地踱着步。从10点30分开始,她就像只热锅上的蚂蚁在房间里来回这么踱着。按她与余成军的约定,余成军安全到达青山县吴宽处就要给她来电话,但时间不超过11点30分。他们原先按里程推算,10点左右就应该到青山县的。现在已经过了11点30分了,电话还没有打来。

突然手机铃声响了,她几乎要把"余总"二字喊出声来,但看手机上的显示屏是杨阿尔斯楞的电话,她只好接了。电话里传出杨阿尔斯楞欢快的声音:"姑姑,你们放假了吗?""姑姑放假了。""阿爸来电话问姑姑放假怎么不回家去。""唉,是姑姑的厂子放了三天假,姑姑哪有什么假呀!天天一大摊子的事情等着姑姑。""姑姑,要不你别干了。""唉,我可爱的阿尔斯楞侄子,我不干喝西北风去?""姑姑你别干了,我养着你。"苏美娅咯咯笑着说:"傻孩子,你挣的那点儿钱都不够我买化妆品的,你用什么养我?行啦,告诉你阿爸,姑姑这里忙,以后找时间再去。"

她关上手机,这电话虽然不是余成军打来的,但是杨阿尔斯楞的电话却让她沉重的心灵得到些许抚慰。然而这只是暂时的心理舒缓，很快焦躁与不安又袭上了心头。

手机的铃声又响了，她一边打开手机一边急切地问："余总吗？""美娅，不是，是我，您有时间吗？"苏美娅大怒，高声说道："你他妈还有点儿正经事没有？"她正要关手机，手机中却传出高晓荣嗫嚅的声音："是余总。"苏美娅立刻把手机举到耳边问："余总怎么说？""余、余总说给您打电话占线，就给我打了电话。""余总都说什么啦？""他就说他到了，别的什么也、也没说。"

苏美娅没容多想，立刻摁了余成军的新电话号，电话中很快传来余成军的声音："老大，我们刚到不一会儿。"苏美娅喘了口粗气问："怎么用了这么长时间，不是有GPS定位吗？""可别说了，GPS定位近是近，可走的都是山路，一个小时都走不了几十里。""路上没有发现警察跟踪吗？""没有，老大你真高明，一路上前后就见到几辆拉货的车。""那行啦，你们休息休息就准备出发吧。""就按原来定的计划走吗？""既然没发现有警察跟踪就按原计划分三路发车吧。""好的，老大。"余成军和他的车队实际不到10点半就到了青山县。来到后，他忙着联系小凤仙，又亲自跟车去把小凤仙接了过来，这一折腾就把给苏美娅打电话的时间耽误了。

苏美娅收起手机立刻走到小皮圈椅前坐下，一摁电钮，小皮圈椅落在地下室。苏美娅打开电脑通过卫星与坎坤视频，坎坤肥硕的大脑袋很快出现在电脑屏幕上，他咧着嘴问道："苏娅，8月末可是过啦。"苏美娅说："坎坤首领，我就是要跟您报告这件事。我的车已经出发了，十吨溴代苯丙酮已经安全到达第一站青山县，并且没有发现警察跟踪，这说明我们这边的生产是安全的。您看怎么交货吧。"坎坤翻弄着牛眼珠子说："十吨，十吨液体不是个小数目，用的是大罐。"坎坤咬着牙闭着眼晃了晃脑袋睁开眼说："你这样，通知贵州的苏德龙马上准备三辆小罐车。等拉溴代苯丙酮的大罐车一到，就分装在三辆小罐车上。交货还是去云南的畹町交，具体在什么地点和怎么交货，到时候我会直接和苏德龙联系。"

苏美娅说："那好吧，坎坤首领，我马上和苏德龙联系。"坎坤狡黠地笑了一下说："苏娅，干得不错！纽约你女儿那里为了让她安心读书，我最近给她安排了一位保姆和一名保镖，安全是绝对没有问题的。"

苏美娅气急败坏地嚷道："我跟颂般首领说过，我女儿不用你们管，你们要敢动我女儿一根毫毛，我会让你们一败涂地，我说到做到！"坎坤忙摇着手："别！别！你别发急，我们是为你着想的。"

苏美娅马上又给苏德龙发了视频，苏德龙说："老大，请吩咐。"苏美娅说："我这边把货已经发给你了，估计再有三天就到。刚才坎坤首领吩咐让你准备三辆小罐车把大罐车的货分装了，给坎坤首领送货到畹町，具体送货接货坎坤首领再和你联系。"苏德龙说："好的，老大，我马上准备。"苏美娅说："送货的是余成军总经理，到贵州时我让他和你联系。"苏德龙说："好的，老大，我等余总和我联系。"苏美娅关掉视频，长长地喘了一口粗气，坐着小皮圈椅又回到了地上的房间。

在腾格里县公安局，于洪军、项晖、杨阿尔斯楞坐在小朱、小李的身后，大家紧张地盯着电脑。于洪军问："赵副市长和杨支队他们都在看吗？"小朱说："他们正在看，还有铁峰总队长、公安部王局长也在看。"于洪军说："小朱，你把苏美娅和余成军的通话录音也发给他们。"小朱说："是，马上就发。"

电脑视频上公安部王副局长说："暂时看，我们的对手可能也就这些事了。我和部领导约定的时间是下午2点,等我和部领导汇报把事情定下来后,咱们4点再召开一个视频会。铁峰总队长已经到赤岭啦?那你们先商量着。"

李春带着两名民警开车来到青山县公安局,青山县公安局的陈局长接待了他们。陈局长和他们握手说:"同志们辛苦啦,哪位是李队长?"李春上前一步说:"我就是,不辛苦,我这次给咱们警察丢人了。"陈局长说:"那有什么丢人的,干咱们这行跟丢了目标还不是常有的事,来,咱们都坐下说话。"同来的民警说:"我们李队这可是头一次跟丢了目标。"陈局长说:"我早就听说腾格里县公安局有位能码踪的神探。可现在不行了,人的脑子怎么也追不上电子。人家用GPS一定位净走近道,你在一边瞎碰,碰不对就把目标弄丢了呗。"这几句话说得李春满脸通红。

这时一名警察进屋对陈局长说:"陈局,那个电子跟踪的事都落实了。"陈局长说:"这边接收怎么样?信号清晰吗?""非常清晰。""哎,对了,这几位就是省厅杨厅长给咱们专门打过招呼的辽西省腾格里县公安局的李队长,这位是你们的同行,我们青山县公安局刑警队许队长。"许队长忙伸出手亲亲热热地和李春的手握在了一起。

陈局长说:"那好,许队你带李队他们过去看一下电子跟踪的效果,另外把你们的联系建立起来。"许队长说:"是。"然后拉着李春的手说了一声,"走,去我那屋。"几个人就走了出去。

来到青山县的余成军颐指气使,俨然又是闽西老大的做派。吃过饭,他让吴宽在附近一个叫祥龙的酒店开了几个房间,然后说:"都好好睡一觉,3点30分起床,我有话要和你们说。"分配房间时,他和小凤仙要了一个大屋,杰克一个单间,张六子和乌恩巴图一个屋,三位大罐车司机一个屋。

乌恩巴图一道走来觉得自己憋闷得慌,他坐那辆大罐车的司机到现在连姓什么都不知道。和张六子住一个屋，张六子又说的全是流氓下作的话，他一句也搭不上。张六子也说："我他妈就想不明白，怎么把你个书呆子和我们整到一块儿了。"乌恩巴图只好说了一句："我也纳闷儿，咋把我跟你们整一堆儿了。"张六子乐了："就有一件事，我还算服你，上次杨爷上厂子闹事，满车间的人也就是你冲上去把他抱住。这事，我那些哥们儿都对你挺服的，你小子往后叫我六哥就行。"

乌恩巴图说："六哥，我那车的司机到现在一句话都不跟我说，我连他姓啥都不知道。"张六子说："他姓关，我那个车的司机姓鲁，另一个车的司机姓赵，兄弟你可别小看这些开车的，他们各个可都是老大的心腹，走车的时候都是有生杀大权的，挣的钱也多。你别看关师傅不跟你说话，你说啥干啥他可都跟老大去说，道上的人有道上人的规矩，一点儿也不能差了。"乌恩巴图心里想，我幸亏没乱说，也没打电话，原来里边还有这一层关系。张六子说："兄弟，你在屋待着，我出去转转去，要是大哥找我，你就说我刚出去买烟了。"乌恩巴图说："六哥你放心去吧，我保证说不走嘴。"张六子开门出去了，乌恩巴图躺在床上，双手交叉搭在后脑勺上想着，公安局一定有人跟踪他们，但一路走来却并未发现跟踪的车影，于洪军局长他们都在干什么呢？他们能找到这个车队吗？

下午 3 点 30 分，张六子刚进屋，就听余成军打着哈欠喊："都起来了吗？起来，都上我这屋来，我有话跟大家说！"几个人都拖着疲惫的身子来到余成军的房间。这是一个套间，里面是寝室，外面是客厅。

余成军坐在沙发上，看大家都到了，就说："我安排一下行车路线。关师傅你和乌恩巴图出了青山县走东路，这是你们的行车路线，都写在纸上了。"关师傅也不说话上前接过行车路线图瞅了瞅就放进衣兜里,"鲁师傅和六子的,你们出了县城走西边那条路,这是你们的行车路线图。"鲁师傅上前接在手中瞅了瞅也放进衣兜中,"这是赵师傅的,你先跟着我们车走就行。"赵师傅也把行车路线图接过去放进衣兜里。

余成军又黑着脸说:"我再说一遍,你们每个人不许向外打电话,必须按线路图规定的时间走完每天的路程。谁出了岔子,我扎他三刀六洞灭他全家!"大家都走了出去。

余成军进了寝室说:"仙儿,咱们走吧。"小凤仙撒娇地说:"你这也不让人家睡觉呀,原想出来跟你享两天清闲福,没承想你跟个饿狼似的。"余成军忙说:"仙儿,等到了地方我让你睡上几天几宿的觉。"

余成军一伙人离开祥龙酒店去了吴宽的家中。

那天去庙里上香抽签后,余成军先是去办事处找了余阿根。余阿根说:"大哥,这抽的签可是不太有利,要不你别去了。"余成军说:"这事你别多嘴,我去自有我去的道理。你只要在家事事给我留点儿心就是了。"余阿根说:"这倒没什么,咱们那些兄弟我都嘱咐着呢,除了大哥外,别人的大事小情他们都跟我来说。"余成军点了点头,余阿根瞧着余成军的脸色又说:"庙里的签也有不准的,要不让景峰主任再找先生算算?"见余成军点了点头,余阿根立即给景峰主任打了电话。

没到一个时辰,景峰主任便匆匆赶到。他听余阿根一说,就谄笑道:"我带余总找给工厂开业算日子的大仙胡国再给算一卦,在腾格里县地面上还是胡先生算得准。"

胡国上上下下把余成军好个打量,然后掐着指头,嘴唇翕动着,好一会儿才似胸有成竹的样子说:"这外出的时间嘛,9月1日乃黄道吉日,子时后起程为最妙。先生今岁本不宜出行,您阳气过重,要想平安出行,非阴阳相抵方可持平。"

余成军一听简直心花怒放，胡先生的卦不但与庙里抽的签相符，还有了破解的方法，于是就说："先生的意思是说，同行中若是有女人便可平安？"胡国摇头晃脑道："这卦意先生你知道，你不是平凡之人。"余成军给了1000元的卦资，便忙跑到燕舞洗浴中心先与小凤仙商定，又赶回化工厂和苏美娅说了不宜出行有破解之法的话，现在余成军把小凤仙当蜜儿似的带着。

　　一辆小轿车三辆大罐车从吴宽家的院子出发了。监视吴宽院子的便衣警察马上打回电话，同时李春他们在青山县公安局许队长办公室的电脑屏幕上也看得清清楚楚。李春站起身对许队长说："许队，我们该走了，这回决不能再让他们从我们眼皮子底下溜掉，谢谢你们，赶明儿个你去腾格里县咱们好好喝喝。"许队长拍他一巴掌说："客气啥，咱们都姓警，一家人不说两家话。"李春三人下楼告别了许队长，便上车追了下去。

　　公安部禁毒局王副局长安排的视频会议按时开始了。王副局长说："我们同国际制贩毒集团的一场战役真刀实枪地开始了。参加这次视频会的除大案组和专案组的成员外，还有贩毒集团运送溴代苯丙酮沿途各省市的公安厅局主管禁毒工作的厅局长。"电脑屏幕上相继出现辽西省、闽西省、冀东省、山东省、贵州省、云南省以及北京、天津、河南、湖北、湖南、江西、四川等省市的公安厅局长，还出现了铁峰、赵东明、杨红鹰、于洪军等人的图像。

　　王副局长说："十吨溴代苯丙酮是个不小的数目，我不敢说就制出十吨冰毒，但至少也得以吨计算吧。这场战役怎么打，部领导说根据国际刑警组织提出的争取全歼缅北最大的制贩毒集团——坎坤集团的要求，要撒大网，捕大鱼。现在这场禁毒战已经在辽西省赤岭市的腾格里县打响了，那么禁毒战的前线指挥部就设在赤岭市公安局。辽西省公安厅禁毒总队的铁峰总队长已经飞到赤岭,铁峰同志你就是这场战役的前敌指挥,铁峰同志听到没有?"电脑屏幕上,铁峰站起来大声回答:"听到了,坚决完成任务!"他的两边分别是赵东明副市长和杨红鹰支队长。

王副局长说:"就在会议之前,铁峰同志给我打电话说,运送溴代苯丙酮的一小三大车队出了冀东省青山县立刻分作东南、南、西南三路,而腾格里县公安局只派出一辆警车跟踪,赤岭市现派车已经来不及了,恐怕又要丢失跟踪目标。我说不怕,贩毒分子他分八十路我都有办法,这就是咱们社会主义制度的优越性。我立刻给冀东省公安厅杨彬副厅长打电话要求他们支援,冀东省杨厅长你们落实了没有?"

电脑屏幕画面上,杨彬副厅长说:"已经落实了,这是青山县公安局发来的跟踪警车的图像。"电脑屏幕上,青山县公安局楼前,两辆警车发动机响着,车尾排气管喷着气体,车前面许队长等六位民警身着警服向陈局长敬礼告别,陈局长还礼,六位民警迅速跳上两辆警车急驰而去。王副局长说:"很好,他下一步也可能四辆车分四路,铁峰同志,他在哪个省、市分的路你就给哪个省市公安厅局打电话请他们支援。"铁峰回道:"是!"

王副局长说:"这是跟踪的三路人马,鉴于贵州、云南的同志对整个案情和涉案人员不甚清楚,请专案组赤岭市公安局禁毒支队长杨红鹰同志带一个组马上飞往贵州,和贵州省公安厅的同志商量对涉案人员的控制。杨红鹰同志,你的工作任务是代表专案组对所到之处涉及本案发生的事件实行施令、联络、协调,做公安部禁毒局的穿线手,你在必要时可直接和我通话。我要求各厅局要大力支持杨红鹰同志的工作!"杨红鹰起立回答:"是!"

王副局长说:"如果制贩毒集团在我们国内就要完成制毒的最后一道工序,那我们就要立即收网。如果他们要运去缅北加工,那就让他们过境让缅甸警方解决他们。"

王副局长低头看了一下手表说:"好,时间还来得及。过一会儿,我要和国际刑警组织的人一起乘飞机飞往缅甸的大其力,和缅甸禁毒署的黄念祖少将共同商量协同禁毒的事情。这位黄念祖少将主持缅甸禁毒工作力度很大,他的祖父黄文栋将军原是李宗仁的一位师长,1949年带领残部撤到缅北山区也种过罂粟搞过鸦片,但到黄念祖的父辈就不搞这档子事了,到了黄念祖少将更是坚决禁毒,我想我们会合作很好的。好了,视频会就开到这里。还有一件小事,跟踪制贩毒分子的车辆每到一地,当地公安局都要把车给换一下,结案时,每一辆车我都给你们换辆新车,勿谓言之不预。"

参加视频会议的人禁不住露出了微笑。

夜幕下,杨红鹰和周晓玲与另一位禁毒警察巴力吉登上赤岭飞往贵州的飞机。

37

腾格里县公安局刑警队的车停在青山县城南的岔路口上,李春队长一脸沮丧,先是把目标跟丢了,现在找到目标,目标又一分为三,他这位大名鼎鼎的神探却无分身之术,只好向家中告急。于洪军局长命他停车等待,估计等了也就是半个小时的时间,只见青山县公安局两辆警车急驰而来。车刚停住,许队长就推开车门对李春说:"这些家伙挺贼的,分了三个方向,陈局接到杨厅电话要我们来支援你们。李队,你看你跟哪个方向的?"李春忙说:"谢谢陈局!"他一想中间这路是一小一大两辆车,难度要大些,于是就说:"我们跟中间这路。"许队长说:"右边这路山路多,我跟。"他招呼同来的另一辆警车说,"王指导员你跟左路,哎,差点儿忘了,李队,陈局说杨厅长在电话里还说,为了麻痹贩毒分子,公安部已通知沿途各省厅,咱们每天到停车的公安局或派出所都换一次车,公安部王局长让咱们跟他们也玩玩迷魂阵。"李春说:"好嘞!"两人分别跨进自己的车。

三辆警车顺着三条路向着三个方向急驰而去。

杨红鹰三人乘坐的飞机于当天夜间 11 点 08 分到达贵州机场。贵州省公安厅王前副厅长派禁毒总队长魏国亲自到机场将杨红鹰一行接到省厅附近的宾馆中。第二天早晨,杨红鹰三人在魏国总队长陪同下去了王前副厅长的办公室。王前副厅长从座位上站起来,上前和杨红鹰几个人亲切地握手,并让他们坐下,魏国总队长给他们倒茶。王前副厅长说:"大致情况,公安部王局长召开的几次视频会议上都已经讲清楚了,咱们就商量怎么办吧。运送溴代苯丙酮的车什么时间到?"

杨红鹰说:"从截取苏美娅的视频电话分析,他们到达贵州的时间不会晚于 9 月 5 日。"王前副厅长说:"专案组的意见是在运送溴代苯丙酮的车到达之前抓捕他们贵州的同伙苏德龙,还是等车到后再抓?"

杨红鹰说:"王厅长,专案组根据公安部新的部署,提出两个方案。第一个方案,制贩毒集团将溴代苯丙酮运到后,即在贵州完成第二步深加工制取冰毒。在这种情况下,由公安部禁毒局下令,全国制贩毒窝点地区的禁毒警察统一时间统一行动统一收网。这一行动虽然不能彻底粉碎国际恐怖组织 Ka 与坎坤贩毒集团联合炮制的鸦计划,但对于我们国内禁毒是一次很大的胜利。第二个方案,苏美娅在鸦计划中提到在中国化学合成溴代苯丙酮后,要运到境外缅北做深加工。如果是第二个方案,王局长交代要虚张声势,严密控制,撒开大网,放出鱼饵。王局长要求我们一定要做好接货送货的控制工作。"

王前副厅长说:"我清楚了,魏国你看看,咱们贵州怎么配合专案组的工作?"魏国总队长说:"王厅长,咱们准备这样,先把前段时间对苏德龙团伙的侦查录像给杨支队他们看看,然后再和杨支队他们去侦查点。"王前说:"行,你们安排去吧。"然后又转过脸对杨红鹰说:"杨支队,我们全力配合专案组的工作,有什么需要和要求尽可以和魏国总队长提。"

杨红鹰他们三人跟着魏国总队长去了贵州省公安厅禁毒总队办公室。

魏国总队长办公室墙上挂着一张宽大的电视屏幕,他让工作人员播放侦查录像,他自己做着介绍。电视屏幕上出现苏德龙的图像,魏国说:"这就是苏德龙,汉族,贵州省贵茅人,现年43岁,大学文化,曾做过街道管委会副主任的工作。根据我们调查了解,他于上世纪九十年代后期就开始参与贩毒活动,他的手下有十五人。"屏幕上相继出现十几个人物图像,图像在酒店的不同位置上显现着,"苏德龙手下这些人从前多是些无业游民,现在给苏德龙做一些酒店生意。贵州大酒店其实不在贵阳,是在贵阳市区西南20公里的贵茅镇。贵茅镇是个山区小镇,隶属松原县。贵茅虽地处偏僻,但很繁华,素有小香港之称。一条一级滇黔公路从镇子的南侧经过。现在我们的侦查哨就在贵州大酒店对面的贵茅旅馆五楼上,我们禁毒总队派去五个人在那里蹲守着。"

杨红鹰说:"魏总队,我们也想在贵茅旅馆的五楼开两个房间,我们就搬到那边去,边侦查边和咱们贵州的同志商量工作。"魏国说:"可以啊,我这就让贵茅的同志在那边把五楼的房间都给订了。我们在那边的同志都化装成商人,穿的衣服都是便装。"杨红鹰点点头说:"我们在家准备的就是商业公司来云贵贩茶的,服装和证件也都做了准备。"魏国说:"那再好不过啦。"杨红鹰说:"那咱们现在就动身去吧。"魏国说:"好,我给他们打个电话,咱们就去。"

贵茅旅馆五楼,505号房间,窗子里边架着高倍望远镜,桌子上摞着几个空方便面盒。贵州省公安厅禁毒总队的五位民警,有三位躺在床上睡觉,有两位在望远镜前观察着。魏国和杨红鹰三人都身着便装来到房间的望远镜跟前。魏国说:"小胡,有什么新情况没有?"负责监视的民警小胡摇了摇头说:"暂时还没有。"魏国说:"这几位是'1023'毒品专项大案专案组的同志。"杨红鹰上前一步和两位观察的民警说:"我姓杨,叫我老杨就行,你们辛苦了。"小胡说:"杨支队,今天早晨魏总队就打过电话,说杨支队你们到了。这两天看那边还没见有什么特别的情况。"

杨红鹰说:"贵州大酒店的院里看了没有?"小胡说:"还没有,有他们酒店的楼挡着观察不到。"

杨红鹰对魏国说:"魏总队,我想过去看一看。"魏国说:"需不需要我们的人跟你过去?"杨红鹰说:"不用,小周我俩去,小巴你在这儿等着。"

杨红鹰和周晓玲从贵茅旅馆出来穿过马路直接去了贵州大酒店,贵州大酒店一楼大厅吧台站着两位年轻貌美的服务员,见杨红鹰和周晓玲来到吧台前就微笑着说:"先生,需要住宿吗?"杨红鹰说:"我们是东北一家贸易公司的,请问你们酒店有停车的条件吗?"服务员立刻说:"有的,有的,酒店后面的停车场可宽绰呢,请问你们是停大车还是小车?"杨红鹰说:"自然是大车、小车都有。"服务员马上对一位中年男子说:"苏经理,这位先生想看看咱们的停车场,你带他们看看。"

被叫苏经理的中年男人说:"你们跟我来吧。"杨红鹰一眼就认出这位苏经理正是魏国总队长介绍苏德龙团伙那15个人中的一个，便分外小心。

大厅的后面有行李间、洗手间，还有员工宿舍，中间有一个甬道，穿过甬道推开厚重的木门就到了酒店的后院。后院很宽绰，有一亩地方圆的停车场。大门开在酒店大楼的西侧，停车场呈长方形，一面是酒店的大楼，另三面分别是高大的库房与五个上着帘门的车库，形成了对停车场的全方位封闭。停车场停着三辆日产小汽车，还有一辆大油罐车。杨红鹰打量一下问苏经理："你们这停车费贵不贵？"苏经理说："不贵，我们这里的停车费是贵茅最便宜的，而且是跟着宿费走。除了停车方便，我们这里还是一条龙服务，住宿停车餐饮洗浴桑拿全程服务。"

杨红鹰说："我先看看，我们贸易公司打算在贵茅设一个办事处，哪疙瘩酒店条件好就在哪设呗。"苏经理说："贵公司的宝号是？"杨红鹰随口答道："中国北方进出口贸易公司。"他回头对周晓玲说："周秘书，把我的名片给苏经理。"周晓玲马上从手包中抽出一张名片双手递给苏经理，苏经理忙双手接过仔细地看了一下说："谢谢，中国北方进出口贸易公司贸易部经理苏俊才先生，哎呀，原来是一家人！能否回楼内小叙？"

杨红鹰回头看了一下周晓玲问道："和王经理会面是几点？"周晓玲说："苏总，马上就要到了。"杨红鹰说："那好吧，苏经理，我改日再来拜访。那你们床位最近不紧吧？"苏经理说："最近两天还可以，但总经理通知，5号、6号要接待一个国家级科研会议，过了5号、6号就可以了。"杨红鹰说："那就是说，5号、6号两天，散客一律不接了？"苏经理说："是这样的，总经理通知，为了接待好会议，不但不接新的客人，连原来住宿的客人也要暂时清退。"杨红鹰说："那好吧，过了5号、6号，如果我没相中其他酒店，我再来找您。"苏经理忙抱拳说："抱歉抱歉，欢迎您再来。"

杨红鹰转身对周晓玲说:"那我们去王经理那儿吧。"二人告别苏经理进了酒店又出了酒店,周晓玲扬手打上一辆出租车说:"去镇北松洋电器公司。"出租车司机说了声:"好嘞。"出租车顺着大街向北开去。二人下车待出租车开走,就地转了一会儿,便又打了一辆出租车返回了贵茅旅馆。

上楼后,见魏国总队长还等在那里。杨红鹰就把在贵州大酒店见到的和听到的向魏国叙说了一遍。魏国说:"杨支队你什么意见?"杨红鹰说:"从时间看,他说开会的时间,跟咱们原先掌握的时间相吻合。是就地深加工还是运出境外也就是这两天定。如果他们把溴代苯丙酮分装在三个小罐车上,那极有可能是运出境外。那个苏经理是你们录像中苏德龙团伙中的成员,他也姓苏,我看他即使不是核心人物,也应该是中层骨干,他说的话可信度还比较大。咱们这里的警力怎么样?如果收网人员够不够?"魏国说:"警力没问题,除了松原县公安局的民警外,这里还有一个中队的武警,我一会儿回厅里让王前厅长给他们打个招呼。"

杨红鹰说:"现在案情发展的标志性物件就是三辆小罐车,从明天开始我让小周和小巴也加入到你们的监视哨中,一刻也不能放松。再就是魏总队,您看能否在他们酒店后面的停车场安上电子监控器,如果能行,他们整个行动我们都容易掌握了。"魏国说:"这个意见最好,我回去马上安排。杨支队你也休息一会儿吧,人家说咱们禁毒警察都是铁人,就是钢人也有乏的时候。"

待魏国总队长走后,杨红鹰给赵东明打了电话,把这里的情况做了汇报。赵东明说:"我同意你的分析判断,你们就做两手准备吧。苏美娅非常狡猾,到现在咱们也搞不准他们哪一路车拉的是溴代苯丙酮,李春他们车跟的一大一小两辆车刚才来电话说到了石家庄又出岔子了。铁峰总队长正在和河北省公安厅联系,请求石家庄公安局出警支援。"

　　李春的警车跟着余成军的丰田轿车和鲁 B 大罐车一路走来还算顺利，李春骂道："这些兔崽子，只要让我跟上你们，你们就别想溜掉！"但是到了石家庄高速公路的路口，白色的丰田轿车突然拐向了西边的公路，大罐车却继续向前驶去。李春叫苦不迭，马上给于洪军打电话说明情况。于洪军也马上向赵东明告急。赵东明和铁峰商量一下，马上回话道："让李春跟住白色丰田轿车，把大罐车留给石家庄警方！"李春接到电话，便开车急急忙忙地去追白色丰田轿车了，追了半个小时终于又看见了白色丰田轿车的影子。

　　魏国总队长回到厅里向王前副厅长把贵茅的情况做了汇报，王前副厅长说："就按你们商量的办，一会儿我给松原县公安局的冯局长和武警中队的仇中队长打个电话，要他们有所准备，其他事情你就去安排吧。咱们一定要做好配合工作，这位杨红鹰支队长思路清晰思维敏捷行事果断，部里开几次会议我见王局长都表扬他呢，他是这次侦破毒品大案的牵线手。"魏国说："王厅长放心，我肯定能做好咱们该做的工作，总不能让大案侦破工作在咱这儿掉链子，我这就去安排。"

　　9月3日凌晨，贵茅小镇还沉睡在黑夜中。昏黄的街灯下，偶尔驶过一辆小车或摩托。朦胧中，贵州大酒店后面车库的房脊上跃过两个人影，他们很快又从车库的房脊跃上仓库库房的房脊，在仓库和酒店大楼的结合处停了下来。

　　"就在这里吧，这个角度能覆盖整个停车场。""角度是行，就看隐蔽性了。""没问题，放在瓦檐下，这个高度下边的人是看不见的。""那你放吧，我发个短信问效果怎么样。""我这马上就弄好。""哎，回信了，让我们把探头再压低点儿。""哎，好了。"两个人的窃窃话语声并不比蚊虫的"嗡嗡"声对空气的震动大。二人安装完毕又沿着刚才来的路返了回去。

路灯光下，闪过他们的身影，看得出其中一位是跟随杨红鹰支队长来的巴力吉。

此时，贵茅旅馆 505 号房间，窗子除了望远镜的镜头处割出一个小小的天窗外，窗帘把窗子遮得严严实实。除了值勤的贵州省公安厅禁毒总队民警和周晓玲外，魏国总队长、杨红鹰支队长都在。见监控效果良好，魏国总队长才说了句："还能睡一觉，除了值班的大家都睡一会儿吧！"

杨红鹰说："魏总队你去我那屋吧，我那屋两张床还空着一张。"魏国"呵呵"一笑说："那就去你那儿借个宿。"两个人走出门去。

这几天坐镇于腾格里县化工厂的苏美娅坐卧不安，她挨个车都打了电话，问后面有没有警车跟踪，回答都是一样的话：后边有警车，但不知是不是跟踪的。9 月 4 号这天上午，她又挨个车打了一遍电话，她先问关师傅："关师傅你的车到哪儿啦？"关师傅见是苏美娅的电话忙把手机贴在脸上回答："再有一个小时到济南了。""怎么样，累不累？""不累，都是按老大规定的路线走走停停，等于天天都在歇着。""今天后面有警车吗？""有。""还是河南省的警车吗？""不是，又是山东的警车了，每天都不一样。""我跟你说的那个事什么情况？"关师傅把手机拿开瞥了一眼副驾驶座上眯着眼睛发着轻微鼾声的乌恩巴图，又将手机紧压在脸上小声说："他什么都不管，老大等于给我派了一个长着腿的木头桩子。"苏美娅笑着说了一句："那就对了。关师傅等到了济南你要是不累和赵师傅俩把大罐卸掉马上装两车硝酸铵回来，让木头桩子也跟车回来。"关师傅说："好嘞，老大。"

乌恩巴图在装睡，心里想：真危险！幸亏于洪军局长一遍又一遍地告诫自己了。

苏美娅给赵师傅的电话简单,就是一句话:"赵师傅你到了济南找关师傅装硝酸铵回来。"

苏美娅接着给张六子打了电话:"六子,你们到哪儿啦?"张六子赶紧举起电话说:"老大,我们快出湖南省了。""今天能到贵州吗?""那必须得到,傍晚时候吧,老大,这GPS真是好玩艺儿,有了它又少走路又走不错路。""这叫科学,你们后面有警车跟踪吗?""天天后面都见着警车了,天天的警车都不一样,哪个省的都有。""好吧,贵州山路多,走车时注意点儿。""谢谢老大!"

苏美娅最后给余成军打了电话:"余总,你们到什么地方啦?"余成军和小凤仙都坐在后面的大座上,见是苏美娅的电话,余成军方把搂着小凤仙的胳膊放下说:"老大,我们已经进入贵州省地界啦,刚才去饭店吃点儿饭,这又在路上了。""你们后面有警车跟踪吗?""天天倒是都看见后面有警车,但不是一辆车,差不多都是各省的。""余总,我估计你们得先到。你到了以后马上和六子取得联系,让他尽快平安地赶到。下一步的安排,我已经通知了苏总,没有定准,你们可能还得辛苦两天。"余成军表情平淡地说:"好的,老大,我一定按您的安排去做。"

腾格里县公安局,小朱、小李戴着耳麦,正在监听着苏美娅与各车人员的通话内容,监控器红灯闪烁。于洪军、项晖、杨阿尔斯楞坐在后边神情紧张地听着。于洪军说:"小朱,马上把录音给市局赵东明副市长发过去。"然后他拿起手机拨了李春队长的手机,"李队你们到哪儿啦?"李春说:"我们进贵州省半天了,一直跟着白色丰田轿车,看路边的牌子离贵阳只有30公里,可能快到终点站了。"于洪军说:"上午赵副市长来电话说,他们要到的地点是贵阳西南20公里的贵茅镇。杨支队他们已经在那里了,杨支队在贵茅旅馆509房间,你给杨支队打电话联系一下,看杨支队怎么安排。"李春说:"好吧,我见到杨支队后再给你回电话。"

与此同时,跟踪张六子车的冀东省青山县公安局刑警队许队长也接到陈局长电话,要他跟踪到终点后立即找先行到达的杨红鹰报到。陈局长同时传达了专案组的意见,跟踪去山东的同志可原路返回。

太阳西斜,白色的丰田轿车驶进贵茅镇开进贵州大酒店后面的停车场,尾随而来的挂着黔C车牌的警车驶进贵茅镇开进贵茅旅馆。

傍晚,挂着鲁B车牌的大罐车驶入贵茅镇开进贵州大酒店后边的停车场,尾随而来的挂着黔C车牌的又一辆警车驶进贵茅镇也开进了贵茅旅馆。

38

贵茅旅馆五楼过道上李春和青山县公安局刑警队许队长热烈地拥抱在一起,两人手拉手走进杨红鹰的房间,立定向杨红鹰敬礼,杨红鹰还礼快步上前拉住许队长的手:"好啊,感谢兄弟省同行对我们的大力支持!"许队长说:"不客气,这是我们应尽的职责。"待两人落座后,杨红鹰说:"你们一路很辛苦,在这儿好好休息两天,洗洗澡换换衣服,还有新的任务。"李春说:"累也倒没觉得怎么累,这毒贩忒狡猾了,分了两三拨。"杨红鹰微笑着说:"你以为他们还是你早先抓的那些偷牛贼偷马贼的水平?我们现在是同有着世界最先进技术装备的毒枭打交道。"许队长说:"那打赢了他们,咱们就是世界级水平的警察了呗,这活儿干着爽,我愿意干,杨支队你把我也调进你们的专案组呗。"杨红鹰说:"你现在不就在专案组干呢吗?"许队长一本正经地起身敬礼道:"给我任务我保证完成!"

李春、许队长出去了,杨红鹰披上一件单褂走到窗前,他又陷入深思。在赤岭市公安局,杨红鹰的沉稳是出了名的,大家说他"火上房都不着急"。可现在他真有点儿坐不住了,他在想毒贩们下一步要干什么,我们该做什么。他的担子太重了。

505房间现在成了禁毒警察们的眼睛和作战的制高点。望远镜前,电子监控器屏幕上,贵州大酒店停车场仍旧死一般寂静。一辆大罐车和包括白色丰田轿车在内的几辆小车默默地停在那里。

此时这些车的主人们还在酒店的包间中酣饮。余成军旁边是苏德龙和小凤仙、杰克、张六子,还有那位酒店大堂的苏经理,开大罐车的鲁师傅另有安排,酒桌旁还有酒店中陪酒的姑娘们。苏德龙白白净净的,鼻梁上架着副金色框的眼镜,眼睛不大倒挺精神的,笑呵呵的,给人一种和蔼可亲的感觉。

余成军显然是喝得有点儿高了:"他,他条子咋能逗过老、老子,到了赤岭一个岔道用的是GPS,这一下子就是有条子跟着也把条子岔没了。从青山县老吴那儿出来又一路分为三路,就是有条子跟着也找不上了,到了石家庄又一分为二,要是有条子跟着,条、条子们这会儿还在道上犯迷糊呢。"苏德龙说:"余总高明,道上谁人不知谁人不晓?今天我这里薄酒素菜,还望大家慢慢吃慢慢喝。"余成军说:"苏,苏总,你往后去闽西龙山,看我给你咋安排。就喝到这儿吧,夜里还有事办。"

待客人们都回房休息了,苏德龙问苏经理:"把人都找好了吗?"苏经理说:"都找好了,松原一中的化学老师,设备也都齐全。"苏德龙说:"那就赶快找两个兄弟把样品提取出来拿去化验,坎坤首领说要是假货就没必要再送往边境,在这里把货处理掉,把人给她往回一打发就得了。嗯,这是溴代苯丙酮配比的单子,钱不会少给但一定得整清楚了,一定要快,坎坤首领那边等着要结果呢。"苏经理接过单子立刻走出门去。

贵茅旅馆505房间电子监控器前的值班民警突然发现停车场大罐车上有两个人,忙说:"胡队,有情况。"胡队长凑过来,大家盯了有十几分钟,见那两个人提着一只小桶模样的东西走了,停车场里又恢复了原先的寂静。胡队长去了509房间把刚才发生的情况报告给杨红鹰支队长。杨红鹰思忖了一下说:"再等等看,好像和运送没多大关系。"

一直到5号的下午,苏经理才敲开苏德龙的屋门,他从文件夹中抽出一张单子递给了苏德龙。苏德龙逐项看完后用手指弹了一下化验单说:"好哇,各项配比都符合溴代苯丙酮的标准,浓度达到百分之九十以上。"苏经理说:"坎坤首领谁也信不过。"苏德龙摇了摇头说:"要是谁都相信就活不到现在了。今天晚上10点咱们跟他们接货,明天早晨6点准时出发。"苏经理答应一声出去了。

苏德龙拨通了坎坤的电话:"坎坤首领,我是苏德龙,化验结果出来了。"坎坤问:"化验什么情况?"苏德龙答道:"完全符合标准,浓度在百分之九十以上。"坎坤说:"那好哇,德龙你功不可没!"苏德龙说:"我这里就是个中转站,说功劳我承受不起。坎坤首领,我这里的人手不够,能不能让余总他们几个再送一程啊?"坎坤说:"你们打算什么时间出发?"苏德龙说:"我们准备明天早晨6点出发,如无意外,下午5点到达畹町。"坎坤沉吟一下说:"那样啊,我一会儿就跟他们说。接头地点,等你们到畹町告诉我,我再通知你。"苏德龙说:"好的,坎坤首领。

余成军要不要我再通知他？"坎坤说："不用，不用。我跟他说。"

余成军和小凤仙在贵茅的街上闲逛，小凤仙看见什么都觉得好都要买，吃的用的玩的已经乱七八糟地买一兜子了，小凤仙还吵着要再买条项链。余成军马上哄着她说："别买这些破破烂烂的东西，办完事咱们去瑞丽我给你买只翡翠镯子。"

这时酒店的苏经理从远处跑来招手道："余总，你们在这里呢，我们苏总找您说有事要商量。"余成军对小凤仙说："仙儿，咱们走吧，这里遍地都是假货，过两天我带你去瑞丽买吧，我说话算话。"

苏德龙找余成军就是两件事——交货和出货。余成军觉得也没什么好说的了，就说："这到了你的地盘你怎么安排怎么是，明天跟你们去畹町。"

在贵州大酒店对面的贵茅旅馆的 509 号房间里，杨红鹰两只胳膊抱在一起来回踱着步。一天一夜过去了，制贩毒分子那边好像什么事也没有似的，难道苏美娅与坎坤和苏德龙通话是放的烟幕弹？运送溴代苯丙酮会另有渠道？不可能！他坚信自己和战友们的分析判断是正确的。这时他的手机铃声响了。他拿起手机一看是赵东明副市长的，忙打开说："赵副市长您好。"赵东明说："同志们还都好吗？刚收到于洪军他们报来的对苏美娅的监控录音。制贩毒分子明天早晨 6 点去国境送货。"杨红鹰说："要是这样的话，我一会儿跟公安部王局长联系，听听他有什么指示。"

这时在 505 号房间监控的胡队长敲门进来说："杨支队有情况，刚才电子监控器监视到有三辆小罐车开进了贵州大酒店停车场。"杨红鹰说："走，咱们去看看。"

杨红鹰跟着胡队长一前一后地进入了 505 号房间。电子监控屏幕上，贵州大酒店后面的停车场上，高度的白炽灯把停车场照得雪亮。有两个人站在大罐车上把一根粗大的管子插入大罐口，还有两个人在小罐车上把管子的另一头插到小罐车的罐口。地上还有四五个人摆弄着一台什么机器。杨红鹰问胡队长说:"胡队,这个情况告诉魏总队了没有?"胡队长说:"告诉了,他说马上就到。"

不到二十分钟,魏国总队长就到了。胡队长说:"这是在往第二个小罐车里输送。"杨红鹰说:"他们现在正在往三个小罐车里输送溴代苯丙酮,明天早晨6点出发去云南边境,地点是畹町。"魏国说:"从这里到畹町大概得走十个小时左右,他们得明天下午四五点钟到,吃完饭再交接总得晚上八九点钟吧!"杨红鹰说:"魏总队,我有这样一个想法,我和同来的专案组同志现在就去云南,要先和云南省公安厅联系上,在畹町得有个安排。你们安排人跟踪拉溴代苯丙酮的三辆小罐车,你看怎么样?"魏国说:"没什么问题,这样安排很好,但我得先和王前厅长打个招呼。"杨红鹰说:"那好吧,我给公安部王局长打个电话。"

缅甸大其力一家宾馆房间内,灯光明亮而柔和。正在写字台上忙碌的王副局长听见手机的铃声,拿起手机接听,手机传来杨红鹰的声音:"王局长您好,我是杨红鹰,我现在向您报告这里的情况。"王副局长说:"好,你说吧,我听着呢。"杨红鹰说:"他们现在正把大罐中的溴代苯丙酮向三辆小罐车分装,明天早晨6点出发去云南畹町。我刚才和贵州的魏国总队长商量,我打算现在就动身去昆明和云南省公安厅禁毒总队联系,三辆运送溴代苯丙酮的小罐车交由贵州省禁毒总队魏国总队长。"王副局长说:"那明天可是很关键的一天,这几天国际刑警和我们同缅甸军政府多次谈判磋商,他们同意由黄念祖少将配合我们的行动。你去昆明直接找他们省公安厅的云力光副厅长,我一会儿给他打电话。你们这次任务完成得很好,既然把鱼饵完整无缺地送过来了,那我这边就得想着法儿让鱼把鱼饵吞进肚子里,然后让缅政府军把大鱼抓住。"

魏国总队长走过来对杨红鹰说:"王前厅长同意我们的意见,我看就让胡队长他们这几个人去吧。"杨红鹰说:"这样最好。"杨红鹰又叫起李春说,"通知大家马上出发去昆明。"没用五分钟,大家都已经在走廊里列队了。

杨红鹰回过头来说:"魏总队,我们只能说再见了。"魏国双手紧紧攥住杨红鹰的手说:"以后没事也上我们贵州来,咱们好好聚一聚叙一叙,这次有任务我们只好慢待啦。"杨红鹰抽出手给魏国总队长敬礼,说了一声:"谢谢王厅和魏总队的大力支持!"然后带着大家下楼分乘两辆挂着黔A牌照的警车驶向滇黔一级公路。

两辆警车开得很快,第二天早上8点30分便到达昆明市的云南省公安厅附近的一个小餐厅,杨红鹰要李春安排大家吃早餐,他给云南省公安厅云力光副厅长打了电话,约定9点钟到云副厅长办公室。杨红鹰抓紧时间吃了一碗过桥米线,起身对大家说:"大家休息一会儿,我去云南省公安厅一趟。"

杨红鹰来到云南省公安厅四楼云副厅长办公室,敲门听到一声"请进"才走进屋中。"你是小杨,杨红鹰同志。"写字台后面站起一位肤色黧黑的老头儿。没待杨红鹰开口,云副厅长就说:"昨晚王局长给我打电话说了专案情况,他要我们滇黔做好配合工作,我当时就说你们这个套下得够大的了。坎坤是一个极其残忍、狡猾的家伙,我这一辈子有一半的时间都摆在他身上了,我和他斗了这些年他的套路我清楚。你们要是真能把他套住,我老云头儿亲自上公安部给你们请功去。"杨红鹰说:"能得到前辈的支持,和坎坤的这场战斗我们肯定能赢!"

云力光说:"你说吧,他们什么情况?"杨红鹰说:"他们把溴代苯丙酮从一个大罐车分到三个小罐车上,今天早晨 6 点从贵茅出发去畹町。我们的任务是既要把货送给坎坤,又不能让坎坤觉得过于安全,一定要让他有些压力。"云副厅长说:"这个好办。"他随手拿起电话拨了一个号说:"武处长你过来一趟。"不一会儿一位英姿飒爽的女警官敲门进来说:"云厅找我?"云力光说:"武处长,你马上通知各收费站点对进入云南的货车要严加检查,尤其是液态易爆易制毒的物品更要细查。"武处长说:"我重复一遍,云南省境内各收费或警务站点,要对运入境内易爆易制毒的液态物品严加检查,无有效证件者一律扣留。"云副厅长摆摆手:"行,马上通知下去吧。"

待武处长走后,云力光说:"小杨,还有什么难解决的?"杨红鹰说:"再就是为防止突发事件,得有武装力量。"云力光说:"畹町那里有一个武警中队,就是防止突发事件的,一会儿我和你一起去畹町,消灭坎坤贩毒势力,我得好好出一把力。"杨红鹰说:"前辈,有一件事我不明白,他们为什么把一个大罐的溴代苯丙酮换成三个小罐车呢?"云力光说:"这个意见一定是坎坤的,坎坤生性多疑,做事喜欢留有退路。一个大罐车要是被打掉他就是百分之百的损失,分作三个小罐车,有一个车跑出去总比全部损失掉强。"

杨红鹰说:"那前辈,他们怎么过境呢?"云力光说:"昨晚王局长也问过我这个问题,我说他们极可能把车直接开到船上,到了对岸,再从船上把车开到陆地上。这是最便捷的路子,坎坤喜欢这样干。"杨红鹰说:"那畹町有这个条件吗?"云副厅长说:"有,但是坎坤他不会从畹町接货,因为从畹町过境后是一个有几十公里的开阔地带,坎坤不会让他的人冒这个险。畹町下游二十公里有一个港口叫佃町,从那里接货过了畹町江只有十公里的开阔地就进入密林了。哎,就说到这儿吧,我们得出发了。"云副厅长拿起电话又拨了一个电话号码说："刘处长吗？我们陪专案组的同志去畹町。"杨红鹰说："前辈，你指点着我们干就行了，真的要亲自去？"云力光一拍胸脯说："小杨你听见没有，我这身板都是金属声，这些年禁毒风风火火地练出来的，快走吧！"

云力光的车在前，杨红鹰专案组的两辆车在后，沿着宽敞的柏油马路向畹町方向驶去。在路上，云力光就给畹町的公安局长打了电话："嗨，朱局长吗？我是云力光。""云厅，您在哪呢？""我在去你那儿的路上。""需要我做什么？""我们再有一个小时到，你把武警中队的孙中队长请过来，就说我有重要的事商量。""您老来一说开会，我们就乐了，保证有案子办啦！"

到了畹町公安局已经是下午1点了。众人一下车，畹町的朱局长、孙中队长一群人就迎了上来。云力光将杨红鹰介绍给大家，大家握手敬礼。朱局长说："云厅长，咱们还是先吃饭再开会吧。"云力光说："要得，要得，这还有专案组的客人嘛。"朱局长说："云厅长这次破了惯例了，往次都是先开会后吃饭。"云力光："你小子就爱揭我的短。"朱局长听说杨红鹰他们是东北人，还特意嘱咐饭店做了一盆猪肉炖粉条子，大家这顿饭吃得畅快淋漓。

开会时，云力光先让杨红鹰将案情做了介绍，特别是把中缅两国要在国际刑警的支持下携手彻底清除坎坤贩毒集团的计划说了一下。然后云力光又讲了他的分析，朱局长和孙中队长都说："云厅长，您就说怎么干吧！"云力光一本正经地说："你们要我说，那我就说，咱们应该这样……"

滇黔一级公路上，早晨6点钟出发时，苏德龙在前面引路，他后面是两辆小罐车，然后是余成军的车，再后面又是一辆小罐车，最后是苏经理带人乘坐的一辆中巴车，而且每辆车都暗藏了枪支弹药。上午走得还算顺利，检查也少，这样的安排余成军乐见其成。但是到了下午检查得就严格了，每个检查站、收费站旁边都扣留了一些车辆。苏德龙就拿出老办法，每遇上检查的就塞过去几张钞票，便摆摆手让通过了。终于在一处检查站被挡住了，苏德龙说好话送钞票都不管用。检查室的屋里坐着那位英姿飒爽的武处长，她说："是不是易爆易制毒的物品得检验看了才知道，这是液态物质，正是检查的重点。"下面的武警一个个端着枪虎视眈眈。

苏德龙脸上的汗水擦了一遍又一遍。他闪到一边给坎坤打电话："坎坤首领，不好啦，车被检查站给拦住啦。"坎坤说："人家走了两千多公里都没拦住，怎么到你那里就给拦了呢？废物，你要是给我丢了这十吨溴代苯丙酮我拿你和你老婆孩子去顶，自己想办法去！"

就在苏德龙一筹莫展之际，余成军从车里摆下手机大模大样地走上前来，给武处长递上腾格里县公安局开具的《危险品准运证》说："这位领导啦，不知道这证明管不管用的啦？"武处长认真地看了看准运证又看了看手表，心想已经扣他们有一个小时了，时间也差不多了，然后又上下仔细地打量余成军才说："你们有准运证为什么不早拿出来？又耽误时间又费事的，放行吧！你把准运证收好，再遇检查站给他们看看也就过了。"

苏德龙千恩万谢地钻进车里，他气得直拍脑门说："我怎么就没想起还有这么一档子事呢？"余成军回到车上瞅了瞅杰克，马上发了一条短信："事已办妥，车已放行。鹗"。

到了畹町，已经是晚上7点多了，苏德龙下车跑到余成军车前双手一抱说："余总，离交货还有一个小时的时间了，咱们来不及吃饭，我给各车送上面包和汽水，大家先填填肚子，等交完货我请你们吃大餐。"余成军爱搭不理地说："悉听尊便啦。"小凤仙在一边不满意地说："寻思跟你出来享两天福呢，这罪遭的，到时候饭都吃不上。"

晚上8点半,苏德龙带着车队终于到了畹町下边的佃町码头,苏德龙长出一口气道:"总算没误了交接时间。"这时余成军的手机又响了,他在车中低头看了一下,忙把手机紧贴耳边小声说道:"我是鸮。是,你放心,我会盯着三辆小罐车上船的。"

码头后面的树丛中闪亮着战士们的眼睛和枪口,云力光副厅长、杨红鹰支队长、孙队长都举着红外望远镜盯着码头的人员和车辆。

苏德龙指挥着三辆小罐车上了码头,只见一艘大船上发来三次灯光,苏德龙也回了三次手电绿光,那大船也就靠了码头撂下搭板,三辆小罐车依次开上船去。来接货的人是坎坤的弟弟坎帕。只听坎帕小声说了一句:"是余总和苏总吧?一路辛苦,首领让我谢谢你们,好啦,我们得快点儿离开啦!"余成军和苏德龙都争相上前道:"这是我们应该效力的。"然后二人就带人钻进了自己的车内。这时只听有人用扬声器一声呐喊:"什么人!倒运的什么东西?"然后,枪声大作,子弹冰雹似的打在车上,一条条火蛇扑向大船。苏德龙和余成军的三辆小车掉头就跑,大船也立刻离开码头开走。

云力光副厅长命令发三颗绿色信号弹,然后对杨红鹰说:"顺利完成任务,我们也撤吧。"杨红鹰会意地笑着说:"我们也撤!"当云力光、杨红鹰、孙队长和战士们上了车往回走的时候,听见畹町江对岸响起了激烈的枪声。

39

坎帕护卫着大船靠上江对岸的朗诺码头，三辆小罐车顺顺当当开向山里的公路。坎帕大喊一声："快把车往密林里开！"黑衣兵们立刻簇拥着三辆小罐车像一团飞行中的蜂子在通往密林的路上奔跑起来。刚跑出不到两公里，突然缅甸政府军从天而降，从路的两边开火并投掷手榴弹，枪声和爆炸声响成一片。黄念祖少将调动的这个连队白天时并未靠近朗诺港口，怕的是坎坤的眼线较多，一旦发现政府军进入有可能会改变整个接送货计划。一直到夜幕降临，见坎坤的黑衣兵全部来到码头，这才进入路两旁的阵地。

这对坎帕来说，简直就是一场噩梦。坎帕在坎坤家族中排行老四，年龄最小，老二、老三在之前的贩毒集团倾轧中和与政府军的作战中相继战死。坎帕生性残暴，坎坤为了保护这位幺弟，有战斗的场合一般是不让他出面的。但这一次不同，坎坤贩毒集团到了不用坎帕就得坎坤自己出面的地步，只好让坎帕接货了。

头一天早晨刚吃完早饭，坎帕的大哥坎坤把他找到木寮房商量事。坎坤开口就说："坎帕，咱哥儿俩命好苦呀，爹娘去世早，你二哥、三哥又早早地离开我们，就剩咱哥儿俩相依为命啦。呜呜——"坎坤一边哭诉着一边拿眼角的余光看着兄弟说，"咱们这个大家族有很大的开销，娘儿们们要穿好衣服戴好首饰，孩子们要上好学校，还有百十号人的黑衣兵，这坐吃山空怎么行。这几年政府军连年围剿，剿净了咱们的罂粟地，咱们什么都没啦。就为这我才跟 Ka 联手，Ka 名声不好，可 Ka 有人能制'冰'。"

坎帕听得有点儿不耐烦了，就说："哥你到底想说啥，你就直说！"

坎坤说："我在中国那边有十吨用作制冰的溴代苯丙酮明天要过境，得去把它接回来。"坎帕说："那玩艺儿把握吗？"坎坤忙说："把握，把握，忒把握啦！"他随手拉开保险柜将那袋先前还是鸦拿给他看的'冰'递给坎帕："你看看，这就是那玩艺儿制的。"坎帕接到手上拿指尖抠了点儿放在舌尖上品了品说："是挺纯的。"坎坤说："咱哥儿俩没别的路走，这十吨溴代苯丙酮就是咱哥儿俩的救命稻草啦。这次接货本想哥亲自去，可你小嫂子正好这几天生孩子，哥去不了，就想让你去接。"坎帕犹豫了一下说："我去也行，那我没人你让我赤手空拳去？"坎坤说："你带两个中队去。"

坎帕没有吱声。坎坤咬咬牙说："三个中队都带去吧，家里我只留下卫队就行了。我留下卫队的目的一是护家，再就是最后可以接应接应你。"坎帕终于答应了，但又提出一个条件："那你把肩扛火箭筒也得给我带上，要是政府军又出动直升机我好抵挡一阵子。"坎坤忙答应道："带上，带上。"

坎帕又问："上哪儿去接？什么时间出发？"坎坤说："去朗诺对面的佃町接，还是用老幺的船，那里只有十公里的空地，抓点儿紧一会儿工夫就进林子啦。联系的时间和方法是，明晚 8 点 30 分，向岸上打三次灯光，岸上回三次绿光，就对上了。送货的人一个是余成军余总，一个是苏德龙苏总。你明天上午就带人过去先隐蔽在附近的林子中，傍晚时就用最快的速度插入江边。"坎帕说："我知道了，余成军我以前见过。"坎坤说："坎帕，莫嫌大哥嘴唠叨，你可得小心一点儿，咱们可是损失不起了。"坎帕一扭身头也不回地走了。

早晨，天气晴朗。在缅甸大其力一间宽敞的会议室中，长条形会议桌的一侧坐着公安部禁毒局王副局长及三位随行人员，还有国际刑警组织的科比少校和凯恩上尉。对面一侧坐着缅甸禁毒署黄念祖少将及随行人员。黄念祖说:"军政府已经把这件案子全权授予我处理了,现在我们商量怎么行动吧!"科比说:"还是先请中国的王局长把可靠而又准确的情报说给我们吧!"

王副局长说:"据我们侦查到的消息,坎坤要求运送溴代苯丙酮的车辆必须于今天下午5点到达畹町,到畹町后再给交货的具体地点。"黄念祖说:"他们交接货的地点选得很好,畹町江南岸距离雨林不算太远而且是长长的雨林带,一旦坎坤的黑衣兵将溴代苯丙酮运进雨林,我们就不好办了。"

王副局长说:"据我们的人分析,既然是到畹町,那坎坤接货的地点就不能是离畹町太远的地方,他把溴代苯丙酮分装在三辆小罐车上就是为了好上船好下船好上路。大家看电脑屏幕,符合船运的只有三个地方,那就是畹町,还有畹町上下的两个渡口。我们的人认为坎坤走畹町不太可能,那里各方面检查设备齐全,检查严格,有武警部队驻扎,坎坤不敢冒这个险。向上这个渡口云町有码头可以接货,但过江后到雨林均是些不太险要的丘陵地带,有几十里的距离,利于摆开阵势,政府军容易展开进攻,坎坤不敢选。现在唯独佃町这个地方,有渡口有码头,过了江有个码头叫朗诺,从朗诺上了江岸离雨林只有十公里路又是比较平缓的丘陵,他们很容易脱身。在这里阻击坎坤应该说是很不利的,一旦黑衣兵突破我们的阻击会很快撤入雨林。"科比说:"坎坤的黑衣兵有多少人?我们可以调动的兵力有多少?"

黄念祖说:"坎坤的黑衣兵有100多人,使用的武器是半自动步枪、冲锋枪和火箭筒。但坎坤有个习惯,他三个中队总要留家一个中队做接应,他参战的兵力估计也就七八十人。我这里可以调动的兵力为一个营,但今天晚上能用得上的只有两个连,其中一个连正在调动中,今晚到不了。"

这时，黄念祖手下一位军阶较高的参谋说话了："将军，我也说一点儿意见。"黄念祖瞅瞅他点了点头，于是参谋说，"将军，我们与坎坤可不是打一次两次的交道了，我们是有实战经验的。我们知道，坎坤不但凶狠还非常狡猾，常常出乎我们意料安排他的行动，我们也因此吃过亏。我觉得我们还是应该有一个万全之策，孤注一掷的做法不适合对坎坤的作战。"这位参谋的话得到了其他几位随行人员的赞同。

黄念祖低下头想了想又点了点头，目光扫了所有在场的人一下说："若按王局长和大家的分析，我们必须分三部分人方为万全之策。那就是畹町的对面贡朗我无论如何得放些人，畹町上游的那个渡口云町的对面也要放些人，这两处总得耗去我一半人，另一半人我全放在佃町对面的朗诺。另外三架武装直升机我放在畹町对岸贡朗用作向两面的策应。部队均于晚上8点前在夜色的掩护下进入阵地。"科比瞅了瞅王副局长，见王副局长点了点头也就跟着点了头。

黄念祖说："晚上的行动，王局长你们就在大其力看视频吧，我会把战况随时给你们发过来的。"王副局长说："哎，这么大的行动总得需要几位观察员吧，我们帮你们参谋了半天，到时候不让我们看一看可不够意思。"科比也笑着说："用中国话说，就是太不够哥儿啦。"黄念祖说："那我就正式邀请你们做我的观察员观摩缉毒战斗。"大家哈哈地笑了起来。黄念祖拿起手机打电话开始调动部队了。

夜晚，下弦月还没有出来。畹町江两岸黑咕隆咚的，佃町码头有几盏灯发出微小的光芒。佃町江对岸的朗诺码头看不见灯光，一切都静悄悄的。只有江面上还有几只大船小船在行驶，偶尔还发出"呜——"的一声汽笛鸣叫。路从码头伸出来往左往右都有沿江大道,自然也有伸向前方伸向密林的路。坎帕带人从老幺的船上将小罐车接下来,催促着手下赶快撤回雨林。坎帕让两边护卫的队伍无论是摩托车还是敞篷吉普车都大开着车灯向前冲去。

刚从码头冲出两里多路,两侧的枪声就像爆豆子似的响了起来,立刻就有车辆和人员中弹倒在路上。坎帕一面命令两边的冲枪手快速还击,一面高声喊道:"不准停留,快向雨林撤!快向雨林撤!"

道路的两侧都是平缓的丘陵地带,缅甸政府军就是凭借这些丘陵构筑火力网的。黄念祖比较倾向王副局长的意见,所以把他的指挥部设在贡朗和朗诺之间的一片洼地中。前线作战的景象通过卫星视频传到他面前的电脑屏幕上。

战斗在激烈地进行着,小罐车不顾一切地向前冲撞着,两侧的冲锋枪手在摩托车和敞篷吉普车上用密集的火力回击着。眼瞅着三辆小罐车已经冲出平缓丘陵地带一半多的路程,坎帕武装抢运溴代苯丙酮的行动就要成功,这时只见夜空中三架阿帕奇直升机"嗡嗡"地扑了过来。

一架直升机对准最前面的小罐车发射了火箭弹,最前面的小罐车一下子就被击中了,"轰"地一下燃起了大火。坎帕见状歇斯底里般地吼叫着:"火箭筒!火箭筒!"坎坤黑衣兵的肩扛式火箭筒,威力虽然不是很大,但使用便捷,是直升机的克星。

第二辆小罐车见第一辆小罐车被击中起火,司机稍微迟疑了一下,旁边的黑衣兵用枪逼着大吼道:"还不冲过去,你等死啊!"司机一瞪眼一踩油门,小罐车向前冲去。一架阿帕奇直升机瞄准第二辆小罐车发射火箭弹但没命中,小罐车从硝烟中挣脱出来向前冲去。直升机又跟着追了过去,坎帕拍着车喊:"瞄准那架直升机打!"两枚肩扛式火箭筒发射的火箭弹几乎同时飞向那架直升机，没等那架直升机第二次发射火箭，只见它猛烈地震动一下然后旋转着燃起火焰向一边的丘陵坠去。另两架直升机见状不妙急忙将飞机拉高，但命中率就低了。

黄念祖少将在指挥所里急得大声命令："狙击手为什么不打他的指挥官！直升机打他的小罐车，决不能让他的小罐车进入雨林！"坎帕周围的卫兵又倒下两个，坎帕的队伍就像火焰中的一团蜂子向前滚去。终于，最后一辆小罐车又"轰"的一声炸响，腾起了烈焰。坎帕嘶哑着嗓子嚷道："火箭筒！火箭筒！打直升机！打直升机！决不能让他们靠前！给我狠狠地打！"

影影绰绰地看得见稀疏的林木了，雨林就在眼前。坎帕简直疯了，在车上跳着脚喊："再坚持五分钟，就是咱们的天……"但没等他喊完便一下子栽倒，一颗狙击步枪的子弹击中了他的肩膀。就在这时，突然前面枪声大作，原来是坎坤带着卫队出雨林接应了。

黄念祖少将看仗也只能打到这样了，便命令停止战斗。第二天清理战场时，共清理了25具黑衣兵的尸体，缅甸政府军也有5人阵亡，一架直升机被击中坠毁。

坎坤的黑衣兵这次元气大伤，连死带伤几乎占去黑衣兵的一半，尤其是坎帕也负了重伤，所幸暂时还没有性命危险，但已是残废。让坎坤得到一点儿安慰的是抢回三吨溴代苯丙酮。他对第二天带着人员和设备赶来的颂般说："兄弟，我这回可是人财两空啊！"颂般眼镜片后面是一种怀疑的眼神，很是不解地说道："去接货的事，具体时间地点连我都不太清楚，不是就你和坎帕知道吗？消息怎么还泄露了呢？"坎坤凶狠地反问道："你是怀疑我们哥儿俩其中有一个是内鬼？"颂般说："那倒不是。"坎坤又瞪大眼睛追问道："那你到底是什么意思？"

颂般说："那你说，苏娅那边生产溴代苯丙酮平安无事，一路走过来你又说很顺畅,那你说在什么地方跑风漏气啦?这倒不是坎帕你俩透出了消息,好些事都是不经意间就流出去了。我跟你说,我们现在搞窃听摄像的装置就是一只会飞的苍蝇呢!"坎坤惊骇得忙满屋四处乱看。坎坤自认倒霉,头上还让颂般扣了顶透风漏气的屎盆子,他只好说:"虽然死伤了几十名弟兄,好歹还抢回三吨溴代苯丙酮,下一步就看老兄你的了。"

颂般眨了眨眼睛说:"有了溴代苯丙酮生产'冰'是件极容易的事了,现在重要的是我们得跟苏娅说,月底应确保那十吨溴代苯丙酮的生产。"

坎坤听颂般的话虽然话中有话但在理,就说:"那再说吧,先把这三吨溴代苯丙酮制成'冰',我得先看看划算不划算。"颂般说:"那还用算,即使这剩下的三吨溴代苯丙酮产出的'冰'你也亏不着,就是少赚了点儿,这道上的人谁能算得过你。"坎坤嘿嘿地笑着说:"颂般你就知道给我戴高帽,那好,咱俩都跟苏娅说,让她抓紧生产,不得迟误。"颂般脸上金丝眼镜后面的一双小眼睛狐疑地瞅了瞅坎坤。

缅甸政府军围剿贩毒集团打了大胜仗,缅甸的大报都刊登着黄念祖少将的半身戎装照片,报道称缅北大毒枭坎坤元气大伤,作恶多端的黑衣兵死伤大半。黄念祖少将和他的参谋们都喜气洋洋地去机场欢送公安部禁毒局王副局长一行和国际刑警组织的科比、凯恩,大家互道珍重。科比和凯恩坐上去瑞士的飞机先走了。

王副局长握着黄念祖少将的手说:"再次祝贺你们缉毒打了大胜仗,我想我们不久还会见面的。这一次黄将军把坎坤打疼了,穷凶极恶的坎坤会更加疯狂,我希望我们继续密切配合,争取将坎坤这颗毒瘤连根铲除。"黄念祖一只手握着王副局长的手,另一只手轻轻地在握着的手上面拍着激动地说:"只要我们能密切合作,全歼缅北贩毒集团的日子一定不会太远了!"

一架载着王副局长和同事们的银白色涂着中国鲜红国旗的飞机冲向蓝天。

40

9月6号夜晚,云力光副厅长见三辆溴代苯丙酮小罐车上了大船,余成军、苏德龙钻进自己的车内并在枪声中逃窜,便命令发射三颗绿色信号弹。这是按照与公安部禁毒局王副局长的约定告知江南岸的缅甸政府军,溴代苯丙酮已顺利交货。

江对岸传来激烈的枪声,云力光副厅长笑呵呵地说:"走吧,跟我回昆明吧。"杨红鹰说:"云厅长,我们得赶回去,不知道我们的对手又在整什么事情。"云副厅长说:"哎,你们不实在了不?整什么事,你们腾格里县化工厂来的那几个人现在肯定跑到瑞丽去了,王局长最快也得明天回北京。你们来到这里就我说了算。干咱们缉毒这一行你得懂节奏,天天绷那么紧受得了吗?小杨,我明天还想唠一天禁毒的嗑呢。"杨红鹰见拗他不过,也只好告别了朱局长和孙队长跟在云副厅长的车后去了昆明。

余成军他们还真的跑去了瑞丽。当时在佃町码头,枪声一响,余成军惊恐地喊了声:"不好,杰克快跑!"杰克立刻开足马力,如惊弓之鸟一通乱跑乱撞。不管是哪里的路,也不管是城镇还是乡村,只要后边没有追赶的警车就行。跑了足足两三个小时,远远地看见暗夜中远处有簇灿烂的灯光,杰克才让车慢了下来。

余成军此时惊魂稍定,说了句:"幸亏我说上车快走,再晚上车一分钟就让武警给逮住了,苏德龙那个蠢猪还想往前凑着说话呢。"张六子说:"他苏德龙一看就不行,哪有大哥精明,这么凶险的事咱们闽西就没发生过。"小凤仙也跟着凑热闹说:"哎呀妈呀,那动静叭叭叭,那枪子儿贴着脑瓜子皮嗖嗖地过。"余成军瞥了她一眼说:"得了吧,还贴着脑瓜子皮,还嗖嗖的,你连车都没下。"小凤仙不好意思地说:"人家不就是想跟你说说嘛,狗咬吕洞宾。"这时,余成军手机响了,他低下头一看说了声:"都别说话了,苏德龙的电话。"

余成军把电话举到耳边,就听苏德龙说:"哎呀,余兄余总经理是你吗?你们现在在哪里呀?"余成军没好气地说:"不是我是谁,你巴不得我一命呜呼了吧!"苏德龙说:"余总经理这是说的哪里的话,我苏德龙再不是人,也不能有这种邪念,我还想让余总在苏老大面前给我美言几句呢。余总,为了掩护你们,我一个车的兄弟五个人都报销啦,这话咱们就别说啦。你们现在在哪里呢?我已经回到贵茅啦,刚到屋就接到了苏老大的电话。我把佃町的事跟老大说了,老大追问你们在哪儿,她说找不到你们要剥我的皮呢。"

余成军说:"我们一直开车跑到现在,也不知到了什么地方,前面有个地方灯光挺密的。"苏德龙说:"余总,那你们到了前面的地方给我来个电话,我好去安排你们,另外我总得给苏老大有个交代不是?"余成军说:"哼!等我们到那儿再说吧!"说完就把手机关了。

车前面亮灯的地方原来是瑞丽的勐卯古镇。车进了镇子,杰克问:"余总,怎么办?"余成军说:"就是刀架在脖子上也得睡一觉吃点儿东西了,苏德龙真他妈不叫个玩艺儿,到畹町一人才给个面包吃。"杰克把车停在一个叫景若的大酒店前,张六子下车进了酒店的门厅叫醒值夜班的服务生,知道还有房间,就要了二楼一个套间和两个单人间。

余成军拉着小凤仙刚进了套间,手机又响了。余成军以为又是苏德龙的电话,气得拿起手机刚要骂,却见是苏美娅的电话,赶忙低声说:"老大,我是余成军。唉!跑了半夜还没跑出瑞丽,转了个大圈跑到瑞丽来了,真是一言难尽啊。"电话那边苏美娅的声音似乎也有些沙哑地说:"余总,出事啦,我刚接了颌般首领的电话。"余成军惊得睁大了眼睛说:"怎么,怎么,这是怎么回事?我们是把货顺利交了之后才碰见警察的呀!"苏美娅说:"不是咱们这边出的事,是缅北那边让缅甸政府军打了伏击,具体情况还不太清楚,颌般首领收到消息就给我打来电话。"余成军说:"老大,我们该怎么办?"苏美娅说:"你先待在瑞丽别动,我让苏德龙去找你。"

余成军眨了眨眼睛说:"老大,你觉得苏德龙这人把握吗?我这一路别的地方都是很顺利的,就是到了他这里,总觉得哪儿不对劲。从贵州大酒店一出来,我就觉着后边有条子跟着,进了云南地界检查突然严起来,还说检查重点就是液态物质。交货时,还是我赶紧催着才把货交了,慢一点儿就让条子堵个正着。老大,这些情况太让我觉着可疑了。"苏美娅沉吟了片刻说:"那你想怎么办?"余成军说:"我想明天早晨先回闽西,我这边就不和苏德龙联系了,等等看他这边是什么情形,往后我只接你的电话。"苏美娅说:"如果是这种情况,你明天尽快离开瑞丽,我暂时也掐断和苏德龙的联系。你说的对,还是加点儿小心为好。"

余成军说:"好的,老大。"小凤仙在一边听说明天早晨要走竟然急了:"你这咋说话不算话呢?说是领我到瑞丽来玩,还答应给我买镯子,说的话咋不当放个屁呢?"余成军瞪着眼睛压低声音说:"我说怎么办就怎么办,你再给我乱说话,我整死你!"小凤仙一边小声嘟囔道:"啥人,说话不算话,还不让人说,那人家跟你出来图个啥呢？"一边躺在了床上。余成军的手机又响了，他低头一看又瞅了小凤仙一眼，马上去了洗手间接电话。这个电话他干脆背着小凤仙，不让小凤仙听见了。只听余成军在洗手间说："对，我是鹗，我已经按您老的话安排了，我二弟先施工了，明天早晨我就回闽西。您放心，都按您老人家的话安排着呢。嗯，总还得去辽西一趟，还有些材料没到手。"

杨红鹰一行跟随云力光副厅长回到昆明，一切都是云副厅长安排。杨红鹰也真是乏了困了，这一趟在云、贵两省同行们的大力支持下总算比较顺利地完成了任务，心中感到一种释然，躺在床上脑袋刚挨上枕头就进入了梦乡。醒来一看屋中已大亮，忙起身穿好衣服走出房门。云南省公安厅办公室的刘主任等在走廊里，杨红鹰有点儿不好意思地说："对不起，睡过站了。"刘主任笑着说："你太累了，干咱们这一行生活没有规律，云厅长有时忙起来也一两天不睡觉呢，我看你干工作有点儿像我们云厅长，要不他怎么愿意和你一起说话呢。"杨红鹰忙把大家叫起来洗漱了，随后跟着刘主任去了餐厅。

云副厅长已精神抖擞地坐在餐桌旁的座位上。杨红鹰更加觉得不好意思地说："抱歉！抱歉！让云厅长久等了。"云副厅长微笑着说："睡过站道什么歉，对咱们来说是常有的事。你倒是还年轻，我睡过站，刘主任他们叫我起来，我还把人家骂一通呢，那我都没道过歉。"大家边吃边喝边说，都有一种畅快的感觉。云副厅长举起酒杯说："我这一辈子别无憾事，就是觉得书读得少啦，可小杨你们来，我就觉得咱们话能说在一起，工作干得顺利，我高兴，没文化我也赋诗一首给大家。""好哇！"杨红鹰喊了一声带头鼓起了掌。云力光副厅长站起身一只手端着酒杯，一只手抹一下嘴巴，有点儿激动地朗诵道：

> 虎门销烟百年前，林公威震强房胆。
> 而今吾辈缉毒勇，塞北转战彩云南。
> 刀丛枪林何所惧，牺牲只为保民安。
> 但等铲除毒枭去，禁毒警察笑开颜！

杨红鹰立刻起身鼓掌道："好，好个'禁毒警察笑开颜'，我们就等这一天！"云副厅长摆摆手说："大家快坐下，毫无诗意，只是顺口溜罢了。"杨红鹰说："难得云厅长云前辈有如此雅兴，我作不了诗，但我们赤岭的公安民警都喜欢唱一首歌，这首歌的歌名叫《大漠雄鹰》，会唱的大家都唱，算是我们对老厅长的答谢。来，大家唱。"杨红鹰、李春、周晓玲、巴力吉和腾格里县公安局来的另两位民警拍着手打着节奏唱了起来：

> 大漠中的雄鹰，
> 有一双锐利的眼睛；
> 大漠中的雄鹰，
> 巡弋在蔚蓝色的天空；
> 一旦发现害人鼠貉的身影，
> 定会伸出钢刀般的利爪，
> 从天而降决不留情，决不留情！

云力光副厅长的眼睛湿润了，也拍着手说："好个大漠中的雄鹰，好哇，决不留情！我们禁毒警察对毒贩子们就要决不留情。来，让我们大家干一杯，都做大漠中的雄鹰！"大家都端起酒杯一饮而尽。

云副厅长说："我真想留你们几位在昆明休息两天再回去，但是早晨公安部王局长给我打来电话，他知道你们在我这里，他让我转告你们,他今天赶回北京,他要杨支队你们今天也务必赶到北京,说有新的情况要商量。唉,我留不住你们啦。我已让办公室刘主任给你们订了下午1点的飞机票,吃完饭休息一会儿让刘主任送你们去机场。李队长和许队长你们倒可以在昆明休息两天再回去。"李春忙说:"谢谢厅长好意,我们局里于洪军局长几乎半天一个电话问情况,我得快点儿赶回去汇报。"许队长说:"我也是这种情况,我们都一起送杨支队去机场,他上飞机,我们也就直接走啦。"云力光说:"那好吧,欢迎你们再来!"

几辆警车奔驰在去昆明机场的公路上,路边闪过去机场的路标,云力光副厅长、杨红鹰支队长眼中闪现着坚毅的目光。

杨红鹰三人到了北京下了飞机来到公安部,得知王副局长回来也不到半个小时。禁毒局办公室的同志告诉杨红鹰,王副局长要他立即去局长办公室找他。杨红鹰将周晓玲和巴力吉留在办公室,自己一个人去找王副局长。王副局长正伏在桌子上看文件,抬头见是杨红鹰到了,便起身离开座位走上前伸出手说:"来,小杨先握握手再说话。"两只男人粗壮有力的手紧紧地握在了一起。

两人坐在沙发上,杨红鹰将去贵州和云南的工作情况细述了一遍。最后杨红鹰说:"凭我的感觉,由于我们多年的严厉打击,坎坤制贩毒集团在云贵两省的贩毒势力已经大大削弱了,作为贩毒窝点的贵州大酒店已经缺少了相应的嚣张气焰。云南这边,这次云南贩毒势力只出动了一条船,没见有另外的接应人员。但是可以肯定地说,佃町码头那里有他们的人,否则不会提供那样巧合的交货机会。"

王副局长说:"很好,我们这次针对坎坤制贩毒集团和他们的鸦计划,在国际刑警组织的支持下,跨国设了一个大大的局,总的来说这一步是成功了。虽然坎坤在付出惨重的代价后,抢过去一车,也就是三吨吧,但不全是坏事,也许这会让钓饵更增加一些诱惑力。他们不是9月底还要运去十吨吗?我想坎坤和颂般在后一个十吨溴代苯丙酮上会下更大的赌注,也许会是我们歼灭坎坤集团的最好机会。这次你这个牵线手的角色扮得好,施令、联络、协调步步到位,我代表公安部禁毒局感谢你所做的工作。"

杨红鹰聚精会神地听着,并不住地点着头,见王副局长表扬自己就有些不自然了,马上说:"工作是大家干的,我只是做了我的分内工作。"说完接着问道,"王局长,您看我们下一步该怎么做?"

王副局长说:"在缅甸大其力回来的飞机上我又通盘考虑了一下,总的想法是,我们现在对坎坤、颂般要张开大网蓄势以待,尽量引诱坎坤倾巢出动,最佳效果是在我们领土和领海内将其歼灭;对苏美娅制毒团伙则采取外松内紧的策略,表面上一定让她觉得平安无事,但内部一定要抓紧对苏美娅制毒团伙的控制工作。争取收网时做到一声令下,将制贩毒分子一举抓获。"

这时工作人员敲门进屋说:"王局长,赤岭市要求视频通话,您现在接吗?"王副局长说:"好,正好杨支队长也在这里,我们一起到小会议室去看。"工作人员说:"好的。"

小会议室里,宽大的电脑屏幕上,是辽西省公安厅禁毒总队长铁峰、赤岭市副市长赵东明的图像。赵东明说:"王局长您好,我们把昨天苏美娅和颂般的一段视频录像以及苏美娅与余成军的一段录音给王局长发过去。有什么工作请指示。"

屏幕上立刻出现苏美娅和颂般的视频录像,颂般有些幸灾乐祸地说:"苏娅,告诉你个消息,溴代苯丙酮运过畹町江就被政府军打了伏击。"苏美娅吃惊地问:"是吗?坎坤首领怎么搞的,这么不小心。三辆小罐车的溴代苯丙酮全毁啦?"颂般说:"现在还不太清楚,只知道仗打得很激烈,政府军连武装直升机都用上了。坎坤的黑衣兵打得也不错,还打下政府军一架直升机。"苏美娅神情沮丧:"我这忙活了一个月,又派人又派车的,算是都白费啦。"颂般说:"这和咱们Ka没多大关系。我和坎坤早就定好了,这十吨溴代苯丙酮是他的,下一个十吨是咱们Ka的。"苏美娅说:"坎坤首领这次受了损失,下一次也得和你闹。"颂般不在乎地说:"道上有道上的规矩,怎么定的就怎么办!"苏美娅面色沉重。

苏美娅和余成军的电话,就是余成军他们仓皇逃到瑞丽勐卯古镇时打的那个电话。

看完视频录像后,王副局长扭头问杨红鹰:"小杨你怎么看?"杨红鹰说:"我的看法有两点:第一点,Ka国际恐怖组织与坎坤贩毒集团的联合是貌合神离各揣心腹事;第二点,余成军提出对苏德龙的不信任和要回闽西是否就像他与苏美娅说的那样,避避风头?他的背后还有没有别的因素值得考虑。"

王副局长赞许地点点头说:"现在看来,颂般和坎坤之间在利益分配上的矛盾有点儿愈演愈烈的架势,我们要想法儿利用这个矛盾。对余成军这个人物,由于我们把注意力都放在苏美娅身上了,对他注意得不够,这个人物我们下一步得多关注些。根据禁毒局原先掌握的情况,闽西余氏兄弟早就与坎坤有联系,只不过证据不充分没有动他们。"杨红鹰说:"有没有这种可能,就是坎坤与Ka联合一开始就做了两手准备,鸦计划共同执行人明着是苏美娅,但暗里还有个余氏兄弟?"

王副局长沉思了一会儿,抬起头问杨红鹰:"腾格里县公安局派出跟踪溴代苯丙酮运送车的人是谁?他们现在在什么地方?"杨红鹰说:"是他们县公安局的刑警大队长李春带两名民警在跟踪,后来冀东省青山县公安局刑警队的许队长也加入了。"王副局长说:"通知腾格里县公安局,让李春队长继续跟踪余成军去闽西,看看余成军在搞什么名堂。"杨红鹰说:"是,我现在就给腾格里县公安局于洪军局长打电话。"杨红鹰很快打通了于洪军的电话,将王副局长的指示告诉给于洪军。

于洪军在他的办公室举着手机说:"我这就通知李春队长,他们刚才还来电话了呢,已经到湖南长沙了。"杨红鹰回过身说:"王局长,您看还有什么指示?我打算回赤岭了。"王副局长说:"小杨,你先别回去,再辛苦一趟,也去闽西。你这样,我先让办公室安排你们休息,我也通盘考虑一下,下午咱们再谈。"

41

下午杨红鹰按约定独自去了王副局长办公室。王副局长说:"我刚给闽西省公安厅的徐楷副厅长打了电话,要他们全力配合你的工作。你这次去的任务是搞清余氏兄弟团伙究竟在干什么、在坎坤制贩毒集团中扮演什么角色。我觉得这些问题对我们下一步的侦破工作有着很重要的意义。"杨红鹰向王副局长立正敬礼道:"请局长放心,我们保证完成任务!"

深夜,在闽西机场出站口,闽西省公安厅禁毒总队长吕欣举着一个写着"杨红鹰"名字的接站牌在接站。

杨红鹰三人随着人流走到出站口一眼就看到接站的牌子,便直接走了过去。杨红鹰先举手敬礼,然后伸出手说道:"吕欣总队长,我是杨红鹰,去年比这晚些的时候,我们在闽西是见过一次面的。"吕欣马上把杨红鹰伸过来的手握住说:"我想起来了,来,咱们先上车。"杨红鹰又把周晓玲和巴力吉介绍给吕欣,随后杨红鹰上了吕欣的车,周晓玲和巴力吉上了另一辆车。

坐到车上，吕欣说："一见你面我就想起来了，咱俩这是第二次握手了。这件案子最开始发生在闽西，因为鸦身上遗存的鸡血石挂坠认定出自你们赤岭市，所以公安部特意邀你参会。就在那次会上，我们认识的。哎，好像上次接站也是我，也是这个时间接的。"杨红鹰笑着说："怎么不是，就是你接的站嘛，嗯，时间比这要晚。"

车停下了，吕欣说："到旅馆了，这里离公安厅最近，只隔一条胡同。"大家下了车，直接去了三楼预订的房间。吕欣说："杨支队，今天你们来得很晚了，就先休息吧。明天上午，唉，还什么明天了，现在都1点20分了，总之好好休息一下，上午9点我过来接你们去厅里开会。"

杨红鹰拿起手机想给李春打个电话，但看看手表想了想又放下了。

杨红鹰一觉醒来，见天已大亮，忙抓起手机拨了李春的手机号。电话中很快传出李春粗喉咙大嗓门的声音："杨支队你好，有什么事吗？"杨红鹰说："李队你在什么地方？"李春说："我跟冀东青山县联系了，他们给余成军车上安的电子跟踪器至今没被发现，我们根据青山县提供的方位正在追赶，现在已经进入广东省，好像我们和他的车距并不太远了。"杨红鹰说："余成军肯定要回他的老家龙山县，你跟踪到龙山县马上和我联系，暂时不要有任何行动。"李春说："好的，杨支队。"

余成军第二天早晨起来吃完饭就对杰克和张六子说："我跟苏老大商量咱们暂时不回化工厂，现在先回闽西龙山县。"张六子一听说回龙山自然是特别高兴，只有小凤仙噘着嘴一脸不高兴却又不敢吱声。余成军对杰克和张六子说："咱们走广西、广东吧，还是用GPS定位，节省点儿时间，少跑点儿冤枉路。"杰克说:"好的,余总。"到晌午,余成军的白色丰田轿车已跑出云南进入广西境内,第二天晌午便进入广东境内。

汽车行驶时,张六子看着倒车镜说:"大哥,我总看见后面有个警车像是跟着咱们。"余成军说:"你看看什么牌号,哪个省的警车?"张六子说:"现在倒是又换成了粤字的警车了,总是不远也不近地跟着。"余成军抬头想了想问:"六子,这是什么时候的事?"张六子说:"今天早晨上路时间不长我就看见了。"余成军脑门皱成个疙瘩,说了句:"杰克,到前面服务站休息一会儿,吃点儿饭再走。"杰克选了高速公路旁一个叫阳登的服务站把车停下来,余成军下车把张六子叫到一边如此这般地说了几句,只见张六子点了点头,余成军就叫上小凤仙跟杰克进了服务站找了张饭桌在椅子上坐下。

过了半个时辰,只见张六子"嘻嘻"地笑着来到饭桌前端起饭碗香甜地吃了起来。余成军见状也不问,但心里有数了。吃完饭上了车,张六子终于憋不住了:"大哥你真是料事如神,我爬到车底下一点一点地检查,最后终于在驾驶员脚踏板的下边找到了那个东西。我用手轻轻掰下来,看跟前有一个挂赣字牌江西的奥迪车,我就粘在这个车的下边了。我眼瞅着那辆车开走的,我等了一会儿还看见跟在咱们后面那辆警车也开过去了。"

余成军骂了一句:"苏德龙那个死乌龟,准是在贵茅就让条子给盯上了。"然后又快意地笑着说,"六子,你小子干别的没大能耐,干这种损事,谁也不如你。杰克,咱们直接去龙山县城。"

李春的车按着电子跟踪器指示的方向和路线急驰而去。但跑了两个多小时,他越来越觉得不对劲。原先已经追上白色丰田轿车看见车影,也见到白色丰田轿车进了阳登服务站,他们只是不想让余成军发现跟踪而超了过去。但青山县公安局说带电子跟踪器的车又走了回头路在另外一个路口进入了去江西的高速。李春当时判断，余成军一定是改变了主意又回了腾格里县，便立即让自己的车掉头追了过去。当李春发现不对劲时，车子已经跑出200多公里了。幸好前面有个收费站，李春跟青山县公安局联系得知那辆带电子跟踪器的汽车还没到，于是拿出证件让收费站的同志协助检查带电子跟踪器的车。

终于查到挂赣字车牌江西车的电子跟踪器，李春哭笑不得。他只好给江西车的主人道了歉。好在那辆江西车的主人是位煤矿的老板，解释清了并没说什么不好听的话，只说："不是有精神病就好，理解万岁吧。"李春恨不得插上翅膀飞回去，说了声："返回原路，去他们的龙山县！"汽车便挂上警笛沿着来时的路飞快地追赶过去。

余成军的车开进龙山县城，先找了个酒店把小凤仙安排了，这才给余成民打了电话，并叫杰克将车开到龙山余氏兄弟进出口贸易公司去。

闽西省公安厅禁毒总队长吕欣上午上班后亲自来宾馆将杨红鹰三人接到公安厅的会议室，徐楷副厅长正在这里等待他们。杨红鹰三人向徐副厅长敬礼握手落座后，徐副厅长说："公安部王局长昨天下午就打来电话要我全力以赴支持你们的工作。我说，王局，什么他们我们的，这个案子最开始发端于我们这里的龙山县，后来案子转到辽西省的腾格里县去了，是辽西省的同志接替了我们的工作，这回案情又发展到我们这里来了，我们责无旁贷地要配合做好工作。"

杨红鹰将王副局长提出的几项工作任务说给徐副厅长。徐副厅长听完后说："余氏两兄弟早就进入了我们的视线中，但余成军和余成民相当狡猾残暴还极会收买人心。去年代号鸮的毒贩子来闽西，我们就怀疑是奔余氏兄弟来的。龙山县那里肯定有问题，这次你们来了，咱们一定要把他们犯罪的铁证坐实了，看他们到底是什么货色！"

杨红鹰说："徐厅长，我的想法是不惊动龙山县公安局的同志，防止打草惊蛇。我倒不是怀疑咱们龙山县公安局会有内奸，但现在犯罪组织都爱从我们公安部门打开缺口，我们还是防备些好。"

徐副厅长说："这样考虑也对，吕欣你看怎么安排？"吕欣说："如果这样，干脆咱们连市里也不惊动，就我带几个人随着专案组的同志过去。到龙山县找个旅馆要几个房间住下，有什么事我直接和徐厅您联系。"杨红鹰说："我们都换便衣，汽车也挂民用牌子。"徐副厅长说："行，你们有什么事直接和我联系。"吕欣、杨红鹰等人站起身向徐楷副厅长敬礼，然后走了出去。

龙山县在闽西省是个小县，只有40万人口，且分散居住在山区的人员比例较大。龙山县在地图上像是一只簸箕一面敞开面向大海，三面环山分别与三县相邻，中间有一小块平地。由于靠海，龙山县的西南角还有一个能停靠中小型货轮的龙山港。俗话说靠山吃山靠水吃水，改革开放后，龙山县许多人靠着海上走私都发了起来。余氏兄弟的进出口贸易公司就是靠着走私汽油、柴油和小汽车发起来的。后来便与缅北大毒枭坎坤挂上钩，成为坎坤贩毒集团贩运毒品去东南亚的中转站，但余氏兄弟从来不在龙山销售毒品，因此警方也从来没有掌握余氏兄弟的贩毒证据。

杨红鹰他们在龙山镇西侧一家叫乐美惠的旅馆住下后，立刻给李春打了电话。李春实话实说，说又让余成军给耍了，跟错了车，来回一折腾估计得深夜才能到龙山。杨红鹰电话中向他说了乐美惠旅馆的大致位置，但是告诉李春不要来乐美惠旅馆，在镇子的中心位置另找一家旅馆住下，要他们三人也换上便装，暂时不要亮工作证件不要暴露身份。李春是老侦查员了，杨红鹰电话中一说，他就明白这次行动没和龙山县公安局联系。

杨红鹰和李春打完电话就找吕欣商量该以一种什么身份出现在龙山县城龙山镇。他感觉最大的问题是余成军、杰克、张六子，甚至余成民都有可能见到过他和周晓玲及李春等人。他瞅了瞅吕欣，见他也是一筹莫展的样子，就说："吕总队，你们的化装技术怎么样？"吕欣茅塞顿开一拍手道："成啊，我怎么把这一招给忘了！我们闽西公安厅禁毒总队有一位叫孙艳的，在化装方面很厉害。"杨红鹰眼前一亮，有一种绝处逢生的感觉，立刻对吕欣说："那就快让孙艳过来，慢，把我和周晓玲的照片发过去，再让她按易容化装后的面目搞两张我和周晓玲河北省张家口石油化工产品贸易公司的工作证件。"吕欣说："我这就给孙艳打电话，让她办理好了马上过来。"

孙艳带着易容化装的用品和为杨红鹰、周晓玲制作的工作证件连夜赶了过来。

第二天，当火热的太阳高高升起，龙山镇的街道上又是车水马龙的时候，一辆出租车将杨红鹰和周晓玲送到了闽西余氏兄弟进出口贸易公司的楼下。杨红鹰上身穿件白色T恤衫，下身着一件浅灰色长裤，脚上穿一双白色皮凉鞋，一头灰白的头发，脸庞要比原来胖一些，眼睛比以前大了一些，原来的单眼皮都变成了双眼皮。周晓玲年龄也似乎大了些，但脸盘比原来好像瘦了一些，眼角上有了鱼尾纹，给人一种历尽沧桑的感觉。她头上戴了顶遮阳帽，上身穿件银灰色蝙蝠衫，下身穿了条裙裤，脚上穿一双高跟白色皮凉鞋。

闽西余氏兄弟进出口贸易公司是一幢三层小楼，楼前有一个小型停车场，楼门口大理石台阶上站着两位穿着米色半袖衫和短裤的保安。杨红鹰和周晓玲跟保安打个招呼便随着几个人穿过门厅来到楼的后面。从外面乍看公司并不怎么宽绰，但楼两侧有进出的通道，楼后面是一片足足有两亩地大的地面用水泥硬化了的货场。货场的四周是高大的带有顶棚的储货区，有几辆叉车在一些人的指挥下正忙忙碌碌地将从大卡车卸下来的货端向储货区或从储货区中端着货箱送到货场的卡车上。

杨红鹰和周晓玲出了后门，就听刚才进来的人群中有人高声喊道："吴经理，二哥呢？"被叫作吴经理的人正在指挥装车卸车，回头瞅了一眼说："噢，是宋哥呀，昨天大哥回来啦，今天一早二哥就陪大哥上山了。"被称作宋哥的人说："大哥回来啦，好哇，中午他们能回来吗？"吴经理说："今天中午大概回不来，听大哥说看完山里还要看去码头的路，再到码头看看。"宋哥说："吴经理，你跟大哥说一下，今晚我做东。"吴经理说："话我倒是能捎到，你不如直接跟二哥说。"宋哥说："那好吧，一会儿我打二哥的手机。"

宋哥和吴经理说话间一扭头看见正往回走的杨红鹰和周晓玲，就将三角眼一立厉声问道："你们是干什么的？怎么以前我没见过你们？"杨红鹰呵呵一笑说："您以前要是见到俺就奇了怪了，俺们是河北省张家口石化产品贸易公司的，想联系点儿石化产品的生意。"宋哥继续问："联系石化产品你不上二楼跑到后院来干什么？"杨红鹰说："俺上哪里知道联系业务在二楼，以为你们也是联系业务的，就跟着你们过来，一看货场，果然名不虚传，就多看了几眼。"宋哥立起的三角眼放了下来说道："嘿，你还有理了，谁知道你们是干啥的，我还听说外地的条子来龙山了呢。"周晓玲从手包中抽出一张名片双手递给宋哥，杨红鹰又是呵呵一笑说道："俺听刚才有人叫您宋哥，那您就是宋先生了，宋先生见条子见多了吧，您见过我们这样的条子吗？"宋哥低头看了看名片点了点头说："噢，是田经理，还是国字号的，慢待啦，慢待啦，联系业务在二楼，我们就不耽误你们的时间了。"

说完,宋哥就领着几个人走了。

杨红鹰想了想对周晓玲说:"我们去二楼。"二楼的每个房间都挂着牌子,杨红鹰见一些人进出于各个房间,他便推开挂着业务部牌子的房间,立刻有一位年轻貌美的小姐上前让他们坐在沙发上,并马上端上了茶。很快走过来一位手中拿着一个文件夹的中年男人,他问道:"我是业务部的刘经理,请问老板您打算联系哪方面的业务?"杨红鹰说:"俺们是河北省张家口石化产品贸易公司的,想跟你们联系一下石化产品。"周晓玲从手包中抽出一张名片递给刘经理。刘经理瞅了瞅说:"噢,是田经理,请问你们想具体联系哪方面的产品?"

杨红鹰声音放低说:"主要是汽油和柴油,俺就不瞒您,俺们公司虽然是国字号的,但是从中石油、中石化进的汽油、柴油,价格并不低,俺们也得讲究个利润不是?所以就想走一走这条道。"刘经理警惕地打量着杨红鹰道:"我们不经营走私业务,但看你们的需要量,我可以托朋友联系其他家公司。"杨红鹰说:"我们开始想进100吨,如果合作得好,我们再增加,至于你个人我们给你这个。"杨红鹰伸出一个手指。

这时刘经理的手机响了,他接通手机说:"噢,是宋哥,嗯,在这儿,正说着呢,好像不是,嗯,我知道。"刘经理关了手机说:"田经理,这事我真得向朋友问一问,看他还做不做这个生意,我是不能随便答应您的。"杨红鹰站起身说:"刘经理,那俺改日再跟您联系。"刘经理将杨红鹰和周晓玲送出业务部看见他们走下楼去,摇了摇头。

杨红鹰和周晓玲出了楼打出租车去了龙山镇东头的龙山县贸易公司,转了一圈才又打出租车回了镇子西头的乐美惠旅馆。吕欣总队长见杨红鹰和周晓玲回来了,就说:"刚才徐厅长还来电话问,我说你们化装去了余氏兄弟进出口贸易公司,厅长把我好个批评,说如果杨支队安全出了问题,要唯我是问呢。"杨红鹰微笑着说:"哪有那么严重,别管他黑道白道,总之还是共产党的天下。"吕欣说:"怎么样,有收获吗?"杨红鹰说:"有收获。"周晓玲说:"吕总队,总得让杨支队和我把装卸下去吧,箍得脸上难受极了。"吕欣笑着说:"我和杨支队大概都有一个毛病,干起工作来就什么都忘了。"杨红鹰说:"小周要不提醒,我把化装的事都忘了,她这一提醒还真觉得脸上紧巴巴的。"

"哈哈哈!"三个人都开心地笑了起来。

42

杨红鹰和周晓玲回到各自的屋中除去化的装又来到吕欣的屋里,把去余氏兄弟进出口贸易公司的整个过程向吕欣细述了一遍,周晓玲解下蝙蝠衫上的胸花,原来花里还有一个纽扣微型摄像机。她把微型摄像机放在一个长方形的盒子里,将连接线插在笔记本电脑上,启动开关。杨红鹰他们在余氏公司楼下楼上的情景就出现在电脑屏幕上。

看着电脑屏幕上的图像,吕欣说:"这位宋哥我见过,他早先是龙山县公安局治安大队的一名副大队长,后来因为参与走私受了处分,然后就下海经商了。前段时间一件吸毒的案子牵扯到他,但最后因无确实的证据,再加上他是龙山县钟县长的内弟,也就不了了之了。"杨红鹰说:"他的案子不了了之,那他的案卷还在不?"吕欣说:"那肯定在,我现在就可以让档案员把他的电子档案发过来。"杨红鹰说:"那都赶趟,吕总队我有这样一个想法,你看是否可以。宋哥他们说话中无意暴露了这样一个情况:

余成军昨天回来,今天早晨就和余成民一起进山。他们上山里干什么去了?"

吕欣说:"那肯定是涉及他们非常重要的事,干咱们这行三句话不离本行,难道在龙山也有一个溴代苯丙酮的生产厂?"杨红鹰说:"那可不好说,他们还说到修路和港口的事。"吕欣说:"那就是说,还和海上运输有关系。"杨红鹰说:"我的想法是,既然他们进山,这山里一定就会有他们不可告人的秘密。问题是龙山县三面是山一面是海,他们会进哪里的山?"

吕欣说:"我刚才听他们说修了去码头的路,港口在龙山县西南角,那山也自然是西面的山了,而且距离港口应该不太远。"杨红鹰说:"我倒是有个想法,咱们给他来个逆向思维,先去港口,从港口查去山里的路,再从去山里的路中选出他们可以使用的路,顺着路再去找他们的秘密。"吕欣说:"杨支队,我看这个思路不错。"

杨红鹰说:"那问题又来了,我来时王局长要我们一定不要打草惊蛇,如果我们在山里遇见余家兄弟或者杰克、张六子这些人怎么办?余氏兄弟团伙中头一次去腾格里县还有几个后来没去的,一旦让他们发现我们怎么办?"吕欣说:"没别的办法,还得化装。"杨红鹰说:"那化什么装,收山货的?"吕欣说:"我跟徐厅联系一下吧,前两天有两位海军的同志联系要在龙山建潜艇基地的事,因为保密程度极高,所以找了公安厅让协助勘测保密的事。如果我们能借上这件事就好了,我们可以化装成海军同志。"杨红鹰说:"如果能行,这太好了。"

吕欣提出的侦查方案在徐楷副厅长的大力协调下,终于成行了。过了一天,海军的一辆中巴车拉着五位勘测人员来到龙山县,同时还按吕欣提供的服装型号带来了海军军装。海军勘测队的队长是史中平少校,由于徐楷副厅长已将一些情况提前与他沟通了，所以史少校心中有数。来到后，他与吕欣和杨红鹰见了面，就把去侦查的事情商定下来，决定到了龙山港后海军的同志留下勘测，吕欣带来的民警留下两位负责与港口联系，其余人员跟随吕欣、杨红鹰坐海军的中巴车进山。夜间杨红鹰打电话给李春，要李春三人也来乐美惠旅馆。

李春还带来一个新的情况，就是在他们住的宾馆看见了小凤仙，他们见小凤仙从外面带着一个男人进了宾馆401房间，而他们三人分别住在301、302两个房间，和小凤仙只隔一层楼。

海军海港勘测队来到的第二天，大家便坐着中巴车来到海港。龙山港是一个天然的避风港，千百年前这片海域的一次大地震改变了近海海岸的地理形状，使海岸变得像是一只切了口的葫芦。早年这里就是龙山的渔民下海捕鱼的渔港，改革开放后，鉴于这里走私活动猖獗，所以闽西省干脆在这里设了港务局进行管理。港务局是行政副地级，直接由闽西省政府管辖。港务局的局长兼董事长姓夏，人们都叫他夏董。他原来是龙山县分管渔业生产的副县长，提了一格当了港口的局长兼董事长。

看来省政府提前就给夏董打了招呼，所以看见穿海军制服的一大群人从中巴车上下来，夏董就带着两个人迎接过来，伸出手说："欢迎，热烈欢迎！我姓夏。"史中平少校也跨前一步敬礼说："您是夏董，我姓史，史中平。这两位是我们的吕副队长和杨副队长。"吕欣和杨红鹰也跨前一步，向夏董敬了个标准的军礼。夏董说："我这辈子最遗憾的一件事就是没当上军人，啧啧，你看你们不管男女这一身军装敬这军礼多精神多威武。那好，咱们上屋说吧，中午我就在港口设宴安排诸位。"史中平说："夏董，我们勘测任务挺重的，基地首长只给我们一天的时间，港口有些资料我们已经有了，就是个别数据需要再查一下，我带人负责港口平面测绘和水深测量，吕副队长和杨副队长还得对港口周围环境进行勘察。"

看见夏董一愣神，史中平压低声音说："夏董肯定也明白，潜艇港是军港中保密级别最高的，所以对周边环境的要求非常严格。"夏董忙说："知道，知道，这个我懂。那我就不陪各位了，我让我们办公室的张秘书和李秘书跟你们去，有什么事好随时联系。"史中平说："这更好，我先谢谢夏董。"

开始工作了，张秘书跟着史中平一组，大家扛着测绘仪、电子测量仪去了港口的里面。

李秘书跟着吕欣、杨红鹰这一组人上了中巴车，车马上开出港口区。李秘书是个爱说爱笑很活泼的年轻人，到车上就说："哎呀，你们都是军官，我大学毕业时就想去当兵，像我这本科大学生到部队至少也是个少尉吧？可我父母就是不让，我听说部队军官的工资可高了。"吕欣说："以后你想参军入伍，等军港要是批下来，你还是有机会的。"李秘书说："真的假的？"吕欣说："真的。"李秘书乐得一拍车座说："那可太好啦！"杨红鹰问李秘书："李秘书，从港口进山有几条路？我们就得麻烦您给当向导啦。"李秘书很乐意当这个向导，就爽快地说："从港口出来有三条路，一条是你们来时走过的通向龙山镇里的路，一条是沿着海边向东边与高速公路相连接的路，一条是进西部山区去省城的路，不知你们要看哪一条。"吕欣说："李秘书，我们是负责环境安全勘察的，这些路我们都得走一趟，港口周围十公里都在我们的勘察范围内，对于有居民的地方，我们还得停下来，和居民了解一些情况。"

李秘书说："往东边那条路一直到高速路也没人家，往西边那条路我去年上省城走过一次，得走几十里路才有一个村子。哎，离港口正北方还不到十里路的山里有个洞里村，也就是二十几户人家吧。那个村子早先只有通龙山镇的路，从去年开始是一家大公司出资将原来的山间小路扩修成了一条通向港口的山间大路,这个月才修通,修通时,我们还跟夏董去剪彩了呢。"吕欣和杨红鹰交换一下眼神,吕欣说:"李秘书,这是我们重点要看的地方,我们就先去那里吧。"杨红鹰说:"这个村的名字挺怪的,村子还在山洞里?"李秘书笑着说:"那倒不是,现在村子在山崖后的洼地上,可那村子里的老人说,解放前有几户渔民就住在村子南边山上的山洞里。解放后,政府帮助他们盖了房子,才从山洞里搬出来,也就落下个洞里村的名字。"

李秘书指引着中巴车在新修的山间公路上颠簸着,但毕竟不算太远,半个多小时大家就到了洞里村南面的山洞跟前。山洞口呈拱形,高有六七米,宽也有十几米,一些人出出进进地往洞里搬运着成箱的东西。洞口还有几个人在打钻,旁边地上放着一堆铝合金制件,像是正准备安装大门。一条又粗又黑的电缆像一条长长的毒蛇从洞口上的崖壁爬进洞中。

这时搬运物品的人中走过来一位矮黑的胖子,也许看见来人是一群海军军人,他的态度还好些,来到吕欣、杨红鹰跟前说:"你们找谁?我是村长阮阿雄。"

吕欣说:"噢,是阮村长。我们是海军506勘测队的,海军在港口有工程,我们在做环境安全勘察。"李秘书上前说:"阮村长你该认识我呀,我是港口的李秘书,上次山路修通剪彩时我和夏董一起来的。"阮村长狐疑地瞅了半天才点了点头说:"有点儿印象,可你们修什么海军工程怎么不提前打个招呼,跟我商量商量。"杨红鹰强压住心里的怒火,心想二十户村民的小村长你算老几呀,国家的事情还得经你个地痞来批准?但口中却说:"阮村长,工程正处于勘察阶段,我们这次来就是向您征求意见了解情况。"大家都往前凑了凑,只有李春蹲在地上手中拿着根树条在画着。

阮阿雄村长见众人都没有小瞧他的意思便一脸奸笑说："那给我们村上能提多少？"吕欣笑着说："阮村长，给你艘潜艇你敢要吗？"阮阿雄忙摆着手说："那我可不敢要，跑到海底出不来还不得憋死。"大家又是一阵哄笑。吕欣说："阮村长，我们想看看你的山洞，将来没准儿我们部队还可以存点儿东西呢。"阮阿雄又摆了摆手说："看看行，放东西可不行，这洞已经有主儿了，人家一租就是五年，一年20万，这头一年的租金都付了。"杨红鹰不屑地笑了笑说："阮村长你够能坑人的了，什么破山洞你就要了那么多的租金，你这村长当得比县长都滋润。"阮阿雄咧着大嘴得意地笑着。吕欣说："咱们上他山洞看看去，村子里就不去了，去村子里还得让阮村长管饭。"阮阿雄一下子哈哈地笑了。

再有几步就进山洞了，突然阮阿雄的手机响了。杨红鹰紧走两步来到洞口，阮阿雄拽了杨红鹰一把："解放军你先别进。"又示意搬运物品的人说，"你们别让他们进洞！"他拿起手机举到耳边，"啊，是余总，我是阿雄，是啊，他们说他们是海军506勘测队的。不让他们进，生产秘密，那是，租金我都分到各户了怎么退？是，那我坚决不让他们进洞，你放心吧，是，这是我阮阿雄的地盘，不是谁想进就进的！"阮阿雄关上手机，就像戏台上演"变脸"戏似的，那张原先有些滑稽的黑脸突然变得凶狠可怕。"你们不能进了！"他阴沉着脸对吕欣说。吕欣仍然笑呵呵地说："我们就是搞环境安全勘察的，你要装一山洞炸药，我们怎么搞工程建设？"

阮阿雄眼眉一立，目露凶光，大声说道："弟兄们抄家伙，港口施工还用跑这么远来看？"所有干活儿的村民都立刻摸起一件东西虎视眈眈地将吕欣、杨红鹰他们围住。一个斜眼的彪形大汉举着根铁棍横眉立眼地吼道："你们想挡我们的财路哇，想找死啊！"李春、巴力吉他们也立刻上前保护自己的领导。一时间洞口前剑拔弩张，杨红鹰哈哈一笑，伸手分开身前的李春和巴力吉说："阮村长，这是怎么啦？我们港口工程的保密级别很高，安全范围为周边十公里，李秘书知道，你们这里在安全范围内。"李秘书也在一边说："阮村长是这样的，海军的同志从港口出来时就是这么说的。"

杨红鹰接着说："阮村长，我们理解你，你说不让进洞我们就不进。我看你们山洞也正在建设中没什么好看的，那我们就不看了。但是你也知道，我们军人的纪律是非常严格的，上级要求我们这样做我们必须完成，更何况这山这海是谁的？都是国家的。咱们变通一下，由你们村委会写一份书面的安全报告，你们交给李秘书转给我们，以后再让同志过来核实一下就行了。"阮阿雄见状也就坡下驴地说："其实嘛，我们村委会也是一级政府，你们军队还能不相信政府吗？就按副队长说的办。大家该干啥干啥去，谁让你们聚过来的？干不完今天的活儿，别想从我手里领工钱！"

杨红鹰和吕欣对视了一下，吕欣说："那咱们走吧，看另外两条路去。"大家都上车了，吕欣、杨红鹰和阮阿雄握手告别，吕欣说，"阮村长，你尽快把村委会的安全报告给我们交上来。"阮阿雄忙说："我们尽快送过去。"杨红鹰说："李秘书，咱们走吧。"

43

吕欣、杨红鹰他们中午饭都没有回港口去吃，太阳偏西的时候，终于查看完山里的三条路。中巴车回到港口接上史中平少校他们，便与李秘书告别。吕欣给李秘书留下一个地址要他把洞里村的安全报告尽快寄去。

中巴车回到乐美惠旅馆，史中平少校他们去整理勘测资料了，杨红鹰叫上李春去了吕欣的房间。进屋李春就说："那辆白色丰田轿车昨天去洞里村前面的山洞那儿了。"杨红鹰问："你怎么知道的？"李春说："我看见他们的车轮印了，这跟了一路，白色丰田轿车的轮胎印就像烙铁一样烙到我的脑子里了。"杨红鹰笑着对吕欣说："吕总队，李春队长在我们辽西可是赫赫有名的神探哪！"

吕欣赞许地朝李春点点头，招呼两人坐下，然后说："杨支队，我知道你在洞里村是以退为进，在路上也不好说咱们的事，现在商量商量吧。"杨红鹰说："现在我先梳理一下这里见到的一些人，宋哥是除了余氏兄弟外，余氏团伙中又一重要人物，从他出身看有可能跟公安系统个别人有联系。夏董，他是余氏兄弟海上运输绕不开的人物。我们去洞里村的信息，应该是他报告给余氏兄弟的。阮阿雄，表面上是洞里村的村长，实际是余氏兄弟收买的喽啰。现在关键是洞里村这个山洞，他们要做什么用途？"李春说："那我今天晚上就带人去探个究竟。"杨红鹰说："不可以，如果我估计得不错，今天晚上余氏兄弟会在山洞前有埋伏，今天和明天他们要对我们进行反侦查，我们要避开他们侦查的方向。"

吕欣总队长一边听一边心里盘算着，见二人说话停下就说："我同意杨支队的意见，今、明两天余氏团伙会对我们进行反侦查。我的意见，今晚我们按兵不动，明天早晨我们和史中平少校一起撤离龙山县，到离龙山县三十公里的钟州县住下，晚上咱们给他杀个回马枪，夜探洞里村。"

杨红鹰说："今天夜间咱们也有事干。"他瞅了瞅吕欣说，

"能不能这样,晚饭后让李队长、随我来的巴力吉与化装成风尘女子的小周和你们的孙艳同志回到李春他们住的旅馆房间,对那位跟着余成军来的小凤仙进行侦查,备不住还能有些意外的收获。我们那位巴力吉同志是下侦查手段的高手。"吕欣拍着巴掌笑道:"此计甚妙,对孙艳也是个考验,她净给别人化装了,这回看看能不能给自己化出这样的装来。"李春不好意思地看了杨红鹰一眼说:"小周是杨支队兄弟的未婚妻,最好别、别让她们去。"杨红鹰脸一板非常严肃地说:"李队,我们是在工作!"李春便不吱声了。

杨红鹰和李春走出吕欣的房间做夜间行动准备去了,吕欣总队长也将孙艳叫到房间做了一番交代。待孙艳走后,吕欣总队长又给徐楷副厅长打电话汇报了这里的一切情况。徐楷副厅长在电话中对他说:"你一定要把海军同志和专案组的安全放在第一位,昨天下午龙山县公安局的魏局长还给我打来电话,询问厅里是不是派人下去办案了,我跟他说,现在厅里的人都在集中进行政治学习,没有往下派人。安全厅那边我也打了招呼,都没问题,就按你们的安排办吧。"

夜幕像烟雾一样徐徐将闽西龙山小镇吞没了,华灯初放,李春和巴力吉一身酒气在化装成三陪小姐的周晓玲与孙艳的搀扶下歪歪斜斜地走回宾馆。周晓玲和孙艳分别穿着浅绿色和浅蓝色带大牡丹花的连衣裙,高跟鞋,化着艳妆,头发都有些蓬散。宾馆吧台的两位女服务员见状都憋不住笑了。

四个人磕磕绊绊地直接去了401号房间,李春假装用钥匙开一阵子门开不开,就用巴掌拍了起来,小凤仙穿着一身粉红的睡衣把门打开。李春醉眼惺忪地嚷道:"你、你是干、干什么的?怎、怎么跑,跑到俺们房间来啦?"边说着边趔趔趄趄地撞进屋去一头张到小凤仙的床上。小凤仙急了，上前就拽他，边拽边嚷道："快出去，这是我的房间，我前天来就住这房间，连动都没动。"

巴力吉进屋就撒眸合适的角度和位置，他相中了壁灯，这个高度和角度正好把房间覆盖住了。巴力吉取出一只乳白色形状像电器开关的监视器迅速粘在壁灯的下侧，又上下打量打量角度才转过身子说："哥，咱、咱们是，是几、几号啦？"这是告诉李春，下侦查手段已经完成。

李春翻个身说："咱、咱们是、是301号，你、你都忘啦？"小凤仙气得直拍床说："我这是401，你们再不走，我可喊服务员啦！"周晓玲忙央求小凤仙："姐，你别喊了，他一个醉鬼，我们这就把他整走就是了。"巴力吉故意挣扎着到门跟前看看房间号说："我、我靠，真、真的是、是401，哥，真、真的是401。"李春呼地坐起来揉着眼睛说："我我我靠，那，我咋、我咋看、看成301了呢？"小凤仙气得喊了一声："快滚！"

李春喷着酒气逼过来说："妹、妹子，你、你说啥哪？"巴力吉也凑前说："我、我看你再、再说说？"周晓玲轻轻安抚地拍了小凤仙一把，推着李春说："大哥，咱们快走，回自己房间吧，还有好事呢。"孙艳用力把巴力吉推出房间说："大哥，咱们也快走吧。"并随手把房门关上。回到301房间，李春说："你们马上去302房间将电脑和监视器连上，看监视效果如何。我在这屋待一会儿，防止有人找上来。"

孙艳、周晓玲、巴力吉来到302房间，围坐在电脑桌前，打开电脑开通监视器，401房间立刻显现在电脑显示屏上。柔和的灯光下，小凤仙四仰八叉地躺在席梦思床上。过一会儿她又侧身躺着，一会儿又仰身一会儿又侧身，然后坐起身拿起手机摁了一个电话号，把电话贴在耳边说道："吴哥在哪儿呢？不是跟哪个妖精好上了吧？怎么，都到楼下啦？好，好，人家都等你半天了，我这就去开门。"只见小凤仙一迈腿下了床，去把门锁打开，又赶紧回到床上仰身躺下。不一会儿就听见"啪啪"的敲门声。小凤仙娇声娇气地说："进来吧，门没锁。"一个男人推门进来，又返身把门锁上。他三步并作两步直接奔向床上的小凤仙。

在302房间，孙艳说："快去把李队叫过来，301不会有什么事了。"巴力吉答应了一声，开门去把李春叫了过来。周晓玲小声说："那个男人是闽西余氏兄弟公司的吴经理，我和杨支队昨天去公司时在楼后面的装卸场见过他。"

只见电脑显示屏上吴经理抱住小凤仙温存了一会儿，小凤仙一伸手就把屋里灯关了，电脑屏幕上突然陷入浓重的迷雾中，床上像是一团搅动着的浓烟。

但说话声音却依然很清晰，小凤仙说："咯咯咯，你们公司的人咋个个都像饿狼似的。"吴经理说："谁见着你，谁都得成了饿狼。"小凤仙说："你弄一会儿就走吧，别让大哥、二哥碰上。"吴经理说："二哥在辽西不是染上性病了嘛，回来就把这事忌了。"小凤仙说："二哥能忌了这？他要把这忌了我都把饭忌了。"

吴经理说："大哥、二哥还有宋哥都去洞里村了，带着十好几个人，去了四辆车，连枪都带上了。"小凤仙说："哎呀，吴哥你轻点儿，大哥他们干啥去了？"吴经理说："上午港口的夏董给大哥来电话说海军来港口了，其中有一帮人可能要去山里的洞里村。大哥就给洞里村的阿雄打电话，阿雄说那些海军要进山洞，让他们给挡了。大哥就怀疑去的人不是海军是条子，宋哥就说不可能，他说他找公安局的人问过了，公安局的人说上面没人来，他又找港口的夏董，夏董说他也核对了海军给留下寄材料的地址，是安全厅的，也没问题。可大哥还不信，就和宋哥打赌，大哥说如果他猜得没错，今天夜晚条子必然返回洞里村。那这帮条子可就惨喽,大哥说一个不留,全都整死就地掩埋。要是今晚条子们不去,大哥明天下午就带你们回辽西了,那边的事也挺急的。"

小凤仙说:"啧啧,没深仇大恨的,咋下这狠手?"吴经理说:"这你就不知道了,我们要是栽在条子的手里也是没活路的。"小凤仙说:"那大哥不回辽西不行吗?我看这里啥都比那沙漠里强。"吴经理说:"不行,现在还不是大哥跟那边那个苏老大翻脸的时候,缅北的坎爷让咱们家大哥务必把苏老大那娘们儿的生产资料都搞到手,可那娘们儿把那工程师整得死心塌地地跟着她,到现在大哥也没把溴代苯丙酮制冰的办法整到手。我觉着大哥这次回辽西可能要下狠手了,洞里村这边可是啥都准备好了。我们老大是谁呀,别管是鸦还是苏,坎爷在中国的老大得由他来做。来呀,我的心肝宝贝,今天晚上条子要不去,明天晚上你就不在龙山了,可龙山也找不到你这样的……"

李春伸手将监视器关掉说:"这一对狗男女,估计有价值的东西也就这些吧。孙技师、小周你俩马上带录像回去向吕总队和杨支队汇报,我和巴力吉一会儿再打开监视器看看,看还有没有有价值的东西。"孙艳开玩笑地说:"李队你是没看过瘾吧?你要想看,我从我们禁毒总队的录像档案里给你调出几段来看,比这都黄……"

李春忙满脸严肃地摆着双手说: "不要胡扯,咱们是在工作。"

孙艳和周晓玲回到乐美惠旅馆立刻将监听录像放给吕欣和杨红鹰看。看完后吕欣说了一句:"还真是有意想不到的收获!"杨红鹰说:"原来余成军是这么个重要角色,我还真小瞧他了。那现在余氏兄弟一定是在洞里村严阵以待了。"

西边的太阳刚刚沉入龙山群峰背后的时候,白色丰田轿车和另外三辆小面包车就气势汹汹地开进了洞里村。

洞里村前边的空地上聚集着洞里村三十几名青壮年男人,他们手中都拿着准备械斗的家什,有鱼叉有船篙,还有铁棍和木棒。阮阿雄扯着叫驴嗓子在说着:"这些年余总他们没少给咱们洞里村发钱,前几天就是一家一万,往后那山洞就是咱们的钱串子,每年余总都给各户一万元,这样的买卖上哪去找啊?如今有人气不过,要抢咱们的钱串子,你们说咱们给不给?!"斜眼大个子跳起来举着铁棍喊:"不给,坚决不给!"其他人也举着手中的家什大声喊道:"不给!坚决不给!"

余成军领着一群人站在一边冷眼观看着。阮阿雄见士气已经鼓起来了,就像哈巴狗似的跑到余成军跟前说:"请老大训话。"余成军见阮阿雄已将村民组织起来了,就扭头对张六子说:"六子,去把夜餐费发给大家,没有到的就给阿雄村长吧。"阮阿雄领着张六子到一个村民面前就给两张百元人民币。阮阿雄喊着:"夜里就不请大家吃饭了,余总把饭钱发给大家。"斜眼大个子说:"这可比吃顿饭实惠多了。"张六子一边发着钱一边说着:"守夜的时候,不许吸烟不许大声说话,更不许中途回家!"有人小声嘀咕说:"要是想婆娘了怎么办呀?""嘻嘻,那你就干挺着呗!""嘿嘿,怕就怕婆娘半夜找了上来。"阮阿雄大声训斥道:"不许乱讲!余总说啦,谁表现好还有重奖,表现不好的就扎三刀六洞!"听了这话,没人敢再吱声了。

余成军让张六子带着五位从公司来的弟兄去了离洞里村五里地的山路旁埋伏好,见有人过来定要截断退路。他让阮阿雄把村民分成四组,在山洞外的两侧路旁每20米一组,每组配一只强光手电筒,告诉阮阿雄叫大家不要私自动手,也不要吱声,见到来人先放进山洞,等来人被赶出山洞时大家再上前围住。余成军恶狠狠地说:"不要和他们说话,只要给我往死里打,一个也不准跑掉！"阮阿雄双手一抱拳说："老大，我办事你放心！"

余成军叫上余成民和宋哥带着几名弟兄进了山洞，余成军进了山洞说："要是来人进了洞，都把强光手电打亮，别问什么动手就打，但打伤可以，别弄死了，让洞外那些村民去收拾他们。"大家都说了声："知道啦，大哥！"

宋哥掏出烟来递给余家兄弟一人一支，并给他们点着，自己也点着一支抽了一口，吐出烟圈来才说道："大哥，你真觉得辽西的条子会跟过来？"余成军说："要说呢，我也倒没发现辽西条子的踪影，加上苏老大那娘们儿安排得挺机密的，倒是也没出什么事，可我始终觉得后边有条子跟着。"宋哥说："那是你整天都在寻思防备条子，是一种心理作用吧！"余成民在一旁说："唉，小心驶得万年船，白天来的海军要真是条子装扮的，那他们回去肯定睡不着觉，晚上就得来一探究竟。如果不是条子，夜里肯定不来了，共产党的事都喜欢走个过程，咱们也别杯弓蛇影了。"宋哥说："大哥，咱俩可是打着赌呢！"余成军哈哈地笑着说："不就是一辆跑车嘛，我输我给你，你输你给我。"

小半个银白色的月牙儿已经升在当空了，山路上仍然悄无声息。余成民在山洞里转了一圈，回到余成军跟前说："大哥，打赌有可能你输了。"余成军深深地吸了一口烟说道："不一定，共产党条子做事没啥规律，他们会琢磨咱们睡得越熟越没有警惕的时候才来，这不离天亮还有好几个小时嘛。"余成民点点头说："大哥虑事周全，也许如大哥所说，条子们正在路上。"

此时吕欣、杨红鹰正在房间研究着孙艳、周晓玲带回来的录像。他俩分别将录像中反映出的情况向公安部禁毒局王副局长和闽西省公安厅徐副厅长做了汇报。王副局长说："这个情报非常重要，你把录像资料发过来我再看一看，恐怕我们的'1023'毒品专项大案的侦破方案又得做些调整了。"徐楷副厅长说："如此看来，闽西怕是有一场禁毒大仗要打。要继续密切注意余氏兄弟团伙的新动向，你回来后我们制订具体方案，我看有必要向龙山县派出常驻侦查人员。"

晚上12点刚过，李春来电话说："杨支队，那位吴经理离开401号房间走了，没必要再监视小凤仙了吧？"杨红鹰说："不用监视小凤仙，你们抓紧时间休息一会儿，早晨7点钟来乐美惠，我们一同去钟州。"

银白色的月牙儿已经转到洞里村西面龙山峰峦的背后去了，夜漆黑漆黑的，几乎伸手不见五指。洞里村响起了"喔喔——"第一声雄鸡的叫声。一些村民骚动起来："阮村长，这时候不来就不能来了吧？""鸡公都叫头遍了，眼瞅着就要天亮啦。要我说咱们回家去还能睡一觉。""阮村长，要不这200元夜餐费还给他们，我也想回家睡一觉去了。"阮阿雄被说得没办法就说："我去找余总问一问，看现在咱们回去行不。"于是叫上两位组长和他一起朝山洞里走去。

山洞里，余成军和余成民、宋哥坐在一个水泥台子上一支接一支地吸着烟。余成军是个平时不太喜欢吸烟的人，但这次为了打发时间，为了消除暗夜的寂寞，也跟着宋哥和余成民抽起烟来。

"嚓嚓"的脚步声传来，余成军低声说："来了。"立刻抽出手枪推上子弹，余成民和宋哥也把枪拿在手中。余氏兄弟手下的弟兄们低声喝道："什么人！"没待对方应声，十几只强光手电筒"唰"地一下照射过去。就听走在前面的阮阿雄"妈呀"一声，在强光手电筒的光束下双手捂住脸蹲在了地上，后边的两位组长都背过身去一只手掌捂住眼睛，另一只手摆动着："别照啦，别照啦，是我们哪！"

人们这才将强光手电筒歪向别的方向。余成军几人端着枪走过来埋怨道:"是阿雄你们哪,进洞怎么不吱一声。"阮阿雄蹲在地上说:"老大,我的眼睛八成瞎了,什么也看不见了。"他身后的两个组长说:"都以为是自己人就没吱声。"强光手电筒把人们的身前身后照得雪亮,余成军把手枪插回腰间,弯下腰问道:"阿雄,怎么样?不行就找车送医院?"阮阿雄还是双手捂住脸道:"老大,还是啥也看不见,先不用去医院,我回家躺一躺,看看情况再说。"余成军说:"也好。"他对两个组长说:"你们俩安排两个人把阮村长送回去,先打打热敷什么的。"两位组长答应一声,两人将阮阿雄扶起来搀着走出洞去。余成军、余成民、宋哥三人谁也没吱声,又回去坐到水泥台子上。

夜幕在雄鸡一遍一遍"喔喔——"的催叫声中渐渐拉开,天已大亮。

张六子他们几个人也回来说:"这一夜别说条子,连个过路人都没有,白蹲了一夜。"余成军笑了一下对宋哥说:"你赢了。"宋哥说:"大哥,谁赢谁输都不是事,我得恭喜大哥,昨天来的不是条子,说明大哥没有暴露。你看县公安局和海港几个渠道都说没有条子来嘛。"余成军也满心欢喜地说:"兄弟说的对,不是条子就好,那咱们撤,下午回辽西去。"

宋哥问:"大哥,非得你亲自去辽西吗?"余成军说:"兄弟,下一个十吨的溴代苯丙酮,坎爷是志在必得,我不去他不放心。溴代苯丙酮转冰的资料还有些没到手,我不去你们谁能办得了?不过也快,月底或下月初我就能回来。"

宋哥拍着手笑着说:"等大哥再回来,可就不是进出口贸易公司这块小天地喽!"余成军说:"哼,有我在,别管他是鸮还是鹰,谁也取代不了我在坎爷那里的位置,坎爷是谁,Ka 能谋划过他?"

等他们走出山洞,见村民们不知什么时候都走了,连个人影都没有，只见洞里村炊烟袅袅，鸡叫声、狗吠声，还有女人驱赶鸡鸭声，凑成一部渔村交响乐。余成民说了句："村里的老百姓就是这个德行！"余成军挥了挥手说了声："走啦！"他带头钻进白色丰田轿车中，四辆车向着龙山镇急驰而去。

这一天就这么过去了，下午余成军在公司与众人辞别，又去宾馆将小凤仙拉上，走上了回辽西腾格里县的路。

西边的太阳落下，吕欣、杨红鹰带着禁毒警察分乘三辆车从距离龙山县三十公里的钟州县出发了。又是夜深人静的时候，吕欣、杨红鹰让开车的民警把车停在距离山洞还有四五里路的地方，留下孙艳、周晓玲看车，其他人徒步一阵急行军就到了山洞前。昨夜里折腾一夜加上阮阿雄村长眼睛受伤，所以这一夜村里没有人来山洞的工地，此时洞里村家家关灯闭门，寂静得连声狗叫都没有。杨红鹰留下巴力吉看守洞口，其余人都走进山洞。

吕欣、杨红鹰带着大家把山洞搜索个遍，沟沟缝缝都看了，见没有人藏匿，才叫大家打开随身携带的锂电池灯，从山洞里边向外录像。山洞里很长，足有100多米，宽也得有三四十米。山洞的地下已全部用水泥硬化，里边隔出几间办公室和休息室，其中有一大间堆放着实验橱、实验台，还有成箱的器材。往外每隔一段距离便有一溜水泥台子，上面焊接着三角钢或圆钢一直到山洞顶。杨红鹰对吕欣说："根据我们对腾格里县化工厂设备设施掌握的情况看，里面那个大间是化验室，外边这些是车间，只是将腾格里县化工厂车间的宽窄做了些调整罢了，格局几乎和腾格里县化工厂相同。怪不得这位余老大要亲临腾格里县并且待得那么老实，原来除了溴代苯丙酮外，他还有一个偷艺的安排。"也就是用了一个小时的时间，山洞里的录像就结束了。

李春在余成军坐过的水泥台下将烟头全都收集起来放进塑料袋里，又用强光手电筒照着水泥台下，将水泥地上的脚印拍下来。他用手指着其中的两个脚印说:"这是余成军的脚印,他穿的是41码波浪纹胶底皮鞋,右腿受过伤,右脚比左脚用力大,印痕一轻一重也就有区别了。"吕欣赞许地点着头说:"李队,抽个时间我请你过来给我们总队讲讲课。"

吕欣又仔细地查看一下大家有没有落下的物品和留下的痕迹,然后对杨红鹰说:"杨支队,我们收队吧。"大家走出山洞,迎着山涧飘过来的凉爽空气,又以急行军的脚步走在山路上。

夜幕下山路两边山峦起伏,溪水淙淙。

44

吕欣、杨红鹰带领大家回到车里,向着钟州方向的高速公路驰去。临近钟州,大家把车停在高速路旁,李春他们要在前面的路口转入闽西省的高速公路去追踪余成军的白色丰田轿车,吕欣、杨红鹰他们要赶回闽西省公安厅,杨红鹰三人明天中午要飞往北京。大家握手拥抱告别,一句"再见了"几乎和着泪水从大家口中吐出。吕欣说:"我们是分道而不扬镳,不管在哪里我们都是并肩作战的。"李春他们三人举手敬礼,然后马上转身回到车里,车"呜——"地一下开走了。

第二天上班后,杨红鹰和周晓玲、巴力吉去闽西省公安厅向徐楷副厅长汇报了来闽西的工作,并向徐楷副厅长、吕欣总队长辞行。徐楷副厅长说:"我原来以为'1023'毒品专项大案发端于闽西结案在辽西呢,哪想到案情发展到现在还有转回来的可能,我们就拭目以待吧!"

杨红鹰说:"感谢徐厅长和吕总队对我们工作的大力支持,

有你们的帮助，我们圆满地完成了工作任务。"吕欣说："说啥呢，杨支队，我们得感谢你们的到来，进一步搞清了余氏兄弟团伙制贩毒的犯罪动向。"

徐楷副厅长说："我们闽西有一句俗语，'是痈疽总要出头的'，余氏兄弟团伙这群社会残渣余孽，现在看来走私只是他们冰山的一角，该到揭露他们真面目的时候了。在今后的决战中我们闽西一定积极行动，在'全链条打击'中做关键的一环！"

杨红鹰他们三人回到北京后，将整个过程向王副局长做了详细汇报。王副局长说："很好，你们专案组这次行动主动而不被动，方向清晰目标明确，为我们彻底清除坎坤制贩毒集团提供了很好的情报依据。这些天，铁峰总队长、赵东明副市长以及于洪军局长他们，经常与我保持视频联系。朗诺一战对苏美娅打击很大，Ka 组织和坎坤集团的矛盾加剧了。现在坎坤和颂般都在催苏美娅抓紧生产下一个十吨的溴代苯丙酮，但都没说这十吨溴代苯丙酮向何处交货。你们在龙山县就抓住了坎坤的狐狸尾巴，我们可以做到及时判断早做准备。你们回去以后，密切注意苏美娅、余成军两人的动向，闽西那边我会和徐厅长商量对余氏兄弟团伙的监视和控制的，还有那个洞里村山洞工厂。"

杨红鹰说："局长，我们想下午回去了，您还有什么指示？"王副局长爱怜地瞅了瞅他们，他发现杨红鹰瘦了许多，于是说："回去后你们得注意休息，身体是革命的本钱嘛，虽然说我们共产党人是特殊材料制成的，但那指的是我们的精神，肉体都是一样的，如果把身体拖垮了，怎么进行下一次战斗？"杨红鹰、周晓玲、巴力吉站起身立正敬礼说："谢谢局长关心。"

李春的车用最快的速度追出闽西追过江西，一直未发现余成军白色丰田轿车的踪迹，没有了电子跟踪器的指引便失去了方向和目标,加上他们还得把沿途的车换回来总得耽误些时间。而余成军的白色丰田轿车有GPS定位,走的又是捷径,李春他们自然追不上。李春焦急地给于洪军打了电话:"于局,我们一路追过来,两三天了,还是不见余成军白色丰田轿车的踪影,这可怎么办哪?"于洪军在那边镇定地说:"不要着急,那你们就顺原路回来,他反正要回化工厂的。"李春听了于局长这句话,心中有了数,也就不那么急三火四地去追了。

过了北京,李春他们就沿着去时的公路往回返,路上他接到青山县公安局刑警队许队长的电话:"哎,李队,回来没有哇?我羡慕死你啦,在云南分手时我真想跟你们去闽西,可陈局不让,一天一个电话地催我,唉,我是没那个命啊,跟你们干多刺激。"李春说:"我们还没到家呢,正在路上。"许队长说:"李队,路过青山县在我这儿站一天呗,你还欠我一顿酒呢!"李春说:"我们于局让我明天必须赶到家呢。"许队长说:"再忙也不在乎一天,将在外君命有所不受嘛。"

许队长的热情让李春心里热乎乎的,但他打定了主意,青山县不能站,必须尽快赶回去。三菱警车路过青山镇的时候开车的民警小崔笑着问:"李队,真的不站啦?"李春板着脸说道:"不站,快点儿开过去!"小崔说了一声:"好嘞!"

三菱车冲过一个弯道,进入一片山谷中,山谷里种着一大片玉米。玉米到了快要成熟的季节,玉米穗上粉色的红色的黄色的缨子有的已经干了。一下山梁李春他们就看见玉米地旁边的路上停着一辆警车,有穿警服的人在忙活着,旁边还站着一群人。李春让小崔放慢些车速,等走到人群跟前,李春吃惊地说:"停车,那不是许队长吗?"

李春忙开车门走出来。许队长也正好直起腰来,一抬头惊喜地叫了一声:"李队,大神探来啦!"他忙摘下手套走过去和李春握手。李春问:"出什么案子了,还惊了你的大驾?"许队长说:"是一桩抛尸案。山区干旱,老百姓就在山脚下挖了一些旱井用石头、水泥砌上,下雨天山水下来存在井里,玉米地旱时抽旱井里的水浇地。"

许队长接着详细地叙述了案发经过。

这玉米地西头有个叫六顷地的村子,村子的羊倌叫王瘸子。村里各家各户总共有个几十只羊,让他南山、北山地放着。今儿个早上他赶着羊顺道往南山这边过来了。习惯了,他总要坐在那边那个旱井的井沿上待一会儿。

王瘸子放了一辈子羊,腿虽然瘸但眼睛特好使。两眼不经意间从井上一扫就觉着井下多了点儿东西。他又趴在井沿上一看,见井底下水皮上露着个袋子模样的东西。他心中别提多高兴了。但他知道,凭自己一个人的力气怎么也整不上来。

"肥水不流外人田",王瘸子想了想,给他大舅哥打电话,让他大舅哥带上两条长一点儿的绳索再叫上两家的女人来玉米地东南角的旱井。他大舅哥问:"你这神神道道的有啥事咋的?"他四外瞅瞅压低嗓门说:"他大舅你就别问了,我夜里做梦,梦着南山那山水滚着浪头往下推,就知道该咱哥们儿有点儿财。你就吆喝她们姐俩快来吧,我在这里守着。"

一个多时辰的工夫,王瘸子的大舅哥背着绳索带着两个女人连歇带喘地跑了来。还离小半里地,王瘸子大舅哥就嚷道:"妹、妹夫,是啥值钱的玩艺儿?不是山水冲下山牲口掉旱井里了吧,头、头些日子可下了场大雨呢。"王瘸子却用力摆手压着嗓门说:"别说话,小心玉米地里有人。"

等三人跑过来,王瘸子指着井底说:"你们看,那是个大袋子不?"他们三人的脑袋立时都伸向井口,几乎异口同声地说道:"真的是个大袋子!"王瘸子的大舅哥抬起头瞅了瞅王瘸子和自己妹子说:"再贵重的东西咋也得整上来才是钱不?"王瘸子咳嗽一声说:"哥和嫂子,我寻思了,咱们这亲戚我就不说了,可亲是亲财是财,咱得把丑话说到前边。这东西是我看见的,我腿脚不好可总比哥小几岁,咋也得我下这个井。我这人钱上不黑,这样吧,东西拽上来按钱分三成,我们家占两成,你们家占一成。"王瘸子的大舅哥媳妇红头涨脸地想说句什么,被她男人挡住了:"嘻,就按他姑夫说的办吧,这天上掉馅饼的事,你在家待着不是待着?妹夫,我们没啥意见。"

王瘸子这才动手,把一条绳子的一头拴在自己腰上,另一头交给自己媳妇,千叮咛万嘱咐地让井上三个人一定要把绳子抓住,一点一点地往下放。他自己带着另一条绳索下了井。

没想到,没有不透风的墙,没多久,"羊倌王瘸子在玉米地东南角上的旱井里发现了财物"的事立时传遍全村。"外财见面分一半,咱们也去看看。""村长,那旱井咋说也是咱们村的,有了财物怎么也不能让王瘸子独吞了吧?这事儿你们村委会可得拿个主意。"在人们的哄嚷声中,村长王老鸢一咬牙一跺脚说:"走,村子里集体旱井里的东西咋能让他王瘸子一个人独吞?!"村子里的年轻人都外出打工了,他就带着村里的几位留守老头儿奔了玉米地东南角的旱井。

王瘸子用手抠着石缝,两脚尖也蹬着石头的缝隙小心翼翼地往井下移动着。到了井底,王瘸子先找一个突出的石块用他那条好腿踩实了。他一只手拽住绳子,另一只手在袋子露出的地方摸了摸说:"不是啥硬实东西,兴许是城里人穿不了的旧衣裳装在袋子里扔到这边来了。"井上的三个人听到了,王瘸子媳妇说:"旧衣裳也行,哪件也比你身上穿的金贵。村东头上锦州去唱小戏的王二丫,时不时地就往家捎一包旧衣裳来,他们家的人争抢着穿呢。"王瘸子将手中的绳子抖开,牙、手并用,给井底的大袋子拴了个撸兔子的套，把布袋子撸紧，然后说了声：“拴好了，先把我拽上去吧。”井上的三个人立刻用力把王瘸子拽了上来。

王瘸子身子一上来就冒了一句话："完了，他们咋知道了呢？"原来王老鸹村长领着十来个人到了。井上的三个人背对着，没有看见。

王老鸹领着人一脸严肃来到他们跟前，开口就说："你们鼓捣啥呢？噢，是看着旱井下边的东西了。那你们看着了咋就不跟村上言语一声呢？这旱井咋说也是村上的。就连这么点儿素质都没有？"

王瘸子、大舅哥和两位女人一听村长的话立时就怂了。王瘸子翻弄几下眼珠子说："这不是没拽上来嘛，原打算拽上来再向村上报告。"他大舅哥也趁机说："我们就是这个意思。"两个女人也说："别成天脏心烂肺的，没人想吃独食。""就是，一个村子住着谁不知道谁，那些破鞋烂袜子的事谁说啥了？"

王老鸹话音顿时小了些："村上和大伙也没别的意思，就是听说你们发现财物了，一是帮你们整上来，二是看看是啥，要是违禁的东西也好做个证。来，都站着干啥，都帮把手把东西拽上来！"王瘸子只好把绳索甩给大家，王老鸹村长叫着号子，"一、二，一、二，老哥们儿老姐妹使劲拽呀！"众人应道："使劲拽呀！"王老鸹说："拽上头肥猪，咱们当下酒菜呀！"众人应道："当下酒菜呀！"在王老鸹富有韵味的号子声中井底下的布袋终于被拉上井口，王瘸子和他媳妇抢上前抱住湿漉漉的布袋子放在旱井旁边。

旁边有人说："让王村长打开看看吧。"王瘸子媳妇反驳道："凭啥非得王村长去解开，你们老爷们的手太粗，要是金枝玉叶也得让你们整折了，来，嫂子，咱姐俩把它解开。"

两个女人手脚麻利，迅速将缠在袋子口的黑色塑料包皮的电线拧开，布袋的里面包的是一床棉被。两个女人边扯边叨念："怪不得死沉死沉的，这棉被子渍进水还有不沉的！""这长脱脱的，解开别蹦出个人来！"

姐俩说着话，就把湿棉被卷的卷子扒开了。就听"妈呀"一声惊叫，姐俩全都仰面躺倒在地。

棉被子扒开的地方露出一个紫萝卜蛋子似的死人脑袋，乌黑的乱麻瓢子似的头发下，双眼乌突突地鼓着，没有了血色的舌头垂在嘴巴的外面。男人们也都惊吓得后退一步，好半天才定过神来。还是王老蔫村长有定力，他大声吼道："王瘸子你这是整的什么财宝？！快，把你们女人先拖一边去，她俩是吓死过去了，其他人一个不许走，等我给县公安局打电话让他们来人看咋说吧！"

王老蔫村长马上掏出手机给青山县公安局刑警队打了电话，接电话的恰好是刑警队的许队长。许队长撂下电话说："北山乡山南村出命案了，马上出警！"于是带上人急三火四地赶到现场。许队长戴上手套和口罩，小心翼翼地扒开湿棉被，一位妙龄女子的尸身呈现在眼前。女子尸身上穿着一件浅蓝色带浅黄团花的连衣裙，没有血色的大腿箍着长筒的肉色尼龙丝袜子。脖子上有着明显的青色瘢痕。"死者是被勒死或掐死的，是什么人作的案呢？"

其他几位刑警忙着照相，登记一些必要的数据，还有的民警在找王老蔫、王瘸子他们做笔录，在场的人就连王瘸子的大舅哥也都把发现死尸的事全推在王瘸子身上。王瘸子媳妇在一边擦鼻子抹眼泪地说："这辈子跟着他就没摊着过好事。"

正在这时，李春他们的警车到了。许队长抬头见是李春像是见了救星似的说："辽西省的大神探来了。"李春一看遇上这样的事又是许队长在现场破案，就是来十二道金牌也不能走了。于是先给于洪军局长打电话说明情况,然后戴上口罩、手套,蹲在死者前看了看,用手拨拉一下颈部,心想:这不是小凤仙吗?他们怎么还把她杀了呢?但他嘴上却没说出来。死者的两只胳膊拧在身后,手指散开呈半钩状。李春见死者右手的中指、食指指甲缝中有血迹,就叫许队长安排人提取出来放在塑料袋中,然后站起身围着旱井周围仔细地搜寻着。在距离旱井三十几步远的路旁,他蹲下身子仔细看着地上的脚印。然后他站起身朝许队长摆了摆手,李春说:"叫人把这几个脚印做模。"许队长立刻吩咐下去。

李春和许队长又回到旱井旁的女尸跟前,用手扯着卷女尸的棉被细细地看了看,这才说:"许队,经过我对现场情况的勘查,初步认定如下:死者年龄25岁左右,身高167厘米,身份三陪小姐。现场发现犯罪嫌疑人脚印一为41码波浪纹胶底皮鞋,身高175厘米,体重78公斤;脚印二为45码牛皮底皮鞋,身高185厘米,体重95公斤;脚印三为42码齿状胶底运动鞋,身高172厘米,体重72公斤。这里不是案发的第一现场,许队说是抛尸案很准确,此案的第一现场应该在青山县城。"

许队长吃惊地瞪大双眼张着嘴,正忙着的民警们立刻议论纷纷:"真是人外有人天外有天哪,咱们许队就够厉害了,没想到这主儿这么厉害。""你没听许队管他叫辽西大神探吗?""就是咱们照着本念也念不了这么明白呀。""你说这大神探也没长三只鼻子六只眼,咋一看就连身高体重都报出来啦?""要不咋叫大神探呢。"

王老蔫村长、王瘸子这些村民更是听傻了,有几个老头儿用力地揉了揉眼睛往李春跟前凑了凑,想看这大神探到底啥模样。许队长虽然一脸严肃,但却透着破案后的一种快意。他说:"兄弟们,都办利索了吗?"大家齐声说:"都办完啦!"许队长大声说:"收队!"

许队长吩咐王老蔫说:"王村长,我们公安留下一个人,你们村上找一个人,先看一会儿,我已通知县医院来辆救护车把尸体拉回县里冷冻,局里得马上做尸源认领。"王老蔫村长便说:"这也就是一会儿的事,有警察同志在,瘸哥你就连放着羊带照看吧!"王瘸子斜楞一下眼珠子说:"咔,这咋没有人跟我抢啦?"王村长说:"瘸哥,别说没用的。"王瘸子说:"我就说咱们村子这人,见着便宜就抢,见着麻烦就闪,没一个好种。"王老蔫村长说:"你说那些没用的话干啥。"说完自己头也不回地走了。旱井旁只剩下一名警察还有垂头丧气的王瘸子夫妻俩守着死尸。

上车走时,许队长对腾格里县开警车的小崔说:"你上我们车上去,让我来开车。"小崔知道许队长要有话对李春队长说,就麻溜地去了青山县的警车。车开动了,许队长就问李春:"咱们下一步怎么办?"李春说:"去你们祥龙酒店。"许队长说:"李队,你不会连死者带凶手是谁都整清楚了吧?"李春说:"哼,那我还不清楚!咱们都跟一道了。死者是腾格里县燕舞洗浴中心的三陪小姐小凤仙,在闽西龙山县宾馆401号房间,我们见过她,也给她下过侦查手段。脚印是余成军、杰克、张六子的,我这次在闽西龙山县的洞里村就见过记在了心里。死者和凶手、帮凶都基本确定,现在就是个证据的事。我说去祥龙酒店,是因为装尸体的布袋子就是个被衬,他是把小凤仙掐死后用棉被卷起来塞在被衬里,被衬上印着祥龙酒店的字,用房间里的一段电线扎的口。"

说话间,两辆警车就开进了青山县的祥龙酒店。酒店的经理是位上下一般粗姓孙的女人。孙经理给人第一印象就是从脸蛋儿、下巴颏开始到两肩、两个乳房,再到双臀、双腿全是多余的肉。走起路来,别人看见都替她难受。许队长悄悄地跟李春说:"这老娘们儿可不好逗,你看她又肥又胖的,她老爷们儿却是个又瘦又小的男人。人家哨他男人与老婆同房,从天黑鼓捣到天亮,连老婆具体的边界都没整清楚。"

孙经理见两辆警车一支箭似的开进院里,就知道不是好事。别看她身材臃肿行动笨拙,可是说起话来却机敏得像只猴子。"哎呀呀,这不是许大队长嘛,今儿个咋这闲在,领着弟兄们过来啦。"她脸笑得像朵倭瓜花似的。

许队长指着李春说:"你别就看见我,这位是有名的辽西大神探李春队长,这次来你这里是查案子的,你叫你们的人多配合着点儿。"孙经理说:"啧啧,看许大队长说的,好像哪次来我们没配合似的。辽西的大神探来了,那是我八抬大轿都请不来的客人。今儿个办完案子就别走啦,给我个面子,中午我安排,那查案子也得开个房间是不是?"

许队长说:"不用啦,你想让我们开个房间到时候砸我们一杠子,你那点儿小算盘我还不知道?我们就坐在大厅里的沙发上就行。让你的人把住宿登记簿拿来,我们看一看。"孙经理咯咯笑了,立刻回头对吧台的服务员说:"徐子,把登记簿拿过来,你警察叔叔要查咱们的账。"吧台服务员小徐立刻端着住宿登记簿走过来递给许队长,许队长将登记簿打开又递给李春。李春接过来翻动着,看了一遍他突然问道:"孙经理,你们二楼的201、202、203号房间昨晚住的什么客人?怎么都写了个'吴'字?"孙经理说:"这我也不知道,你们得问徐子他们。来,徐子你过来,我到该吃药的时候了。这住宿啥的都是这丫头管,你们问她就行。"

说完,孙经理就捶着腰起身去一楼她的经理室了。徐子走过来说:"住的什么人我知道,201号房间是大套间,住的是余总和他的太太,202号房间住的是一位叫杰克的外国人,203号房间住的是张六子,这三个房间都是青山大酒店的吴总经理订的,也是吴总结的账。他们走得挺早的,是张哥的班。"李春问:"你说的张哥在不在?你让他来一下。"徐子说:"张哥值的是夜班,现在在家呢,我给他打个电话让他过来。"

没一会儿,张哥就过来了。张哥说:"余总他们天刚放亮就走了,他太太病了,用房间里一床被子包着,是那个叫杰克的外国人抱着出去的。"许队长说:"那你就没看一看再让他们走?"张哥说:"人家大经理太太生病长灾的,我乱看啥。"李春说:"我们去201号房间看看。"

徐子在前面带着大家进了201号房间。推门进屋是客厅,客厅里看不出什么,只有烟灰缸里有几个烟头,还有两个泡着茶的茶杯。李春扫了一眼,告诉许队长叫人都收起来,并让随同的刑警将屋里地板上留下的脚印拍下来,然后就奔了里间的卧室。卧室很零乱,徐子说:"服务员一直没抽出时间收拾,不知怎么的,总不愿意收拾这个房间。"房间里很乱,两只荞麦皮大枕头一只在床上,另一只扔在靠门口的地方。席梦思床垫子斜扭在床箱上,褥子与床单揉作一团。

李春细细致致地排查着天花板、墙壁和地板砖,翻动着床上的每一件物品。他的眼神中迸发着只有猎人在搜寻猎物时才有的那种睿智光泽。他终于在床单上发现了只有半个指甲盖大的一点点血迹,他对许队长说:"把床单上的血迹和死者指甲缝里的血迹都做DNA化验分析,这里大概就是凶杀的第一现场。"许队长说:"那凶手就是余成军了,那余成军又向哪边跑了呢?"李春仰着头也问了一句:"是啊,余成军又往哪儿去了呢?"

45

冀东省北部是燕山山脉的腹地,一条308国道穿过燕山山脉直达辽西省的赤岭市。白色的丰田轿车正奔驰在这条国道上。余成军阴沉着脸余怒未息。他用右手摸着左手臂,那上边有两条清晰的手抓血痕。"这个死不要脸的婊子,这个不知天高地厚的婊子,这个要钱不要命的婊子,竟敢要挟我,竟敢用手挠我!"他愤愤地说着,眼前浮现着那惊悚的一幕。

本来这一夜的前半夜余成军是很兴奋的。吴宽出手大方,在他的青山大酒店最高档的二楼宴宾厅里摆了三桌酒宴。酒桌上东海的鲍鱼、海参,南海的燕窝、鱼翅,东北的熊掌、猴头,就连禁猎多年的飞龙也做成汤菜藏在众多的菜肴中。就这些菜肴,吴宽还说:"没啥好东西,就是点儿稀罕物,好歹给大家补补身子,活活血壮壮阳啥的。"酒是贵州茅台,都是假一赔十的真酒。

酒桌旁高朋满座,县政府、县人大、县政协的领导们都热烈欢迎余总光临,都说:"像余总这样的贵客,就是专程去请都请不来的。"

原本小凤仙也是要去的,余成军也答应领她去,但吴宽私下对余成军说:"万一这位嫂夫人说话说漏了嘴,或者跟哪位碰酒时说似曾相识,不就尴尬了?"余成军一听,觉得也是这个道理,就没让小凤仙跟着去。小凤仙虽然嘟囔两句但胳膊拧不过大腿也只好作罢。

酒桌上,杯觥交错。青山县政府招商局局长是位女同志,她和余成军碰酒时一口气干了四高脚杯茅台,却还瞪着火辣辣的眼睛，倒举着空杯问："余总，敢不敢再跟妹子来四杯？"但凡黑道中的人物都很注重"性情"二字，"只要关系铁，宁可喝吐血"。

别人一劝酒，杰克就摆着手，拼着命说："NO，NO！"大家也就不和外国人计较，都对准余成军碰杯。好虎架不住群狼，余成军再大的酒量也抵不住这一群人的碰杯，终于告熊，直到写了降书顺表，说出"这次回腾格里县几天就过来专程谈投资化工厂的事"，众人方才作罢。

吴宽这次很卖力，他想在青山县开一家像腾格里县那样的化工厂，他知道余成军在苏美娅甚至坎坤那里的地位，便竭力奉承余成军，套牢他和青山县上层人物的关系。

一直闹腾到后半夜，余成军才被人送回201房间。余成军送走送他的人，便把房门关上，只觉得酒精点着了欲火，一时难耐。他见小凤仙和衣侧身躺在床上，就说："听见爷回来了，怎么还不快点儿脱衣裳睡？"小凤仙身子动也不动地说："你那女人有的是，何必非得找我来？"余成军说："仙儿，你这说的什么话！"小凤仙一转身呼地坐起身说："我说的什么话，你说的话还不如我呢！你说领人家去，人家把衣裳都换了，然后又不让去了。没到瑞丽，你说到瑞丽给买镯子，到了瑞丽你连个镯子影儿都没让看见。从家出来时，你说一天给一万，今天可是十天了。我现在可是连个钱毛都没见着，我在燕舞洗浴中心可都是一把一清的。明天就到家了，你把钱算清再说吧！"

余成军也自知理亏，于是说："仙儿，我那不都是有原因的，没顾上嘛。到腾格里县我就给你，我给你11万。"小凤仙嘿嘿冷笑一下说："到腾格里县？到腾格里县你就提起裤子不认账了。"余成军也火了，三角眼一立说道："那你说怎么办？"小凤仙一伸手说："拿十万元钱来，拿不来十万元钱，今夜休想动我的身子。"

余成军欲火变成怒火，一个饿虎扑食就蹿了上去，强行撕扯小凤仙的衣裳,一边撕扯一边说:"你个贱人,敬酒不吃你吃罚酒,大爷我是什么人,休想不休想能让你说了算?"小凤仙一边拼命挣扎抵抗着一边说:"今儿晚就不跟你睡,你们在龙山县洞里村那些事别以为我不知道,你是大毒犯大毒枭坎坤的人,你想取代苏美娅上山洞里制冰,我告你去!"

余成军一下子停住了撕扯衣服的手,酒劲儿一下子吓没了。他脸色刹那间变得死灰,冷笑了一下。他恶从心头起,双目圆睁,一双铁钳子似的手卡在小凤仙的脖颈上,一个大骗马就骑在了小凤仙的身上,恶狠狠地说:"我该扎你三刀六洞!"

任凭小凤仙怎样拼命挣扎,手挠脚踢,抓破了余成军的手臂,蹬歪了席梦思床垫,都无济于事了。只有几分钟,可怜一个如花似玉的弱女子,就此香消玉殒了。余成军悻悻地从床上下来:"他奶奶的,便宜了你,应该扎你三刀六洞灭你全家!"

余成军酒劲色瘾全无,他先去洗手间洗了个澡,半躺在浴缸中的热水里,梳理着思绪。天已微亮的时候,他才去把张六子叫到自己屋里来,如此这般地把经过说了一遍。然后两人先是把棉被从被套中抽出,用棉被将小凤仙的尸体包裹好再用被套装好。余成军这才去叫起杰克,让杰克抱着包裹起来的小凤仙死尸,将其放在白色丰田轿车的后备厢中。

余成军他们上了车,打开GPS顺着一条沥青铺成的山路便向腾格里县的方向驶去。天大亮了,当他们跑到山南村看到一片玉米地时,余成军先是想扔到玉米地算了。后来又看到了旱井,他觉得扔在旱井里或许更不易被人发现。于是停下车,他下了车四外看了看,见远近无人,才让杰克和张六子两人抬着小凤仙的尸体,把它扔进了旱井中。他朝井下又看了看才低声说了一句:"走,回腾格里县化工厂!"

白色丰田轿车奔驰着,余成军坐在车后座上,渐渐眯着了。

恍惚间，见小凤仙一身是血鼓突着眼睛龇牙咧嘴耷拉着舌头，一双铁钩子般的手向他面部抓来。他喊了一声："哎呀，不好！"睁开眼觉得满脸满身都是汗水。张六子回过头问他："大哥，做梦了吧？"余成军摇摇头说："没事儿，几点了？这是到哪儿了？"张六子说："11点了，大哥，现在出山了，再有半个小时该到赤岭了。"

"大河向东流呀……"这是余成军手机的彩铃声，他忙抓起来看，是吴宽的手机号码，他赶忙接通。手机中传来吴宽急促的声音："余总，你们出事了吧？刚才祥龙酒店的孙经理给我打电话，说山南村旱井里发现一具女尸，县刑警队去了，还有个辽西省姓李的神探，警察直接追到祥龙酒店你住的201套房。我估计对你们的通缉令最迟明天上午也下了，快一点儿今天下午都能下，你还能回腾格里县吗？"

余成军听罢一时呆住竟没能及时回话，吴宽又说："余总你听着呢吗？"余成军这才回话说："我听着呢，谢谢兄弟告诉我，兄弟这个恩情我必当报答。"吴宽说："这些话就不用说了，咱们都在一条线上拴着，一荣俱荣不敢说，但一损肯定会俱损的。余总我还想问你，这事能跟苏老大说吗？"余成军说："兄弟，你先不要告诉苏老大，晚上你再跟她说吧。"吴宽说："那好吧，祝你一路平安，咱们暂时也不能通话了。"

余成军回过神来说："杰克，你把车停下，我有话要说。"待杰克停下车，余成军说，"两位兄弟，小凤仙的事发作了，我这回恐怕要连累两位兄弟。腾格里县化工厂那里我是不能回了，现在就看两位兄弟，你俩要是愿意跟我回闽西，咱们现在去飞机场把车一扔，都坐飞机走。你俩要是想回腾格里县化工厂，我也不拦着，你们就开车回去，见到苏老大替我道一声歉。"

杰克说："我是外国人，我又没做什么事，我还是回腾格里县。"张六子眼里含着泪说:"大哥,我知道你待我好,可腾格里县那里翠兰已怀上了我的孩子,我不能扔下她不管,她大哥就在公安局当刑警队长,他要抬抬手我备不住就能过去,我也回腾格里县,我就听天由命了。"余成军说:"那好吧,两位兄弟既然主意已定,那就送我去机场,12点正好有去闽西的飞机,待我登机后你们也回吧。"

三个人坐车去了机场,还好来得及,余成军马上办了登机手续上了飞机,没过半个小时赤岭飞往闽西的飞机冲天而起。杰克和张六子朝飞机摆了摆手便钻进白色丰田轿车中向回腾格里县的路上开去。

在201房间找到几根毛发和手纸,李春都让人用镊子夹起放入塑料袋里,然后抬起头对许队长说:"收队吧!"许队长说:"走吧,陈局在局里等着咱们呢。"

李春和许队长带着几位刑警回到青山县公安局,陈局长说:"李队,有道是人算不如天算,我们请你你不来,案子却把你逼过来了。"

几个人坐下来商量下一步怎样结这起凶杀案的事,李春说:"虽然我们心中已经明确凶手是谁,但是在提取的DNA没有做出分析前,从法律上我们还是不能确认谁是杀人犯。但是我们可以报给冀东省公安厅,以犯罪嫌疑人的名义通缉他们。"

许队长说:"那通缉犯罪嫌疑人起码得有他们的照片呀,我们这里关于这三个人的信息资料却什么都没有。"李春说:"向我们公安局要,我先前就留了一手,觉得这些人不是什么好东西,每个人都给他们做了一份简单的档案。这事我们的于洪军局长也知道。好,我这就给于局长打电话。陈局,我把电话打通了,还是你跟我们于局说吧。"陈局长点点头说:"好的,你用我座机给于局打。"

李春拿起话筒拨了于洪军的手机号："于局,我是李春。"话筒里传出于洪军的声音："李队啊,案子破得怎么样啦?"李春说："于局,让青山县公安局陈局跟您说吧。"陈局长接过电话说："于局,谢谢你们腾格里县公安局,谢谢你们的李春队长,我们遇上了大案子,你们李春队长不请自到,你说咱们两家这是啥关系呀。"

于洪军说："说什么关系,中国姓警的都是一家人,我们跟踪运送溴代苯丙酮车的时候你们不也是又下电子跟踪器又派警车跟踪的吗?咱俩就别说客套话啦。"陈局长说："好,那我就不客气啦于局,我们现在在初步断定死者是你们腾格里县燕舞洗浴中心的三陪小姐小凤仙,凶手是 M 国兴凯投资公司腾格里县化工厂的余成军、杰克、张六子三人。下一步我们想报冀东省公安厅发他们三人的通缉令,但我这里关于他们三人什么资料都没有,想跟你商量,看你们那儿有没有他们的资料尤其是照片什么的,如果有就给我们发过来。"

于洪军爽朗的笑声："哈哈,我说没有行吗?那些档案都是李队他们整的,他就站在你身旁,我要不发给你,李春也得骂我不仗义,马上就给你们发过去。"陈局长说："好的,哪天我去腾格里县请你们喝酒。"于洪军说："陈局,有这么请人的吗?"话筒中传递着两人哈哈的笑声。

陈局长撂下电话说："走吧,李队也帮我们忙活了大半天了,总得喂喂脑袋去吧!虽说是一家人,但也是分家另过不是?许队你们几个都去,今天我请客。"李春说："我前些日子跟踪过来的时候见着陈局心里挺发怵的,没想到陈局这么幽默。"陈局长说:"唉,干咱们这行要是自己不找点儿乐子,都得紧张疯了。"

李春说："陈局,我还有一个不情之请。"陈局长说："好,你说。"李春说:"我的意思是,咱们简单吃一口,吃完饭我们就往回赶,如果余成军他们还不知道破案的消息直接回到腾格里县,我赶回去配合局里还能控制住他们。"许队长立刻急赤白脸地说:"那怎么行,李队你就是铁做的,这么连轴转也受不了哇!我都让人上酒店订桌去了。"陈局长说:"唉,走就走吧,咱们的情谊不在一两瓶酒一两顿饭上,李队说的对,如果犯罪分子有一个心存侥幸的心理被我们控制住,那对尽快结案是太有利了。"

有陈局长的话,许队长虽然是一脸不高兴,但也无可奈何。果然,陈局长到了饭店就催促饭店老板:"我们有急事,饭菜快上。"老板喊了一声:"陈局有紧急工作,后厨的、跑堂的都麻溜着点儿!"就见跑堂的姑娘都是一溜小跑地端菜端饭。陈局长端起一杯啤酒说:"就来一杯,咱们一心一意共同努力尽早结案!"大家举杯一扬脖把杯中酒喝干,尽快吃完饭。

李春他们三人和陈局长、许队长敬礼握手告别。三菱车风风火火奔驰在去往辽西省腾格里县的路上。车窗外路两旁的杨柳树迅速向后倒去。

46

杰克、张六子从机场出来都心事重重,但现在已无路可走,只得往腾格里县开去,可车速并不快,直到太阳偏西时才回到腾格里县的王爷府镇。路过王爷府大街,张六子说:"杰克,你自己开车先回去吧,我明天早晨再回厂子。"然后又迈过车座从后车座靠背的后面掏出一支五四式手枪别在腰里才提着包下了车。

杰克扭头一笑做了个鬼脸开车走了。张六子推开路边"翠兰牙医诊所"的玻璃门，李翠兰正两只胳膊肘支在桌子上，两只手托着下巴打愣。张六子喊了一声："翠兰，我回来啦！"李翠兰猛地一抬头，接着就从桌子后面冲了出来，和张六子抱在一起，她喃喃地说："六子你不知道，打你走了这些天，人家心中油煎火燎地难受。"张六子说："你可能也不知道，我也是整天惦记着你和你肚子里的孩子。"

二人亲热了一阵才松开手，张六子忙从地上的提兜里摸出只锦盒举到李翠兰眼前说："在瑞丽没站，睡了一宿觉就走了，要是站的话，肯定能给你买只更好的。"李翠兰脸上洋溢着幸福的笑容，忙打开锦盒，见里面是一只晶莹的翡翠玉镯，就说："这挺贵的吧？听人家说得好几十万呢，买这么贵的东西干啥！"她边说着边戴在右手腕上，"你挺会买东西的。"张六子"嗯嗯"答应着说："你喜欢就好，你喜欢就行。"李翠兰抚摸着手上的镯子说："今天来看牙的人少，我也关门了，走，回家我给你做好吃的去。"两人插上窗板拉下卷帘门就走了。

杰克把车开进化工厂，停下车径直回了自己的房间，他觉得很疲劳，需要冲个澡再去找苏美娅汇报。他刚洗完澡，手机就响了，接了苏美娅的电话，知道苏美娅动怒了就赶紧跑了过去。

苏美娅阴沉着脸，见到杰克只说了一句："回来啦？"见只有杰克自己就问，"余总和张六子呢？你就用英语说吧，别费那个劲啦。"杰克便将一路上的情况说了个遍。苏美娅气得一手拍在茶几上，把茶杯震到地板上，杰克吓得一哆嗦，她气愤地说："余成军啊余成军，你可坏了我的大事！原来腾格里县公安局往青山县公安局发你们三人的资料是这么回事。"

苏美娅从截获的腾格里县公安局发给青山县公安局的资料中就知道余成军三人出事了。但她的第一反应是云南省警察因为运送溴代苯丙酮的事在青山县拘留了他们，搞不好把吴宽也捎了进去。她马上通知高晓荣停止了溴代苯丙酮的生产，已生产出的溴代苯丙酮装桶掩埋。她庆幸插在公安局那只发射器在关键时刻发挥了作用，她准备撤离了。

于洪军在与青山县公安局陈局长通过电话后，便通知公安局档案员小陈务必尽快将 XJ-02、04、08 号三份档案给青山县公安局电传过去。

不巧的是档案员小陈早晨上班后就觉得身体不适，跑到附近的县中医院看病。县中医院的胡大夫低着头听完小陈的介绍，眼珠向上翻了翻打量了小陈一下，皱着眉头嗫着牙花子说："这种征兆可是不好。你这早晨吃饭了，今天抽血化验分析是不能做的，那就把 B 超、CT、核磁共振都做了吧。咱们中医院也不是过去望闻问切那一套了，都是仪器透视和扫描，对肿瘤检测能达到百分之百。浑身不适不是小病，常与身体某些器官恶性肿瘤的病变相联系。你在饮食上是不是爱吃酸菜或者爱吃辛辣之物啊？"

胡大夫一说把档案员小陈三魂就吓出窍了两魂，便说："我们家我婆婆爱吃酸菜，头年秋天腌了一大缸的酸菜，能吃大半年。而我就喜欢吃辣的，顿顿都离不了辣椒。"胡大夫说："你看看，你们这些人哪，就知道整天忙工作。不管多重的病都有前兆，病从口入，你这肿瘤也是吃出来的，早点儿来检查，恶性肿瘤初得时手术的成功率能到百分之八十。现在咱们医院的设备挺先进的，现在肿瘤得上并不可怕，怕的是不能早期发现、早期治疗。"

胡大夫又说："明天早晨别吃饭，验血验尿的单子我也给你开出来了，省得你明天又得挂号，现在挂我的专家号挺贵的呢。"档案员小陈说了声"谢谢"就忙着去交款检查了。

小陈怀着一种忐忑的心情拿胡大夫给开的一大把单子逐个地

检查起来。刚做完 B 超和 CT，于洪军局长的电话就打来了，小陈有气无力地接着电话说："于局，刚才胡大夫说我的病很严重呢，有肿瘤的征兆，我总得检查下来，下午再去传吧！"

小陈检查完也到了中午下班时间了。检查结果得下午 4 点才能出来。下午 2 点半钟，她失魂落魄地到了单位，抽出 XJ-02、04、08 号三份档案，也没想保密的事，习惯性地到局办公室就给青山县公安局发了电子邮件。

小陈发完电子邮件神情恍惚地走出办公室，想去中医院看检查结果，在走廊上正好遇到于洪军局长。于洪军局长说："小陈，抓紧发青山县公安局的电子邮件。"小陈沮丧地说："刚才已经发了。"于洪军吃惊地问："你在哪儿发的？"小陈说："我在办公室发的。"于洪军双眼立刻瞪起来压低声音说："你跟我来！"

到了局长办公室，于洪军强压住怒火问："小陈，你发的这几个档案是什么级别的？"小陈瞅了一眼愤怒的局长低下头说："属机密文件。"于洪军说："机密文件在发出时，需要有什么手续？"小陈说："需要局长签字。"于洪军手往桌子上一拍吼道："你明知故犯，得关你禁闭！你现在去你自己办公室，等一会儿我再找你！"

于洪军立刻将项晖和杨阿尔斯楞叫过来。他把青山县要余成军三人档案以及小陈在办公室发电子邮件的过程说了一遍，然后有些侥幸地说："有没有这种可能，苏美娅见不到这次电子邮件的内容？"项晖和杨阿尔斯楞几乎同时说："那不可能！"于洪军脸色大变，果断地说："你俩马上过去，要求与赵东明副市长、杨红鹰支队长，不，还有王局长视频通话。"项晖、杨阿尔斯楞答应一声忙着去找小朱、小李。于洪军又抄起电话要求公安局刑警、治安、交警各大队整装待命。

杨阿尔斯楞跑过来说，视频已经接通，请于洪军马上过去。

于洪军三步并作两步地跑了过去，见公安部王副局长、铁峰总队长、赵东明副市长、杨红鹰支队长都在视频上，就擦了一把汗说："各位首长，由于我工作不力，我们的工作可能泄密了。"稍稍平息了一下，就从头到尾地报告了一遍，他最后说，"鉴于余成军三人档案泄密，我建议'1023'毒品专项大案应提前收网。"

王副局长双眉拧着，电脑屏幕好像冻僵了一样，半天才说："问题是很严重，现在就说是已经泄密了，杨红鹰同志，你什么意见？"杨红鹰瞅了瞅赵东明，赵东明点了点头。杨红鹰说："如果泄密了，苏美娅接收到信息会怎么办？以我对苏美娅的了解她不会马上就跑，她还要再看。这件事还有有利的一面，那就是说苏美娅认为她的发射器还在发挥作用，这会迷惑她的判断。我的想法是稳住苏美娅，撒开大网捕大鱼的目标不变。现在立即发出余成军、杰克、张六子三人的通缉令，咱们就处理这个与苏美娅无关的杀人案。此外，按她与坎坤约定的时间，下一个十吨溴代苯丙酮交货时间已不足 20 天了，我们应协调地方政府做一些稳定苏美娅的工作。"

王副局长双眉舒展开来。他点点头问："铁峰总队长，你的意见如何？"铁峰总队长说："我同意赤岭市的意见。"王副局长回了一下头对工作人员说："给我接冀东省公安厅杨彬副厅长。"工作人员说："局长，接通了。"

"杨厅长，我现在正开视频会议，你问一下你们青山县关于小凤仙被杀案取证工作进展得怎么样啦？""王局长，青山县陈局长刚给我打来电话，死者指甲上血迹与酒店 201 房间提取物证 DNA 比对分析是相同的，杀人凶手就是余成军。""好的，我要的就是这个结果。"

王副局长回过头坚定地说："那好，我马上敦促有关部门尽快发出公安部对余成军、杰克、张六子的通缉令，赤岭腾格里县那边可以对这三个人采取行动了!"

视频会议结束,赤岭市公安局一架无人机起飞掠过腾格里县王爷府镇,掠过化工厂的上空。腾格里县公安局刑警大队、治安大队、交警大队民警跑步集合。王爷府镇派出所的十几名民警也整队跑步赶到县公安局。

47

"1023"毒品专项大案组确定拘捕犯罪嫌疑人余成军、杰克、张六子后,于洪军马上下令刑警、治安、交警三个大队在家的人员和王爷府镇派出所的民警立刻出动。于洪军通知档案员小陈,禁闭暂时解除,检查以后再写,当务之急将余成军、杰克、张六子的照片复印30份,分别交给三个大队。档案员小陈此时万病皆无,只有一门心思完成于洪军交付的工作任务来将功补过。交警大队、治安大队和王爷府镇派出所的民警首先出发,他们的任务是把守各个路口,发现三名嫌犯立即抓捕。刑警大队民警们全副武装,准备直接进入M国兴凯投资公司腾格里县化工厂拘捕嫌犯。

就在刑警大队民警们上车准备出发时,那辆白色丰田轿车直接开到公安局楼下。苏美娅着一身黑色衣裤,面容憔悴地走下轿车。她见着门卫就说:"我有急事,想见你们于洪军局长。"正巧于洪军和项晖从楼梯上走下来。于洪军面容温和地打着招呼说:"这不是苏总嘛,有什么事吗?"苏美娅一脸悲戚地说:"我手下的人可能触犯法律了,现在我带他来自首。"于洪军双眼直视着苏美娅说:"我们欢迎这种自首行为,让他下车吧!"苏美娅用英语厉声喊了一句:"杰克,快下车!"杰克蔫头耷脑地拎着提兜走下车来。于洪军对项晖说:"项副局长,你带杰克去办理自首的手续去。刑警队暂时先别出发。苏总你跟我到办公室里来。"项晖还有两名刑警带着杰克走了,苏美娅跟在于洪军后面进了局长办公室。

　　苏美娅听完杰克的讲述方知余成军三人的事与运送溴代苯丙酮无关才长长地出了口气:"唉,吓死我了。"她这才给青山县的吴宽打了电话。吴宽说:"我也正要给您打电话呢。老大,出事啦!"接着,吴宽就把余成军的事说了一遍,"听说是马上要发余总他们三个的通缉令呢。"

　　苏美娅气愤地说:"这男人怎么这样,在腾格里县也没拦挡过他找小姐呀!那三陪小姐遍地都是,他非带上一个干什么?这下可把我们害惨了,多少人得受他牵连!"吴宽也火上浇油道:"可不是嘛,老大,青山县公安局都找我两次了,还限制我出门呢!"

　　苏美娅长叹一声说:"真是人算不如天算,你说好好的,他又来这么一出。他走之前去庙里求的签就不好,色登活佛就劝他不要动,可他这人你真的不让他动行吗?"吴宽说:"哎呀,那现在可怎么办哪?"苏美娅说:"你能躲就出去躲几天,我这里走是走不了啦。"吴宽说:"好的,老大,我马上就想办法争取早点儿出去。"

　　苏美娅给吴宽打完电话又把高晓荣叫过来,高晓荣见杰克回来了,热情地上前握了握手说:"您辛苦了。"苏美娅说:"余总他们几个出事了,把个三陪小姐给杀了。你们这些男人咋都这样,这警察马上就得跟上来,你去他们三个人房间查一查,凡是有妨碍的材料和物品都处理掉。"她把一串钥匙扔给了高晓荣。

高晓荣朝杰克点点头,幸灾乐祸地说:"我早看余成军就不是个好东西。"苏美娅白了他一眼说:"还有,我这缺人手,让你的车间主任乌恩巴图给我当办公室主任来,这孩子这次出门表现不错。"

苏美娅知道余成军只要回到闽西恐无大碍,张六子的相好是本地人又是刑警大队长李春的妹妹,也会有个遮掩,只是这傻杰克没有出路了。于是她说:"杰克,你打算怎么办哪?"杰克说:"主人,我也走吧!"苏美娅说:"杰克,你走不了啦,现在各路口恐怕都让警察把上了!"杰克说:"我又没杀人,我什么坏事都没干,他们抓我干什么?"

苏美娅苦笑了一下说:"因为你和杀人的人在一起,你和做坏事的人在一起,你就是从犯。"苏美娅仰着头闭上眼睛停了一会儿说,"杰克,你去准备些换洗的衣服和生活用品,我领你去自首吧,按照中国的法律,自首是能给减刑的。"杰克说:"我听主人的。"他回到自己房间,不一会儿拎着一只提兜出来了。苏美娅也换了衣服和杰克上了白色丰田轿车,轿车直接开向腾格里县公安局。

苏美娅跟在于洪军的身后来到局长办公室,于洪军客气地请苏美娅坐在沙发上,然后拨了杨阿尔斯楞的电话:"小杨,你干啥呢?你姑姑来啦,你拿几瓶矿泉水过来!"说话间,随着一声"姑姑"杨阿尔斯楞一手拿着两瓶矿泉水出现在局长办公室。他先是把矿泉水分别递给苏美娅和于洪军,然后对苏美娅说:"姑姑要来怎么不提前打个招呼呢!"苏美娅惆怅地说:"唉,姑姑手下的人杀人了,三个人跑了两个,姑姑这是犯了罪带杰克投案自首来了。"杨阿尔斯楞吃惊地睁大了眼睛。

于洪军接过矿泉水瓶说:"苏总,我得纠正您刚才说的话。

第一，余成军、杰克、张六子三人是犯罪嫌疑人，您苏总有管教不严之责，但从目前青山县发来的通报看，您并没有参与这起凶杀案，所以您不叫犯罪。其次，青山县公安局知道余成军三人是腾格里县化工厂的人，所以要求我们协助办案，估计通缉令很快就会下达，我们已经开始行动了。第三，您赶在通缉令下达之前带杰克来投案自首是非常正确的做法，如果杰克真的参与了凶杀案，这会给他减刑的。"

苏美娅先前绷紧的面容一下舒缓了许多，朝着于洪军双手合十道："阿弥陀佛，谢谢于局长，那我是否可以回去了？"于洪军说："当然，只是余成军和张六子还下落不明，我希望苏总继续协助警方搜捕这二人。"

苏美娅连连点头说："那是应当的！那是应当的！"苏美娅又对站在一边的杨阿尔斯楞说："唉，这一折腾我全身连点儿力气都没有了，能不能让阿尔斯楞把我送回去？"于洪军说："当然可以，小杨你把苏总送回去。"杨阿尔斯楞说："是！局长。"苏美娅起身，她一下子好像苍老了许多，杨阿尔斯楞忙上前搀扶。于洪军一直把他们送下楼。公安局楼外刑警大队的十几名民警仍然全副武装列队站在汽车旁。于洪军送他们姑侄上了车，待白色丰田轿车开走，才下令刑警队暂时回屋待命。苏美娅这一招，使他得重新制订搜捕方案了。

根据杰克的口供，余成军已飞回闽西，但张六子回到了腾格里县王爷府镇，于洪军觉得抓张六子并不是件多难的事。

正在这时，李春他们风尘仆仆地赶了回来。李春直奔于洪军的局长办公室，于洪军见是李春回来了，显得很激动，从写字台后面站起身迎上前："这一趟你们辛苦了。"李春忙敬礼，然后两人的双手紧紧地握在了一起。李春简要地将一路跟踪的情况汇报了一下，然后说："于局，咱们行动好快呀！我刚才回来路过西辽河大桥,见咱们的人正检查过往的车辆和人员。"

于洪军说:"是的,虽然对他们三人的通缉令还没发下来,但下午'1023'毒品专项大案组开会决定了,要我们就事论事,立即拘捕杀害小凤仙案中的三名犯罪嫌疑人。刚才苏美娅亲自开车把杰克送来投案自首来了。"李春说:"哼,她这是想以退为进,她明明知道杰克无路可走跑也跑不掉。那余成军和张六子呢?"于洪军说:"据杰克初步交代,余成军到赤岭就去飞机场坐飞机又返回闽西了,张六子是车开到王爷府大街下的车,不知去向。"

李春问道:"这余成军怎么就知道他杀人的案子破了呢?"于洪军说:"可能是档案员小陈给青山县发电传时走漏了消息。"李春说:"张六子极有可能去了我妹妹翠兰那里。"于洪军说:"我已经安排项晖副局长带人去李翠兰那里了,你刚回来先休息休息吧。"李春点点头说:"那好吧,我服从组织的决定。"

项晖带着几名民警乘车赶到李翠兰的牙医诊所,见门窗紧闭,于是便去了李翠兰的家中。李翠兰的家在王爷府大街东侧的一幢居民楼四楼。项晖他们敲了半天门,李翠兰才穿着件银灰色睡衣揉着眼睛打着哈欠来开门。项晖说:"李大夫,化工厂的张六子与一件案子有关,我们来就是看他在不在你这儿,如果在,请您把他交给我们。"李翠兰镇静地说:"他来过,待一会儿他说去化工厂就走了。不信,就这几间屋,你们搜一搜。"项晖说:"那大家就看一看吧!"来的几位民警都是刑警队的,李春平时待大家亲如兄弟,所以他们就说:"李姐,那我们就各屋看一看。"

没两分钟大家就看完了,都说没有张六子。项晖也觉得挺不合适的,初来乍到的就带人来刑警大队长李春的妹妹家翻个底朝天真有点儿过意不去,于是就说:"对不起,李大夫,打扰了。"然后带着大家下楼坐上车又奔向化工厂。

杨阿尔斯楞开着白色丰田轿车去化工厂，苏美娅坐在后座上说："阿尔斯楞，你说姑姑多命苦哇。这工厂刚刚有个着落，余成军又整出这么一档子事，你说我操心不操心。我还寻思呢，我这里没有别的亲人，往后这工厂成了气候，我也该去国外养老了，这里就交给你，难道几年的时间也不让我过去？"杨阿尔斯楞说："姑姑，想那么多干啥，我阿爸我俩挣的钱也够花了。"

苏美娅说："你说，余总他们出去送货整出这么大的事你们公安局就没个议论啥的？"杨阿尔斯楞说："那咋没有，人家都说通过这件事看，姑姑心慈面软用人不当，这么大个企业用余成军这样的人是失误。"苏美娅马上说："阿尔斯楞，往后你们公安局那儿要是有个大事小情的勤告诉点儿姑姑，免得姑姑做错事。"杨阿尔斯楞说："知道了，姑姑。"杨阿尔斯楞把苏美娅送回化工厂，姑侄俩又说了几句闲话。眼见得天黑了下来，杨阿尔斯楞说："姑姑，我得回去了。"

这时，苏美娅桌上的步话机响了，苏美娅拿起步话机问："瞭望哨，什么事？"步话机传出瞭望哨的话音："有两辆警车响着警笛向咱们厂子开来了。"苏美娅说声"知道了"，然后抬头对杨阿尔斯楞说："你先别走了，看他们来又干啥，该说话时，你也说句话，这么没完没了还行啦！"杨阿尔斯楞说："姑姑，咱们去大门口接一接吗？"苏美娅说："不去，看他们还干啥！我刚才没去公安局之前就给宁琛县长和王富国副县长打电话了，他余成军戳破了天是他余成军的事，于我何干？顶多说我对下属管教不严，可那是错不是罪，跟他们警察无关！"

传来敲门声，进屋的是项晖和几位刑警队的民警。项晖先向苏美娅出示了搜查证，然后说："苏总，我是腾格里县公安局副局长项晖，我们根据有关法律要对犯罪嫌疑人余成军、杰克、张六子的房间进行搜查，请您配合。"苏美娅冷冷地说："我能不配合吗？干扰了你们的公务，我可担不起罪过。"

苏美娅给乌恩巴图打了电话，乌恩巴图很快就到了。她把给高晓荣的那串钥匙递给乌恩巴图说："乌恩，你上任后的第一项工作就是协助警察同志搜查犯罪嫌疑人余成军总经理、杰克总会计师、张六子队长的房间，并回答项局长他们的问询。"然后回过头对项晖说，"项局长，让我们办公室的乌恩主任陪你们去吧，我就不去了。"项晖说："苏总您忙着，我们去了。"

项晖他们在余成军、杰克、张六子的房间没有发现太有价值的物证，也只是些指纹、脚印、毛发什么的，但三人的房间都发现了一双新的脚印——清晰的外八字的脚印，连没有侦查知识的乌恩巴图都看得出那是高晓荣的脚印。乌恩巴图想，怪不得苏美娅那么泰然，原来她先让高晓荣查过一遍了。但乌恩巴图只受于洪军局长的单线领导，是不能和公安局其他人员进行工作联系的，现在他只管做开门、关门的事。三个人的房间都查完了，苏美娅送杨阿尔斯楞出来。苏美娅向项晖打了个招呼说："天挺晚的了，可我也不能留你们吃饭，我的人犯了法，我就得处处加点儿小心。就让阿尔斯楞跟你们回去吧。"

看着警察们都上了车，警车开动了，苏美娅招了招手然后扭身问乌恩巴图："他们都说啥了？"乌恩巴图说："说倒没说啥，指纹脚印的倒是没少拍照，有一双脚印他们说是新的，而且各屋都有。"苏美娅恨恨地说："他就是个笨种啊，连这样的事都得我教给他。乌恩，这下子警察算盯上咱们了，做啥事就都小心着点儿吧。"乌恩巴图说："知道了，苏总。"

这天深夜，苏美娅起身坐在小皮圈椅上又去了地下室。她先通过卫星网络视频联系上了颂般，颂般开口就问："苏娅，溴代苯丙酮的生产怎么样啊？先前那车的纯度非常高，生产出来的'冰'纯度也就高。下一个十吨我不想给他，当时签的协议就是生产出的溴代苯丙酮第二个十吨给 Ka 嘛。"苏美娅说："如果坎坤非得要呢？"颂般凶狠狠地说："那就豁出命来跟他抢！"

苏美娅说："颂般首领先别说那些了，这边出事了。"颂般吃惊地问："怎么啦？"苏美娅说："余成军在从闽西回来的路上把带去的三陪小姐杀了，现在杰克投案自首，余成军返回闽西，张六子不知去向。"颂般说："余成军回闽西是一定会与坎坤联系的，我下午还在坎坤那里，他怎么没和我说？你这样，苏娅，杰克是我们的人，你得想办法把他捞出来。运送溴代苯丙酮的事，我过两天再跟你说。"苏美娅说："好吧，颂般首领。"

苏美娅又联络了坎坤，坎坤气色很好，笑呵呵的，打开视频坎坤就说："苏娅你气色不对呀，我跟你说，你那个溴代苯丙酮真是好玩艺儿，在这里就那么几个大罐一转悠就整出 5 号冰来，奇迹呀！我这回服了，可我得怎么奖励你呢？哈哈哈！"苏美娅说："坎坤首领，我这边出事了。"坎坤说："不用你说，我知道了。不就是死了个女人嘛，中国政府要是同意，我可以赔他们十个这样的女人。这事你就不要管啦，我已经让余成军做了安排。你就专心给我生产溴代苯丙酮，月底那十吨一定要出来。运送地点月底再说吧！苏娅，用你们中国话说你真是巾帼不让须眉啊。"苏美娅没再往下说，只是说："那好吧，这两天警察总来，生产日期怕是得推迟几天。"说完就把视频关了。

从苏美娅打开视频，项晖就紧急通知于洪军、杨阿尔斯楞，并立即报告给赵东明、杨红鹰。杨红鹰边看边对赵东明说："这两个集团矛盾还不小呢。"赵东明说："是啊，苏美娅夹在中间有点儿两头为难了。"杨红鹰说："明天把视频录像报给公安部王局长和省公安厅铁峰总队长，没准儿可以利用他们的矛盾，把大鱼钓上来呢！"赵东明赞许地点了点头。

48

夜晚,王爷府镇沉入黑夜的包裹中,干热的空气也渐渐冷却下来。在 M 国兴凯投资公司驻腾格里县办事处,余阿根在打电话。"阿根,是我。""啊,是大哥,你安全啦?""我没事,安全是安全,可龙山县里也不好待,我现在在船上呢。""大哥安全就好,有什么事吗?""唉,刚才公安部下了我们几个的通缉令,没想到一个小姐的事惹这么大的祸。现在别的我不担心,就是担心六弟呀。在赤岭机场我让他走,他惦记他的女人硬是要回腾格里县。唉!""大哥,你说六弟还走得了吗?""走不了啦!走不了啦!各处的条子接到通缉令早就布下检查岗啦,六弟就是插上翅膀也飞不回来啦!""大哥,你说咋办吧。""唉,六弟呀,六弟呀,怎么就不听我一句话,这要扔在外边,连个处理后事的人都没有。""好了,大哥,人命在天,我知道该怎么办了。"余成军那边挂了电话。

余阿根想了想,从兜中掏出一张纸条来,这是半个小时前一位叫李翠兰的女人给他送来的。只见条子上歪歪斜斜地写着一行字:"五哥,快想法儿送我出去!!!电话就打给我的女人。"后面是电话号。余阿根只留了电话号,掏出打火机点燃了纸条。他嘴里叨咕着:"大哥让你走,你不走,现在想走还走得了吗?"

此时的张六子真的像是热锅上的蚂蚁在屋里走来走去。

下午他跟着李翠兰到了家里就把事说了。李翠兰说:"人又不是你杀的,到时候我找哥给你说去。"张六子接下来也不好说什么,就和李翠兰沉浸在温柔乡中。听见敲门声知道不好,便和李翠兰都坐了起来。李翠兰让他赶紧抱着鞋和衣服钻进床箱子里，李翠兰把床收拾干净了，才去开的门。

待项晖他们走后，张六子说："翠兰，你这里我待不了了，要是来个第二次搜查，肯定什么地方都得搜到。"李翠兰说："那就送你去二舅家，他家在小区西头，是平房。等掌灯的时候，我就送你过去。"

李翠兰的二舅孙老二家老夫妻俩守着个院子，有一双儿女已经长大成人，娶妻的、嫁夫的，都成家另立门户了。孙老二平时最疼李翠兰这个外甥女，特别是前两年李翠兰又给牙口不好的二舅装上一口假牙，让他吃上他最喜欢吃的小米饭嘎渣儿，孙老二逢人就龇着口假牙讲："甭说儿女还是外甥，真正孝顺的说不上哪个。"

老两口儿吃完饭，正在看播音员朱娜播放的腾格里县新闻。

"现在播送公安部关于余成军三人的通缉令，9月11日夜，冀东省青山县祥龙酒店发生一起杀人案。被害人小凤仙系辽西省腾格里县王爷府镇燕舞洗浴中心从业人员。经查作案嫌疑人为M国兴凯投资公司腾格里县化工厂总经理余成军及杰克、张六子三人。余成军为男性，身高175厘米，体重78公斤，年龄……对提供线索抓获犯罪嫌疑人的，公安机关将给予人民币五万元奖励，并为举报人保密。"下面还有余成军、杰克、张六子三人的半身照片。

孙老二对老伴儿说："朱娜播通缉令时，不但口气变了，连脸都变了。你说现在啥人都有，都当上那么大工厂的总经理了，还领着人杀人。"老伴儿说："那女的也不是个正经料，跟着人家去外边浪张啥？哎，那个张六子不就是跟咱们翠兰好上那个吗？"孙老二说："唉，化工厂还有第二个当队长的张六子吗？"老伴儿说："要是那样，咱们翠兰可真够命苦的了，老头子，我可听儿媳妇说翠兰都怀上人家孩子了。"孙老二说:"那谁违犯国家法律也不行呀!奖励不奖励的就甭说了,别让咱们翠兰吃瓜落(东北方言:受牵连)啥都有啦!"

"二舅,没睡呢吧?给我开开门!"窗外传来李翠兰的声音。孙老二说:"你看,你看,说曹操,曹操就到了。"孙老二一迈腿下了炕到外屋把门打开。李翠兰领着张六子就进屋了,孙老二先朝院子里外瞅了瞅回手把门栓闩上才进屋里。李翠兰马上说:"二舅、二舅妈,这是我男朋友张六子。"孙老二上下打量了一下张六子,开口就说:"噢,你就是张六子。"张六子忙朝老夫妇俩猫腰点头地说:"我就是,我就是。"孙老二说:"你是啥人我不管,我是看我外甥闺女的面跟你说话,我老伴儿我们俩都是沙土埋到脖颈的人了,啥人也不怕。"

李翠兰说:"二舅你说啥呢,六子不是啥坏人,出的事是他们经理干的。"孙老二说:"外甥闺女你没看电视吧?电视上朱娜广播的通缉令,是公安部发的全国通缉令呢!我跟你们说,你二舅不是糊涂人,你们今天在我们西屋住一宿,明天该咋着咋着,啥人还大过国法去了!"李翠兰吃惊地望了望张六子,张六子低下了头。李翠兰拽了张六子一把对孙老二说:"二舅、二舅妈,那我俩上西屋合计合计,你们放心,我们就是掉脑袋那天也不会连累你们二老的。"说完拽着张六子的胳膊就去了西屋。

两人拉着手坐在炕沿上,李翠兰说:"六子,真的像二舅说的那么严重?"张六子说:"嗯,翠兰,要是上了公安部通缉令就严重了。看来我在腾格里县是不能待了。你这样,我写个纸条,你去找个人,看他怎么说,我们回来再商量。"张六子攥着笔费力地把纸条写完说,"你去我们办事处,就是早先的吴小辫家,去找一个叫余阿根余主任的人,把我的纸条给他,我的命就在他一句话了。你回来后,我有话要对你说。"李翠兰拿上纸条就出了屋。

M 国兴凯投资公司驻腾格里县办事处离孙老二家只隔一条街，李翠兰没用十分钟就到了。李翠兰敲开门，一股烟草味扑面而来。余阿根的麻将局刚散，灯光下满地的烟蒂。余阿根警觉地问："你是谁？你找谁？"李翠兰说："我姓李，我找一位叫余阿根余主任的人，有重要的事。"余阿根翻弄一下眼珠说："我就是，你有什么事吗？"

李翠兰马上从兜里掏出张六子的纸条递给他："六子说让我把它交给你。"余阿根看一眼那几个字知道这纸条是张六子亲笔写的。他打量了一下李翠兰，看她长得并不俊俏，但却是一脸的憨厚朴实，目光中闪露着焦急与忠诚，心想怪不得六弟把这女人看得这么重。他对李翠兰说："你回去告诉六弟，我会尽一切力量安排他出去，你让他随时做好走的准备。"李翠兰答应一声扭头就走，脚迈出门槛又回头说了一句："有什么事打我的电话。"随后她便消失在黑夜中。

余阿根见李翠兰出了院子，便立刻抓起电话，他第一个电话打给王爷府镇派出所的郑果："郑老弟啦，影响休息啦。"郑果说："说啥呢，大哥，有事吗？"余阿根说："这个时候给你打电话自然是有事的啦。我想问你和国光兄弟不是在查岗嘛，你们是几点的岗啦？"郑果说："大哥，国光我俩是明早8点到12点，一班四个人，另两个人是交警队的。"余阿根说："8点你们早一点儿到，环保局的张兄弟他们三个人要出去，你把他们给哥放了。"郑果说："有哥的话，那我肯定见面就放。"余阿根说："那好啦，哥就这点儿事，明天找你们喝酒。"

余阿根第二个电话打给了环保局的张横："张兄弟，我是余阿根，明天你和李立兄弟出一趟差怎么样啦？"张横说："大哥，您有事？"余阿根说："我有位兄弟要和你们出去，只要出了王爷府镇过了西辽河大桥他就自己开车走了。"张横说:"大哥,我们现在管得严了,下乡非得有局长的安排。"余阿根说:"张兄弟,我让你们局长安排你们不就得了嘛。"张横说:"大哥,那当然好啦。"

余阿根第三个电话打给了县政府办公室的景峰主任:"景主任啦,有件事你给办办啦。"景峰说:"是余主任,您请讲。"余阿根说:"是这样的啦,我环保局的两个哥们儿就是那个张横跟李立明天早晨想下乡去转一圈啦。"景峰说:"下乡检查工作是好事,有什么难处吗?"余阿根说:"他们局长怕他俩下乡惹事,不让他们下乡。"景峰说:"这个,他俩自己不能说吗?"余阿根说:"他俩自己要是能说,我就不找你啦。你就说你能不能办,不能办我找别人去说!"景峰说:"能办,能办,这点儿事要是都办不了,我还当这个政府办公室主任干啥。"余阿根说:"那你有时间过来啦。"听见景主任那边连着打喷嚏,余阿根挂了电话。

夜里,张横、李立接到环保局闫局长亲自来的电话,说二爷府村村民向县政府报告,牧场水井受到污染,县政府这次点名要他俩去测查。闫局长还嘱咐说,下乡工作时要为牧民解忧,扎扎实实做好工作。张横、李立都表示:"请局长放心,我们一定做好测查分析工作,让领导满意,让群众满意。"

张横立刻打电话给余阿根:"大哥,你真神了,是我们大局长闫局亲自打电话要我俩下乡的。"余阿根说:"张兄弟,我知道啦,明天早晨7点前你把车开到我办事处的院子里。"余阿根见一切安排就绪,这才长长地打个哈欠睡觉去了。

孙老二家的西屋黑洞洞的,李翠兰陪伴着像热锅上蚂蚁般的张六子一夜未眠。她把手机握在手里,过一会儿就听听看看,生怕余阿根来了电话听不见。张六子把两张银行卡掏给她说:"翠兰，这两张银行卡总共40万，是我这些年跟着大哥拼死拼活挣的，留给你和孩子。咱俩若是有缘分就还有相见的一天，若是没了缘分就算是我对你疼爱我的报答吧！"李翠兰边向外推着边说："六子别说这些不吉利的话，余阿根说要尽全力送你出去呢。"张六子一只手强压住李翠兰的手，另一只手把两张银行卡塞进李翠兰的衣兜里说："收起来吧，翠兰，我们的事你不知道。"李翠兰让张六子坐在冰冷的炕上，她依偎在他的怀中哭泣着。两个人都觉得冷，于是紧紧地抱在一起，听着公鸡一遍又一遍的"喔喔"声，看着窗子渐渐变白变亮。

李翠兰手机的电话铃声响了，两个人都像弹簧似的直起身子。手机中传出余阿根不容置疑的声音："六弟，再过五分钟你必须到孙老二家大门口，一辆黑色桑塔纳接你，车后备厢有一辆摩托和五万元现金，出了王爷府镇就听天由命了。何去何从，你都明白，五哥就不送你了。"张六子热泪盈眶，双手捧着手机说："谢谢五哥！"然后和李翠兰提上手提袋就奔向院门口，刚好那辆黑色桑塔纳"嘎"的一声停下，车后门开了。李翠兰手抓着张六子的胳膊低声号哭着。李立在副驾驶的位子上凶狠地喊了声："再不上车没人管你这些鸡巴事！"张六子挣脱李翠兰的手，钻进汽车关上车门，黑色桑塔纳"呜"的一声开走了。

李翠兰扶着院子的大门停了一会儿，头也不回地串着胡同向自己的家里走去。

与此同时，刑警大队长李春正在敲李翠兰家的门。昨天夜里他给项晖打了电话，知道对张六子的搜查没有结果。李春当时就问："阳台搜了吗？""搜了。""阳台外面呢？""没看，人不可能在阳台的外边。""哎，床箱子里搜了没有啊？"项晖打了个奔儿："就在外面看看，不像有人也就没搜。"李春口中没有说什么，但心里想：张六子极有可能在翠兰那儿，只是搜得不仔细没搜到罢了，看来妹妹翠兰那里自己务必得去一趟，不管翠兰愿意不愿意，这次绝对不能让张六子从自己妹妹家里跑掉！

49

李春早晨起来吃完饭换上警服，对媳妇杨桂芹说："我去翠兰家看看，顺那边就上局里了。"媳妇说："有话跟她好好说，我看她因为你不让她跟张六子搞对象非常有意见，现在见着我都不愿说话了。"李春说："我那是对她好！"杨桂芹："嗐，啥好啥赖，人家就王八瞅绿豆对上眼了，你当哥哥的又能咋样？"

李春骑上摩托从家里出来了。他想，真希望能撞上张六子。现在张六子和自己的妹妹既然生米煮成熟饭了，他不认也得认了。他唯一能做的是劝张六子去自首，他会对他说："你是从犯，如果你自首并检举他人有功，会轻判的。"但以防万一，他还是把手枪插在腰里。

李春敲了一阵儿门见无人应答，他掏出手机想给妹妹打电话又停住了。他心想，如果妹妹和张六子在一起惊动了他们反倒不好。她不在家？那她一定是怕二次搜查，领着张六子去二舅家了。李春下了楼骑上摩托顺着大路去了二舅家。

张横和李立接上张六子开车就奔向西辽河大桥，赶到桥头见正是郑果和国光还有两名交警换班的时候。桥上过往的车辆很多，大家都停下车接受检查。查得都很细，大车的车厢里车厢下，小车的车里、后备厢都看得非常仔细。李立放下车窗玻璃朝郑果和国光摆了摆手。郑果朝国光使了个眼色，两个人一齐走了过去，也是车里车外车后备厢都看了，然后郑果拍了一下车又摆了摆手说:"检查完了,你们走吧!"

张横开着车过了西辽河大桥便加快速度,黑色桑塔纳飞快地向前驶去。距离西辽河大桥20多公里的地方是一个岔路口,张横把车停下,说了声:"兄弟,赶紧下车走吧!"张六子从车上下来,打开后备厢搬出摩托车,从装钱的蛇皮袋子里摸出两沓人民币扔到车里说:"我用不了那么多,给两位哥哥留下买酒喝。"说完,蹬着了摩托车,疯一般地沿着公路向前驶去。

张横说了句:"人家这些人都挺哥们儿的。"就开着车抛开大路上了乡间公路去二爷府查污染了。

李春骑着摩托来到他二舅孙老二家,见两位老人已吃完早饭正收拾桌子。李春问:"二舅、二舅妈,吃的啥好饭哪,看我来就收拾起来了?"他二舅妈说:"你个没良心的,小时候成天到我们家吃,都是些狼崽子。"李春说:"又是谁气着二舅妈了,我揍他去!二舅,翠兰没上这儿来吗?"老两口儿谁也不吱声。

李春着急地问:"二舅、二舅妈,我知道你们疼翠兰,可窝藏罪犯那是犯法的事,翠兰到底来没来?你们快说呀!"孙老二说:"那个张六子的事真那么严重?我看人也中,能挣碗饭吃了。"李春说:"二舅,不是他能不能挣碗饭的事,这是件杀人案,更何况他……总之,窝藏他是犯法的,亏你老人家早些年还当过村干部。"

孙老二看李春急了,就说:"他俩昨儿个黑夜就在这儿住的,一早就走了。"李春急切地问:"那他们上哪儿啦?那个张六子是个很危险的人物!"他二舅妈说:"我起来做饭看着是来个黑色的小车接走的,接的人连车也没下,那个张六子上了车,车就开走了。翠兰没让上车,她也没回屋。昨天晚上你二舅说他们几句,她备不住生点儿气。"

李春立即掏出手机给于洪军打了电话。于洪军说:"我也正要给你打电话呢,一个女的打来报警电话,她说她亲眼看见昨天晚上通缉的张六子骑着一辆紫色的雅马哈摩托往西辽河大桥那边去了。我随即给杨支队打了电话。杨支队说他立刻带人从赤岭堵过来,叫我们沿路追过去。"李春镇静地说:"于局,不能再迟了,我先追过去,你在局里快组织人跟过来,这回决不能让他跑掉了。"

然后李春瞅着两位老人说:"二舅、二舅妈,你们替我看看翠兰去吧,唉,我这个妹子够不幸的了。"孙老二说:"外甥你去吧,我和你舅妈这就去翠兰那儿,你可也得注点儿意,我昨儿个晚上看他腰里好像别着东西呢。"李春说了声:"知道了。"他出门骑上摩托就走了。

李春赶到西辽河大桥见是郑果和国光在值班心知不妙,就问:"你们检查看见有人骑紫色雅马哈摩托过去没有?"郑果和国光向李春立正敬礼:"报告李队,紫色雅马哈过去多辆,没有发现犯罪嫌疑人。"李春知道从这两个人嘴里问不出有价值的情况,便强压住对二人的鄙视所产生的愤怒心情,跨上摩托顺着公路又追下去了。

杨红鹰接到于洪军电话后迅速又把情况报告给赵东明,然后带着缉毒支队分乘两辆三菱越野车沿着去往腾格里县的公路堵了过去。杨红鹰命令:"如果嫌犯开枪,我们不要迟疑立刻还击!"杨红鹰命令开车的民警:"再开快些,决不让犯罪嫌疑人进入市区。"他自己坐在第一辆车副驾驶的位子上,举着望远镜密切地注视着前方。

又开了一会儿,杨红鹰看了一眼手表便命令两辆车停下来横在路上,他在望远镜中看到远处有一个小黑点在快速地移动着。他对身边端着微型冲锋枪的巴力吉说:"他进入300米范围内就喊话要他停车检查，如果他继续前进就开枪警告！"他又向旁边的缉毒警们说："尽量击伤他！"

杨红鹰望远镜中的那个快速移动的小黑点越来越大，人和车也越来越清晰了。"是张六子，大家做好准备！"杨红鹰把望远镜放到三菱车上，也拔出手枪推上子弹。巴力吉一只手摇着小红旗喊："停车接受检查！停车接受检查！"张六子没有停下车，他一手掌控着车把一手抽出手枪朝前"噔噔"就是两枪，他原以为这样就可以闯过去。但他面前的路上立即形成微型冲锋枪射击形成的火力网，子弹打在摩托车的挡风板上发出"咚咚"的声响。

张六子本能地把摩托车一掉头又朝着来时的路跑去。杨红鹰见张六子折回去了，就说："都快上车追上去！"大家立刻上车，两辆三菱车跟在张六子后面鸣着警笛追了上去。

杨红鹰立刻给于洪军打电话："现在他正沿着公路往腾格里县方向逃窜，市禁毒支队的民警在后面追着。"

于洪军一边催促开车的民警再开快些，一边说："杨支队，我知道了。现在我和副局长项晖带领的腾格里县公安局刑警队两辆车已开过了西辽河大桥半个多小时了，李春队长先出发的，他骑着摩托在我们前面，估计也就离个四五里地。"

李春过了西辽河大桥，摩托开得并不太快，一边跑着一边向路两边撒眸着。为了防止意外，他也将手枪推上子弹。突然他看到前面一二里远的地方疯狂开过来的紫色摩托。他立刻停下车，抽出手枪朝天上"噔噔"打了两枪示警。此时的张六子瞪圆了惊恐的眼睛，见有警察拦在路上举枪就打，"啪啪"两枪，就见李春身体应声砸在摩托上，又连同摩托带倒在地上。

李春开枪示警时，于洪军已经远远看见他的身影，而杨红鹰他们的警车距离李春倒下的地方不到500米，杨红鹰吃惊地喊了一声："是李春队长！"见张六子开枪打倒了李春队长，杨红鹰和他身后的巴力吉都从车窗伸出枪向张六子开火。于洪军他们的警车离张六子已不足百米,已经清楚地看到他因惊恐、恼怒而变得极度狰狞的面孔。于洪军见张六子又朝他们的警车撞过来,便喊了一声:"打!"一阵枪声响过,张六子手枪的子弹飞向空中,而他和摩托车滚下路基。

杨红鹰的警车最先开到李春倒下的地方,他一边喊着"抓紧救护"一边跳下车跑到李春跟前蹲下身子将他上身慢慢扶起抱在怀中。周晓玲提着急救箱跑了过来,蹲下身子边包扎边说:"伤到胸部了。"李春口中吐着血沫含混不清地说:"抓、抓住,别、别让……跑了。"杨红鹰眼里含着泪大声说:"他跑不了啦!"他抬头见于洪军也到了,就说:"这里还是离腾格里县近,马上给县医院打120急救!"李春昏迷过去了,于洪军带着哭腔说:"杨支队,让我抱他一会儿吧,我心里会好受点儿。"杨红鹰低声说:"不用,一移动,他伤口会更流血。"于洪军又说:"张六子被击毙了,咱们的人正在清理现场。"杨红鹰说:"把他的尸体也运回去,并通知化工厂。"

一辆急救车鸣叫着忽闪着蓝色的急救灯开出腾格里县医院,开在王爷府镇大街上,急驰在通向赤岭的公路上。来到李春倒下的地方,车门打开,几位穿着白色医护服装的医生、护士跳下车,将李春抬到担架上抬进车里,马上采取了抢救措施,急救车立刻鸣叫着开走了。

杨红鹰对于洪军说:"全力以赴抢救,必要时可以请求公安部王局长协调请全国最好的外科大夫。我们就不去腾格里了,有事电话联系。"于洪军立刻领会杨红鹰的话点了点头,又转身对项晖说:"你留下几个人把剩下的事处理完。"项晖答应了一声,安排留下的人员。杨红鹰、于洪军两个人都上了自己的警车,各自鸣着警笛闪着警灯开走了。

李春被迅速推进腾格里县医院急救室，于洪军、杨阿尔斯楞一些人被挡在救护室的外面。于洪军告诉局里，李春负伤的消息要看伤势由他亲自通知家属，但可以通知李翠兰。于洪军认为张六子出逃这件事不简单，他是怎么逃过检查岗的？哪里弄到的摩托车？还有现场发现蛇皮袋里的三万元现金是怎么回事？

　　孙老二和老伴儿还在劝说着李翠兰。县公安局给李翠兰打来了电话，说李春队长在抓捕犯罪嫌疑人张六子时，被张六子开枪打成重伤，现在送进县医院抢救。李翠兰马上"哇"的一声哭了："这个没良心的张六子，他怎么向我哥开枪了呀！呜呜——"孙老二说："啥也甭说了，都快上医院吧！"三个人跌跌撞撞地赶到医院急救室，孙老二向于洪军开口就问："我外甥李春怎么样啦？到底伤到啥地方呢？"于洪军说："现在还不清楚，只知道失血过多。"李翠兰也不说话只是"呜呜"地哭着。

　　这时急救室的门打开了，一位医生走出来。大家马上迎上去，于洪军问："大夫，李队长怎么样？"医生摇摇头说："不好说，两颗子弹一颗从肺的右叶右侧穿过，一颗从肝的右叶下部穿过，失血过多，至今昏迷不醒。关键是李队长的血型太特殊，是Rh阴性血型，在咱们国家汉族中仅占百分之零点三。他失血太多，如果补不上就危险了，刚才联系市里的血库也没有Rh阴性血，这要是配不上血型输不上血可就危险了。"李翠兰马上停止了哭泣，抹一把眼泪说："大夫，我是他妹妹，我就是Rh阴性血。"大夫大口罩上面的一双眼睛露出怀疑的神色："真的吗？"李翠兰肯定地说："是真的，我是牙医，我知道自己的血型。"

　　大夫高兴地说："真是奇迹，一家人出了两个Rh阴性，不过那也得做化验。"他马上叫一名护士给李翠兰做血型化验。很快护士就说："她说的没错，她的血型是Rh阴性血，不过……"大夫说："怎么啦，不过什么？"护士说："她怀孕了，输血会对胎儿有影响。"李翠兰双手把长发向后一捋说："那就输血去，我现在心里啥人都没有，只有我哥。"她回过头泪眼婆娑地说："二舅、二舅妈，我去了。"说罢头也不回地推开急救室的门走了进去。

杨红鹰上车后就给赵东明打电话，汇报了张六子拒捕被击毙以及腾格里县公安局刑警大队长李春受重伤的经过。赵东明说："我们的干警不怕流血牺牲，英勇作战光荣负伤，应该给予最高水平的医治！"于是他立刻联系赤岭市人民医院，请李副院长亲赴腾格里县为李春做手术。

杨红鹰他们回到市公安局，刚走下手术台的李副院长就到了。杨红鹰与赵东明商量一下决定派周晓玲开警车用最快的速度送李副院长去腾格里县人民医院。李副院长在向院长辞行时，院长明确告诉他："李副院长，你这次去要使出你浑身解数确保李春队长救治成功，手术后你可以等一等，一个是你也得休息休息啦，连着做了几个大手术你也受不了。另外，帮人帮到底救人救个活，要确保李春队长安全之后你再回来，你没看见赵副市长给我打电话时急的那个样儿。"

李副院长到后也没休息立刻换衣服消毒走进手术室。由李副院长主刀的对李春的手术进行得很顺利，两颗子弹都取出来了，肝和肺做了局部切除手术。李春的呼吸趋于正常，心脏在有规律地跳动着。李春终于睁开眼睛看了看，发现紧挨着自己病床的另一张床上躺着自己的妹妹李翠兰，殷红的鲜血正从她的血管里通过白色透明的塑胶管流向自己的血管。他皱了皱眉，想抬抬身子但抬不起来，只是微弱地对还在哭泣的李翠兰说了一句："妹子，咱，咱们流血，不能流泪。"李翠兰立刻停止了哭声，欣慰地说："哥你终于醒了！"

听到李春醒过来的消息，急救室外面的人们都露出了笑容，于洪军对坐在一起的杨阿尔斯楞和周晓玲说:"你们快去把李队长的媳妇杨桂芹和孩子接来,我就等这个消息呢。"两个年轻人答应一声风一样地走了。但护士却拒绝大家探视,说患者极其虚弱,体征尚不稳定。直到杨桂芹和12岁的儿子被接来,护士才允许进去一个人探视。

于洪军说:"桂芹,你领着孩子进去吧,注意别多说话。"杨桂芹这时才知道自己男人负了重伤已经抢救过来了。刚才杨阿尔斯楞和周晓玲去接她和孩子时,她就觉得有些不妙,她问了杨阿尔斯楞好几遍:"怎么啦,是不是李春出事了?"杨阿尔斯楞和周晓玲都回答说:"嫂子你放心,已经没事了。"现在听说李春才脱离了危险,杨桂芹的眼泪"哗"地一下子就下来了,她忙用手抹一把泪拽着儿子进了病房。

小护士像个黑脸包公似的严肃地嘱咐道:"就五分钟时间。"杨桂芹看见自己的男人躺在床上真想扑上去大哭一场,但她迟疑一下把儿子推到李春的头前,让儿子亲亲热热地叫了一声:"爸爸!"杨桂芹却转身去安抚又哭泣起来的李翠兰。李翠兰给哥哥输了800毫升的血,医生说:"不能再输了,李队长手术后刀口缝合得较好,已不再渗血。李大夫输完血需要躺在床上静养两个小时再行动。"护士刚给她拔下输血管,正在给她补充营养品。李翠兰见嫂子领着侄子进了病房,心如刀绞似的难受起来,便又抽抽搭搭地哭上了。

杨桂芹攥着她的手说:"翠兰妹子,你哥这不没啥事了吗?你好好躺一会儿,等会儿跟嫂子回家去,嫂子给你熬小米粥煮鸡蛋吃。你要是再哭下去,你哥他心里也不好受。"李翠兰听了嫂子的话,停住了哭声。小护士说:"行了,到时间了。"杨桂芹走到李春跟前,抬手摸了摸男人的额头说:"好好养伤,别惦念家里,等一会儿我把他姑接到咱们家去。"李春点了点头,杨桂芹拉着儿子走出病房轻轻关上门,走了几步双手突然捂住脸猛烈地抽泣起来。孙老二和老伴儿,还有杨阿尔斯楞和周晓玲赶紧都围了过去。孙老二说:"翠兰她嫂子别哭了,她哥是在鬼门关摸摸阎王鼻子又回来,大难不死,这是好事。"于洪军朝着他们说:"哭就哭吧,与其让她憋在心里,不如哭出来。"

小护士开开门探出身子说:"医生说了,可以再进去一个人探视,还是五分钟不要多说话!"杨阿尔斯楞说:"于局,你快进去吧。"于洪军尽量放轻步子来到李春的床前,俯下身子双手紧紧地握住李春伸过来的一只手,两个人对视着都张了张嘴,但都好像说什么都是多余的。最后还是于洪军说了一句:"外面的事你放心,我们马上展开调查。"这时他的手机响了,他掏出手机看了一眼说,"是王富国副县长的电话。"李春虚弱地摆一摆手说:"你忙去吧!"

小护士说:"血压有点儿不稳,医生说停止探视。"于洪军回头看了一眼床上坐着的李翠兰说:"谢谢你呀,李翠兰同志。"李翠兰红着眼圈摇摇头又低下头。于洪军便急走几步去接电话了。

50

于洪军来到急救室外,接通了王富国副县长的电话。

王富国说:"于局吗?李春队长伤势怎么样啦?"于洪军说:"赵东明副市长亲自协调市医院的李副院长赶来给李春做了手术,现伤情基本得到控制。"王富国说:"噢,刚才苏美娅董事长给我打电话,她说她要代表化工厂过来慰问李春队长,因为张六子是他们厂子的员工,她不好直接和你说,便给我打了电话。苏董说，他们化工厂愿意承担全部医疗费。"

于洪军说："那倒不必，李春队长是在执行公务追捕犯罪嫌疑人时负的伤，我想医疗费的事就不用他们操心了。至于慰问的事，现在李春队长血压不稳，医院拒绝一切人探视，就请王县长把这个情况转告给她。"王富国说："那好吧，我把你的话转告给她。另外，张六子被我们打死了，化工厂也想认领下葬，苏董说看现在行不行。"

于洪军说："现在有些勘验工作还没结束，到时候我们会通知他们的。"

接完王富国副县长的电话，于洪军回过身来，对孙老二说："二叔，你们老两口儿在这儿靠着也不是个法儿，等李队再稳定稳定，我再派车接你们来看他。现在我让小杨他们先送你们回去吧！"孙老二说："要说也是，于局长，那我外甥可就交给你了。"于洪军说："小杨、小周你俩回来时顺路将局里来值班看护的人员带过来。"杨阿尔斯楞和周晓玲答应一声扶着两位老人走出了医院。

于洪军又对杨桂芹说："桂芹，现在医疗技术水平这么高，手术成功就不会有大事的。公安局值班看护人员马上就到，你们娘儿俩也回去，孩子还得上学。有一件非常重要的事交给你，就是一会儿李翠兰出来后你把她带到你们家去，好好劝一劝她，这几天就别让她上班了。"杨桂芹说："我刚才也跟她说了，让她上我们家住几天。"于洪军说："你们得注意安全，局里会安排人保护你们，你们自己也要多加小心。"杨桂芹点着头说："嗯，我知道了。"

杨阿尔斯楞和周晓玲送孙老二夫妇回去并带来刑警队四位值班看护的小伙子。李翠兰也由护士搀扶着从急救室里走了出来。杨桂芹上前扶着李翠兰说："妹子跟我回家去。"李翠兰这时候什么脾气也没有了,嫂子扶着她,小侄子拉着她的手,后面跟着杨阿尔斯楞和周晓玲,几个人缓缓地朝医院外的车上走去。

于洪军给四位民警布置完看护任务,喘了口粗气,便匆忙赶回局里,项晖刚才打来电话说,杨红鹰支队长来电话说赵副市长要与专案组成员视频通话。他赶到局里时,见电脑屏幕上赵东明、杨红鹰已等在那里了。

赵东明见于洪军到了就问:"李春队长情况怎么样?"于洪军说:"抢救得还比较及时,尤其是李副院长亲自主刀,手术非常成功,已经脱离危险了。"

赵东明说:"很好,这次市、县两级公安局及时组织围剿犯罪嫌疑人,没有让他逃窜出去,尤其是没有让他进入市区,保卫了人民生命财产安全,我刚才把情况向市委孔书记、政府孟市长都做了汇报,两位领导让我代表市委、市政府对你们提出表扬,对受伤的李春同志和家属表示慰问。我刚才和红鹰支队长商量,我们可不能把这个案件简单地看作是一起人命案,不要以为主犯余成军跑回闽西了,从犯一个自首了,一个伏法了,就可以松口气了。恰恰相反,接下来从这起凶杀案引发的斗争将会更加复杂和激烈。下面让红鹰支队长将我们想到的几个问题和大家说一下。"

杨红鹰说:"有几个问题提出来,首要的问题是张六子为什么能从王爷府镇逃出去,每个路口有我们四名同志值班,却让一个张六子骑着摩托逃了出去,这不符合逻辑。其次,如果张六子出逃的背后有一股势力作支撑,那么是谁,是不是苏美娅?再次,帮助张六子出逃的应该都是些什么人,有没有线索人物?赵副市长和我都觉得这几个问题很重要,所以给大家提出来。"

于洪军说:"刚才我在医院,王副县长给我打电话说苏美娅要到医院对李春队长慰问,还提出了给张六子下葬的事。我当时就拒绝了,但是如果说组织人帮助张六子出逃,我的感觉她不像。杨支队说的那一点,路口光我们的民警就有四位,能让张六子大摇大摆地骑着雅马哈摩托通过路口吗?"项晖说:"我得向市局和县局的领导做检讨,昨天下午去李翠兰家搜查时,我搜查得不细,后来李春队长问我床箱子检查了没有,我就知道我错了,我得做检讨。"杨阿尔斯楞说:"哎,项局说床箱子可以钻人,那轿车后备厢不可以藏人、装摩托吗?"于洪军说:"装是都能装了,可咱们要求路口值勤民警车里车外后备厢都必须检查呀!"

杨红鹰说:"如果把人或摩托放在小车后备厢里,而检查的又是他们的人或是被他们收买的人,那不就容易通过路口了吗!"于洪军说:"还有,李春队长早晨在他二舅孙老二家给我打电话,说李翠兰和张六子住在他二舅孙老二家,起早被一辆黑色轿车接走的。可接到的报警电话是张六子骑紫色摩托逃走的。"杨红鹰说:"那李翠兰对张六子出逃应该了解一些内情,对她问询了没有?"于洪军说:"她给李春队长输了800毫升血,现在让杨桂芹接他们家去了。"杨红鹰和赵东明交换了一下眼色,赵东明说:"你说一下吧。"

杨红鹰说:"根据大家刚才的讨论,我们有这样几点工作意见:首先,张六子出逃极有可能有我们公安系统的人参与,内外勾结作案。腾格里县公安局要围绕张六子逃出的原因进行深入细致的调查。第二,立即采取有效方式对李翠兰进行询问,并对李春队长和李翠兰严加保护。第三,小凤仙凶杀案还有张六子逃窜被击毙案只是'1023'毒品专项大案中的一个插曲,我们在处理张六子这一类案件时,必须充分考虑到小案和大案的关系。另外,为了加强你们那里的工作,巴力吉同志、周晓玲同志暂时派去腾格里县公安局工作。同志们,我们要乘胜追击,打一个铲除犯罪团伙的全胜之仗!"

腾格里县公安局立刻行动起来。杨阿尔斯楞、周晓玲两人骑着摩托行驶在王爷府镇大街上，项晖坐在副驾驶的座位上，刑警队的民警们坐车从公安局出发，巴力吉向于洪军敬礼报到，档案员小陈抱着一摞档案送到于洪军的写字台上……

夜晚，在 M 国兴凯投资公司办事处，黑乎乎的大院里边昏黄的门灯亮着诡谲的光，屋子里却是灯光雪亮。

灯光下烟雾腾绕，余阿根、张横、李立、郑果、国光叼着烟围着麻将桌在稀里哗啦地洗牌码牌。"咳，咳，你们快少抽点儿吧。""我们姐儿几个不用抽烟，光你们的二手烟就抽够了。""就是，我们姐儿几个可不是来吸你们剩烟的。"插着空儿还有燕舞洗浴中心的五位三陪小姐，她们用手扇着烟并不停地抱怨着，但却紧紧地和打牌的人挤在一起，有时还当当出牌参谋帮助出牌。

余阿根一边码着牌一边说："大哥来电话啦，很是表扬你们一番啦。"郑果说："可怜的是六弟，身上中了六枪，他们真够狠的。"余阿根说："有什么狠不狠的啦，不是他死就是他活啦，谁都不好说谁活谁死。"张横说："六子兄弟豪放仗义，我佩服，跟这样的人交朋友也不枉活一生。"余阿根说："哎，哥们儿啦，六子的女人什么情况啦？"郑果说："哼，她给李春输的血，不是她，李春早一命呜呼啦！这个浑蛋女人靠不住，六弟实际死在李春手上，她却去输血救李春！"

余阿根说："我们哥儿几个这回算是绑在一起啦。实话跟兄弟们讲啦，这件事唯一的漏洞就是这个女人。昨天夜里六弟怕用自己手机暴露了就用的这女人的手机跟我通电话啦，他们是住到孙老二家里的。我倒没啥，大不了跟六弟去做伴，我就怕连累了你们的啦。"郑果说："大哥都不怕，我们还怕啥，脑袋掉了不过碗大个疤。"国光："我打三饼，就是，现在谁怕谁呀，那李春我恨不得一枪崩了他。"余阿根说："话是那么说，你们都是我的好兄弟，我怎能把你们舍出去啦。"张横说："我打七条，不是舍不舍的事，那让他们闭嘴还不好办？我们这地方的人不是你们南方，个个都胆小怕事。"在一边扒眼儿的李立说："可不是咋的，那个孙老二一辈子掉树叶都怕砸脑袋，是又好戳事又怕事。"张横说："大哥，孙老二那儿你放心，我们哥儿俩保管不让他说有妨碍的话。"

郑果打了个五条，余阿根说："真是好兄弟啦，又供我一口，单占一，和啦。"他把牌一推，"来，李立兄弟，我去办点儿事，你们大家接着来。"

余阿根起身拽了一把身边的三陪小姐："小桃红你跟我来。"来到西屋，余阿根问，"我让你打完电话把卡抽出来你抽了吗？"小桃红说："我抽出去扔了。"余阿根说："你扔到哪里啦？"小桃红说："人家怕不保险，骑着摩托扔到西辽河了。"余阿根一边嘿嘿地笑着一边摸出一沓钱给了小桃红说："我是没少送你钱啦，不要没良心的啦。"

小桃红一把将钱掠到手："那是那个钱，一码算一码，我可不像小凤仙姐姐那么傻。"余阿根立刻撂下脸子说："不许胡说，你也想找死啊！"小桃红一缩脖，上前搂住余阿根的脖子说："人家也就是跟你开个玩笑，看你变颜变色的！"余阿根继续阴沉着脸说："开玩笑也不许胡说！"

余阿根打开门见外间屋的局已经散了，郑果、国光、张横、李立仰身坐在椅子上，一人怀中坐着位三陪小姐。余阿根又拿出一沓钱给小桃红说："你们姐儿几个的出场费，你们先回去吧，我们哥儿几个还有话要说。"小桃红欢欢喜喜地领着四位三陪小姐走了。余阿根把门关上，回来坐到麻将桌旁的椅子上说："六弟的事啦，明天我就去找苏老大，怎么也得下葬不是？这件事咱家大哥是蛮满意的,大哥说有朝一日他要亲自谢各位。只是我想到一件事怕是有麻烦,就是六弟这个女人。孙老二封口的事,张兄弟刚才说李兄弟他俩有法儿让他闭嘴,我这里给你们 5000 元钱,只要别让他乱说就行了。张兄弟和李兄弟你俩就去吧,剩下的事我和郑兄弟、国兄弟再商量一下。"张横、李立拿上钱就走了。

到了院外,张横拿出 2000 元给了李立说:"孙老二没见过大钱,有一千也就够了,咱哥儿俩先回家准备准备,咋也得有件唬住人的东西不?过半个小时去孙老二家门口聚齐。"然后又如此这般地说了一气。李立不住地点头说:"张哥的主意好,肯定能行。"二人很快消失在黑夜中。

余阿根、郑果与国光三个脑袋碰在一起窃窃私语。三个人商量到最后决定,明天早晨让郑果和国光就以张六子朋友的身份去李春家接李翠兰回她自己家,李翠兰如果能回家一切就都好办了。如果这一计不成,余阿根说:"那就买些水果放在李春家的门口,你们不用露面,悄悄地去放在李春家的门口,或者托不认识你们的人给他家里送去。"

余阿根起身去了西屋打开保险柜取出一个盛着绿色液体的小玻璃瓶和一支针管回到外间屋对郑果、国光说:"这是我跟我家大哥特意要的,大哥费了好大的劲才从苏老大那儿要了这么一小瓶啦。大哥嘱咐我不到万不得已的时候不要用,这玩艺儿叫 Knmgh-2 致幻剂,人要是吃了注射它的水果会癫狂起来。大哥说倒是不会有什么大事,就是精神错乱一段时间丢掉记忆的啦。再说啦,李春家不管谁吃了,不都是解恨的事吗?"郑果阴险地笑着说:"大哥,我看这个法子最好。"国光也连连点着头说:"大哥的主意实在是高!"

夜已经深了,张横、李立相继来到孙老二家的大门口,二人轻轻将大门拨开进了院子来到东屋的窗下。孙老二老两口儿看完电视连续剧已是夜晚9点多钟,刚刚躺在炕上熄了灯。张横说:"孙二叔你睡了吗?"孙老二忙仄歪着身子坐起来说:"谁呀?我们睡了,这么晚有什么事?"张横说:"我们是公安局刑警队的,有件事要跟您老核实一下。""噢,等我起来。"孙老二穿上裤子披上褂子就下了地,到了外间屋开开门说:"咱们去西屋说吧,你婶都睡了。"

到了西屋三人都坐在炕沿上,孙老二见来的两个人每人都戴着墨镜,戴着帽檐拉得很低的棒球帽,大半个脸都在帽檐的阴影中。他心里就有些发毛,问道:"你们是公安局刑警队的?我咋没见过。"

李立扶了扶墨镜说:"孙叔,公安局几十号人你怎么可能都认识?"张横从包中取出笔和纸说:"我们俩这次来就是核实张六子从你家走的事。"孙老二说:"张六子从我家走不假,我跟李春也说了。"张横说:"那他怎么走的,你看清了吗?"孙老二说:"说看清吧,也没太看清,车没院墙高,就看着车的前半截。"张横说:"车是啥颜色的?"孙老二说:"黑颜色,我再老眼昏花,啥颜色还能看清。"

张横说:"真是黑颜色的?"他一动身子,一把雪亮的菜刀从包里"当啷"一声掉在地上,他猫腰捡了起来,"你别害怕,照实说真是黑色的?"孙老二斜眼瞅了瞅那把贼亮贼亮的菜刀颤抖着说:"实在说,张六子走时我还没起炕呢,上哪儿看着什么车呢。"李立说:"那你咋说是黑颜色的呢?"孙老二说:"我就顺着别人话音说呗。"张横说:"这就对了,你都是七老八十的人了,别有的没的乱说!"他递过记录纸又拿出印泥盒让孙老二捺手印,孙老二哆哆嗦嗦地把手印捺了。张横扬了扬手中的记录纸说:"这可都是你说的,不能再反悔了。"孙老二说:"不反悔,那有啥反悔的。"张横从包里拿出1000元钱递给孙老二说："这是你做证的1000元钱，你收下。"孙老二赶忙接过来揣在衣兜里。张横起身说："孙叔，那我们就走了。"李立耸耸鼻子说："你这屋一股什么味，进院就闻到了，你得找一找这个污染源。"

张横、李立走了，孙老二一直把他们送到大门口外，见两人消失在黑夜中才返身回到院子里插上院子门的插棍儿，然后他朝地下狠狠唾了口吐沫说："你们还警察，一撅尾巴我都知道你们拉几个粪蛋儿，那车就是黑色的，这俩兔崽子是谁家的？"这一夜孙老二躺在炕上怎么也睡不踏实。

这天夜里，于洪军局长也忙到深夜。开过视频会，他和项晖马上去了县人民医院，给李春的病房又增加了四名看护。要求医院挨着李春的病房腾出一个房间，供看护的民警休息，严令看护的民警二十四小时昼夜值班，若有疏忽要严究其责。

他和项晖从医院出来就直奔李春家，到了屋里，项晖先是去里间屋安上一个报警器，并告诉杨桂芹用法。于洪军对李翠兰表示感谢："关键时刻你不顾自己有孕在身为李队长输那么多的救命血，我代表县公安局感谢你。"然后很严肃地对李翠兰说，"李翠兰同志，你是位好人，但有时你犯糊涂。在张六子的问题上，先是我们搜查你没有配合，尤其是县电视台播放了对他们三人的通缉令后，你仍然藏匿张六子并协助他逃跑，这是违法行为，按照法律规定应该拘留你。但根据你的表现、你的身体情况，还有刚才我们在医院时李春队长亲自作保，我们研究并报请市公安局批准，决定对你网开一面。但从你的安全考虑，就限制你在你哥哥家，哪儿都别去。"李翠兰低着头听着一声不吭，杨桂芹也坐在她身边轻轻地用手抚着她的背。

项晖也说："李翠兰同志，实际上你的做法害了张六子，根据我们掌握的情况，在这起凶杀案中张六子只是个从犯，如果他能配合我们甚至举报揭发他人，我们会提出对他的减刑要求。但是他和你都错了，你们走上了一条与法律与人民相对抗的道路，结果就是这个下场。"

李翠兰听到这儿，突然号啕大哭起来，闹得于洪军和项晖一时不知所措，原想要问她张六子和谁联系又是怎么走的事，让她这一哭也只好作罢。

于洪军和项晖交换一下眼神只好起身对杨桂芹说："桂芹你劝一劝她吧，抽时间我们再来。"杨桂芹也点头起身送他俩出屋。走到门口，于洪军说："桂芹留步吧，千万要注意翠兰你俩和孩子的安全，没事时不要轻易出来，买菜买米面什么的我让局里来人，孩子上下学也由局里派人接送，他们这伙人啥事都能干出来的。"

张横和李立从孙老二家出来后立刻打电话给余阿根把经过说了一遍，当然在说到给孙老二的封口费时说给了5000元而不是1000元。余阿根说："我就知道我张兄弟、李兄弟收拾那么个糟老头子是绰绰有余的啦。还过来吧？过来哥领你们去耍耍啦。"张横说："大哥，我们今儿个就不过去了，改日吧，改日我们请大哥。"

说话时郑果和国光还没走，余阿根接完电话双手一拍说："张兄弟、李兄弟可是旗开得胜马到成功啦！"郑果说："国光兄弟我俩明天早晨上班之前去，把事都办了。"余阿根说："好啦，我明天也要去找苏老大，六子兄弟的后事该有个说法啦，另外你俩升职的事她上次说要找宁县长讲，讲到什么程度也该有个答复啦。"郑果和国光二人双手一抱拳说："全凭大哥安排。"然后扭身出屋消失在黑夜中。

51

　　早晨的太阳带着一团雾气似的从小腾格里沙漠东方边缘线上冉冉升起,郑果和国光两人身着警服一人骑一辆自行车沿着王爷府大街向前行驶着。

　　两人自行车把上都挂着一塑料袋水果,他们是以张六子朋友的身份去慰问失去男人而处于悲痛之中的李翠兰的。李翠兰既然在李春家,那也得向以前的领导现在身负重伤的李春队长的妻子表示慰问。

　　两个人在自行车上你一言我一语地说着:"听说六子兄弟那两枪就差一韭菜叶子没要了李春的命。""嗯,李春算他命大,不过这两枪也够他趴半年的了。""这一阵子刑警大队长的位子空出来,要不郑哥你和余哥说说让他找苏老大走走宁琛县长的门子让你干呗。""哧,要啥事都像你说的那么容易咱哥儿俩还用蹬这两个轱辘的?""哼,事在人为嘛,不行就花两个钱呗。""那是,他真的能办成了,咱俩一人掏个十万八万的也值。""哎,到他们小区了。"两个人和小区门口的保安打个招呼就直接进了小区。

　　李春队长家的住宅楼在新华小区,小区里边有棵老柳树,树冠投下的阴影足有半个篮球场大。两个人在老柳树下停下自行车打上支架,见一位中年女人正在小区打扫卫生,便问她确定了李春家住宅楼的位置和单元。两人推开单元门,一前一后提着水果就上楼了。"李春家在四楼左侧是吧?上一回只为他要调咱俩出刑警队,咱俩买的茅台和五粮液生让他给推出来了,我记得挺清楚的。"走在后边的国光边上楼梯边絮叨着。到了四楼,郑果摁了摁门铃。听到门铃的响声,杨桂芹警觉地顺着猫眼向外瞅了瞅,见是两位穿警服的人,就放心地把门打开了。

李春家是那种两室两厅一个卫生间一个厨房80多平方米的楼房。

郑果和国光进屋就亲亲热热地说了声:"嫂子好!"然后大模大样地坐在沙发上。杨桂芹立即倒了两杯水放在二人前面的茶几上,脸上一丝乐模样也没有地说:"噢,是你们俩呀。"郑果说:"听说李队这次伤得挺厉害,我们过来看看。"杨桂芹瞅了瞅他俩,眼中露出疑惑的神色。郑果说:"噢,我们过去是干刑警的,李队是我们的老领导。"国光接过话头儿说:"我们是六子的朋友,六子出了事我们不能坐视不管。"杨桂芹立时警觉起来,站起来扭身朝里间屋走去:"翠兰你出来一下,是找你的。"

李翠兰红着眼圈从屋里走了出来。郑果见状就说:"翠兰妹子,我们俩是六子的朋友,六子兄弟出了这样的事我们心里都挺难过的。"李翠兰坐在一把椅子上低着头啜泣着,听郑果这么说抬头瞅了瞅。国光说:"是啊,妹子,我们难过,你肯定比我们还难过,你可要节哀啊!"郑果说:"六子兄弟虽然没了,可还有我们这些兄弟呢。你谁也别怕,有什么大事小情的我们替你作主。"李翠兰把头又低了下去。

国光以为李翠兰只是难过,就说:"妹子你别害怕,六子兄弟的事还得说道说道呢,他们凭啥把人说打死就打死啦!余大哥今天就找苏董让她找县政府,张六子不是一般的人,人家是M国投资公司的人,中国的法律管不着人家。"见李翠兰还是低着头不吱声,郑果有些着急地说:"妹子,我们哥儿俩这次专程来是接你回家的。"国光说:"就是,你说你在这儿干啥,跟我们走,回你自己家去。"

郑果见李翠兰低着头老是不吱声,觉得这样下去也不是个办法就站起身，国光也跟着站起来，两个人走到李翠兰跟前说："走，妹子，现在就跟我们走！"李翠兰头也不抬地说了一句："我哪儿也不去，公安局于局长也说哪儿都不许我去。"郑果一听着急地说："妹子那你更得走了，他那是软禁你，明白吗？就是变相拘留！"国光说："妹子，我俩这可是一番好意！"说着话，国光动手去拽李翠兰。李翠兰用力一揉打也站起身子瞪着一双恼怒的眼睛说："滚！你们都给我滚！张六子要是没你们这帮狐朋狗友，他还死不了呢！"

郑果朝国光使了个眼色，然后一双手架住李翠兰的一只胳膊说："李翠兰你要这样说是真不知好歹，咱们还真得找个地方说道说道去呢。"国光也架住李翠兰另一只胳膊佯装气愤地说："你倒把好心当成驴肝肺了，走，找个明白人讲讲理去！"两人架住李翠兰就要往外走。杨桂芹从屋里走出来挡在房门口前说："你们好歹也是人民警察，有这么帮人的吗！"

这时传来"咚咚"的敲门声，杨桂芹知道是公安局的人到了，郑果一张嘴还没待他出声，杨桂芹一侧身就把房门打开了。进来的人是项晖带着两名刑警，一进屋两名刑警认识郑果和国光，就说："原来是老郑和老国啊，这位是新调来的项副局长。"项晖说："我们还以为是犯罪团伙的人进入李队的家中了呢。"郑果和国光马上松开手，脸一阵白一阵红的，说了声："噢，原来是项副局长。"

李翠兰也不搭话，提起郑果和国光送来的一袋苹果和一袋香蕉走到窗前打开窗子向下瞅了瞅，见楼下没人就扔了下去，边扔边说："告诉你们，往后谁要是再拿张六子跟我说事，别怪我不说好听的！"项晖严肃地问郑果和国光："你们俩干啥来啦？"郑果说："都是朋友，早先关系都不错，上班时就顺道过来看看。"项晖说："那你们就上班去吧！"郑果和国光答应了一声，马上灰溜溜地走了。

项晖让杨桂芹关上房门然后说:"这两位怎么突然关心起你们来了?"又对两名刑警中的一位说,"你下楼把刚才扔下去的水果捡回来带回局里化验,我们不是草木皆兵,但这种时候我们必须提高警惕严加防备。"杨桂芹就把郑果和国光来的情况都说了一遍。项晖问李翠兰还有什么补充的没有,李翠兰只是摇了摇头还是不吱声。

项晖也没有再问,只是叮嘱道:"再来人一定要问清楚了再开门,另外要是有人尤其是身份不明的人送食物、水果什么的一定不要吃。"杨桂芹说:"这次怪我,我从猫眼一看见是穿警服的人连问都没问就把门打开了。"项晖说:"以后加点儿小心就是了。"项晖又走到窗前,竖起大拇指向着小区大门口的方向比量一下,从提兜中取出一个盒子放在外面的窗台上,又摆弄摆弄才回过身对杨桂芹说,"注意别碰它。"

李翠兰这时冒出一句:"我什么时候解除软禁可以回家?"项晖说:"你这也不叫软禁,这是我们对你的保护措施。"李翠兰冷笑了一下说:"你们就都糊弄吧!"项晖看她的思想疙瘩还是没解开,心想这恐怕也不是一时半刻就能解开的事,就说:"李翠兰同志你不要多想,我们公安局能犯得着去糊弄你?你一时想不开可以接着想,李春队长已经躺在医院了,公安局决不能让李队的家人他的亲妹妹再躺在医院里!"项晖说完领上那两名刑警就走了。

郑果和国光两人下楼骑上自行车去镇派出所上班去了。在大街上国光问:"那水果里你没注药吧?"郑果说:"没有,你说这回要是带着注了药的水果去,轻了说把药瞎了,重了说咱俩都暴露了。"国光说:"可不是咋的,李翠兰往外扔水果时我也这么想过。"郑果说："他妈的,这女人也靠不住。"国光说："那咱们啥时候给他们送带药的水果去?"郑果说："你脑袋进水啦,咱们还能去送啊?"国光说："我寻思,咱们刚刚让人家轰出来,甭说送水果,就是进屋都进不了啦。"郑果说："这个好办,我有法子。"国光兴奋地说："郑哥,我这脑汁哪怕有你的一半也都够用了。"

下午,骄阳似火。郑果和国光都换了便装,按郑果的计划先是打电话把燕舞洗浴中心的小桃红叫了出来。郑果说："桃红妹子你给哥跑一趟腿儿。"小桃红说："我约了客人一会儿就到了。"郑果说："桃红妹子,我知道你的意思,我们不耽误你,连半个小时也用不了。"他见小桃红还是不乐意,就从兜里抽出五张百元钞票："这个给桃红妹子,你就辛苦一趟吧。"小桃红脸上立刻笑得花似的："两位哥哥跑啥腿儿这么值钱哪?"郑果说："一会儿我俩骑自行车带你去个小区,小区里有位搞卫生的大嫂,你把这袋子水果交给她,就说你和李翠兰是好姐妹也姓李,听说她在她哥李春队长家住就买了点儿水果看看她,因为忙着有事,就不上楼了。"

小桃红笑着说："就这点儿屁事,那就快走吧。"郑果让小桃红坐在自己自行车的后架上,带着她和国光一阵风似的穿过新华小区的大门来到老柳树下。郑果指着楼前阴凉处拿着扫帚的女人对小桃红说："你去吧,就是那位拿扫帚的女人。"小桃红说："哥,我办事你放心,等好吧。"郑果和国光见小桃红和搞卫生的女人拍着肩膀有说有笑的,搞卫生的女人也不住地点着头。没用五分钟小桃红就笑嘻嘻地回来了："好了,我的哥,她说她正好去那个单元扫楼道,顺便就捎上去了。"

郑果又带上小桃红和国光骑着自行车到了燕舞洗浴中心的楼下,郑果说："谢谢你桃红妹子,赶明儿个我们哥儿俩请你吃大餐。"小桃红笑着把嘴一撇说："两位哥哥多来两趟啥都有了。"

说完扭着屁股上了楼。郑果瞅着她的背影对国光说:"她可真够性感的。"国光说:"她是余大哥的女人。她照小凤仙还差着,没有小凤仙的气质。"郑果说:"我知道,小凤仙好歹也是个专科生呢。走,咱们去余大哥那儿等好消息吧。"两个人骑上车走了。

搞卫生的女人姓何,大家都叫她何嫂。何嫂今年五十来岁,丈夫头两年去世,有一儿一女。女儿和儿子都早已成家,女儿在杨哈斯的石雕厂打工,儿子在一个建筑公司当瓦工,日子都过得紧巴巴的。不是儿女不孝,是他们有点儿顾不过来还爬得动干得动的老妈。

何嫂从小桃红手里接过水果袋子,敞开看看见有两板黄澄澄的香蕉和几只红乎乎的大苹果。到了李春家单元的楼门口,她提起水果袋子又闻了闻,一股清香的气息从张大的鼻孔直达肺腑。送水果的人也没说送多少,甚至连姓名是谁都没说,送上去李翠兰也不会数一数称一称。她突然产生了这么个念头:对,香蕉留下一根,苹果留下一个,也见不出少来。她马上掰下一根香蕉又拣最大的一个苹果拿出来放在撮子里,自己提着水果兜子上了四楼敲了敲李春家的门。

"谁呀?"杨桂芹一边警觉地问着一边来到房门口从猫眼向外张望着。"我呀,是我,何嫂。"何嫂回答着。"何嫂你有什么事吗?"杨桂芹问。"一个女的也姓李,说是一提她你们就知道。听说你们家翠兰病了,给她买了点儿水果,她忙着上班,托我给带上来了。"杨桂芹又仔细看了看,见何嫂旁边的确没别人,这才把门打开。何嫂把水果袋子向前一送说:"给你,让翠兰妹子好好保养点儿身体,我忙着搞卫生呢,就不进屋了。"说完就急忙扭身下楼了,杨桂芹在后面追着说了一句:"谢谢何嫂!"

何嫂急忙下楼,拿开扫帚见撮子里的一根香蕉和一个苹果还在,就赶紧提起扫帚和撮子回了自己的屋子。她进屋把香蕉和苹果拿到卫生间用自来水冲了冲洗了洗,把香蕉剥开,撅下半截,自言自语:"孙子今天放学备不住要来,这半截香蕉和这个苹果给孙子留着。"她手中拿着的半根香蕉几口就吃掉了,脸上露出一种既得意又兴奋的笑容。

  杨桂芹把水果袋子放在茶几上说:"翠兰,说是一个姓李的女的,一说你知道,听说你身体不好,给你买了点儿水果让搞卫生的何嫂给拿上来了。"李翠兰从里屋走了出来说:"姓李的一说就知道?那是二大爷家的李翠云?可平常也没什么来往呀。管她谁呢,这么好的香蕉苹果送来就吃呗。"

  她拿起一板香蕉看了看说:"这是谁呀,这么小气,还留下一根。"然后掰下一根递给杨桂芹说,"嫂子给你,不吃白不吃,上午他们送的水果化验了不也说是没事吗?哪有那么多的犯罪团伙,我看公安局那些人,不算我哥,都是吃饱饭撑的。"她自己也掰下一根,三两下就把香蕉皮剥掉张开嘴就要往嘴里送。

  杨桂芹将香蕉放在茶几上,说时迟那时快一把就把李翠兰拿香蕉的手抓住说:"妹子,听人劝吃饱饭,咱们还是听于局长、项局长他们的吧,小心没大错。"李翠兰脸子立刻拉了下来生气地说:"杨桂芹你都赶上二公安局了,你就是他们派来监视我的!"她把香蕉朝茶几上一摔,扭身往屋里走去。

  正在这时,敞着的窗户传来小区保安惊慌的喊声:"不好啦!何嫂出事啦!"听见喊声,杨桂芹、李翠兰都跑到窗户跟前朝外望去,只见老柳树下聚着一群人。大门口那位保安正在叙说着经过:"你看平时不这个不那个的一个人,这回上身一丝不挂地跑出来。她疯了似的喊着:'你刚回来咋就走啦!'我寻思准是让啥附体了,要不就是中邪了。我赶忙过来,没想到她一个跟头栽倒在地就没气了。"

  不一会儿,一辆警车鸣着警笛闪着警灯开进小区停下。

于洪军带着杨阿尔斯楞、周晓玲、巴力吉赶来了,他们走下警车,围着老柳树立刻拉上警戒线。何嫂仰着身躺在老柳树隆起的树根旁。不知是谁拿了件旧衣服盖住她的上身。她面部露出一种狰狞的笑容,令人感到恐怖。几个人马上忙起来,巴力吉拿着镊子往塑料袋里夹东西,周晓玲换着角度照相,杨阿尔斯楞吃惊地小声对于洪军说:"怎么,又是 Knmgh-2 致幻剂?"周晓玲说:"没错,吴小辫的案子我当时虽然没出现场,但是我看了现场的录像和照片,跟她这种面部表情大同小异。"于洪军神色沉重地点了点头。

于洪军拿起手机摁通了项晖的手机急促地说:"项局你马上带上法医过来,哎,你立刻派人把上午说的人监控起来,叫档案室的小陈准备出他们的有关资料。是,比我们想象的要严重,你来后立即去李队家做好必要的保护工作。"然后他回过头说:"杨阿尔斯楞,你和周晓玲在现场继续勘查,我和巴力吉去她家里看一看。"

不一会儿项晖带着几位刑警和法医就到了。他把法医留在老柳树下的现场,自己带两位刑警直奔李春家。听见敲门声杨桂芹从窗前走过来从猫眼一看是项晖,便赶忙把门敞开。项晖他们进了屋,她很不好意思地说:"你看这屋,我光顾看外面了还没收拾呢。"说着话就动手去划拉茶几上摔烂的香蕉。项晖急忙喊了一声:"别动!"杨桂芹一愣神,项晖问了一句:"你们这袋水果又是谁送来的?"杨桂芹说:"别人托何嫂捎上来的。"项晖说:"老柳树底下躺着的就是何嫂,她死了。"

项晖对两位刑警说:"你俩收拾一下,我给于局打个电话。"两位刑警戴上白手套小心翼翼地将香蕉碎块捡入塑料袋中。项晖说:"于局,我们在李队家里,他这里有一袋别人送的水果,就两样,是海南香蕉和红富士苹果。什么?何嫂家有半根吃剩下的香蕉和一个红富士苹果？那一会儿对一对吧，嗯，极有可能。"于洪军说："安排安排就下来，我已经给杨支队打过电话了，他现在已经在路上，估计再有一个小时就到了。你下楼时，让她们姑嫂俩也下来看一看。"项晖打完电话就到窗前，把早晨放在外面窗台上的盒子中的一个小盒子卸下来放进提兜里，又将一只同样的小盒子放进去装上。

两位刑警把屋里的香蕉碎屑清理干净，项晖对杨桂芹说："你们姐儿俩也跟我们一起去看看，挺惨的。"李翠兰起初不愿意下去，杨桂芹说："何嫂好歹还给你捎一回东西，她死了，算是咱俩送送她。"几个人下了楼来到老柳树下。一看何嫂龇牙咧嘴的笑面，杨桂芹眼圈中便转了眼泪，小声对李翠兰说了句："何嫂八成是替咱俩还有你侄子死了。"李翠兰伏在杨桂芹的肩膀上抽抽噎噎地哭了起来。这工夫于洪军和巴力吉在何嫂家也勘查完了，用一个塑料袋提着那个苹果和半根香蕉来到大家跟前，看了看项晖手中提的水果袋子说："没错，苹果和香蕉都是一样的。你这样，把资料留给我，你把这两个袋子都带回去，立刻做化验，上一次有关资料和数据都存在电脑里。"项晖答应一声，马上和两名干警乘车回了县公安局。于洪军把小区大门口的保安叫到跟前拿出两张照片问他："这两个人今天来过小区没有？"保安看了看肯定地说："早晨上班时来过，过晌来没来过呢？反正要是来也不是穿警服来的。"于洪军说："嗯，我们会搞清楚的。"

这时伏在杨桂芹肩膀上哭泣的李翠兰突然抬起头来说："于局长，我有话要对你说！"于洪军知道，李翠兰开口必有重要的事情要说。于是于洪军说："咱们还是回屋里去说吧。"

回到四楼李春家，李翠兰对于洪军说："于局长，这该死的人是我，他们是要灭我的口哇。帮助六子跑走的人是他们办事处的余主任，他是六子的五哥，联系时打了我的电话。早晨去接六子的是一辆黑色的桑塔纳轿车，开车的和旁边坐的人一共两人，听口音都是本地人，但不是今天早晨来的那俩。那天你们去我家搜查时，的确是我把六子藏到床箱子里了。等项局长他们走了以后，就又把他转移到我二舅家去了。我就这些事，要治我啥罪过我都认。"

于洪军说："你说的这两个情况都非常重要，是破这个案子的关键。我这么跟你们说吧，现在破案已经到收尾阶段，也是他们狗急跳墙的时候，我希望你们一定要提高警惕，帮助公安局把这些祸害人民群众的坏东西彻底清除掉！"

杨桂芹说："于局长，这你放心，我们家的人一定会竭尽全力。"于洪军说："桂芹同志，你真是一位好警嫂！"这时他的手机响了，他低头看了一下说，"市公安局杨支队他们到了，我下楼。"

杨红鹰带着赤岭市公安局两名法医和五名禁毒警察分乘两辆警车赶到了。他和两名法医蹲下身子又仔细地看了看何嫂的尸体，交换了一下看法，然后站起身子对于洪军说："我们初步同意你们的意见，把尸体拉回去解剖做胃遗留物分析吧。现场勘查工作如果都完成了，我们回局里商量去。"于洪军说："好吧，那我们回局里。"

52

杨红鹰、于洪军带着市里、县里的禁毒警、刑警回到县公安局马上召开会议。杨红鹰先问了李春的伤势以及在医院治疗的情况，然后对于洪军说："下面说说案子的进展情况吧。"于洪军说:"我先说吧。这两天够激烈的了,根据李翠兰举报的情况,张六子的事集中在那个什么 M 国兴凯投资公司驻腾格里县办事处主任余阿根身上,是余阿根安排人安排车送走的张六子。"

这时于洪军的手机响了,他低头看一眼来电号码,小声对杨红鹰说:"我得接个电话。"然后于洪军对着电话小声地说,"你说吧。"电话是乌恩巴图用座机打进来的:"于局,苏总开着直升机送办事处的余主任去赤岭飞机场了。"于洪军说:"这是什么时候的事?"乌恩巴图说:"这是两个小时前的事,苏总走后,高总一直看着厂子里的人一律不准出厂,他一直让我跟着他。你知道,在厂子里我没法儿跟你用手机联系。后来我急了,说食堂里的菜没了,如果不马上去买,晚上吃饭就得干抱碗啦,他这才放我一个人出来,我赶忙打了这个电话。"于洪军说:"行了,我知道了。"

于洪军关上手机对杨红鹰说:"苏美娅开着直升机把余阿根送赤岭机场了,这怎么办?"杨红鹰说:"走了有多长时间啦?"于洪军说:"有两个多小时了。"杨红鹰说:"那他是赶下午 3 点 50 分赤岭飞闽西那趟班机,现在已经起飞了。"于洪军说:"这可怎么办,他一回去就像余成军一样,不好缉拿归案了。"杨红鹰说:"你先别着急,我给闽西打个电话。"

杨红鹰立即给闽西省公安厅禁毒总队长吕欣打通了电话:"吕总队吗?你好!我是杨红鹰。"吕欣兴奋地说:"嗨,杨支队,又有好些天没见面啦,有什么吩咐您说。"杨红鹰说:"我这里有一名叫余阿根的嫌犯乘下午 3 点 50 分赤岭飞闽西的航班往你那边去了。此人是余成军的得力干将,请你协助秘密抓捕。"吕欣说:"好吧,我马上亲自带人去机场,另外那个余成军太狡猾了,他一会儿钻进山里的山洞中,一会儿又跑到海里的渔船上,我们搞了几次抓捕行动都让他溜掉了。"杨红鹰说:"天网恢恢疏而不漏,总有一天会抓到他的。"吕欣说:"好啦,不说啦,我得去机场啦。"

杨红鹰说:"我们还是接着开会吧。"于洪军就把这两天的情况大致说了一遍,尤其是讲了李翠兰给她哥李春队长输血的表现和由不配合到配合的经过。这时于洪军的手机铃声又响了,他一看是收发室的,就说:"我正在开会呢。"门卫说:"是李春队长他二舅,说有重要的事要专门向你报告。"于洪军抬头瞅了瞅杨红鹰,杨红鹰说:"你让他到会上来说吧,我估计没别的事,一定与案子有关。"

孙老二在日头刚一冒红的工夫就起来跟老伴儿说了一声:"我出去一趟。"然后手一背就去了杨石头家,见面就对杨石头说,"石头兄弟,这回我摊上事了。"杨石头给他倒了一杯水说:"二哥你坐下慢慢说。"于是孙老二就将昨天夜里两个自称公安局刑警队的人找他的过程细述了一遍,还把那1000元钱掏出来给杨石头看。杨石头收敛住方才的笑容,很认真地对孙老二说:"这是非常重要的线索,你可得找公安局于洪军局长去说。"

现在孙老二板着面孔极其严肃地在一位警察的引领下走进会议室,直奔于洪军面前说:"这家伙的,于局长你头晌跑哪儿去啦,我叽哩旮旯(东北方言:到处)地也没找着你,我有重要线索向你禀报。"参加会议的人都尽量憋住笑。

于洪军说:"孙大爷您在这儿说吧,没外人,这位是咱们赤岭市公安局禁毒支队的杨红鹰支队长。"孙老二这才满屋撒眸一下说:"噢,就是杨石头在市里当大官那个挺有出息的小子,要说呢,你爸他属猪我属狗,真得管我叫二大爷。我是咱们公安局当队长的李春他二舅,早些年在村上就当过治保委员,我早晨还上你爸那儿去了呢。"周晓玲终于把脑袋扎进怀里,肩膀耸动着笑,杨阿尔斯楞不得不拽了一下她的衣襟。

杨红鹰微笑着起身离座倒了一杯水端到孙老二跟前说:"二大爷您坐下慢慢说。"

孙老二端起水杯喝了口水,用巴掌抹了一把嘴巴说:"夜来后晌(东北方言:昨天夜晚)都看完电视连续剧了,我们家去了两个人说是你们公安局的。"项晖说:"那两个人穿的什么衣服?"孙老二说:"反正没穿警察衣裳,都戴着那种帽檐挺大的帽子,还戴着墨镜。"于洪军说:"他们去找你干什么?"孙老二说:"就是吓唬我去了,还故意当啷一下子把一把菜刀掉在地上,那菜刀贼亮贼亮的,真是瘆人啊,让我说没看见是啥色啥样的车,这不,还给了我1000块钱,让我捺了手印,这钱我也给你们带来了。"

杨红鹰皱着眉头,又问了一句:"二大爷,他俩别的还说啥了?"孙老二说:"别的倒是没多说,就是让我死咬住没看见车。哎,还有就是那个个子稍微小一点儿的说我们家气味忒不好,说什么找污染什么的。"杨红鹰说:"二大爷你再仔细想一想,他这句话是怎么说的。"孙老二想了想一拍脑袋说:"对,说一进我们院就闻到一股不好的气味,说是受污染了,让我找一下什么污染源。"

杨红鹰紧皱的双眉立刻舒展开来,他微笑着对孙老二说:"二大爷你看还有啥说的没有?"孙老二一本正经地说:"没啥说的了,该交代的我都交代给你们了。我就不耽误你们开会了,还有这1000块钱我上交。"孙老二把钱从兜里掏出来往桌子上一拍起身挺了挺腰迈着大步走了。杨红鹰和于洪军忙起身追出去,孙老二回过头扬了扬手说:"快回去,你们的时间比金子还珍贵呢,这我知道。"

杨红鹰和于洪军回到会议室坐下,杨红鹰对于洪军说:"于局你问一下环保局局长,他们这两天有下乡的没有?"于洪军拿起手机按了一个电话号:"喂,闫局长吗?我是于洪军。我们还有闲时候？哎，我问你这两天你们有下乡的干部没有？有哇，都是哪位？都谁？张横和李立，横，横竖的横；立，站立的立。他们下乡去哪儿啦？去二爷府，什么，还是政府办景主任点了名让他们俩去的。他们坐什么车去的？黑色的桑塔纳，噢，你们司机老娘病了请假，他们自己开着车去的。行啦，闫局，我刚才问你的话不要对外人讲，是的，是得需要保密。"

于洪军撂下手机，用一种敬佩的目光看着杨红鹰。杨红鹰说："有句俗语叫三句话不离本行嘛，张横、李立说出的话与他们的职业习惯有关，实际是脱口而出。"

项晖说："我把监控录像给大家放一下。"会议室电视屏幕上立刻出现新华小区大门口过往的人、小区内的老柳树。两个穿便装的人骑着两辆自行车，其中一位后车座上还坐着一个女人。于洪军说："项晖你停一停。"录像停住，于洪军说，"这不是郑果和国光吗？项晖你接着往下放。"

录像上只见郑果和国光进了小区来到老柳树下。郑果指了指前面，并把一袋子水果交给旁边的女人，显示的时间是下午2点40分。杨红鹰说："停，把这个画面放大！"男人和女人手中的塑料袋，都显示得很清晰。于洪军说："这男的是郑果，女的是谁？"项晖说："我利用这个画面截图在电脑上进行搜索还真的搜到了，她叫小桃红，是燕舞洗浴中心的三陪小姐。"于洪军说："那么那个男人就是国光了吧？"项晖将监控录像往回倒了一下，定格另一个男人放大，出现了国光清晰的图像。

项晖说："另外，据我们初步化验分析，在何嫂家提取的半根香蕉、一个苹果与我在李春队长家拿到的香蕉和苹果都是一样的，都注进了 Knmgh-2 致幻剂。杨支队带来的法医正在做第二次化验分析。何嫂的尸体已经移到县医院太平间，准备等她的家人来告别后做解剖，对胃中遗留物进行化验分析。"

于洪军瞅瞅杨红鹰说:"那我们就行动吧!"杨红鹰点了点头说:"马上行动,这次打个歼灭战!"于洪军站起身命令道:"项晖副局长,你带刑警队几位同志乘两辆车拘捕郑果和国光。这两个人都在刑警队干过,拘捕时要防止他们垂死挣扎。"项晖站起身:"是,保证完成任务!"然后走了出去。于洪军又说:"杨阿尔斯楞同志,你带周晓玲、巴力吉和刑警队两名民警分乘两辆车,立即拘捕小桃红、张横、李立三人。"杨阿尔斯楞、周晓玲、巴力吉三人起身:"是,保证完成任务!"

会议室里只剩下杨红鹰和于洪军二人,于洪军说:"不知道咱们政府办这位景大主任扮演个什么角色啊。"杨红鹰说:"我们希望他没事,但是常在水边转一不小心就湿鞋啊!"于洪军点了点头。

两队人马的拘捕工作并没费多大周折,都到了下班的时间,项晖给王爷府镇派出所的云所长打去电话让把郑果和国光留下,就说市公安局来人找谈话。

听云所长说市公安局要来人找他们谈话,国光说:"市里来人谈话没准儿是想把咱俩调到市局去呢。再不就是苏老大为咱俩升职的事找了宁县长,宁县长直接跟市公安局领导说了吧。"郑果把嘴巴凑到国光的耳边说:"还有另外一种情况,前几天我用腾格里县王爷府镇派出所两名民警的名义给省司法厅写了封告状信,告他们在杨阿尔斯楞的事上官官相护贪赃枉法的事八成有消息了。"国光说:"对,告他们,你说我咋就没想到呢?他们不让咱们好,咱们也别让他们过舒坦了。"

办公室的门被推开了,见是那位新来的项晖副局长领着刑警队的几名民警,郑果和国光立时就傻眼了。郑果说:"怎、怎么是你们来了?"项晖从包里取出拘留证说:"想必二位对它并不陌生,签字吧。有一件案子牵连到你们二位了,跟我们走一趟吧。"

两人脸色煞白，手颤抖着把字签了。跟项晖来的民警上前给二人戴上手铐带走了。

张横和李立让闫局长留下，张横就感觉不好，他对李立说："我打早晨起来右眼皮就跳，左眼跳财右眼跳灾，不是有啥事吧？"李立说："别瞎寻思，哪那么多事，我右眼皮跳好几天了，甭自己吓唬自己。"正说着，闫局长进屋来说："老张老李你俩上我办公室来一趟。"二人跟着闫局长进了局长办公室，局长室的沙发上站起五六名警察，有两名警察迅速走到他俩的身后。杨阿尔斯楞说："你们二位谁是张横？"张横点点头："我是。"杨阿尔斯楞对李立说："那你就是李立啦？"李立点了点头，杨阿尔斯楞从衣兜里掏出拘留证来给他俩看了看说，"公民张横、李立涉嫌一桩刑事案件，现予以拘留。签字吧，你们保留上诉的权利。"待二人签完字，有两位警察走上前给他们戴上手铐，把他俩带走，同时带走的还有环保局那辆黑色的桑塔纳轿车。

去拘留小桃红时颇费些力气。杨阿尔斯楞想这么多警察去阵势太大别把人吓跑了，就让周晓玲自己去找大堂经理说："我们有事找你们的小桃红商量。"经理说："我们家小桃红算火了，私家公家都找，连你们警察都用得着她。"就打了个电话，"你让小桃红来我办公室，干啥，那还干啥，有人请她！"没一会儿小桃红就趿拉着一双拖鞋走进大堂经理办公室，人没进屋话却先到了："这是谁呀？这么早就过来啦。"进屋见是位警察先是一愣，后来见是位女警察便笑着说，"妹子你来凑什么热闹？"周晓玲说："小桃红，我们有个事要找你了解一下，你得跟我们去一趟。"小桃红一听这话，回头就跑，可是杨阿尔斯楞、巴力吉他们已堵住经理办公室的门口。大堂经理一看又进来好几位警察，知道事情不好，就说："警察同志我们认罚，罚她多少钱我们掏不就得了嘛！"

杨阿尔斯楞掏出拘留证说:"小桃红你涉嫌一桩刑事犯罪案,你被拘留了。你保留上诉的权利。"小桃红立刻躺在地上打起滚来,哭喊着说:"我不去,我不去!你们那地方我不去!都是余老五那王八蛋把我糟践了呀,我不去呀!"杨阿尔斯楞说:"晓玲把她拉起来带走!"周晓玲弯下身子双手抓住小桃红的胳膊用力一拉说:"快起来吧,有话去公安局说!"她把小桃红拽起来顺手掏出手铐就给她戴上了,然后推着她就出了燕舞洗浴中心。

闽西机场,一架从辽西省赤岭市飞来的空客滑行着停了下来。

余阿根待飞机舱门通道打开后急忙走出飞机,他知道,只要不尽快回到龙山县余成军身边,在外面多停留一分钟都是危险的。

中午吃过午饭,他就去了化工厂,昨天夜里余成军又来了一次电话催问张六子下葬的事,跟他说此事不能久拖,入土为安给弟兄们也好有个交代。余阿根见了苏美娅就说起余成军"入土为安"的话。苏美娅的脸色开始还很温和地问着余阿根,余阿根便一句又一句地竹筒倒豆子。当说到明知张六子跑不出去却要送他出去时,苏美娅拍案而起,愤怒地说:"你大哥这一招够阴损的啦,这不纯粹是用一条兄弟的命把化工厂从腾格里县拔了根嘛!你给我说,接下来你们又干什么啦!"

别看余阿根在郑果、张横这些人面前叱五喝六的,但不要说在坎坤贩毒集团中就是在余氏家族团伙中他也还是喽啰这个层次的人物。在苏美娅咄咄逼人的目光中,他把用张横、李立恫吓孙老二,让郑果、国光去劝走李翠兰不成,可用 Knmgh-2 致幻剂让李春一家癫狂的事都说了。

苏美娅大惊失色,只问了一句:"你说的 Knmgh-2 从哪儿得到的?"余阿根说:"是大哥给我的,大哥跟我说这种药虽然没大事也就是让人癫狂,但是不到万不得已的时候不要用。"苏美娅叫苦不迭。当时刚来腾格里县立足未稳,为了斩断鸡血石挂坠这条线索,迫不得已给吴小辫用上了Knmgh-2致幻剂。余成军参与了给吴小辫用毒的整个过程,深知Knmgh-2致幻剂的功效,就一再向苏美娅要求让给他两支。为了笼络余成军,苏美娅就给了他两支。如今她后悔莫及,狠狠地说了一句:"该死,我怎么就没想到余成军在算计我!"

现如今说什么都没用了,苏美娅当机立断,必须以最快的速度送余阿根逃走。她看了一下手表,距离赤岭飞往闽西的航班还有90分钟。她声音不大却字字都像是枚钉子:"阿根哪,你是想死还是想活?"余阿根惊慌地问:"老大,这话怎么讲?"苏美娅说:"Knmgh-2致幻剂是Ka集团新研发的剧毒药品,人只要服用一毫克必死无疑,而且死相难看。Ka集团规定,除了集团核心成员外谁泄露这种新药的秘密,就只能去死。你的活路就是,我看你为集团辛苦操劳,你马上走,从此在人间蒸发。"

余阿根颤抖着说:"老大,我当然还想活着。你要给我一条活路,你就是我的再生父母。"苏美娅说:"那马上走,再晚警察就得追过来。"余阿根问:"老大,那我怎么走哇?"苏美娅说:"下午3点50分有一趟赤岭飞闽西的班机,我现在开直升机送你。"余阿根跪在地上连磕三个响头说:"老大救命之恩,余阿根记住了!"起身便跟在苏美娅的身后走了出去。路过厂房,苏美娅叫出高晓荣道:"你听好了,我送余主任去赤岭机场,我回来前不准任何人离开工厂半步,所有的人你都得给我看住了。"高晓荣说:"您放心去,我谁也不让离开厂子就是了。"

这时候,乌恩巴图正在窗前站着,他透过玻璃窗看着窗外发生的一切,看见苏美娅给高晓荣下指示,看见苏美娅匆忙带余阿根上直升机。见直升机飞走了,乌恩巴图立即走到还向空中摆手的高晓荣跟前说:"这时间去赤岭机场,还能赶上航班吗?"高晓荣不假思索地说:"抓点儿紧,下午去闽西还有一趟班机,苏总说来得及就肯定来得及。你去通知各车间和门卫,下午谁也不准出工厂,有极特殊的事情找我请假!"乌恩巴图说:"那是必须的,现在这厂子里,苏总一走高总就是老大。"

乌恩巴图挨个部门下通知,到了厨房,他问师傅:"高总说,下午谁也不许上街。缺米面缺蔬菜什么的可要吱声。"就有师傅说:"乌主任,米面暂时够用,得采购点儿蔬菜和肉蛋了。"乌恩巴图说:"你们定准了吗?定准了我一会儿上街里去一趟。"师傅们说:"定准了,食堂有菜没菜还能不知道?"就这样乌恩巴图找高晓荣请了假,去街里用座机将余阿根逃往闽西的消息成功地报告给于洪军局长。

苏美娅将余阿根送到赤岭机场,还好距离飞机起飞还有20分钟。余阿根急忙办理登机手续,谢天谢地总算上了飞机,他还有时间就给余成军打了个电话,告诉余成军情况紧急,他已上了飞机要返回闽西。苏美娅直到看见飞机飞上蓝天才登上自己的直升机飞回腾格里县化工厂。

闽西飞机场是个规模较大的机场,光出站口就有六个。余阿根从飞机里走出,又经过一段通道进入候机楼。就在这一刻,从过道旁闪出两名便衣警察一边一位将他夹住,其中一位说了句:"余阿根先生对不起,您走这边。"立时前后又闪出两名便衣警察将他包围在了中间,裹挟着他来到一辆面包车旁将他塞进车中,面包车很快开出机场消失在灯光璀璨的夜色中。

腾格里县公安局对拘留的五个人连夜进行了审问。一开始提审的就是郑果,接着是国光。郑果和国光大概早有思想准备,不管项晖和巴力吉怎么讯问就是不吱声,摆出一副死猪不怕开水烫的架势。杨红鹰和于洪军在另一间屋子里看审讯视频,杨红鹰对于洪军说:"这二人在刑警队干过,反审讯能力较强,我们先把他俩放一边,从薄弱处搞突破。"于洪军说:"我也是这个意思。"于洪军用微型话筒将意见传给项晖,刑警相继将郑果和国光押了出去。

杨阿尔斯楞和周晓玲进了审讯室,小桃红被押了上来。小桃红坐下后满屋撒眸着,周晓玲问:"姓名,性别,年龄?"小桃红说:"这你们还问呀,你们拘留证上不都写上了吗?你们说吧,罚多少我都认啦!"

杨阿尔斯楞说:"小桃红你严肃点儿,问你啥你说啥!"小桃红白了一眼噘着嘴闭上眼睛。周晓玲说:"小桃红你今天下午3点在什么地方,从实交代!"小桃红说:"下午3点我在洗浴中心睡觉。"

周晓玲说:"小桃红你真是不见棺材不落泪,你看看这是你不?"周晓玲将小桃红从自行车后架上下来从郑果手里接水果袋的录像放给她看。小桃红说:"我跟朋友去看人不行吗?"杨阿尔斯楞说:"你都跟谁去的,你们到新华小区去看谁?!"小桃红说:"去看何嫂,咋的,有罪过吗?"

杨阿尔斯楞大声地说:"你有大罪过啦!"他把何嫂在老柳树下死亡的录像放给她看。小桃红先是一个愣怔,接着便惊叫道:"哎呀,妈呀!"然后哭喊着说,"这缺德冒烟的事可不是我干的呀!杀人是要偿命的,给我八个胆我也不敢呀!"

杨阿尔斯楞又拿出水果袋和半截香蕉的照片说:"你现在哭也晚了,何嫂就是吃了你送她的半根香蕉毒死的。"小桃红说:"那不是给何嫂的,是让她捎给四楼李翠兰的,这馋老娘儿们半道偷吃了可怨不着我呀!"

周晓玲说:"不管谁死了,这水果是你送过去的不?"小桃红说:"哎呀,妈呀,这王八犊子老郑,我也没抱你们家孩子扔井,你咋这么调理着害我呀,你可缺了八辈子德啦!"杨阿尔斯楞说:"你现在罪过已经犯下了,你唯一的出路就是检举揭发指使你干了坏事的人,然后将功折罪!"

小桃红一把鼻涕一把泪地说:"带我去让我送水果的是老郑和老国,都是他们让我送的。除了送水果这事,别的还用说吗?"周晓玲说:"我们让你检举揭发的绝不是这一件事,你揭发检举多立功表现好是要为你减刑的。"小桃红说:"那我就说,昨儿个过晌办事处的余老五找了我们姐儿五个陪他们五个搓麻将,他们实际就商量这事,我知道余老五肚子里就没憋好屁。"

杨阿尔斯楞说:"这五个人都是谁?"小桃红说:"南国蛮子余老五,派出所的老郑、老国,环保局的老张、老李。"杨阿尔斯楞说:"还有啥,接着说。"小桃红说:"你让我想想。"她低着头想了一会儿抬头说:"再就是张六子跑那天,余老五说六子跑是跑不出去了,就让我给公安局打了电话,就这些。"周晓玲说:"你打的什么内容?"小桃红说:"余老五让我说,我亲眼看见张六子骑着紫色的雅马哈摩托奔西辽河大桥去了。其实我上哪儿看着,我连洗浴中心的屋都没出。"

杨阿尔斯楞和周晓玲交换了一下眼色,耳麦中传来于洪军的声音:"对小桃红的审问先到这儿吧。"杨阿尔斯楞说:"把小桃红带下去,把李立带上来!"进来两位女警把小桃红带走。

两位男警将李立带进屋来。李立一进屋,首先映入眼帘的是墙上"坦白从宽抗拒从严"八个大字,但他心里默念的是"张横说抗拒从宽坦白从严,不说不说就是不说"。杨阿尔斯楞说:"李立,知道为啥把你请到这里来不?"李立说:"我真不知道哇,你看都下班了,闫局好模当样儿的(东北方言:无缘无故的)就把张横我俩给留下了。"

杨阿尔斯楞说:"李立,我知道你一进屋就看到了什么,然后怎么想的。别看我比你小几岁,但都是腾格里县王爷府镇的人,你怎么想的已经表现在你游移的目光中。而且你这种想法还不是你自己的,是别人强加给你的。"李立斜眼瞅了瞅那张还带有一点儿孩子气的脸,闭上眼睛想听一听答案,杨阿尔斯楞接着说,"也是八个字,'抗拒从宽坦白从严',所以接下来给你出的主意就是'不说'。"李立的目光中闪现出惊慌的神色。

杨阿尔斯楞大声说:"但是李立你办不到,我下午去环保局带走你们的同时,也将你的人事档案借过来了。你档案中几乎所有的评语中都有一句'缺少独立思考能力',你为人处世就是跟在别人后边跑,所以你几乎所有的评语中还有一句'缺乏是非的辨别能力'。"另一个屋子中,于洪军微笑着瞅了瞅正聚精会神看视频的杨红鹰说:"这一通攻心术,李立快架不住劲了。"果然,视频上李立抱着脑袋低着头,就听杨阿尔斯楞又问了一句:"'你们这屋有一股气味,进院就闻到了,得查一查污染源',这话谁说的?"李立双手抹了一把脸说:"这话我说的,行了,我交代。"李立竹筒倒豆子般地一口气把他和张横的事都说了个清楚。杨红鹰站起身露出胜利的微笑。

这时于洪军的手机响了:"是小朱打来的。"电话中传来小朱的声音:"于局,境外有两个电话要求苏美娅视频通话,苏美娅已经通过卫星与国外视频联系了。"杨红鹰当机立断:"审讯先停下,我们看苏美娅他们又在搞什么名堂。"

在小朱、小李的电子监控室,小朱低声向杨红鹰说了一句:"苏美娅第一个联系的人是颂般。"

53

苏美娅的地下室。苏美娅坐在电脑前,颂般似乎有点儿不耐烦地皱着眉头说:"苏娅,你怎么这么半天才接通?"苏美娅说:"最近网络有点儿不太好使。"颂般说:"还有十几天就到月底了,十吨溴代苯丙酮的生产没什么问题吧?"苏美娅说:"没什么问题,为了月底生产出十吨溴代苯丙酮,高晓荣总工程师天天守在车间里。现在的问题是出现了人荒,余成军走了,我到现在也不知他去向,张六子死了,余阿根又跑了,杰克关在牢房中,我的手下已经没人啦。"颂般说:"哎,苏娅,我上次就让你把杰克捞出来,他可是咱们 Ka 的人!"苏美娅说:"这几天一直没能脱开身去办这事。明天我就去找他们县长,有几个事真得找他们交涉了。"颂般说:"无论如何要赶快让他们把杰克放出来!"苏美娅说:"颂般首领,我一定尽力。运送溴代苯丙酮的时间最好选在 10 月 1 日,趁他们都在欢度国庆节之机,我们运货。"颂般说:"我同意这个时间,但需要和坎坤商量一下再定。你可以先按这个想法做准备。"苏美娅说:"那好吧,颂般首领。"

苏美娅很快又接通了坎坤的视频,坎坤的大肥脸浮着笑容:"嗨,怎么这么长时间才接通?如果是设备和网络的问题咱们就换设备换频道,在你那里我舍得花一切的钱。哎,十吨溴代苯丙酮的生产没什么问题吧?"苏美娅说:"估计问题不大,这些天虽然总是出事,但高晓荣总工程师一直守在车间,溴代苯丙酮的生产并没受大的影响。"坎坤说:"怎么总是出事,不就是余成军杀了个姑娘的事吗?为这事我狠狠地训斥了余成军,他妈的,这小子，把自己的下边管住了不就不出事啦？"苏美娅说："光他自己倒好说，还有杰克和张六子呢，一个关在牢里，一个躺在太平间。这还没完，事情持续发酵，为张六子的事又牵扯到余阿根，就是那个办事处的主任，也不得不跑掉了。坎坤首领，我真不知道我们的鸦计划您是想让它成功呢还是想让它失败。"

坎坤仍是满脸堆笑地说："鸦计划已经成功了呀，两个月就生产了二十吨的溴代苯丙酮，这可是我缅北十块罂粟地都出产不了的。可话又说回来，咱们这一行打一枪就得换个地方。你记住我这句话，中国的警察是世界上最厉害的角色，他们的隐忍力，他们快速出击的能力，常常超出我们的想象。腾格里县贫穷偏僻，是生产溴代苯丙酮绝佳的地方，你又将人脉关系安排得不错，可是你想过没有，那里最大的弱点就是路途遥远。行啦，先不说这个，你那里今年的任务就是再生产十吨溴代苯丙酮，你就可以去和你的女儿团聚啦，哈哈，你那美丽的女儿，真是天生丽质！苏娅，就十吨，再生产十吨，你们的鸦计划就算大功告成啦。"苏美娅说："坎坤首领，这十吨溴代苯丙酮运往哪里你们定了吗？"坎坤奸笑着说："这不还有时间嘛，到月底我再告诉你。另外，你那里让余成军闹得人手不够，他先前带去的人给他打电话还都要回去，我已经告诉余成军叫他派两个得力的人去，可能明天就到，那就说到这里吧。"

苏美娅关上电脑，巴掌拍在桌子上愤愤地骂道："这群流氓，姑奶奶真是小瞧了他们！"骂完她无可奈何地摇了摇头。她离开电脑桌回到了小皮圈椅上，一摁电钮又回到了地上的房间。

她打开首饰盒，又将那只鸡血石玉凤挂坠取出来放在手心中托着，眼前又浮现出那只仿佛滴着血的鸡血石玉龙挂坠。

仿佛从遥远的地方传来一声声"王福贵——王福贵——"她儿时稚嫩的喊声，梳着两只羊角辫穿着红花褂衩挽着青色单裤裤腿的她和穿着白裇衩挽着蓝色单裤裤腿的他在西辽河边奔跑着，追逐着……

仿佛在村子的路口，美智子和王福贵正准备坐长途汽车回日本，王福贵擦着自己脸上的泪水说："等我在日本挣了钱就回来接你！"

仿佛从遥远的地方又传来一声："王福贵，我来啦！"她穿着一件浅黄色的连衣裙从轮船上跑下来，与拿着一捧鲜花来码头接她的一身蓝色西装的他紧紧抱在一起，他说："我现在叫佐佐木。"

仿佛就在昨天，"佐佐木，溴代苯丙酮置换成甲基苯丙胺，我们成功啦！我们成功啦！"在一个高级的灰白色、浅蓝色基调有着各种现代化的化学试验研究的场所中，佐佐木、苏美娅和一群身着白色实验服装的男人女人们欢呼着雀跃着。

苏美娅又回到了现实中，两大滴眼泪掉在手心中那血色的玉坠上。她双手将泪水从鸡血石玉凤挂坠上擦掉，将玉凤挂坠又放入首饰盒中。她抬起头满屋四下瞅了瞅，感到无比空洞和寂寞。她在大漠中建立了一个王国，但这个王国却不是她的！还有什么是她的？她拿起手机给高晓荣打了电话："别废话，让你过来你就快点儿过来！"高晓荣匆忙地跑了过来，苏美娅房间的灯光熄灭了。

这一夜苏美娅做了一个令她非常惊恐的梦。恍惚间，小腾格里沙漠漫天大雾，浓黑的雾霾在搅动着翻滚着。她和佐佐木并肩站在石门山的崖顶上，她感觉身上有些冷，就紧紧地靠在佐佐木的身上。没想到佐佐木通身冰冷冰冷的，转眼间又变成了高晓荣。她用力抓了高晓荣一把，高晓荣却化作一股浓烟消失在翻滚的浓雾中。她气呼呼地喊了一句："高晓荣你给我回来！"回来的却又是佐佐木，她轻声呼唤着"佐佐木"。佐佐木的后边突然出现满脸血污的吴小辫,吴小辫龇牙咧嘴地说:"苏美娅,我可是你的亲叔公公,你连我都敢下毒,我还没活够,你还我的命来!"苏美娅心中害怕至极,上前拉起佐佐木就跑,没跑几步就觉得一步踏空从石门山的崖顶上坠了下去。她大喊一声:"高晓荣快来救我!"

她一下子吓醒了,出了通身的汗,把睡衣都浸湿了。她坐起身看看表,已是凌晨3点半。想着刚才的梦,她再无睡意。一旁的高晓荣也赶紧爬起来说:"美娅,您刚才做噩梦了吧?有一阵子您死死地抱着我,抱得我都快喘不上气来了。您一会儿喊着佐佐木,一会儿又喊我,您别害怕,一切有我呢!嗐,天都快亮了吧,我得赶紧回我屋了。"苏美娅没有说话,却用手死死地搂住高晓荣的身子,两人就一直在床上坐到天亮。

清晨5点刚过,苏美娅的手机铃声响了。苏美娅推了高晓荣一把说了声:"你回你屋去吧!"高晓荣赶忙穿着睡衣走了。苏美娅接通手机,对方说:"苏总老大,我是余成民,我现在和宋哥俩在闽西机场,已经检票了,11点半到赤岭机场,请你派人来接我们。"苏美娅只淡淡地说了一句"我知道啦"就把手机关了。

在腾格里县公安局电子监控室,小朱将电脑关上。杨红鹰对于洪军说:"审问的事,还有郑果、国光、张横没有拿下,张横有李立的交代问题不大了。郑果和国光,我建议要从国光突破。这一个小团伙就全拿下了。还有一个细节,就是环保局闫局长是接到政府办景主任电话才派张横、李立去的。要查一下景主任这个电话的缘由!"

于洪军说:"是,明天上班后连审问带询问同时进行。杨支队,咱们晚上还没吃饭呢,我已叫人在附近的对夹铺安排了。"杨红鹰说:"你不说,我都忘了吃饭这档子事了。那就简单吃一口，吃完饭我要返回赤岭，明早上班就向赵副市长汇报。小朱你把苏美娅的视频录像分别给公安部王局长、省公安厅铁峰总队长和市局赵副市长发过去。明天上午申请召开'1023'毒品专项大案组会议。"小朱回答道："是，杨支队。"

第二天一早，电子监控器红灯闪烁发出报警声。值班的是小李，她马上打开监视系统戴上监听器，待苏美娅和余成民通话结束，她摘下监听器拨了于洪军的电话："于局，刚才5点15分苏美娅接了余成民的电话，余成民说他和一位叫宋哥的人在闽西机场登机，将于11点30分到达赤岭机场，让苏美娅派人去机场接他们。"于洪军说："我知道了。小李你把录音也发给公安部王局长、省公安厅铁峰总队长、市局赵副市长和杨支队。"小李说："好的，于局。"

上午9点，"1023"毒品专项大案组视频会议开始召开。视频上出现了公安部禁毒局王副局长，闽西省公安厅徐楷副厅长、禁毒总队吕欣总队长，辽西省公安厅朝洛蒙副厅长、禁毒总队铁峰总队长，赤岭市公安局赵东明局长、杨红鹰支队长，腾格里县公安局于洪军、项晖、杨阿尔斯楞。王副局长说："好啊，你们专案组干得好啊，我听说制贩毒集团在腾格里县纠集一些社会上的残渣余孽组成一个犯罪团伙让你们给连窝端了。这让制贩毒集团更加孤立，我们彻底铲除坎坤贩毒集团在我国残余势力的工作又向前迈进了一大步。现在我们回到这次视频会议的正题上来，我先问一问你们怎么看苏美娅这两个视频通话？"铁峰总队长说："我觉得坎坤贩毒集团与Ka恐怖组织间围绕下一个十吨溴代苯丙酮要有一场争夺战。"

赵东明对杨红鹰说："杨支队你说一说咱们的意见吧。"杨红鹰说："今天早晨赵副市长我俩就昨天苏美娅的两个视频电话和今天早晨余成民打来的电话进行了分析。首先我们非常同意铁峰总队长的意见,围绕第二个十吨溴代苯丙酮制贩毒集团内部出现了利益之争。视频电话给我们提供了这样几个信息:一个是第二个十吨溴代苯丙酮到月底前肯定能生产出来。第二个信息是运送溴代苯丙酮的时间初步选择在我们国庆假日期间。第三个信息,坎坤现在非常看重溴代苯丙酮的生产,认为现在的腾格里县化工厂就能顶他十块罂粟种植基地,但他现在因腾格里县路途遥远运输不便,想要放弃这个生产基地。第四个信息是,坎坤集团这次派余成民、宋哥过来是早有预谋,就是来争夺溴代苯丙酮的。第五个信息,坎坤在中国的真正代理人是余氏兄弟,苏美娅只是坎坤想与 Ka 联合借用的一个工具。"王副局长、铁峰总队长频频点头。

杨红鹰继续说道:"我和赵副市长的想法是,根据他们上一个十吨溴代苯丙酮交货时遇到的情况和我在云南、闽西接触到的制贩毒集团的信息,我认为第二个十吨溴代苯丙酮运送地点不可能再是云南而应是闽西。闽西龙山县有海港码头便于运输,闽西龙山县还有一个洞里村山洞,在这个山洞中他们正建造又一个溴代苯丙酮或者就是冰毒甲基苯丙胺的生产基地。我们的意见是借力打力,引大鱼上钩,彻底清除坎坤集团和 Ka 恐怖组织在中国的制贩毒势力。"

王副局长说:"好一个借力打力,我完全同意这种说法。哎,那个外国人杰克是不是还在关押着?"于洪军说:"是的,王局长。苏美娅已经通过县政府王副县长几次向我们提出释放要求了。"王副局长说:"要我说孙猴子跳不出如来佛的手心,找个合适的机会放了他,得给苏美娅那边加强点儿力量,如果让坎坤占绝对压倒优势,这力咱们就借不上了。"

徐楷等参加视频会议的人点点头会意地笑了。

王副局长说:"同志们,'1023'毒品专项大案侦破工作已经取得了丰硕成果，我们针对坎坤制贩毒集团的鸦计划进行了艰苦卓绝的斗争，现在已经到了即将收网的关键时刻。各有关省、市、县要做好收网的准备。辽西省公安厅禁毒总队铁峰总队长立即飞往赤岭市与赤岭市赵东明副市长、杨红鹰支队长全权处理苏美娅制毒团伙的一切事宜，并与赤岭武警支队取得联系及时得到支援；闽西省徐楷副厅长、禁毒总队吕欣总队长请注意，你们那里可能是收大网捕大鱼的战场，应立即对余氏兄弟团伙加强布控，尤其是对龙山县龙山港码头和龙山县洞里村进行二十四小时严密监控。我听说杨红鹰支队长每天晚上都是抱着手机睡觉，我希望我们缉毒战线的全体同志都要有这样一种工作精神，为保卫我们的社会主义祖国保卫人民的生命安全枕戈待旦，务求全链条精准打击，战则必胜！"

也是上午9点，苏美娅在房间打电话把乌恩巴图叫了过来："乌主任，你开着那辆白色丰田轿车去赤岭机场接余成民总经理和宋主任，去之前你先到云龙大酒店订两个套房，再到饮食部订一个大一点儿的包间，中午设宴欢迎余总经理和宋主任。你把余总经理和宋主任直接安排在云龙大酒店就行了。我12点去，在那里等你们。"乌恩巴图说："是，苏总。还要邀请地方政府的人员吗？"苏美娅说："那得邀请，邀请的事就我亲自办吧。"乌恩巴图说："苏总，那我就去啦，先去云龙大酒店把房间订了，再去赤岭机场。"苏美娅赞许地点了点头，乌恩巴图就走了。

乌恩巴图到了云龙大酒店订了两个住宿的套间和一个酒宴包间，并在酒店给于洪军打电话做了汇报。于洪军问："住宿的套间都是几号房间？"乌恩巴图说："三楼301号和302号。"于洪军说："那好吧，注意点儿安全！"乌恩巴图说："谢谢局长，我知道了。"然后开着白色丰田轿车去了赤岭机场。

乌恩巴图到赤岭机场，从闽西来的航班准点到达，乌恩巴图双手举着一张写有"接闽西余总经理、宋主任"的纸牌子很顺当地接上了余成民与宋哥。余成民与宋哥上了车，他们都坐在车后座上。

宋哥警惕地问："小伙子您贵姓？"乌恩巴图说："我姓白，蒙古人，你就叫我乌恩巴图或巴图好了。"余成民说："你是当地人？"乌恩巴图说："我就是腾格里县王爷府镇的人，年初招工上来的。"宋哥说："那你在哪个车间？"乌恩巴图说："我开始在六车间，后来高总让我管车间生产，跟余总去送货从山东回来后，苏总又让我上办公室。"余成民说："噢，他就是跟大哥一起送货的小伙子，知道了，大哥说过，挺可靠的。"宋哥说："噢，那应该管你叫白主任或乌主任。"乌恩巴图说："什么主任不主任的，就是个打工的，你们就叫我小乌好了。"

余成民说："乌主任，我听说把杰克关进去了，还没放出来？"乌恩巴图说："没有呢。"宋哥说："那苏总就没找一找政府快点儿给放出来？"乌恩巴图说："这我可不知道。"

余成民说："哎，乌主任，我听说张六子就被打死在这条道上？"乌恩巴图说："可能是吧，出事后，苏总让我们谁也不要动，我只是第二天和苏总到医院的太平间看了看。"余成民说："六子打伤的那个警察呢？"乌恩巴图说："他还在医院里躺着，听说伤得很重，六哥两枪都打中了他，就差一韭菜叶子就要他命了。"宋哥说："你也管六子叫六哥？"乌恩巴图说："我俩挺好的，六哥干啥都护着我。"

余成民说："宋哥，路旁边那些黄白色的土丘就是沙漠。"宋哥说："哇，沙漠就是这样的啊！怎么还有大桥？"余成民说："那是西辽河大桥，过了西辽河大桥就到王爷府镇了，王爷府镇和咱们龙山镇一样是县政府的所在地。"余成民歪着脑袋笑嘻嘻地对宋哥说:"晚上我领你去个好地方。"宋哥也乐着说:"那你可得悠着点儿,出来时大哥就嘱咐我让我管着你点儿呢。"余成民说:"肯定得悠着点儿……"两个人一阵哈哈大笑。

乌恩巴图开车到西辽河大桥就给苏美娅打了电话告诉快要到达的消息。等车开进了云龙大酒店的院子,苏美娅、高晓荣和王富国副县长、景峰主任、萨茹拉局长,还有招商、工商、税务、财政等有关局的领导都出来迎接了。余成民和宋哥一下车,苏美娅和高晓荣就先上前握手道了辛苦,然后把王富国副县长一干地方官员给余成民、宋哥一一做了介绍。迎进云龙大酒店的大厅,苏美娅让高晓荣和乌恩巴图陪余成民、宋哥去了三楼套房,她请王富国副县长他们先去了酒宴包间。

余成民和宋哥到各自的房间简单地洗了洗就在高晓荣、乌恩巴图陪同下去了酒宴包间。酒席上,主宾的位置自然还是苏美娅和王富国,接着依次是余成民、高晓荣、宋哥,接着便是景峰、萨茹拉和各局的有关领导,乌恩巴图说他帮助支应什么的,坚决不上桌。王富国说:"按说你们厂子这个级别要是按我们国企办公室主任也是县处级的了,应该上桌。"苏美娅笑笑说:"不上就不上吧,年轻人还是谦虚点儿好。"

酒宴开始了,苏美娅先举杯致辞,只字不提前总经理余成军,竭尽褒奖余成民总经理年轻能干实为商界翘楚,总部派余成民总经理和办事处宋主任来实为加强 M 国兴凯投资公司腾格里县化工厂的领导力量。苏美娅举起酒杯:"我提议,为总部的英明决策,为腾格里县化工厂的兴旺发达,为余总经理、宋主任接风洗尘,大家连干三杯!"随着酒杯清脆的带有金属声的碰撞声,众人将茅台酒浆倒入口中。

王富国副县长站起身说:"我可不仅代表我自己,上午我给即将去云阳市升任副市长的宁琛县长打了电话,宁县长非常遗憾不能喝到余总经理、宋主任的接风酒,但他让我代他代表县委县政府跟余总经理、宋主任多碰两杯。M 国兴凯投资公司腾格里县化工厂投入生产以来不到一年的时间,已向县财政缴纳 3000 多万,让我们腾格里县从全市经济收入的落后县一跃成为赤岭市经济的上游县。我希望腾格里县化工厂兴旺发达,希望余总经理、宋主任和我们合作得更好。我们大漠人讲究百灵鸟双双飞,一只翅膀挂两杯,现在我提议我们喝个双双杯!"大家一边鼓掌叫好一边碰杯,在清脆的碰杯声中又是四杯酒下肚。余成民也举杯表示谢意,他举起酒杯说:"本人才疏学浅,但是有女中豪杰苏董事长掌舵,我就一心一意辅佐董事长把工厂搞好。我提议咱们一心一意喝一杯!"

旅游局局长萨茹拉举着酒杯自己喝下一杯说:"我先喝一杯取得发言权。"然后端着酒杯说,"我有个提议,就是请我们敬爱的苏董事长为我们唱一首歌,她唱歌我们喝酒好不好?""好啊!"满酒宴的人都大声喊着拍着巴掌。苏美娅似乎有些勉强地离开酒席接过乌恩巴图递过来的麦克风说:"我就会唱一首歌,就是席慕蓉先生的《父亲的草原母亲的河》,这是我回到家乡第三次唱这首歌了。"酒席上又是一片掌声。

苏美娅显得有些疲倦,手中的麦克风好像格外沉重,声音也有些发哑:"……如今终于见到辽阔的大地;站在这芬芳的草原上我泪落如雨。河水在传唱着祖先的祝福;保佑漂泊的孩子,找到回家的路。"

突然苏美娅的脑海中浮现出达兰花和美智子两位妈妈的身影,但马上又被坎坤肥硕的大脑袋给替代了,蹦出坎坤"你再生产十吨溴代苯丙酮就去和你女儿团聚"的话。苏美娅脑袋一片空白,她低下头停顿了一下。

萨茹拉见状立刻端起一杯酒走过去说:"苏总一唱到动情处

就这样。"苏美娅接过酒杯说了声:"谢谢!"随后一饮而尽。她调整一下情绪,抬头继续唱了下去。

萨茹拉则到余成民跟前弯腰伸手做了个邀请的姿势:"余总,我请你跳两圈。"余成民连喝了几杯茅台酒已经有点儿头晕脑涨了,见是美女局长萨茹拉邀请便咧着大嘴说:"好哇,好哇!我跳得不好,总爱踩小姐的鞋尖。"下了酒桌他便搂着萨茹拉胖乎乎的腰肢跳起舞来。

景峰主任则端起一杯酒走到宋哥的跟前说:"宋主任,幸会幸会,我叫景峰,在政府办工作。我和先前的余总、阿根主任都是好朋友,今后宋主任有用得着我的地方请吱声。"宋哥马上举杯和他碰一下杯说:"景主任的大名我在闽西就听说了,今后肯定要麻烦您。"景峰说:"这阿根主任不知去哪了,要知道他走,弟兄们也好送一送。"宋哥心想,连我都不知道他去哪儿了,你还上哪儿知道。他嘴上却说:"另有重用,阿根主任另有重用,走的是急了点儿。"景峰说:"我和阿根主任还有些工作上的事。"宋哥:"好说,抽时间我找你联系。"

苏美娅如泣如诉地唱着:"啊,父亲的草原!啊,母亲的河!虽然已经不能用不能用母语来诉说,请接纳我的悲伤我……"

苏美娅身子突然摇晃着踉跄一下,乌恩巴图马上跑上前将她扶住,她脸色发暗显得很难受的样子。高晓荣也赶紧离座跑过去说:"苏总这些天太过疲劳啦!就是铁人也受不了,您看她像没事儿人似的,其实身上连点儿力气也没有。苏总您什么感觉,要不要送医院?"苏美娅皱着眉头艰难地说了一句:"我就是老毛病,去房间歇一会儿就好了。"她停了一下,看着王富国副县长他们,又看了看余成民、宋哥,"高总、余总你们陪好客人。"王富国副县长说:"快,就近送一楼的总统套间吧!"萨茹拉和两位女服务员搀着苏美娅去了一楼总统套间。王富国副县长说:"我看咱们也到这儿吧,谢谢化工厂各位领导的款待,景主任,今天得让苏总休息了,明天晚上县政府为余总和宋主任接风洗尘,请各位到时赏光。"

苏美娅突然病倒在中午欢迎余成民、宋哥酒宴上的消息,还有王富国副县长第二天晚上要为余成民、宋哥接风洗尘的消息都立刻传到于洪军那里,也很快传到杨红鹰那里。杨红鹰听完情况汇报,在电话中指示于洪军:"要严密监视,可暂缓对景峰的拘留,但鉴于目前的形势需要对苏美娅打打草惊惊蛇。"

54

苏美娅病了,中午杨阿尔斯楞和周晓玲回了一趟家。杨阿尔斯楞对杨哈斯说:"我们得去看看。"下午上班的时候,杨哈斯、娜仁高娃、杨阿尔斯楞、周晓玲提着一篮子水果,到云龙大酒店来看望苏美娅,娜仁高娃还亲自烧了壶奶茶装在暖瓶中提了过来。乌恩巴图把他们领到房间就出去了。苏美娅躺在床上见杨哈斯一家人都来了,眼角滚下两颗泪珠说:"还是自己的娘家人好啊,有个生病长灾的能到自己跟前。"杨哈斯说:"妹子,这咋说病就病了呢?"苏美娅说:"其实没大事,休息休息就好了,你看晓玲也来了。"

娜仁高娃倒了一杯冒着香气的奶茶递到苏美娅床前说:"妹子,我刚熬的,我知道妹子最愿喝我熬的奶茶了。慢点儿喝,别烫着。"苏美娅轻轻喝了一口说:"我一闻到奶茶味就想起阿妈,她烧的奶茶是天底下最香的,其次就是娜仁嫂子的啦。"娜仁高娃说:"哎,你不知道,我烧奶茶是达兰花姑姑手把手教的。"

苏美娅说:"哥,再有两天就是中秋节了,不知为什么,我这些天夜里做梦常梦见特木尔阿爸和达兰花阿妈。别看阿妈对我不好,可我现在最想的人就是她啦!哥你看我们能不能去上上坟?"杨哈斯说:"要说八月节倒没有上坟烧纸的习惯,可现在咱家的日子天天像过年,去上坟也是可以的。"

苏美娅向周晓玲伸出手说:"晓玲你挨着姑姑坐。"周晓玲拉住苏美娅的手在床边挨着她坐下。苏美娅说:"晓玲什么时间来的?"周晓玲说:"已经来两天了。"苏美娅笑着问:"是不是想阿尔斯楞啦?别不好意思,想了就过来。阿尔斯楞你也主动点儿,别净让人家晓玲主动上你这儿来。"

杨阿尔斯楞说:"她才不是来看我,她是来办案来了。"苏美娅松开周晓玲的手问:"又办什么案?"周晓玲说:"前天新华小区有位何嫂被人毒死了,县公安局觉得人死得蹊跷,可又化验不出致死的原因,就向市局求援,市公安局就派我和两位法医过来了。"苏美娅看似平静,但脸上再无一丝笑容。她淡淡地说道:"你们化验出什么结果了没有?"周晓玲说:"有结果了,是一种新型的神经毒药。投毒的犯罪嫌疑人已经被拘留了,现正在审问。"

苏美娅身子轻轻地蠕动了一下,脑门儿上沁着汗珠,她虚弱地说:"哥,你们回去吧,我还是有点儿累,别忘了,咱们后天去上坟。"杨哈斯说:"妹子,啥时候觉着不合适就给哥打电话,咱要车有车要人有人。"苏美娅又拿手机喊来乌恩巴图:"乌恩主任你送一送,我就不出去了。"杨阿尔斯楞最后一个离开,苏美娅说:"阿尔斯楞你以后有时间常来陪陪姑姑,我最近也说不上咋的,老觉得心里发空,人像在半空吊着似的。"杨阿尔斯楞说:"哎,我有时间一定来陪您。"

杨哈斯一家人走了,苏美娅从床上下来走到沙发前坐下,自己又倒了一碗奶茶喝着,见乌恩巴图回来了便问:"余总和宋主任呢?"乌恩巴图说:"他们去洗浴中心了。"苏美娅皱了皱眉说:"乌恩,不管你今后到了哪一步,吃喝可以,嫖赌决不能沾。"乌恩巴图一本正经地说:"是,苏总,我记住了。"苏美娅满意地朝他瞅了瞅。乌恩巴图说:"苏总你现在感觉好点儿不?"苏美娅说:"喝上奶茶,感觉好多了。"

这天夜里,在苏美娅的总统套房里,苏美娅让乌恩巴图把余成民和宋哥叫下来。苏美娅说:"乌主任回你的房间吧,一会儿有事再叫你。"乌恩巴图走出去把门轻轻带上。苏美娅先给余成民和宋哥一人倒了一碗奶茶说:"你们尝一尝大漠中的咖啡。"余成民和宋哥都喝了一口还吧嗒吧嗒嘴,"嗯,味道不错。""喝着比咖啡香。"苏美娅说:"这是奶茶,我小时候就是喝阿妈煮的奶茶长大的。"

余成民说:"说吧,老大,怎么安排我们俩?叫我们俩来肯定不是为了喝奶茶的。"苏美娅说:"余成军总经理现在怎么样啊?"宋哥说:"余大哥挺好的,就是不能露面,条子抓了几次都没抓着他。"苏美娅说:"那阿根呢?"余成民说:"他没回龙山。"苏美娅说:"我亲眼看他上了飞机飞走的,难道飞机中途还停啦?"余成民说:"也许阿根另找门路了。"

苏美娅强打着镇静,但她没有把余阿根在腾格里县网罗的人员被警察一网打尽的消息告诉他俩,只是说:"什么可能都有,也别总往坏处去想。"宋哥说:"老大说的也是。"苏美娅说:"余总和宋主任这次来主要是为运送溴代苯丙酮的吧?"余成民说:"什么事都瞒不了老大的法眼。"

苏美娅用眼角的余光扫了他俩一眼说:"啥也得等总部的指令。"宋哥说:"我和二哥来时,大哥就说了,要我们到这里一切都听老大的。"苏美娅说:"我不过是传达总部的指令,咱们都得听总部的。"余成民说:"是是是,一切都听总部的。"

苏美娅说:"余总经理明天去化工厂最要紧的事就是得给闽西来的人开个会。现在这些人也没个人管,一天除了几个值班的外,都骑着马到处乱跑。这张六子一没,他们算是群龙无首了,总也得给他们安排个领头的管着他们吧。"余成民说:"那是,老大说的对,明天我去了就先安排他们。"

苏美娅对宋哥说:"这办事处呢,我原先有点儿小瞧了,是余成军总经理提议建的,可真是我们对外的窗口呢。对外大事小情,联络办事都是阿根主任去做。唉,后来就是有些事做过分了,让警察抓住了把柄,不得不让他走啦。唉,谁知道咋回事,这一走竟没了踪影。"苏美娅抽两张纸巾沾了沾眼角又接着说,"办事处有咱们雇的两位退休干部宋江和李贵,明天上了班,余总我俩先把宋主任送去办事处再回化工厂。"临了,苏美娅扫了二人一眼又笑笑说,"房间明天就先别退了,晚上王县长要给二位接风洗尘又是一场鏖战。现在这里的官员为了招商引资,也都很会投其所好的。你二位可得有个思想准备哟。那行啦,你二位也去休息吧,我今天有点儿累。"

余成民、宋哥起身告辞回了三楼,宋哥对余成民感慨地说:"这娘儿们还真是个茬子,说话滴水不漏。"余成民说:"咱俩走时大哥嘱咐咱们的话你这回信了吧?"宋哥连连点头说:"信了,信了。"

第二天苏美娅又是一通紧锣密鼓的安排,让乌恩巴图开车,先是和余成民送宋哥去了办事处,向宋江、李贵介绍了新到的办事处主任宋哥。她夸奖宋江、李贵办事能力强,年终时要纳入正式职工的年终奖系列中。临走时嘱咐宋哥,告诉他到任的第一件工作就是和县政府办公室主任景峰联系,找公安局办出危险品的准运证。

然后他们便回了化工厂,闽西来的那帮人见余成民来了,立刻欢呼雀跃。余成民也就把苏美娅提出的要求悉数都讲了讲，看其中有位叫余阿昆的，就是与张六子并称"双侠"会蹿墙上房轻功的人，让他顶替张六子的位置做了工厂护卫队的队长。

苏美娅也没闲着，她先是给王富国副县长打了电话："王县长呀，我先祝贺你，祝你代理宁琛县长主持工作，你要是当了县长那腾格里县的经济真的就要腾飞啦！"王富国说："苏总你消息真够灵通的。宁琛县长去云阳市当副市长的消息也是刚刚在县五大班子宣布。我哪有宁琛县长的能力呀？上级领导说宁琛县长在领导腾格里县时，取得了令人瞩目的工作业绩，所以提拔到市级政府工作。"

苏美娅说："王县长你就别谦虚了，谁不知道宁琛县长的政绩都是你王县长干出来的？"王富国说："哈哈，苏总话可不能这么讲，没有宁琛县长在上面支持着我，我王富国再加个脑袋也干不成这些工作。苏总今后可也得多多地支持我的工作哟！"

苏美娅说："那是自然的，王县长你不是跟我说县里这阵子钱紧让我给你们拨款吗？可我的财务总管被你们关着，我就是想给你们拨，没有总会计师的密码，也没法儿给你打钱哪。别说给你们拨款，就是这个月全厂职工的工资都没开，我跟你说，工人们都要罢工闹事呢！"王富国那边急忙说："别，别，你可千万压一压，现在全国是维稳的关键时期，你们工人要是罢工，就等于摘我的乌纱帽了。我已经找了于洪军局长两三次了，估计这两天能有结果。另外，苏总晚上的接风宴你可一定得参加，我知道你身体欠安，但不让你喝酒，我负责保护你。"

苏美娅很不高兴地说："那看吧，我等你消息。"

苏美娅给王富国打完电话又给杨阿尔斯楞打电话："阿尔斯楞，姑姑问一句不该问的话。"杨阿尔斯楞说："姑姑您说。"苏美娅问："晓玲昨天说毒死人的事，有没有涉及姑姑厂子的人哪?"杨阿尔斯楞说:"姑姑,具体情况我不太清楚,我在电讯这边,案子是刑警那边的,我们互相间也是不能打听的,不过我听说有个姓余的还跑啦。"苏美娅说:"唉,姑姑也就是问问,姑姑这几天心情不好,全是闹心的事。"

苏美娅说完,又是长出了一口气,自言自语道:"幸亏把他抓紧送走了。"

王富国晚上这顿接风宴可费事了,余成民和宋哥可是早就去了,可苏美娅却不动弹,王富国打了两次电话请她去,她都推说身体不适不动弹。没办法,王富国副县长打发萨茹拉局长坐车去请一趟才把她请到宴会上来。

苏美娅一副病恹恹的样子,酒一口不喝,菜也吃得很少,只是拿筷子在各样菜肴上点了点,也没人敢劝她。余成民则是张开大嘴又是海吃海喝一通,让吃就吃,让喝就喝,让跳舞就跳舞。王富国副县长心里明白,只要是杰克不放出来,这个女人是不会开晴的。但他也觉得很无奈,他每次和于洪军说到放杰克的事,于洪军不是"商量商量"就是"正在请示"。他知道于洪军这人不贪财好色,说出的话不会是要挟的借口,其中肯定有什么微妙之处,他不分管公安工作,也不便多问。

接风酒宴结束后,苏美娅留下余成民和宋哥,并且和他们说:"我明天有点儿个人的事需要处理,再给余总经理一天假可以好好休息好好玩一玩。"余成民自然是高兴,口中连连说:"多谢苏总成全,多谢苏总成全。"

第二天东边天际太阳刚刚冒红,苏美娅特意换上一身青色的裤褂来到房子的外面上了白色丰田轿车。乌恩巴图一踩油门,车一直开到杨哈斯家门口。

杨哈斯带着一家人从楼上下来。

杨哈斯很反感苏美娅上坟这件事,絮叨着说:"苏美娅真是想起一出是一出，咱们这地方八月十五月圆人团圆，是亲人欢聚的节日，哪有活人跟死人去团聚的？"娜仁高娃劝阻道："他爸你就少说点儿吧，他姑是念过大书的人，人家识文断字的啥不知道？还用得着你来说。"杨哈斯悻悻地说："咱们今天去上坟会让人家说呢！"

苏美娅上坟的事，杨阿尔斯楞和周晓玲也觉得奇怪，他俩头天上午就跟于洪军做了汇报，于洪军随即向杨红鹰作了汇报。杨红鹰的回答是："她的电脑和手机我们都监控着，她现在的一举一动都在我们的监视之下，不会有什么别的原因吧。我的分析是，这次坎坤让余成军派余成民和宋哥过来对她是一个打击，她甚至都觉得夹在颂般和坎坤之间让她有些心灰意冷，她精神上出现一些反常也是正常的。你们就随着她动，另外快到月底了，可以放了杰克，如公安部王局长所说给她增加点儿与余成军争斗的力量，这对咱们借力打力的策略是有帮助的。"

杨阿尔斯楞开车在前，苏美娅的车在后，车一直开到墓地才停下。王爷府镇公墓的墓地四周松柏树青黛的颜色让墓地多了些肃穆，每个坟上都生了些野草又让墓地显得几分荒凉。

杨阿尔斯楞和周晓玲走过来和乌恩巴图一起把车上的祭品搬下来。杨阿尔斯楞问了一句："苏美娅姑姑，各个坟前都放吗？"苏美娅低声说："你放吧。"苏美娅在达兰花和特木尔的墓前跪下来磕了三个头，又洒些酒祭拜。她在达兰花的墓前跪的时间最长，达兰花美丽端庄而又豪横厉害的形象出现在她的眼前。她眼中的泪水流了下来，双手先是撑在墓前地上嘤嘤地哭着，哭得悲悲切切，双手拍打着坟墓断断续续地说着："阿妈，我……现在真的是……真的是好想您呀……"

后边传来杨哈斯的声音："妹子起来吧，你这上上坟也对，把心里对阿妈的思念哭出来就痛快了。实际阿妈临终前最惦念的人就是你了。"杨哈斯见苏美娅双肩抽动啼哭着仍不起来，就上前把苏美娅抱了起来，"妹子咱们走吧，别哭啦，阿妈阿爸知道你来了，刚才我看见一阵小旋风把纸灰都卷走了。走，跟哥回去。"杨阿尔斯楞和周晓玲也立刻上前一起搀扶着苏美娅上了车。回到杨哈斯家，娜仁高娃把早晨熬的奶茶又热了，用瓷碗恭恭敬敬地端给苏美娅。

苏美娅在沙发上倚了一会儿，喝了一碗奶茶，精神好像好多了。哭了这一场，她紧张压抑的心理似乎轻松了许多。

中午，杨哈斯家吃的是新鲜的手把肉。头天下午杨哈斯就通知牧场给他杀一只绵羊来。杨哈斯说："苏美娅妹子，咱家牧场的草场好，牛羊都是吃着山花椒喝着矿泉水长胖的，这羊肉你在国外绝对吃不到。就是在云龙大酒店也轻易吃不到。"他特意把烀得很烂的羊尾给苏美娅挑到盘子里，苏美娅吃一口觉得果然味道不一般，她的眼睛又有些湿润了。她感慨地说："哥，这让我想起我六七岁的时候，一次生产队杀羊分给咱们家一斤肉，阿妈还留下一半，做熟后把肉挑给你吃，我在一边瞅着，心里真馋得慌。"杨哈斯不好意思地说："苏美娅妹子，快别扯那些陈谷子烂芝麻的事，哥现在不是把最好吃的羊尾挑给你了嘛。"苏美娅这回笑了笑说："哥，我也就是随便说说，看把你急的。"杨哈斯说："还怪我急，你净说些羞臊我的话。"苏美娅仰了仰脸，咯咯笑了。

突然苏美娅的手机铃声响了，苏美娅看了一眼说："是王县长的电话。"她把电话接通，这回她的脸上立刻露出了欣喜的笑容，竟爽朗地笑出声来。

55

王富国副县长在电话中说:"苏总,告诉你个好消息,县公安局于洪军局长刚给我打电话,说杰克可以放了。"苏美娅精神立刻为之一振笑呵呵地说:"那敢情好了,具体的时间是什么时候?"王富国说:"下午上班的时候苏总就打发人上拘留所门口接人去吧。"

苏美娅说:"多亏王县长盯得紧,要不还得关些日子。"王富国说:"于局长说关键他不是主犯,交代得好,又是位外国人,所以把事情整清楚教育教育就放了。"苏美娅说:"那我也得感谢你,过几天吧,我请你们,还有那位于局长。我侄子阿尔斯楞还在人家手下,我这回真得好好请请你们了。"苏美娅见乌恩巴图也撂了筷子,就急忙让乌恩巴图开车拉她回化工厂,她让乌恩巴图安排人把杰克的房间和余成军的房间都清扫干净整理好。

下午苏美娅让乌恩巴图开着白色丰田轿车拉着她早早地等候在拘留所的大门外。下午3点的时候拘留所乌黑色的大铁门"嘎吱"一声被推开了,杰克从里面走了出来。苏美娅喊了一声:"杰克!"就带着乌恩巴图迎了上去。杰克也喊了一声:"我的主人!"手中提着只帆布兜子快步走了过来。苏美娅纤细的小手握住杰克的大巴掌说:"杰克你受苦了,祝贺你得到释放!"杰克说:"让主人担心了。"

苏美娅说:"我们去车上说话。"乌恩巴图快走几步去把前后车门都拉开。苏美娅让杰克坐在副驾驶的位子上,她坐到后车座上。

待车开动了,苏美娅问:"杰克,他们没虐待你吧?"杰克说:"没有,他们把我单独关在一个屋子里,吃的住的都不错。"苏美娅说:"杰克,你不恨我把你送进牢里吧?"杰克说:"主人,怎么会呢?在牢里他们让我学中国法律,我知道,我如果不是自己去的而是被他们抓进去的,那现在肯定出不来。就是余总他不该扔下我们就跑了,让我们给他顶罪。"苏美娅满意地点了点头。

回到化工厂,苏美娅让杰克回自己房间洗澡休息,她告诉乌恩巴图再去把余成民总经理接回来安排在余成军的房间,来到后先不用见她,有什么事明天再商量。

她打电话把高晓荣叫到她的房间。她兴奋地告诉高晓荣:"杰克回来了!"高晓荣好像并不太在意,只是淡淡地说了一句:"知道了。"苏美娅瞅了他一眼问道:"十吨的溴代苯丙酮出来没有?"高晓荣说:"好像还差点儿。"苏美娅立时火了,双眼一立喊道:"高晓荣,怎么好像还差点儿,这是你高工说的话?究竟还差多少,你今天夜里必须给我都生产出来,否则你就别进我这个屋!"

高晓荣吓了一跳,赶忙从胡思乱想中把思绪拉了回来,低声下气地说:"美娅,您看您。"苏美娅余怒未息,大声说道:"叫我苏总!"高晓荣说:"苏总,我今儿夜晚哪儿也不去就在车间盯着,保证把十吨溴代苯丙酮一两都不差地给您生产出来,若是生产不出来,我提头来见。"苏美娅这才说了声:"你去吧,我相信你的话。另外,我告诉你,余成民这就到了,他可是比余成军还流氓的人,你做什么事更要小心一点儿。"高晓荣赶紧哈一下腰走了。望着高晓荣的背影,苏美娅愤愤地说:"刚有点儿好心情,又让他给整没了。"

夜里,苏美娅接到颂般要求视频通话的电话,她马上来到地下室坐在电脑前。打开电脑见颂般、坎坤两人都在。两人板着面孔似乎都不太高兴，颂般说："苏娅，十吨溴代苯丙酮出来没有啊？"苏美娅说："两位首领，已经生产出来了。"坎坤说："生产出来就装车。"苏美娅说："装车都好说，让我往哪里送货？"颂般说："我和坎坤首领商量了，就送闽西的龙山县吧。"苏美娅说："有具体的送货地点和联络方式吗？"坎坤说："苏娅，这个你不用管，到了龙山就有人找他们联系了，送货行动代号还是鸦。"苏美娅说："那好吧，两位首领，我10月1日发货。"坎坤说："送货的人可要选好了，别让条子混进来！"苏美娅说："请两位首领放心，去送货的人一定是忠诚可靠又能干的。"颂般说："那好吧，我和坎坤首领就等鸦的好消息啦。"苏美娅说："两位首领再见！"颂般和坎坤也都举手说："再见！"苏美娅注意到坎坤举手举的是一个巴掌，而颂般却竖起了三个手指头。这是 Ka 组织的一个暗语，即三个小时后，颂般还要与她联系。

　　苏美娅只好回到地上的房间里，她把房间里的灯全都关掉，一个人坐在藤椅上静静地等待着。颂般还要跟她说什么？她不知道，但从视频的气氛看，颂般和坎坤谈判时可能处于一种非常不友好的状态。她知道 Ka 组织和坎坤集团的联合是一种权宜之计。Ka 组织是一个新兴起的恐怖组织，中坚力量是一群年轻的无政府主义的科学家，他们有人才，但是缺少经济实力和社会网络。鸦计划是她和佐佐木制订的，目的也是通过鸦计划的实行迅速获得大量运营资金，使组织快速发展。坎坤的罂粟地在缅政府军一次又一次打击中损失殆尽，坎坤制贩毒集团缺少的是新技术和新型人才。于是两家达成一个出技术人才一个出网络出钱财、产品两家对分的协议。但双方都明白，这种联合是非常脆弱的，一旦各自的利益得不到满足随时都可能分道扬镳。苏美娅突然又想到女儿佐佐木道子，她在芝加哥一所大学读大三。"我可怜的佐佐木道子！"她的脑海中浮现出道子美丽秀气又活泼可爱的形象。道子问她:"妈妈,我的外公外婆还在吗?你什么时候带我去你的家乡看一看呀?""道子,我的女儿……"她默念着。

时间到了,她又回到地下室。苏美娅和颂般接上了视频电话。苏美娅说:"颂般首领你和坎坤首领谈得不愉快吧?"颂般说:"岂止是不愉快,几乎是谈崩了,坎坤他就是个大流氓!苏娅,你打算派谁送货?"苏美娅说:"我想派杰克、乌恩巴图去,余成民和宋哥两人中去一人。"颂般说:"这个乌恩巴图靠得住吗?"苏美娅说:"靠得住,上一次送货就有他,经过了我们严格的考验。"颂般说:"你看行就行吧!"

苏美娅说:"颂般首领,你和坎坤首领怎么谈的?"颂般说:"坎坤说他上一个十吨溴代苯丙酮白忙了一场,死了那么多的弟兄还搭上了自己一位亲兄弟,产出的'冰'都不够抚恤金的,所以这十吨他还想要。我们打了一气嘴架,我说按协议第二个十吨必须是 Ka 的,今年可以再给他生产十吨,他同意了。他说这次运送的地点是闽西龙山县,我同意了,龙山海港码头有咱们 Ka 的人。可坎坤这人没什么信用可讲,为防意外过两天我要亲自带幽灵突击队去龙山接货。苏娅你把卫星电话给杰克带上,货到龙山我俩直接通话联系。"苏美娅说:"好吧,颂般首领,我按你的要求安排。"

苏美娅接完颂般的电话回到自己的房间,脱下衣服换上一件银灰色的睡袍想好好睡一觉。但她躺在床上怎么也睡不着,颂般刚才的视频明显摆出一副要与坎坤拼命的架势。她知道,Ka 中的幽灵突击队是组织中最精锐的小股作战部队,人员由全世界雇佣的退役特种兵组成。颂般亮出自己的底牌,说明坎坤他俩已到撕破脸的地步了。城门失火殃及池鱼,她很担心自己的处境。

她似睡非睡地刚要合上眼睛,手机电话铃声又响了,她抓起手机一看是坎坤要求视频的电话。她忙起身又下到地下室。坎坤肥硕的大脑袋出现在电脑屏幕上:"嗨,苏娅,对不起,打扰你睡觉啦。"苏美娅觉得坎坤是第一次这么有礼貌地说话,就说:"坎坤首领没关系的,您说。"坎坤说:"我嘛,突然想起一件事,就是你打算派谁来送货。"苏美娅说:"坎坤首领,我想让杰克、乌恩巴图去,余总经理和宋主任只能去一人,去多了人也没用。"坎坤说:"为什么说他俩只能去一个人呢?两个人去不更好吗?如果你嫌人多,杰克和乌恩巴图可以少去一个嘛。"苏美娅说:"杰克在中国是外国人,一路好办事;乌恩巴图是办公室主任,这一个月车辆和货物进出都由他管理,他理所当然得去。您知道,这里闽西来的人很不稳定,余成民总经理和宋主任两个人刚来就又都回去,这边闽西来的人就要散伙。坎坤首领您说吧,我该怎么办?"坎坤翻了一下眼珠说:"他俩你打算派谁回去?"苏美娅灵机一动说:"就让宋主任回去吧,把余成民总经理留下。"坎坤有点儿不耐烦地说:"那你还是让余成民送货回来吧!行啦,让上帝保佑我们成功吧!"苏美娅冷笑着喘了一口粗气,又回到地上的房间。

在小朱、小李电子监控室中的人们也是一夜没睡。于洪军、项晖、杨阿尔斯楞、周晓玲、巴力吉都瞪大眼睛盯住电脑屏幕。看到后来,于洪军说:"苏美娅最后坚持得好,她还能顶着坎坤说话,这会有利于我们的行动。都有点儿思想准备吧,凭我在部队的经验,感觉大战即将开始了。小朱,立即将电子监控录像发给杨支队、铁峰总队长、王局长。"小朱回道:"是!我立即发出。"于洪军又对其他人说:"大家也都眯一会儿吧,天就要亮了。"大家都陆续走出电子监控室。

第二天早晨,时钟的时针刚刚指向8点,于洪军的手机铃声就响了,是杨红鹰的电话:"于局,公安部禁毒局电话通知,下午 2 点 40 分召开'1023'毒品专项大案组会议，王局长要求专案组成员全员参加。你得做好充分准备，王局长必定要问你具体工作意见。"于洪军说："我马上开会商量，然后将意见报告给你，你提出修改意见后我向王局长汇报。"

与此同时，苏美娅也从床上坐起来。她伸了伸胳膊又打了个哈欠，这一夜她睡得不好，脑海里像拉洋片似的过着一个个人一件件事。从坎坤、颂般到余成军、余成民，再到佐佐木、美智子，再到杨哈斯、达兰花、杨阿尔斯楞、周晓玲，往下杰克、余阿根、张六子……脑袋里好像安装着一台自动显示器，过一会儿就自动跳出一个人来。她不得不起来吞了两片安眠药才勉强睡着了。

苏美娅洗漱完了马上把乌恩巴图叫过来，让他通知余成民、高晓荣、杰克来她房间开会，不一会儿三个人就都到了。高晓荣这点儿礼数还有，他握着杰克的手说："您受苦了。"然后握着余成民的手说，"今后咱们一起工作，您多关照。"

苏美娅沉着脸说："我们商量事吧，今天是 9 月 30 日，我和总部商量了，从今天下午开始到 10 月 5 日全厂放假。"高晓荣兴高采烈地说："不错，真得好好休息一下了。"苏美娅狠狠地瞪了他一眼，他忙将嘴闭上。"但是，"苏美娅故意停顿一下，"我们休息不了，下午乌主任把三辆大罐车调齐，还是上次关师傅、鲁师傅、赵师傅的车。余总经理和高总工程师负责装车，要记住，鲁师傅的车装货，另两辆车装水。都办理停当了，送货的连人带车明天凌晨 1 点 30 分出发。小车还是白色丰田轿车跟着去，行动代号是鸮。"余成民装作不解地问："老大，都谁去送货，往哪里送货？"苏美娅微微一笑，有点儿鄙视余成民地说："经请示总部两位首领，这次去送货的是杰克、余总经理、乌恩巴图主任。"

余成民打了个愣怔，一立眼睛："那宋哥呢？"苏美娅用一种嘲弄的口吻说："宋哥？他不是在办事处吗？谁跟你说让宋哥去送货啦？我是这里的老总，我怎么不知道？"余成民想说什么，见杰克瞪着一双凶狠的眼睛盯着他，只好把话咽了回去。苏美娅说："这次送货形势要比上一次凶险，让两起人命案闹的，警察现在盯上咱们了。上次杰克跟余成军总经理去的，总有些经验了，这次就杰克负责，余成民总经理和乌恩巴图主任协助吧。送货的目的地就只有杰克一人知道。"余成民翻弄一下眼珠没有再吱声，他知道他现在说什么都是多余的，他只能将情况告诉余成军让家里人在龙山另想办法了。

下午2点40分，于洪军招集专案组人员来到电子监控室。电脑屏幕闪过，见公安部禁毒局王副局长已经目光炯炯地出现在电脑屏幕上了。电脑屏幕上相继闪过辽西省公安厅朝洛蒙副厅长、铁峰总队长、闽西省公安厅徐楷副厅长、吕欣总队长、贵州省公安厅王前副厅长、魏国总队长、云南省公安厅云力光副厅长、冀东省公安厅杨彬副厅长、山东省公安厅柴进副厅长、赤岭市赵东明副市长、杨红鹰支队长。

王副局长说："我看人都到齐了，咱们就开始吧。早晨7点我看到辽西省赤岭市腾格里县公安局——咱们禁毒战役最前沿阵地给我发来的三位毒枭的视频通话，8点我把视频转发给各位厅长，并让办公室通知各位下午2点40分开会。部领导非常重视我汇报的内容，并临时通知武警总部的有关首长也参加会议。部领导最后一句话就是'一定要干净彻底全部消灭坎坤贩毒集团在我国的制贩毒势力'！会议上决定，武警总部调其最精锐的雪豹特战队参加我们的行动，今天中午这支国家级特种部队已经乘飞机抵达江西靠近闽西的某武警训练基地。武警部队同时通知了驻闽西、驻辽西的总队全力支持我们的缉毒行动。

"现在说我们的，大家看完毒枭们的视频录像有何感想？鹦又行动了,他们内部真是剑拔弩张啊,为了十吨的溴代苯丙酮他们就要争个你死我活。就在开会前缅甸禁毒署的黄念祖少将向我通报了一个情况,据他们的线人报告,缅北大毒枭坎坤正在挑选突击队员不日启程来中国。坎坤贩毒集团和 Ka 国际恐怖组织为十吨溴代苯丙酮要咬个头破血流。我们也不能站在一边看热闹,该到收网的时候了。腾格里县公安局于洪军局长,你们下一步工作怎么安排?"

于洪军马上起立:"报告局长,我们从今天开始,对苏美娅及其团伙实行二十四小时全程监控。鸦行动后,由项晖副局长带三名刑警跟踪他们,本县内由我负责,只等王局长收网的命令一下,我们立刻全面出击,将腾格里县以苏美娅为首的制贩毒团伙的人一网打尽!报告局长,我还有一个问题。"王副局长说:"你说。"于洪军说:"苏美娅有直升机,要是坐飞机跑了我没办法。"王副局长说:"这种情况我和铁峰总队长已做安排,于局长你就管地上,天上你不用管。"于洪军说:"那我就没什么问题了。"

王副局长说:"闽西的徐厅长,你们都有哪些安排?"徐楷副厅长说:"上次杨红鹰同志走后,我们就加强了对龙山地区的侦查与监控,有一名侦查员已成功打入余氏兄弟团伙内部。现初步查明,余氏兄弟团伙有核心人员 5 人、骨干人员 15 人、团伙成员 50 人。尤其是洞里村,我们每天都有化装的侦查员去侦查。但是对公安部通缉犯余成军也就是余氏兄弟的老大抓捕几次都没有成功,我们怀疑在龙山县公安局内部有余氏兄弟的人。这需要我们在下面的行动中加以侦查,现在网已经布下了,就等大鱼小鱼进来了。"王副局长说:"最近龙山地区有外事活动没?"徐楷副厅长说:"龙山地区外事活动不少,10 月 2 日就有 E 国的一艘邮轮访问龙山,有好几个国外的考察团呢。"王副局长说:"一定要做好域外来人的排查工作,朋友来了有好酒,豺狼来了用猎枪,按照Ka头目颂般和苏美娅的视频通话这个时间他们也该来了。"徐楷副厅长说:"是!我们一定挑选精兵强将加强龙山港的排查工作。"

王副局长说:"嗯,其他几个省情况简单点儿,就不要一一汇报了。下面我宣布部里对这次禁毒行动的作战决定:第一条就是由我负责组成本次禁毒行动指挥部,徐厅长任副指挥,抽调杨红鹰同志担任本次行动指挥部特别助理协助指挥工作。杨红鹰同志应于10月1日来公安部报到,10月2日和我飞闽西现场指挥收网行动。第二,铁峰总队长到赤岭与赵东明副市长指挥腾格里县的收网行动,吕欣总队长带闽西禁毒总队先行进入龙山地区,三个重点,一是尽快挖出龙山县公安局贩毒团伙的卧底;二是对贩毒团伙在龙山港码头的活动尽快掌握;三是对洞里村山洞近期情况有所掌握。第三是山东、冀东、贵州三省对贩毒团伙所涉及人员严密控制,做到底数清人员清所在位置清。抓捕犯罪嫌疑人时间要全国统一,闽西这边一打响,我会第一时间通知各省。云南省老云头儿是不是有点儿失落感?有你的任务,你和坎坤打了一辈子的交道了,这次怎么能没有你呢?部领导特意点名,让你当本次禁毒行动的高参,你马上把云南的事情安排好,10月2日直接飞闽西,我们在闽西见面。"

56

9月30日的下午,苏美娅先是把杰克叫去,交给他GPS定位仪和一张行车路线图,告诉他准确的交货地点是闽西省龙山县的海港码头。然后她拿出一部卫星电话手机交给他,嘱咐说:"颂般首领带幽灵突击队要亲自去接货,你到龙山后用这部电话跟他联系。"杰克高兴地说:"颂般首领要是亲自去,那肯定万无一失了。"苏美娅说:"你得小心点儿余成民,他和咱们不是一条道上的。"杰克说:"我知道,他们是坎坤的人。"苏美娅说:"乌恩巴图和鲁师傅都不错,你要好好依靠他们。"杰克说:"主人,我知道了。"

装完车后,苏美娅把鲁师傅又叫过去,她先递给鲁师傅一万元的银行卡:"鲁师傅这是额外给你的。"见鲁师傅接过卡,苏美娅又递给他一部手机,"这部手机是专门给你配的,手机只要带在你身上,我就知道你和车的准确位置,如果有什么情况,你只要打开手机就可以和我通话。另外,你只听杰克一个人的话。"鲁师傅说:"谢谢老大,你放心,我只听杰总一个人的话。"苏美娅说:"知道出发的时间了吧?"鲁师傅说:"说是凌晨1点30分准时出发。"

一片乌云遮住了本是月明星稀的夜空,大漠伸手不见五指。苏美娅和高晓荣站在化工厂的大门口向车队摆着手,车队还是原来的阵容,白色丰田轿车打头,接着是关师傅的车、鲁师傅的车、赵师傅的车。直到大车、小车前灯的光束和尾灯的光亮都消失在夜幕下的沙丘间了,苏美娅才扭身向自己的房间走去。

此时化工厂很静,除了几名护卫队员轮班在大门口站岗值班外,本地的职员、工人回家了,闽西来的人员有的骑着马去了王爷府镇寻欢作乐去了,有的骑着马去大漠里的牧民家里做客去了,在漆黑的夜中偌大个厂区静得让人有些发瘆。高晓荣紧走两步到苏美娅的身旁说:"苏总,今夜您有时间吗?"苏美娅没好气地说:"没有!我累了。"说罢,头也不回地快步向自己的房间走去,黑夜里的大漠像是凝固了一般。

在腾格里县公安局于洪军的办公室,于洪军、项晖、杨阿尔斯楞、周晓玲、巴力吉在椅子上、沙发上坐着,他们都默不作声地等待着，等待着一个时刻。最先来报告的是小朱："于局，苏美娅分别用视频电话向颂般和坎坤报告，送货人、车已出发，鸮行动开始了。"于洪军说："知道了，立即将视频通话录像传给王局长和杨支队。"小朱说："是！"转身离去。公安局设在路口的暗岗相继传来消息："鸮已出大漠！""鸮已穿过王爷府大街！""鸮已驶过西辽河大桥！"

项晖站起身："于局，我们该出发了。"于洪军说："好的，出发吧！"项晖、周晓玲、巴力吉向于洪军举手敬礼，于洪军举手还礼。于洪军推了一把杨阿尔斯楞，杨阿尔斯楞走上前大大方方地和周晓玲拥抱了一下说："保重！"周晓玲说："你放心吧！"

公安局楼下刑警小孙一直将车打着火在等待着，项晖等人上车后，挂着普通车牌号的警车立即冲出公安局大门。这次根据公安部王副局长的要求，还是一省一换车，但警车都挂普通车牌号。

杰克让乌恩巴图开车，过了赤岭后便打开GPS定位仪走了去青山县的山路。项晖也立即收到小朱的电话，并标出杰克车队的方位图。知道乌恩巴图去送货后，项晖立即通知小朱将乌恩巴图手机纳入电子监控的程序中，跟踪的警车再也不会像李春上次那样轻易地被甩掉了。

到了青山县，杰克和吴宽联系仍然去了祥龙酒店。酒店孙经理认得杰克，就"啧啧"一声说道："你们这回车上没带女人吧？看上回让你们余总闹的，害得我们酒店停业整顿了半拉月！"吴宽给她使了个眼色小声说："孙总，我求求你啦，别说啦，新来的这位余总就是上次那位余总的亲兄弟。"孙经理说："我偏说，我要不看他俩像一个模子倒出来的，我还不说呢！"余成民知道在说他，但不好发脾气，也只能忍气吞声了。

项晖他们直接去了青山县公安局，一是换车，二是商量怎样分头跟踪的事。青山县公安局陈局长又是亲自接待。当听说李春重伤仍在住院时,大家一阵唏嘘,刑警队许队长竟红了眼圈。他说:"我真想跟你们去闽西,可杨厅给陈局下的命令是跟踪到山东后立刻返回准备参加抓捕青山县毒贩的行动。"陈局长也说:"杨厅说这是公安部王局长下的命令,为了让毒贩觉得我们是无目标行动,不过早惊动毒贩,我们必须一直跟到山东,人家项局他们才是真正跟踪毒贩。"

下午从青山县出来,杰克一切使用的都是老套路。出了青山镇,关师傅的车岔开路取道山东,许队长他们分一个车跟了过去。过了北京,赵师傅的车也岔向山东路,许队长只好拧着鼻子与项晖握手告别。这回就剩拉着溴代苯丙酮的鲁师傅的车了,杰克一看"天下太平"就对余成民和乌恩巴图说:"咱们就大车、小车一起直接奔闽西吧。"余成民点了点头,他什么事不闻也不问,只是眯着双眼一副恹恹欲睡的样子。乌恩巴图就是一句话:"两位老总怎么定,我就怎么走。"由于放国庆假,路上骑摩托的、开小车的还真不少,就是三三两两步行的人也很多。杰克他们运送溴代苯丙酮的大车、小车一路走过来,有腾格里县公安局开具的危险品准运证,可谓畅通无阻。

项晖他们跟在后面,远在大漠的小朱随时将乌恩巴图手机所显示的方位传递给项晖,他们在杰克的后面紧追不舍。由于一省换一辆车,且是各省普通的车牌号,杰克对项晖他们的跟踪竟是一无所知。只有乌恩巴图一个人心里知道,自己的同志、战友无时无刻不在自己身后。

第三天傍晚,杰克的大车、小车住在闽北山区一个叫三山镇的地方,是闽西省和江西省的交界处。夜里,杰克用卫星电话和颂般通了电话:"颂般首领,我是鸦,已到三山镇。""我和幽灵突击队已经在港口E国的一艘大型邮轮上,大罐车可以直接吊上邮轮。""那我们就把车直接开到港口。""鸦,你们只要将车开进码头,这十吨溴代苯丙酮就是我们 Ka 的啦!"

在三山镇的另一家旅馆中,项晖正在跟杨红鹰通话:"杨支队,鸦明天进入龙山县后,他们两家会不会打起来?""指挥部经过研究,觉得开始不会,进入龙山县后,他们的大车、小车也不会分开。""明天进入龙山县城后我们再怎么跟踪?""你们不能离鸦过近,据闽西同志侦查的情况看,制贩毒集团的两股势力都已到位,为十吨溴代苯丙酮他们的火拼不可避免而且随时都有可能发生。你们一定要注意安全,要保持在 200 米以外的距离,要特别注意龙山镇西出口和西南出口这两个毒贩们容易发生火拼的地方,如果大车、小车从西南出口开出,你们应该和他们拉开 300 米以外的距离,不要管他们的突发事件,只要注意到大车的去向就行了。""好,杨支队,我知道了。"

山区的太阳出来得晚,天已大亮了,太阳好像才从群山中跳了出来。7 点钟,杰克钻进白色丰田轿车说:"走吧,路再不好走,顶多有三个小时也就到了。"余成民斜眼瞅了瞅他,把脸转向车外。项晖知道杰克他们出发了,便不远不近地跟在后边。

杰克的大车、小车进入龙山镇,见余成民精神紧张地瞅着窗外,杰克突然歇斯底里般大声喊道:"快开!快开!赶快进入去海港的高速公路!"前面白色丰田轿车疯了似的往前开,后边鲁师傅的大罐车也开足马力向前紧跟,大车、小车终于都冲上了去龙山海港的高速公路。余成民的脸气得扭歪着铁青一般,他没想到傻乎乎的杰克还有这两下子。

项晖他们在后面清楚地看到龙山镇通往西山的路口这边有一伙人冲到路上用手指着冲过去的大车、小车喊着什么。杰克的卫星电话响了,杰克大声地说:"快了,按里程再有十分钟到了。"

余成民的手机突然响了,他把手机紧贴在耳朵上,杰克见状就把卫星电话开着放在座位上。余成民说:"大哥是我,现在进入海港高速有一会儿了。那好像不太可能,我说不了。那好,我把手机给他,你跟他说。"余成民回身把手机递给杰克说,"我哥要和你说话。"杰克接过手机说:"余总经理你好吗?是的,我必须按老大的要求把货送到海港码头。那怎么行呢,嗨,余总多少钱我都不在乎,我就是为我的主子做事的。那坚决不行,你爱怎么着就怎么着吧!"

前面已经看见海港了,突然一辆米色中巴车冲过来横在右侧高速路中间,乌恩巴图急踩刹车,余成民打开车门跳下车。与此同时,中巴车门大开,从车上冲下六七个身穿黑色衣服手持AK-47步枪的蒙面人,杰克心中叫苦不迭,这是坎坤的黑衣军到了。他大声说:"我投降,我投降!"他打开车门,黑衣军冲上去把他揪出来押到中巴车上,有两个持枪的黑衣蒙面人边上车边对乌恩巴图说:"没你的事,开车跟我们走!"余成民则带上一名黑衣兵上了鲁师傅的车:"鲁师傅,没你的事,我大哥请你去呢。"

前后也就一分钟,中巴车在前,白色丰田轿车在中,大罐车在后,拐向通往洞里村的山路。

余成军与杰克通话以及接下来发生的事情,在邮轮上的颂般听得一清二楚。他知道说话做事的是余成军,但他背后一定是坎坤,一场厮杀在所难免了。他立即命令幽灵突击队留两个人留守,其余人马上从邮轮下来到码头上一辆灰色德国产的旅游大巴车。颂般吼道:"快给我追上去!这个无耻的坎坤!"这辆旅游大巴车开足马力向山路追去。

这一切都被跟在后面的项晖看得清清楚楚,他立刻向杨红鹰报告说:"杨支队,货已被一辆米色中巴车上下来的几个持枪的黑衣人劫走,一辆灰色大巴车从海港开出来尾随其后追了过去。"杨红鹰说:"知道,他们正在进入我们的口袋,王局长、云厅长我们都在直升机上。你们在大巴车后面保持500米距离跟踪,一定要注意安全。"

灰色的大巴车与大罐车的距离越来越近了,颂般还在催促着:"再快点儿,把那辆大罐车给我拿下就行!"已经远远地看见洞里村前面的那座有山洞的山了。

坎坤坐着一辆敞篷悍马车上来了,旁边是余成军,后边一辆大巴车载着几十名穿着不同服装肤色各异的人迎面赶来。坎坤高声喊着:"颂般,我就要这十吨溴代苯丙酮就行了,往后生产的都归你!"颂般也高声骂道:"坎坤你无耻你混蛋!谁都知道,也许今天晚上中国警察就会发现腾格里县化工厂在生产溴代苯丙酮。"坎坤仍然高声喊道:"发现不发现不关我的事啦,现在我们的余成军总经理和他的专家们已经完全可以生产溴代苯丙酮和'冰'啦!"颂般说:"坎坤你无耻到极点,你把我们Ka当作你的实验品了!我才调查清楚,我们的佐佐木就是被余成军给出卖的,坎坤,这回老账新账我给你一起算!给我狠狠地打!"双方的枪声响起来。

坎坤让过中巴车、白色丰田轿车和大罐车,占据有利地形用密集的火力封锁住山路,子弹打在山石上,冒着硝烟,发出"啪啪"的声响。但是这里是在中国境内的沿海山区,他们利用偷渡的方式不可能将黑衣军的武器成建制地带过来。余氏兄弟团伙只有几支吓唬老百姓的短枪长刀,他们合在一起也都构不成强大的火力网。

幽灵突击队队员单兵素质极强,每人举着微型冲锋枪,从大巴车上冲下来贴着一侧的石壁,向前猛冲过去。坎坤的黑衣兵和余氏兄弟团伙的人简直是不堪一击,他们只好不断地向后撤退着。颂般歇斯底里地喊着:"冲过去,我要坎坤的人头!"他的幽灵突击队一阵风似的扑了过去。

余成民把大罐车开到山洞前也跑到坎坤车跟前报告去了，鲁师傅这才打开手机，把刚才发生的一切说给了苏美娅，苏美娅拿着手机的手颤抖着连连说道："怎么会这样啊，完了，一切都完了。"鲁师傅突然喊起来："苏总！警察，武警！我们让武警包围了！"苏美娅撂下手机面色灰白，她仰头停顿一下，然后毫不犹豫地收拾起一个手提包跑了出去。

化工厂的院子里空荡荡的，大门口有两个护卫队员坐在椅子上唠嗑。只有高晓荣一个人站在院子里，他望见神色慌张的苏美娅说："苏总您去哪里，您是去您哥哥家里吗？有个哥哥真好！"苏美娅迟疑了一下说："你把工厂看好，等我回来！"说完头也不回急急忙忙地朝直升机奔去。高晓荣朝着苏美娅的背影嘀咕道："今儿个这是咋的啦？不是那个洋鬼子又整啥猫儿腻了吧？"他摇了摇脑袋转身向厂房走去。

57

三架武直-9发出巨大的轰鸣声突然从洞里村的山后低空飞来，八辆轮式装甲运兵车像天上掉下来似的分别从洞里村东侧的山坳中，从龙山海港通向洞里村的山路上如出了膛的炮弹冲了过来。王副局长在直升机上面对视频电话大声宣布："现在是10月4日下午3时30分，'1023'毒品专项大案现在收网！我命令辽西省铁峰总队长、赵东明副市长立即开展对苏美娅、宋哥等人的抓捕行动！冀东省杨彬副厅长立即组织对青山县吴宽团伙的抓捕行动！贵州省王前副厅长立刻组织实施对苏德龙团伙的抓捕行动！山东省公安厅柴进副厅长立即实施对张东芝夫妇的抓捕行动!决不允许有一名涉案人员漏网!"

坎坤已经倒在血泊中,那只肥硕的大脑袋卡在悍马车的车框上。颂般带着他的幽灵突击队终于冲到山洞前。颂般迅速看了一眼地形,这座山的正前面是一片有一个足球场大的平地。山的左侧还是山,山垭口就是这条山间公路,山的北面是一个大一点儿的山坳,一公里外是一个小村落。山的右侧也是陡峭的山坡。"好凶险的地方!"颂般心想。

头顶上突然出现的三架武直-9发出巨大的轰鸣声,扬声器传出喊话:"我是闽西省公安厅禁毒总队长吕欣,地下人员是老百姓的立即卧倒在地,持有武器的贩毒分子立即放下武器投降,立即放下武器投降!"随着他的喊话声,直升机上射出的一串串子弹将地上几个仍然举枪射击的幽灵突击队队员打翻在地。而八辆轮式装甲运兵车的车载机枪吐着火舌势如破竹般地围攻过来。

颂般疯了似的喊叫着:"快,把大罐车开进山洞,这十吨溴代苯丙酮是我们的!我们先撤进山洞再想办法突围出去。"大罐车开进了山洞,颂般和幽灵突击队队员跑进了山洞。山洞里灯光雪亮,杰克和乌恩巴图被分别绑在两根石柱上。先前看守他俩的是洞里村的两个渔民,一见外面的阵势就先溜之大吉了。

颂般进洞马上让人把杰克和乌恩巴图从石柱上解下来。颂般说:"杰克你辛苦了。"杰克揉着发麻的胳膊说:"没啥,只要能替首领把十吨溴代苯丙酮抢回来就比啥都强。这个小伙子就是乌恩巴图,和咱们是一伙的。"颂般瞅了一眼乌恩巴图点点头,然后转身对幽灵突击队队员说:"快把洞门关上,准备夜间突围!"他顺洞里走了一圈,山洞的尽里边还有十来个身穿白色操作服的,一个个吓得蹲在地上筛糠。颂般见没有第二条出洞的路,就说:"坎坤这家伙办事从来就是顾头不顾腚,这个山洞连个退路也没准备。"

乌恩巴图跟在后边，他悄悄地打开口袋里手机的录像系统。

颂般边走边仔细打量洞里的设施，他吃惊地对杰克说："这是生产溴代苯丙酮或直接用溴代苯丙酮置换生产'冰'的全套设备啊。原来坎坤早就在这里做了准备，这次如果不是我强行要这十吨溴代苯丙酮，他们是想运到这里来制'冰'了。"

外面的喊话声传进山洞里："山洞里的人听着，你们已经被包围了，只能放下武器投降！""颂般，不要做垂死挣扎了，现在是4点50分，给你15分钟的时间，你如果再不投降我们就实行强攻啦！"喊话声都是先用中文喊一遍再用英语喊一遍，洞内一阵骚乱。

颂般对杰克说："这可怎么办？离天黑至少还有两个半小时，他们无论如何是不会给这个时间的。"颂般凶狠的目光从乌恩巴图身上转移到那十来个穿白色工作服的人身上，上前一步说："乌恩主任，你可以用汉语跟外边的人说，他们如果强攻，我就杀洞里的人质，但谈判是可以的。"乌恩巴图走到洞门口大声把颂般说的话向洞外喊了出去："我是乌恩巴图，颂般首领说可以考虑谈判！否则他就杀人质。"同时他也借机将刚才的录像发到杨红鹰的手机上。

山洞外面八辆轮式装甲运兵车像八只猛虎雄踞洞外，雪豹特战队所有武器都指向洞口。运兵车的后方是三架武直-9，巨大的螺旋桨还在旋转着，随时都会腾空而起。中间那架直升机旁站着王副局长、徐楷副厅长、云力光副厅长、杨红鹰特别助理和雪豹特战队曲大队长。举着望远镜的王副局长说："刚才不是说洞里村的人全都跑出去了吗？这怎么又出来人质啦？"徐楷副厅长说："据跑出来的洞里村老百姓说，洞里还有十来个从外面来的摆弄机器的人，其中还有两个高鼻子蓝眼睛的化学教授，他们没处去就躲在山洞里了。"杨红鹰将手机举到王副局长面前说："这是咱们卧底发来的,大概就是这些人。"王副局长说:"这问题就严重了,颂般有着丰富的恐怖袭击作战经验,他一定是想利用人质拖延时间等天黑时突围。"

杨红鹰说:"我同意王局长说的颂般是想天黑突围的意见,在确保人质安全的前提下,我们应该有两套方案做准备。第一套是接受他们的条件,要他们马上撤出山洞,我们将他们歼灭。这里边的关键是他们提出的是什么条件。第二套是拖延到天黑,有利于他们突围,我们作战的难度要加大,但对解救人质可能容易些。"云力光说:"第一种情况他们肯定把人质和幽灵突击队绑在一起撤退,并且会一直要我们把他们送到邮轮上。第二种情况,他们虽然不和人质绑在一起,但可能会将人质与定时炸弹绑在一起,使我们首尾不能相顾。总之,颂般是要和我们打人质这张牌。"王副局长问徐楷副厅长:"邮轮那里解决了吗?"徐楷副厅长点点头说:"解决了,我们上去一个中队。"王副局长说:"曲大队长,让你的狙击手准备好,如果有机会尽可能在山洞前解决。"曲大队长说:"是,坚决完成任务!"

王副局长说:"通知他们,为了人质的安全,我们同意谈判。"颂般在山洞里听到同意谈判的消息便狡诈地笑了一下:"我就说,天无绝人之路。杰克,这谈判的事就你去吧。"杰克有点儿胆怯地说:"首领,我汉语不中,又刚从他们牢里放出来。"颂般说:"那你就带乌恩巴图一起去。"杰克说:"这还可以。那首领我们和他们谈什么呢?"颂般说:"就谈放我们走,还要带上大罐车,不放就杀人质,每隔十分钟杀一个!"

山洞门嵌开一条缝放杰克和乌恩巴图走到装甲运兵车前。对面站着王副局长、杨红鹰。王副局长说:"说吧,你们是投降还是反抗到底?"杰克说:"我们首领说,不投降也不反抗,就是让你们放我们走,放我们的人放我们的大罐车。"杨红鹰说:"杰克,你从我们的监狱中出来没几天,你应该了解我国的法律,你们制毒贩毒,你们火拼杀人,你们触犯了中华人民共和国法律,你们要受到严惩!"杰克说:"这个我也知道,哎,反正我汉语说不好,乌恩巴图你跟他们说吧。"乌恩巴图就把颂般的话原封不动地学了一遍,末了说:"他们共有32人,加上工作人员与教授,总共有44人,要到一个比较安全的地方再放人质。"王副局长说:"你这个小伙子怎么替他们说话,他们不懂中国法律,难道你也不懂吗?"乌恩巴图说:"我和杰克都懂,但这是颂般首领的意见。"杰克点了点头。

突然山洞门又开了,四名幽灵突击队的队员抬着一具穿白色服装的尸体,迅速将其扔在山洞外又赶忙撤回去关上山洞门。洞里传出喊声:"15分钟过去了,我们见你们这么长时间不答复我们的条件就先杀一个人质给你们看看。"王副局长摆了摆手说:"行了,我们出于人道同意你们带人质撤出,但装运十吨溴代苯丙酮的大罐车不能动。"杰克说:"谢谢长官,我们两个回去了。"乌恩巴图走时与杨红鹰交换了一下目光,乌恩巴图一只手拿着手机在身后晃动了一下,杨红鹰明白了他的意思。

杰克和乌恩巴图回到山洞,杰克力劝颂般说:"这大概是最好的结果了,留得青山在不怕没柴烧。"颂般踌躇再三终于咬咬牙说:"向外边喊话,我们带人质撤!"乌恩巴图又走到洞门口喊道:"警察先生,我们颂般首领同意只带人质撤出,请你们把道让出来!"

山洞的大门敞开了,狡猾的颂般让人质排成一字纵队,让幽灵突击队队员持枪在两边,他和杰克、乌恩巴图在队伍的中间位置,走在最前面和最后的是他幽灵突击队的两个队长。山洞外,雪豹特战队摆在中间的两辆装甲运兵车撤向后边,战车上、直升机上是特警战士们一双双冒着愤怒之火的眼睛。

颂般大声催促他的队伍快点儿回到灰色大巴车上。来到大巴车旁，颂般让人质坐在车后边，他和他的幽灵突击队队员坐在车中间和前边的位子。王副局长说："徐厅长，通知邮轮上我们的人做好接收准备。"徐楷副厅长说："是！我立即通知。"杨红鹰说："王局长，如果颂般也想到邮轮已被我们控制他会怎么办？"云力光副厅长呵呵一笑说："有道理。"王副局长先是一个愣神，接着对曲大队长说："通知部队在后面紧紧跟随，我们立刻上直升机，徐厅长让你的人清理战场，坎坤和余氏兄弟的人活要见人死要见尸。"

三架武直-9立即起飞，轮式装甲运兵车也立刻启动，沿着通向海港的山间公路追去。

在灰色大巴车上，颂般上车就向那些人质问："你们有会开大巴车的没有？"有人举手。"你到前面来开车。"那个人战战兢兢地来到前面。颂般说："你接过来开车！"那人接过方向盘。灰色大巴车又跑了一阵子，拐过一座大山，路右侧公路下是一片茂密的树林。颂般说："停车！"那个开车的人把车立即刹住。颂般大声说："我们中了中国警察的圈套，邮轮那里是不能去了，我们只能在这里下车沿着海岸想办法回去了！"前后车门顿时打开，幽灵突击队队员纷纷跳下车。颂般把一枚定时炸弹挂在那开车人的脖子上说："我定时一个小时，这中间你要停车，炸弹就爆炸，你可要看准时间哟。"说完话他跳下车。

那开车的人听着定时炸弹咔咔的声响，吓得脸煞白，只好开着灰色大巴车在路上奔驰着。

颂般带着幽灵突击队队员立即跳下公路，钻进路西侧密林中。颂般以为他做得人不知鬼不觉，但细心的杨红鹰说："我刚才好像觉得右前方林子边上有几个人影一闪就不见了，只是距离太远没看清。"他随即给远在几千里外的小朱打了电话，"小朱，请你立即将乌恩巴图的方位图给我传过来!"小朱说:"好的。"

杨红鹰看着手机上传来的乌恩巴图方位图,手指在地图上移动着说:"王副局长,颂般他们已经进入那片树林了。"王副局长说:"可那辆灰色大巴车还在路上跑什么?"杨红鹰说:"灰色大巴车上可能是受到控制的人质,让腾格里县公安局跟踪过来的项晖副局长他们和一辆装甲运兵车的特战队员去解决灰色大巴车的问题,我们清剿树林里的颂般。"王副局长说:"可以,我给曲大队长打电话,你给项晖打电话。"

山路上,项晖他们的一辆奥迪车与一辆轮式装甲运兵车快速沿公路追去。

曲大队长立刻指挥着七辆装甲运兵车上的特战队员迅速包围了树林,并展开搜索进攻。

项晖他们的奥迪车飞快地追击着,十几分钟后就追上灰色大巴车。项晖他们几次靠上去甚至打开车窗探出身子要求大巴车停车,但是大巴车毫不理会他们的劝阻一直向前开去。项晖说:"开车的人一定是被什么控制住了,必须破解对他的控制才能停车救人。"

巴力吉是攀爬高手,他说:"这事让我来吧,把车靠近大巴车和它同速并行。"大巴车光溜溜的,巴力吉从旅行包中掏出攀登用的龙爪钩,打开奥迪车窗。他照准大巴车侧面的车窗猛投过去。只听"哗啦"一声,车窗被砸碎了,随后巴力吉挺身跃进大巴车中。他一个前滚翻来到司机旁,一看司机都吓傻了。司机一双眼直勾勾的,嘴里不停地叨念:"车停就爆炸,车停就爆炸。"巴力吉掏出工作证给司机和车后面的人质看,大声说:"我们是警察,专来解救你们的!"

巴力吉把定时炸弹从司机的脖子上摘下来,看了时间觉得还来得及,就对司机说:"现在炸弹在我身上,你把车停下!"司机这才把车停住。巴力吉把前后车门打开，十几名人质屁滚尿流地跑下车。车的右面是临海的一条小山谷，项晖让巴力吉把炸弹扔了下去，半天才听到"轰隆"的爆炸声。装甲运兵车也赶到了，项晖打电话把情况报告给杨红鹰，杨红鹰说，他那边战斗还没结束，要项晖他们和特战队的战士带上人质去港口，等他那边战斗结束再会合。

颂般跑到一棵大榕树下接过随从递过来的水瓶喝了两口说："我们沿着海岸找一条船多给他钱，只要到了公海就好办了。大家都吃点儿东西，补充一下体力，让中国的警察先生跟着大巴车追去吧！"幽灵突击队队员横躺竖卧地开始休息吃东西。突然武直-9轰鸣着从树梢上掠过，直升机上传来王副局长庄严而让颂般肝胆俱裂的声音："我们是中国人民警察，我命令不管你们来自哪一个国家，是什么雇佣军还是黑衣兵，只要是非法进入我国非法贩运毒品，一定会让你们有来无回，你们必须立即放下武器向我武警部队投降！"颂般拔出手枪说："今天还真走不了啦，打，咱们冲出去！"

雪豹特战队和幽灵突击队展开了激烈的战斗。特战队队员灵活利用地形地物，交替掩护搜索攻击。幽灵突击队队员拼死反抗着，一组一组被歼灭。颂般胸部中弹，他捂着胸口又跑回到大榕树下苟延残喘着，嘴角流出血沫。

不远处树丛下趴着杰克和乌恩巴图，乌恩巴图说："杰克，投降吧，这是你唯一的出路！"杰克说："我说也是，本来我这次就不想来，苏总非得让我来。"三名特战队队员端枪冲过来，杰克举着手喊，"别开枪，别开枪！我是杰克，我投降！"大榕树下的颂般一副狰狞的面孔，他咬着牙举起手枪朝杰克扣动扳机，杰克重重地栽倒在地。一位特战队队员回头朝颂般就是一梭子，子弹在颂般身上开了花。

晚霞给闽西山区披上绚丽的色彩，绿色的山峦涂上金红色的光泽。三架武直-9停在树林旁平坦的草地上，特战队员们还在打扫战场，奄奄一息的颂般被两位特战队员用担架抬出了树林。一位武警少尉陪着乌恩巴图来到王副局长面前敬礼大声报告："指挥员同志，我们在战斗中俘虏了一个人，他自称是自己人，要见最高指挥官，所以我就把他押来了。"乌恩巴图笨拙地举起右手敬礼："报告上级首长，预备警察乌恩巴图完成于洪军局长交给我的任务，特向首长报告！"杨红鹰说："王局长，这就是我给您说过的那位在苏美娅化工厂卧底的乌恩巴图，先前发山洞里的录像，还有给咱们指示方位的就是他。"王副局长说："好啊，多棒的小伙子，干得不错，干什么还加'预备'两个字？你就是真正的人民警察嘛，杨支队你问赵副市长要不，这小伙子他要是不要，就到我这儿来。"

武警特战队员举枪欢呼胜利，王副局长、徐楷副厅长、云力光副厅长、武警曲大队长、杨红鹰支队长都露出了胜利的笑容。

58

龙山禁毒战结束了，公安部禁毒局王副局长将指挥部设在龙山港口的港务局。港务局那位夏董果然是颂般的人，还有龙山县公安局一位姓容的副局长是余成军的人，在龙山卧底的那位禁毒警察把底细弄清后，这边战斗刚一打响，吕欣总队长就派人把这两个人拘捕了。

王副局长急于和其他几个地区联系收网情况。贵州、山东、冀东抓捕制贩毒集团团伙时都如探囊取物一般，因为这几个省早都按会议上王副局长的要求把人员底细摸清了,只等上边一声令下,下边就开始抓人。

山东省公安厅禁毒总队的禁毒警察冲进张东芝夫妇的二层小楼。张东芝夫妇一阵"吆西"和"撒由那拉"后说:"我们是守法经营的日本商人河野先生和枝子女士。"去抓捕的禁毒警察说:"你们是辽西省腾格里县老虎砬子村种大烟的张东芝夫妇,是假洋鬼子。"张东芝瞪大眼珠子吃惊地说:"连这底细你们都清楚?那我们认,我早就说该死的兔子逃不出锅去。"

冀东省青山县公安局几辆警车闪着警灯鸣着警笛将吴宽家围住,许队长他们冲进院里时,吴宽正为和苏美娅联系不上发脾气,许队长他们的到来让吴宽措手不及。他大声抗议道:"我吴宽是县政协委员、冀东省优秀企业家!你们不能抓我。"许队长掏出一张青山县政协免去吴宽政协委员的决议书说:"我们抓的不是政协委员也不是优秀企业家,吴宽你和辽西省腾格里县的苏美娅经营溴代苯丙酮,还有我们刚刚起获你存放的150吨的麻黄素,都能证明你是坎坤制贩毒集团的团伙成员,是地地道道的制贩毒嫌疑人,你和我们走吧!"

贵州省公安厅魏国总队长指挥着禁毒警察会同武警中队的战士们迅速包围了贵州大酒店。在战士们的押解下,苏德龙团伙一个个举着手垂头丧气地走了出来,苏德龙叹口气说:"唉,阎王要你五更死,你怎么也不能活到天明,这都是定数啊!"

闽西这边战士们在清理洞里村山洞的战场时,发现了坎坤的尸体和余成民的尸体,余成民被射杀在坎坤的车下。但是仔细翻认查找,唯独不见余成军的尸体。据开大罐车的鲁师傅交代,他看见余成军在幽灵突击队打过来时就开着白色丰田轿车跑了。

徐楷副厅长命令吕欣总队长立即安排人员查找白色丰田轿车和余成军,用电子监控设备和余成军的手机号查找余成军。很快白色丰田轿车和余成军的手机都在龙山镇余氏兄弟进出口贸易公司找到了，因为手机就在车上。但找遍了余成军的家里、所有的亲戚家以及余氏公司的犄角旮旯，都没有找到余成军。

吕欣总队长气得暴跳如雷，大声吼道："就是掘地三尺这回也得把这个阴险狡诈的余成军挖出来！"然而几乎搜遍龙山镇仍无余成军的踪影。吕欣无奈跑到港务局禁毒大案指挥部去问计杨红鹰。杨红鹰想了一会儿说："余成军是制贩毒集团中最阴险狡诈的一个，白色丰田轿车和他的手机出现在龙山镇也许正是他的金蝉脱壳之计，他或许仍然躲在他们的人都认为最危险的洞里村。"吕欣吃惊地大声说："洞里村？天哪，我怎么没想到呀！"

吕欣总队长立即命令包围洞里村。余成军和阮阿雄没在阮阿雄的家里，而是躲在洞里村村委会的一个仓库中。余成军对戴着墨镜的阮阿雄说："莫以成败论英雄，咱哥们儿只要躲过这一劫，还做这里的土皇帝。那山洞你好好保护着，将来的宏图大业还在那里干。"见吕欣他们突然闯进院子里，余成军知道无法脱身，就把腰间的手枪掏出来丢到地上说，"阿雄兄弟你押着我自首吧，这样或许还能给你留条活命。他们这个时候这么快就找到这里来，我遇上高人了，我认栽。"阮阿雄抄起手枪说："大哥你这是什么话？还是你从后窗撤，我来挡住他们。"阮阿雄哪里挡得住，他张牙舞爪地刚跑到门口打两枪就被迎面射来的子弹打倒在地。余成军还没从窗口跳出去，枪管已戳在他后脊梁上。

辽西省赤岭市腾格里县也传来抓捕苏美娅制贩毒团伙的大好消息。

当时苏美娅快步走到她的直升机旁，见一架无人机在空中飞过。她没有理会，赶紧蹬上直升机，立刻开动了直升机。

工厂院里传来金毛藏獒几声"噢噢"的哀叫声，它大概为主人这次出行没有去跟它告别而感到怨愤。叫声尾音拖得很长，怎么听都好像在哭泣。

直升机启动了，很快无线通话系统传来让她不愿意听到的声音："苏美娅女士，这里是赤岭地区航空管制中心，我们郑重通知您，您的直升机今天不能起飞。"

她冷笑了一下，没有理会这句警告，达兰花妈妈的一句话她记住了："人这一辈子该咋干就咋干，哪儿打铧子哪儿住犁杖。"她心一横就把直升机开上了蓝天。

天空一碧如洗，连一点儿瑕疵都没有，就连往日那巡弋天空的大漠鹰也不见了踪影，像一只倒扣着的浅蓝色的玻璃器皿。苏美娅驾驶着直升机转了个圈，她特意飞到王爷府镇墓地上空向下看了看。她在高空中也能分辨出她阿爸特木尔和阿妈达兰花的坟墓，当然也能看到王长顺的墓地。看到青翠的松柏树，她突然闪出一个念头，如果自己死了能埋在这里也不错。

她将直升机掉过头朝东南方向飞去，她的直觉告诉她，赤岭机场是不能去了，说不定抓捕她的命令已经下达。中国警察做事那种雷厉风行的风格她已经深有体会。必须迅速跳出赤岭地区给他们打个时间差，逃出去就生，逃不出去就死。青山县吴宽那里可以一试，实在不行还可以直接飞济南。左下方就是石门山了，她很喜欢大漠中这唯一有山崖的地方，喜欢汹涌的西辽河水到这里变作飞溅的浪花，喜欢这里成群翻飞觅食嬉闹的鸥鸟。如今就要别过了，她心中有一丝隐隐作痛的感觉。她只顾斜眼看石门山了，突然似是晴天霹雳般的声音猛击她的耳鼓，让她惊慌失措。

"我们是中国人民武装警察部队，我们命令你返航！立即投降是你唯一的出路！"苏美娅这才看到她的直升机的前方有三架武直-9像是三只猛虎向她扑来。她打了一个冷战：走不了啦，莫说三架武直-9，就是一架也是老鹰对小鸡呀！她绝望了。突然一个她非常熟悉的声音传来："苏美娅姑姑，我是阿尔斯楞，你使用 Knmgh-2 致幻剂和生产溴代苯丙酮的情况我们早就掌握啦,你哪里也去不了,可你也是坎坤贩毒集团利用的工具呀,他们在中国的真正代理人是余成军,你快返航投降吧!"苏美娅立刻明白以前所有的事情了,心中骂道:"他不是恐高乘不了飞机吗?这个坏小子跟我装得还挺像,竟然把我都骗过了!"她觉得她现在问他什么都是多余的,还有那个周晓玲,恐怕只有杨哈斯和娜仁对她的身份八成还蒙在鼓里。

一切都晚了,没什么可留恋的了!她现在反倒觉得非常镇定,就大声说道:"阿尔斯楞你个臭小子,你和周晓玲装得倒很像。姑姑不怪你们,姑姑和你们不是一个道上的人。晓玲是个好女孩儿,姑姑祝你们早日完婚,我给你的卡上打了 500 万元,其中 200 万是给你们装修新房用的。另外 300 万,姑姑想托你去一趟美国,姑姑的女儿佐佐木道子在大学读书,具体地址写在我房间里她照片的后面,我想让你把她接回中国来。还有就是把你姑父佐佐木,就是那个在闽西坠崖胸前戴鸡血石玉龙挂坠的人,他小时候的名字叫王福贵,把他和我的骨灰留一半儿葬在大漠,另一半送去日本奈良佐佐木家,我的婆婆美智子还健在。就这样吧,我可爱的阿尔斯楞!"苏美娅的直升机朝着石门山的断崖飞去。杨阿尔斯楞眼里流着泪大声地呼喊:"苏美娅姑姑不要啊,你说的事情都好办,我都去办!"

沙丘上,杨哈斯和娜仁高娃一人骑一匹快马奔跑着,他们终于跃马上了石门山顶,几只在崖顶休憩的大漠鹰扑着翅膀飞走了。沙丘间的路上,杨石头和一些人骑着摩托骑着自行车也在拼力地向石门山的方向赶过去。杨哈斯和娜仁用力地摆着手,杨哈斯声嘶力竭地喊:"苏美娅妹子别走那条道哇,你咋那么想不开,实在不行跟哥回去放牛去!"娜仁高娃也把双手拢在嘴巴上拼命地喊着:"苏美娅妹子听嫂子的话,跟嫂子回去,嫂子天天给你烧奶茶！"苏美娅大概看见了杨哈斯和娜仁高娃，也知道他们正在喊什么内容的话，她脸上呈现出一副悲戚的面容，从杨哈斯、娜仁高娃头顶飞过时直升机又向上升了升，然后直升机便一头向石门山瀑布栽去。三架武直-9围着石门山飞行一圈，然后向着王爷府镇的方向飞走了。

沙漠间公路上，一队鸣着警笛闪着警灯的警车在急速行驶着。其中有两辆奔向化工厂，有三辆向着石门山方向奔去。在奔向石门山的警车中坐着铁峰、赵东明、于洪军，大家的脸色显得都很沉重。

对贩毒集团成员的缉拿工作都很顺利，宋哥在办事处被戴上手铐，当时他正在给余成军、余成民轮番打电话，余成军的没人接，余成民的打通了，但刚"哎"了一声，就变成了爆豆子似的枪声。宋哥心知不妙，知道打电话给苏美娅也不会有好结果，于是收拾了一个旅行袋向宋江、李贵说了声："我出去办点儿事。"他走了出去，刚走到大门口就让前来拘捕他的警察堵住带走了。

两辆警车开进化工厂，高晓荣大声说："请您出示县政府的通知！"警察却出示了对他的拘留证，高晓荣喊叫着，"你们没资格抓我，我要见苏总，苏总走时还让我等她回来！"两名警察上前给他戴上手铐，一名警察调侃说："苏美娅在监狱里等你呢。"高晓荣这才哭喊着说："苏美娅你就是不听我话，可把我害惨了呀！早知道这样还不如在山东当我的工程师呢。"一些小喽啰也都按名单拘了起来。

站在石门山瀑布岸边的铁峰和赵东明都没有表现出胜利的喜悦，他们心中纠结的是，没有活捉到苏美娅。赵东明只对气喘吁吁赶过来的杨石头和杨哈斯说了一句："苏美娅知道自己的罪行，她用这种方式结束了自己的生命。"

西辽河正值枯水期，水势不大，苏美娅直升机的残骸很快被打捞上来。法医对苏美娅的尸体进行了检查,鉴定为:"在剧烈的撞击下,身体多处粉碎性骨折,窒息而亡。"在她的遗物中,首饰盒里放着那只极品鸡血石玉凤挂坠,玉凤挂坠红润得血色欲滴,晶莹得光彩夺目。

59

刚刚过完国庆节,在北京召开了"1023"毒品专项大案胜利侦破总结表彰大会。礼堂内气氛严肃庄重,台上台下人员着装严整。

会场上坐在第一排的是胸前佩戴大红花的立功受奖人员:杨红鹰、吕欣、铁峰、杨阿尔斯楞、周晓玲、于洪军、陈局长、魏国、许队长,李春坐在轮椅上。乌恩巴图着一身崭新的警装戴着大红花坐在受奖人员中。

后面坐的是禁毒警察方队、雪豹特战队方队。

王副局长声音宏亮,高声宣布:"在公安部党组的正确领导下,全国公安战线干警和武装警察部队指战员们不怕牺牲英勇战斗,'1023'毒品专项大案成功告破。缉毒战线的同志们坚定不移地执行了'联合经营、共同打击、整体起诉、证据共享'的缉毒斗争方略,实现了全链条打击的工作目标,张开大网捕大鱼。经过一年多时间的与制贩毒集团斗智斗勇激烈而又复杂的斗争,我们终于一举歼灭了由缅北坎坤贩毒集团与国际 Ka 恐怖组织联合组成的制贩毒势力,粉碎了他们妄图在中国建立生产溴代苯丙酮基地的鸮计划,猎鸮行动取得全面胜利!"

台上、台下人们热烈鼓掌,雷鸣般的掌声长时间激荡在整个礼堂。

第二年春天，又是日本樱花盛开的时节，粉色、粉白色、白色，如云如雾，花丛间游人如织。有人又唱起了那首古老的日本民歌《樱花》："樱花啊，樱花啊，暮春三月天空里，万里无云多宁静。如同彩霞如白云，芬芳扑鼻多美丽。快来呀！快来呀！同去看樱花。快来呀！快来呀！"

奈良郊区一座幽静的农家小院。小院中除了一条狭窄的青石板砌成的小道外，地上花架上是各种各样的花草。奇花异卉，有开放的，有含苞待放的，一位鬓发雪白身体瘦弱的老太太提着只小小的粉色塑料喷壶在浇花。看得出浇花并不是老人的主要目的，不过是一种娱乐和游戏罢了。

门铃响了，老人抬起头说："进来吧，门没锁。"门开了，进院的是杨阿尔斯楞和周晓玲，两人旅行结婚顺便来到这里。

杨阿尔斯楞的手中提着一只黑色的布包。见老人回过头，杨阿尔斯楞把黑布包给了周晓玲，他快步上前说："您是美智子奶奶？"老太太把水壶放在身旁的方桌上，眯起眼睛端详着眼前这两位陌生的年轻人："呀，你们是中国人？"杨阿尔斯楞弯下腰说："美智子奶奶，我叫杨阿尔斯楞，我的爸爸是杨哈斯，我的奶奶是达兰花，这位是我的妻子周晓玲。"美智子说："呀，我知道你是谁了，达兰花她还好吧？"杨阿尔斯楞低声说："达兰花奶奶她前年去世了。"美智子先是露出笑容说："这么说她没活过我？哼，我俩还是亲家呢。"接着黯然说道，"唉，可也是，我比达兰花小不少岁呢。"杨阿尔斯楞说："您的孙女佐佐木道子现正在北京清华大学读博士，她说今年暑期回来看您。"美智子满脸是笑地说："我就说我那孙女是有出息的孩子嘛！"

杨阿尔斯楞从周晓玲手中接过黑布包放在方桌上语气沉重地

说:"美智子奶奶,布包里是两个骨灰盒,一个是苏美娅姑姑的,一个是王福贵后来叫佐佐木叔叔的,他们因为制贩毒品死在了中国,现在我们给您带回来了,并按苏美娅姑姑生前的要求,他们的骨灰还有一半葬在了腾格里县大漠的墓地。这包里还有一只鸡血石玉龙挂坠和一只鸡血石玉凤挂坠作为他们的遗物也给您带回来了,美智子奶奶您保重。"美智子抬着头张着嘴好半天说不出话来,突然她扑在黑色的布包上嘤嘤地哭起来。

杨阿尔斯楞向周晓玲轻轻地摆摆手,两人悄悄地离开了。身后突然传来美智子的号哭声:"呜呜——造孽啊,都是那场该死的战争造的孽呀!"

后　记

　　我从大漠中的老家白音套海苏木回到赤峰的家中，按自己的写作规划该是为《猎鸮行动》写后记的时候了。老家那里已经是高粱红谷穗黄的季节，亲友们的脸上都漾着丰收的喜悦。

　　白音套海是蒙古语的译音，汉语的意思是富饶的河湾。不知是什么年月，西辽河的支流老哈河开始从大漠穿过，淤积了河两岸的肥田和长着绿草鲜花的草地。每年到了夏天、秋天的季节，我都要和老伴儿回到老家待上那么些天，与亲友们举杯畅饮，吃着香喷喷的米饭、刚宰的小鸡炖新采的蘑菇，还有油黄的鸡蛋糕。

　　我在愉快的享受中，也吸收到语言的营养，获得创作的灵感。大漠、长河、绿地、蓝天、雄鹰，会幻化出一幅幅绮丽的图景。

说起来我写《猎鸮行动》的动机,纯属来自一次偶然的谈话,那是一次师生聚会活动。当说到我已是第二遍、第三遍地看电视剧《湄公河大案》,很为其中惊险的故事情节所吸引时,我在赤峰市公安局工作的学生洪宇说:"老师,实际上我们禁毒工作就那么激烈和惊险。"我当即好奇地说:"那你说给我听听。"洪宇便说了件发生在赤峰地区的由公安部立案的毒品专项大案的破案经过。

洪宇的讲述使我感到新奇感到刺激,同时也让我深刻体会到公安战线人民警察在维护社会安宁保卫人民生命财产安全的斗争中所作出的巨大贡献。我的眼前像是又打开了一扇窗子,我创作的灵感与冲动一下子就集中到赤峰地区这场禁毒斗争中。我在公安部门工作的亲人和学生一个个都活跃在我写作的思维中,他们和我不再是普普通通的社会关系,而是我笔下与制贩毒集团斗智斗勇的公安战士。

在故事情节和人物的塑造上我力求符合社会的真实、符合事件发展的逻辑,可以在读者的意料之外,但必须在情理之中。小说中出现美智子这个人物,日本帝国主义发动侵华战争失败后日本遗孤是历史的真实,而我国改革开放后中日邦交正常化,早年的日本遗孤带着自己的子女去了日本仍是社会的真实。这样从美智子到佐佐木到苏美娅的文学作品形象就有了真实的社会背景,所给予读者的故事情节也就有一种真实的感受了。

《猎鸮行动》是当代公安题材作品,信息技术带给敌我双方侦查反侦查的高科技斗争是必须有的内容。小说开头代号"鸮"的佐佐木进入我国境内因电话被我闽西省公安厅监控失密而遭歼;苏美娅企图利用手机和电子发射器窃取我方情报结果偷鸡不成;杨阿尔斯楞和周晓玲深入虎穴为的是对苏美娅的电脑实行电子监控;公安部禁毒局在领导全国各省的禁毒斗争时利用电脑视频……这些描述都给读者一种全新的阅读感受。

《猎鹗行动》是一部以我公安干警禁毒为主题的长篇小说，专业性很强，在翁旗法院多年从事法庭庭长工作的李凤春同志、在赤峰市公安局的洪宇同志都自告奋勇地担当起小说写作中的技术顾问，尤其是军旅作家梁志刚同志在百忙中牺牲休假时间对这部小说做了极其认真的校正并提出许多恰当的修改意见。著名书法家我中学的同学贾洪彬先生欣然命笔为小说题写了书名。内蒙古自治区检察院的张向晖同志、中国检察出版社的周密老师都为本书的出版做出许多努力。群众出版社的张晔老师非常认真负责地对文稿提出修改意见。在此，我对各位同志深表感谢！

自然，在我写作时，我的夫人和孩子们都在生活和事务等方面给予热切关注与大力支持，我表示由衷的谢意！

宁志凡

2019 年 9 月